이 땅에 태어나서

이 땅에 태어나서

나의 살아온 이야기

정주영

솔

글을 시작하며

지난 5월 20일 마지막 파종을 끝내던 서산농장은 어느새 그 황량했던 들판이 파란 벼로 뒤덮여 눈 시리게 고운 초록 바다로 물결치고 있다.

이 농장에 온 손님들은 누구든지 우선 광활한 면적에 놀라움을 금치 못한다. 자동차를 타고 시속 40km로 돌아도 한 바퀴 둘러보는 데 3시간 반이 걸린다고 하는 농장의 크기 같은 건 처음부터 나한테는 별 의미가 없었다. 그저 자연 조건을 활용할 수 있는 한 활용하고 이용해서 만들어낸 것이 지금의 크기가 됐을 따름이다.

나에게 서산농장의 의미는 수치로 드러나는, 혹은 시야視野를 압도하는 면적에 있지 않다. 서산농장은 그 옛날 손톱이 닳아 없어질 정도로 돌밭을 일궈 한 뼘 한 뼘 농토를 만들어가며 고생하셨던 내 아버님 인생에 꼭 바치고 싶었던, 이 아들의 뒤늦은 선물이다. 농장을 돌아보노라면 아버님께서 이 농장을 못 보시고 일찍 타계他界하신 것이 애석하고 애석하다. 그래도 나는 아버님께서 평생 가난한 농부이셨던 당신의 자식이 대신 만든 바다 같은 농장을 저 하늘에서 나마 굽어보시며 흡족해하시리라 믿고 자위한다.

발끝부터 머리끝까지 농부이셨던 내 아버님, 농부로 태어나 농부로 살다 가신 아버님, 나의 육체를 만드시고 정신을 만드신 분, 나의 아버님, 타고난 건강을 주셨고, 부지런함과 검약 정신과 포기를 모르는 끈기와 집념을, 그리고 인간의 도리를 실천으로 가르쳐주셔서 오늘의 나를 있도록 해주신, 내 가장 큰 스승이신 나의 아버님.

다른 사람들에게는 그저 많고 많은 농부 중의 한 농부로밖에는 여겨지지 않을 평범하기 짝이 없는 분이겠으나, 나는 내 아버님을 이 세상 누구보다도 존경하고 사모한다. 여기에 내려오면 나는 늘 아버님과 함께인 것 같은 생각으로 농장을 돌아보고 우사牛舍도 둘러보고 이것저것 지시하기도 한다.

내 나이 어느새 팔십을 넘어, 진갑을 지내고 얼마 안 돼 돌아가신 아버님보다 20여 년을 더 살고 있다. 인생칠십고래희人生七十古來稀라는 말은 우리 평균 수명이 길어지면서 옛말이 되었으니, 팔십 넘은 나이가 그리 장할 건 없겠으나, 그렇다고 적게 산 나이도 아니다.

금년이 '현대건설現代建設' 창사創社 50주년周年이다. 50년이면 반세기半世紀에 해당한다. 일제 식민지 시대를 겪고 8·15해방과 뒤이은 6·25동족상잔同族相殘, 4·19혁명, 5·16군사쿠데타, 10·26정변政變, 전두환全斗煥, 노태우盧泰愚로 이어지는 군인 정치 30여 년, 그리고 '문민시대文民時代'라는 김영삼金泳三 정권 5년.

지난 반세기, 우리는 그야말로 영일寧日이 거의 없는 격랑激浪의 세월을 지내왔다. 이 시점에서 돌이켜보면 우리 '현대現代'가 그 격랑의 시대를 거치면서 그래도 용케 좌초하지 않고 버티고 자라서 오늘을 맞은 감회가 스스로도 용쿠나 싶다.

우리 '현대' 사람들이 50주년에 맞춰 회고록을 만들자고 했다.

그동안 나에 대한 책들이 꽤 많이 만들어져 나온 것으로 안다. 소설가가 쓴 소설 형식도 있고 여기저기서 자료를 모아 만들어진 것도 있다고 한다. 그 책들이 다소간의 오류가 있다고 해도 큰 기둥과 줄기는 같을 테니―결국은 대부분이 내 입에서 나간 말들을 자료로 삼았을 테니까―새삼스럽게 새로운 책을 만들 필요가 꼭 있을까 하는 생각도 했지만, 이 시점에서 내가 살아온 날들이나 생각들을 보다 잘 정리해보는 것도 나쁘지는 않을 것 같아, 그러마고 동의했다.

모두가 알다시피 국졸國卒이 내 학력學歷의 전부이고, 나는 문장가도 아니며, 다른 사람의 귀감이 될 만한 훌륭한 인격을 갖춘 사람도 아니다. 또 평생 일만 쫓아다니느라 바빠서 사람들에게 가슴 깊이 새겨질 어떤 고귀한 철학을 터득하지도 못했다. 그럼에도 이 책을 내는 것은, 이 나라를 책임질 젊은이들과 소년 소녀들에게 확고한 신념 위에 최선을 다한 노력만 보탠다면 성공의 기회는 누구나 공평하게 타고난다는 것을 다시 한 번 일깨워주고 싶어서이다.

'시간時間은 누구에게나 평등하게 주어지는 자본금'이라는 말을 한 사람이 있다. 참으로 옳은 말이다. 한 분야에서 내가 성공한 사람 가운데 하나라고 한다면, 나는 신념의 바탕 위에 최선을 다한 노력을 쏟아부으며 이 '평등하게 주어진 자본금'을 열심히 잘 활용했던 사람 중의 한 사람일 뿐이다.

  농장에는 현재 소 1천7백 마리가 크고 있는데, 송아지가 평균 잡아 매일 4마리씩은 새 식구로 불어나는 중이다. 태어난 지 1시간도 안 됐다는 쌍둥이 송아지가 어미 소 양 옆구리에 한 마리씩 붙어 서서 순한 눈을 꿈벅이고 있다.
  아버님은 농사 지으시고 화전을 일구시는 한편 소도 열심히 키우셨다. 때문에 우리 형제들은 어린 나이부터 소 꼴 베는 일에 총동원되고는 했는데, 그렇게 열심히 키운 소는 팔아서 아버님 형제분들을 장가 보내 살림 내는 데 쓰거나 그런 큰일이 없는 해에는 그 돈으로 논밭을 사곤 하셨다⋯⋯.
  서산농장은 내게 농장 이상의 의미가 있다. 그곳은 내가 마음으로, 혼魂으로 아버님을 만나는 나 혼자만의 성지聖地 같은 곳이다.

1997년 세모
청운동 서재에서

차례

1

고향, 부모님

그리운 고향 통천

강릉江陵에서 바다를 끼고 북으로 곧장 쭈욱 올라가면 속초束草, 화진포花津浦, 고성高城, 통천읍通川邑이 있고, 바로 그 위에 관동 팔경關東八景 중에서도 으뜸으로 치는 해금강 총석정叢石亭이 있다. 그리고 그 다음에 나오는 것이 송전松田 해수욕장이다. 솔밭이라는 이름 그대로 키 작은 다복솔이 온통 뒤덮이고, 푸르른 바다를 끼고 끝없이 이어진 백사장白沙場이라는 말이 딱 떨어지는 새하얀 모래밭, 봄이면 온통 붉게 피어나는 산기슭의 진달래들, 명사십리 해당화보다 더 화려한 해당화……. 우리 집은 여기서 걸어서 1시간 반쯤이면 닿는 감나무 숲이 많은 아산리峨山里이다.

우리 집안은 원래 함경북도 명천明川에서 11대, 길주吉州로 옮겨 4대가 살다가 증조부님이 갑오년甲午年에 조부님 3형제를 데리고 이곳 아산으로 옮겨 정착했다고 한다. 조부님은 여기서 아버님을 비롯해서 7남매를 두셨는데 아버님이 장손이셨다. 조부님은 마을에 서당을 열고 아이들을 가르치던 훈장님이셨는데, 가구수라야 50호 남짓한 작은 마을에서 다 같이 찢어지게 가난했던 시대였기에 조부님은 가계家計에 아무런 보탬도 못 되셨다. 농사일도 살림도 도통 모르시는 채 글 읽고 아이들 가르치는 것으로 소일하시는 조부님을 대신해서, 가계와 여섯 동생 모두가 다 장남이셨던 아버님의 책임이었다.

가난한 살림에 책임질 형제는 여섯이나 매달려 있고, 밑천이라고는 오직 노동할 수 있는 육체와 부지런함밖에 없는 아버님은 딸을 준다는 사람이 없어 혼인도 상당히 늦으셨다. 장남인 내가 태어난 것이 1915년인데 그때 아버님이 32세이셨고 어머님은 22세이셨다. 아버님은 농사철에는 농사일로 하루도 쉬는 날이 없으셨고, 농사일이 없는 겨울에도 손 놓고 앉아 그냥 쉬시는 법이 없었다. 다른 사람이야 술 먹고 놀거나 말거나, 노름 방에서 노름을 하거나 말거나, 아버님은 묵묵히, 오로지 묵묵히 일만 하셨다. 버려진 돌밭을 개간해서, 높은 곳을 깎아 낮은 곳을 메워 밭을 만들고, 봇둑을 쌓아 물을 끌어대어 논을 만들어 나가는 아버님의 매일은 잠자는 몇 시간만 빼고는 그야말로 일이 전부였다.

오로지 일밖에 모르는 분이셨다.

당신이 그렇게 피땀으로 만든 농토는 당신 형제분들을 혼인시켜 살림을 내보내시며 아낌없이 한 자락씩 떼어주셨다. 아우들에 대한 아버님의 그 무거운 책임감은 가히 경외스러울 정도였다. 맏자식은 제 아우들을 부모처럼 보살피고 책임져야 하며, 그 책임을 다하려면 어떻게 살아야 하는가 하는 교훈을 나는 말로써가 아닌 아버님의 무언無言의 실천에서 배워 가슴에 새겼다.

아버님은 거의 말이 없는 분이셨다. 아버님과 함께 하루 종일 돌밭을 개간할 때도, 동트기 전부터 해질녘까지 논밭일을 할 때도, 아버님 말씀은 서너 마디 듣기도 어려웠다. 아마도 아버님 생전에 나를 붙잡고 가장 긴 말씀을 하신 건, 고향 뛰쳐나간 아들을 찾아내 집으로 데려가려 설득하셨을 때가 아니었을까.

처음 가출해서 흙을 실어 나르는 노동을 하던 고원高原의 철도 공사판으로 찾아오셨을 때였다.

"너는 우리 집안의 장손이다. 형제가 아무리 많아도 장손이 기둥인데 기둥이 빠져 나가면 집안은 쓰러지는 법이다. 어떤 일이 있어도 너는 고향을 지키면서 네 아우들을 책임져야 한다. 네가 아닌 네 아우 중에 누가 집을 나왔다면 내가 이렇게 찾아 나서지 않는다."

그 다음으로는 소 판 돈 70원을 훔쳐 들고 세 번째 가출을 해서 서울로 올라와 덕수궁 옆에 있던 경성실천부기학원에 다니다 아버님께 덜미를 잡혔을 때다.

"이 세상 부모치고 제 자식 잘되기 바라지 않는 부모가 어디에 있겠냐? 네가 크게 되어서 부모 형제 다 서울로 불러 올려 끌끌히 거느려 나갈 수만 있다면, 애비가 그걸 뭣 땜에 말려? 그러나 너는 보통학교밖에 못 나온 촌놈이라는 걸 알아야지. 서울엔 전문학교까지 나온 실업자가 들끓는다는데 무식한 네가 잘되면 얼마나 잘되겠냐. 부기학원 나와봤자 일본놈들 고쓰가이(사환)밖에 더 하냐. 그 알량한 거 하자고 우리 식구 다 떼거지 만들 테냐. 나는 이제 늙었으니 네가 우리 식구를 책임져야 하는데 그걸 마다하니, 이제 우리 집은 떼거지

난다."

　덕수궁 대한문 앞에 쭈그리고 앉아 이렇게 말씀하시며 우시던 아버님의 모습을 떠올리면 지금도 가슴이 뭉클해진다.

　나중에 서울로 모시고 와 한집에 사실 때도, 일 쫓아다니느라 밤낮 오밤중에 들어가 겨우 잠만 자고 새벽같이 또 나가고 하던 나에게 일찍 다니라는 말씀 한 번 하신 적이 없다. 아버님은 그저 내가 들어오는 시간까지 안 주무시고 나를 기다리시는 것으로 무언의 애정을 느끼게 하셨다. 기다리셨대서 방문을 열어보신다거나 이제 들어오냐거나 그렇게 아는 척은 안 하시고 그저 방 안에서

　"크음."

하고 기척을 내시는 것으로 '나 아직 안 자고 있다'는 것을 표현하곤 하셨다. 그것이 무뚝뚝한 아버님이 보여주신 나에 대한 아버님 식의 사랑과 우려의 표현이었다.

　가난해서 장가도 제 나이에 못 갔던 우리 아버님께, 그것도 열 살이나 위인 노총각한테 무슨 연유로 어머님이 시집을 오게 됐는지 우리는 모른다. 어쨌거나 동네 어른들 말씀을 빌리면 어머님은 아버님께 굴러 들어온 복덩어리였다. 어머님은 '일등 농사꾼'인 아버님께 절대로 뒤지지 않는 일등 농사꾼의 일등 아내였다.

　농사일을 거드는 것은 물론 집 안에서 소나 돼지, 닭을 키워내면서 어머님은 한편으로 늘 길쌈을 하셨다. 베를 짜 광목으로 바꾸셔서 식구들의 옷 문제를 해결하면서 한편으로는 누에를 쳐서 명주 짜내기도 끊임없이 하셨다. 어머님의 명주 짜는 솜씨는 인근에서도 소

문난 솜씨였는데, 다른 사람이 닷새 걸리는 스무 자 한 필의 명주 짜기를 어머님은 이틀에 짜내셨다. 어머님 나름대로 목표를 세워놓고는 반드시 그날 목표에 이르러야만 베틀에서 내려오곤 하셨다.

명주를 뽑는 누에를 치는 데는 뽕잎이 무진장 들어가는 법이다. 따로 뽕나무 밭이 있었던 것도 아니라서 깊은 산속으로 들어가 산뽕을 따다 누에를 쳤는데, 동생들과 나는 자루를 하나씩 들고 어머님을 따라 새벽같이 산으로 가, 뽕잎이 안 보일 때까지 산뽕잎을 따 짊어지고 내려오곤 했다. 누구에게 지고는 못 사는 성격이셨던 어머님은 명주 짜기뿐만 아니라 밭매기를 하셔도, 남이 한 두럭을 매는 동안 당신은 두 두럭은 매야 직성이 풀리는 분이셨다.

그 옛날에는 밭농사에 인분人糞이 으뜸가는 거름이었다. 그래서 어른이나 아이나 남의 집에 마실을 갔다가도, 돼지 오줌보를 차면서 정신없이 놀다가도, 대소변이 마려우면 반드시 자기 집으로 가서 볼일을 봐 중요한 거름에 보태곤 했다. 할아버지 서당에 한문 공부를 하러 오는 아이들도 예외가 아니어서, 용변이 보고 싶으면 공부 중간에도 거름에 보태러 제가끔 자기 집으로 내달았고, 그게 귀찮은 아이는 아무데나 그냥 버리곤 했다. 그 거름이 아까웠던 어머님은 어느 날 콩을 볶아 들고 나와 아이들에게

"이제부터 서당 옆에 놓아둔 오줌통에 소변을 보는 사람한텐 콩 한 줌씩을 주겠다."

고 말씀하셨다. 이런 거래 약조로 서당 아이들의 오줌을 거름으로 모으기도 하셨다.

묵묵히 일만 하셨던 아버님과는 달리 어머님께서는 매사에 활동적이고 적극적인 분이셨다. 여름밤 쑥대 모깃불을 놓고 평상에 온 식구가 둘러앉아 찐 강냉이를 먹을 때면 우스갯소리 잘하시던 어머님이 무뚝뚝한 아버님을 곧잘 웃기기도 하셨는데, 우리 형제들은 아버님의 웃는 얼굴이 바로 행복이었다.

잠시도 쉴 틈 없는 노동 속에서도 정이 많은 어머님은 자식 사랑도 유난하셨는데, 그중에서도 장남인 나에 대한 정성과 사랑은 끔찍하셨다. 과일도 감자도 강냉이도 제일 크고 잘생긴 것은 내 것이었다. 때문에 나에 비해서 체격이 작은 인영仁永이는

"형한테는 밤낮 큰 것만 주고 나는 작은 것만 줘서 내가 이렇게 작단 말야."

하며, 가끔 농담조의 투정을 부리기도 했다.

여동생 희영熙永이의 말을 빌리면, 우리 어머님은 집에서 한밤중에 장독 위에 물 떠놓으시고 치성 드리는 기도 말고도, 어디를 가시건 큰 바위를 보시든, 큰 물을 보시든, 산을 보시든, 나무를 보시든, 일념으로 나 잘되라는 기도를 하셨다고 한다. 그런데 기도의 내용이 당신 남편을 위한 것도, 나의 다른 형제들을 위한 것도 아니고 오직

"나는 잘난 아들 정주영이를 낳아놨으니 산신님은 그저 내 아들 정주영이 돈을 낳게 해주시오."

이 한 가지뿐이었다고 한다.

"단밥 먹고 단잠 자고
우리 정주영이

東西南北 出入할 때

입술구설 관제구설

낙내수 홍내수

눈큰놈 발큰놈

千里萬里 九萬里

영영서멸 지켜주고

앉아서 三千里

서서 九萬里

남의 눈에 잎이 되고

남의 눈에 꽃이 되어

육지같이 받들어

육근이 청정하고

수명장수 바런하고

걸음마다 열매 맺고

말끝마다 향기 나고

千人이 萬人이

우러러보게 해주옵소서.”

어린 동생을 토닥거려 재우시면서, 밭을 매시면서, 길쌈을 하시면서 어머님이 항상 주문처럼 운韻을 붙여 중얼거리시던 것도 어머님에 대한 추억의 한 자락이다.

“나는 잘난 아들 정주영이를 낳아놨으니 산신님은 그저 내 아들 정주영이 돈을 낳게 해주십시오.”

어머님의 성품을 미루어 짐작하건대 그 기도 또한 얼마나 적극적이었을까 알 만하다. 가난에 얼마나 포원抱冤이 졌으면 그러셨겠는가.

아버님 어머님은 그렇게 부지런히 일을 하셨으면서도 삼촌들 살림 내주실 몫을 장만하느라 우리 형제들은 두루마기 한 벌로 동네 세배를 돌아야 할 정도로 어렵게 살아야 했다. 내가 먼저 두루마기를 입고 동네를 한 바퀴 돌아 세배를 하고 들어오면, 그 두루마기를 받아 입고서 인영이, 순영順永이가 차례로 한 사람씩 세배를 나갔다.

그 시대 우리 농민들의 가난은 그야말로 필설로 형언할 수 없을 지경이었다. 그저 하늘만 올려다보며 일기가 순조로워 풍년 들기만을 기원하던 그 시절의 농촌은 일 년 내내 죽을둥 살둥 허리가 부러지게 일하고 다행히 풍년이 들어도 간신히 일 년 양식이 될까 말까였다. 가진 농토는 손바닥만 하고 농사짓는 방법은 원시적이고 농기구도 변변찮고 비가 조금만 많이 왔다 하면 홍수가 망치고 조금 가물었다 하면 가뭄이 망치고, 봄비가 조금만 늦게 와도 흉년, 우박이 잠깐 지나가도 흉년, 서리가 조금 일찍 내려도 흉년, 운 좋은 풍년이 한 해면 두 해는 연달아 흉년이곤 했다.

내 고향 통천은 겨울에는 사람 키만큼이나 눈이 쌓여 눈 속에 굴을 파고 다녀야 할 정도로 눈이 많은 고장이다. 흉년이면 집집마다 양식이 일찍 떨어져서 눈이 온 강산을 뒤덮는 긴 겨울 동안을 아침에만 조밥을 해먹고 점심은 굶고 저녁에는 콩죽으로 넘겨야 했다. 겨울을 그렇게 보내고 봄이 되면 그나마 양식도 다 떨어져 그때부터는 풀뿌리에 나무껍질에, 문자 그대로 초근목피草根木皮로 목숨을 부지해야 했다.

먹어야 사는 목숨한테 굶주림보다 더 비참한 것은 없다. 그 시절 많은 사람들이 굶주림을 견디다 못해 보따리 보따리를 꾸려 들고 고향을 떠나 만주로 북간도로 옮겨갔다.

나의 소년 시절과 고향 탈출

내가 세상에 나온 것은 1910년 8월 한일합병조약韓日合倂條約이 공포되고 5년 뒤인 1915년 11월 25일이다. 일본은 사립학교에까지 일본 국가國歌를 부르라는 지시를 내렸고, 우리 강토 구석구석에서는 광복비밀결사대가 만들어지고 있을 때였다. 함경선咸鏡線이 착공되고 경원선京元線이 개통되었으며, 부산항釜山港, 진남포 축항築港, 원산항元山港이 완공되고 일제 고무신이 등장한 때이기도 했고, 3·1기미독립만세운동이 일어나기 4년 전이기도 했다.

소학교에 들어가기 전 3년 동안 할아버지의 서당에서 『천자문千字文』으로 시작해서 『동몽선습童蒙先習』, 『소학小學』, 『대학大學』, 『맹자孟子』, 『논어論語』를 배우고 무제시無題詩, 연주시聯珠詩, 당시唐詩도 배웠다. 열심히 암기하고 뜻을 읽혀 조부님이자 훈장님이셨던 어른 앞에서 달달달 외워 보여드렸던 것은 공부가 재미있어서도 뜻을 이해해서도 아니고, 그저 회초리로 사정없이 종아리를 맞아야 하는 매가 무서웠기 때문이었다.

그때 배운 한문 글귀들의 진정한 의미는 자라면서 깨달았다. 열살에 소학교에 입학했는데, 소학교는 공부는 공부랄 것도 없이 쉬워서, 1학년에서 3학년으로 월반越班도 했었고, 성적은 붓글씨 쓰기와 창가唱歌를 못해서 졸업할 때까지 줄곧 2등이었다. 왼발 오른발 신발을 제대로 맞춰 신는 것도 못하고 밤낮 바꿔 신고는 꾸중을 들었던 급한 성격 때문에 차분해야만 할 수 있는 붓글씨 쓰기가 젬병이었고, 타고나기를 음치로 타고나서 노래가 또 엉망이었다. 내 앞에서 줄곧 1등을 했던 친구는 나중에 형무소 간수직 시험을 쳐서 간수가 되었다.

소학교에 들어가면서 동시에 아버님은 나한테 대를 이을 '일등 농사꾼 훈련'도 시작하셨다. 방학이나 일요일은 물론 새벽부터 밤늦도록 아버님 옆에서 농사일을 배우며 도와야 했고, 학교 공부가 끝난 방과후에도 나한테는 자유 시간이 거의 없었다. 다른 부모님은 어린 자식들한테 비교적 너그러웠는데, 우리 아버님은 추석 전날까지도 모밀 걷이를 시키실 정도로 자유 시간이란 어림 반푼어치도 없는 일이었다. 그러나 학교에 다니면서 아버님을 거드는 농사일은 일도 아니었다.

소학교를 졸업하자 아버님은 나를 본격적인 농부로 키우기 시작하셨다. 상급 학교에 진학해서 학교 선생님이 되고 싶었던 꿈은 형편상 꿈에서 끝날 수밖에 없었다.

고된 농사일 틈틈이 나는 생각했다.

'평생 허리 한 번 제대로 못 펴고 죽도록 일해도 배불리 밥 한 번 못

먹는 농부로, 그냥 그렇게 내 아버지처럼 고생만 하다가 내 일생이 끝나야 한다는 건가.'

그럴 때면 가슴이 답답하고 앞날이 막막한 생각이 들었다. 농촌에 주저앉아 살면 아버님 인생이 바로 내 인생이 되는 것이다. 농사일은 고된 노동에 비해 소득이 너무 적은 게 불만이었다. 고향을 떠나 농사일이 아닌 다른 일을 해보고 싶었다. 막연한 계량이기는 했지만, 무슨 일을 하든 농사에 들이는 노력만큼이면 농사보다는 소득이 나을 것 같았다.

어쨌든 나는 도시로 나가고 싶었다.

고향과 농사일에 불만을 품은 나를 그때 더더욱 부추긴 것은 동네 구장댁에 유일하게 배달돼 오는 『동아일보』였다. 글을 읽을 줄 아는 동네 어른들이 한 바퀴 다 돌려보고 난 『동아일보』를 맨 꼬래비로 빼놓지 않고 얻어 보고는 했는데, 그것이 바깥세상과 거의 단절된 농촌에서 갖는 내 유일한 숨구멍이었다.

나는 그때 신문 연재소설이 작가가 꾸며 쓰는 얘기가 아니라 매일매일 실제 일어난 일인 줄 알았고, 『마도魔都의 향불』도 『흙』도 전부 사실로 믿었을 정도로 어리숙하고 순진했다. 『흙』의 주인공 허숭 변호사에 감동해서, 나도 도회지로 나가 막노동으로라도 돈을 벌어 고학으로 변호사 시험을 쳐, 허숭 같은 훌륭한 변호사가 돼보고 싶다는 꿈도 꿨다. 그리고 실제로 도회지에 나왔을 때 노동을 하는 한편 변호사가 돼보겠다고 『법제통신』이나 『육법전서』 같은 책을 사서 공부해 보통고시까지 쳤다. 물론 낙방으로 끝났지만 말이다.

어쨌든 고향은 나에게는 반드시 떠나야만 할 곳이었다. 아버님의 일생을 그대로 되풀이하면서 늙어 죽고 싶지는 않았다. 고향만 떠나면 뭔가 더 나은 일자리와 생활이 있을 것 같았다.

청진淸津의 항만 공사와 제철 공장 건설 공사장에 노동자가 얼마든지 필요하다는 『동아일보』 기사를 보고 친구 한 명과 같이 고향을 떠난 것이 나의 첫 가출이다.

하지만 처음 가출에서부터 두 번째, 세 번째까지 그때마다 날 찾아 나서셨던 아버님에게 덜미가 잡혀 고향으로 되돌아와야 했다. 그러나 나를 기어이 고향에 붙잡아두려 하셨던 아버님의 집념도 참 대단했지만, 기어이 고향에서 탈출하고야 말겠다던 나의 집념도 예사는 아니었다.

잦은 가출로 동네에서 나는 부모님 속을 무던히도 썩이는 망나니 자식이었고, 실제로 어머님은 내가 벗어놓고 간 옷을 찢으면서 소리 내어 우시기도 했다고 한다. 세 번째 가출에서 붙잡혀 귀향해서는 아버님을 생각해서 죽어라고 열심히 농사를 지었다. 부지런히 농사 지어 농토를 넓히고 열심히 소 키워 아버님처럼 동생들 혼인시켜 세간 내주고 그렇게 살아보자, 마음을 다잡았는데, 또다시 흉년이 들어버렸다.

흉년이 들면 집집마다 부부싸움이 잦아진다. 굶어 죽지 않고 이 겨울을 넘길 수 있나 없나, 안팎이 다 어렵고 힘든 살림에 신경이 날카로워져 있기 때문이다. 우리 집도 마찬가지였다. 지금도 생생히 기억하는 우리 부모님의 싸움은 언제나 양식 문제였다. 양식이 떨어져가는 것은 어머님이 아시는 일이니 자연 아버님께 양식이 떨어졌다는 말을 하실 수밖에 없었다. 그런데 그 말씀을 꼭 아침 밥상머리에서 하셨다. 그러면 사는 게 온통 곤고困苦하기만 한 아버님의 대답은 언제나 같았다.

"쌀 판 게 언젠데 어느새 다 먹었냐?"

지금 생각하면 그건 그저 궁색한 가장家長의 궁색한 답변이었을 것이다. 아버님이 그러시면 어머님은 그냥 다소곳이 '글쎄, 그러네요.' 정도로 받으시면 좋을 걸, '나 혼자 다 먹었소?' 하는 식이었다.

"양식 떨어졌다 소리를 왜 꼭 아침 밥상머리에서 하느냐?"

"밥상머리에서 안 하면 언제 하냐, 누구는 하고 싶어 하냐?"

성격이 강한 어머님은 한 마디도 지지 않으셨다. 그러다 보면 점점 감정이 격해지고 결국 밥상이 날아가곤 했다.

'이대로는 안 되겠다.'

나는 다잡았던 마음이 도로아미타불이 되어버렸다. 무슨 일이 있어도 서울로 가서 농사가 아닌 다른 일로 꼭 성공하고 말겠다고 결심했다. 열아홉 살 되던 해 늦은 봄, 나는 네 번째로 집을 떠났다. 이번에는 서울로 직행했다. 기차삯은 벌어서 갚기로 하고 우리 마을에서 한 20리 떨어진 곳에 살았던 오인보吳仁輔라는 친구에게 빌렸다. 네 번째 가출은 집에서 혼인시킨 아내에게 정이 없고 뜻이 안 맞아 집을 떠날 궁리만 하던 오인보와 함께였다.

그 네 번째 가출이 나의 마지막 가출이 되었다.

2

'현대'의 태동

인천부두 노동자에서 쌀집 주인까지

서울에 도착하자 나는 오인보에게 여비 50전을 빌려서 무작정 인천으로 갔다. 막노동밖에 할 게 없는데 피차 막노동하는 모습을 보이는 것도 어쩐지 거북한 생각이 들었고 또 약간의 돈을 갖고 있던 친구 옆에 무일푼인 내가 붙어 있는 게 신세라도 지려고 그러는 것 같아 치사스러운 생각도 들어서였다.

인천부두에서 한 달 동안 나는 부두 하역에서부터 이삿짐 나르기까지 사람이 할 수 있는 노동은 가리지 않고 했다. 그러나 그렇게 죽을둥 살둥 노동을 해도 겨우 입에 풀칠밖에 못했고, 게다가 장마까지 겹쳐 그야말로 인천은 아무 희망이 없어 보였다. 노동을 해도 서울이 낫겠다 싶어 한 달 만인 어느 날, 걸어서 서울로 향했는데, 도중에 소사(지금의 부천富川) 어느 농가에서 품앗이 일꾼을 구한다고 했다. 기다리는 사람이 있는 것도 아니고 먹여주고 품삯까지 준다는데 서울 가는 것이 급할 거 없었다. 그 집 일을 며칠 하다 보니 일 잘하는 품앗이 일꾼이 하나 들어왔다고 동네방네 소문이 났었나 보다. 이집 저집 불려다니며 한 달을 벌어 처음으로 약간의 돈을 모아 쥐었다.

서울로 와 며칠 동안을 돌아다니다가 잡은 일자리가 안암동 보성전문학교(현 고려대학교) 교사校舍 신축 공사장이었다. 여기서 돌과 목재를 나르는 노동을 두 달 가까이 하다가 원효로 용산역 근처 '풍전엿공장'(지금의 동양제과 전신前身)에 잔심부름꾼으로 들어갔다. 막노동을 하면서도 나의 목표는 고정된 직장을 잡는 것이었기 때문에 틈만 나면 쏘다니면서 여기저기 기웃기웃하며 보다 나은 직장을 찾았다.

풍전엿공장도 그 앞을 지나치다가 정문 기둥에 써 붙인 '견습공 모집'이라는 종이쪽지를 보고 무작정 들어가 잡은 직장이었다. 엿공장에서 하루 50전 받으면서 온갖 잔심부름에 파이프를 연결하고 수리하는 일을 했다. 그렇게 일 년 가까이 지냈는데, 막노동에 비해 몸은 편해서 좋았지만 돈도 안 모아지고 기술도 제대로 안 가르쳐주어 도무지 장래가 보이지를 않았다.

다시 틈만 나면 거리를 쏘다니면서 좀 더 나은 일자리를 찾았다. 그러다가 쌀가게 '복흥상회福興商會' 배달원으로 취직이 된 것은 당시의 내 처지로는 이만저만한 행운이 아니었다. 우선 안정된 직장인데다 점심과 저녁을 먹여주고 월급이 쌀 한 가마니였다.

'빈대가 들끓는 노동자 합숙소 잠자리에 밥 사 먹고 나면 그만인 노동 품삯에 어디 비할 바인가. 한 달에 쌀 한 가마니이면 일 년이면 열두 가마가 아닌가. 고향 떠나기를 잘했다. 이제 아버님도 나를 이해하고 인정해주실 것이다.'

이제부터 장래가 트이기 시작한다는 생각이 들었다. 흥분과 기쁨의 나날이었다.

그렇게도 끈질기게 나를 붙잡아두려고 하셨던 아버님을 뿌리치고 끝내 집을 뛰쳐나와 처음 직장다운 직장을 잡았다는 기쁨 한편으로는, 아버님에 대한 송구스런 마음도 간간이 들었다. 그렇지만 내가 어디에 있는지를 아시면 금방 또 잡으러 오실 것 같아 소식을 끊고 있다가 첫 편지를 드린 것은, 집을 나온 지 3년쯤 지나 1년 월급이 쌀 20가마가 됐을 때였다. 1년 월급이 쌀 20가마라는 말에 아버님이 꽤 놀라셨었나 보다. 금방 보내주신 답장에

"네가 출세를 하기는 한 모양이구나. 이처럼 기쁜 일이 어디 있겠느냐."

고 말씀하셨으니까.

무슨 일을 하든지 일하는 데에 꾀부리는 버릇이 없는 나는 농사일에 비하면 일도 아닌 쌀가게 일을 하는 데에 우리 아버님이 농사일 하시듯 그야말로 전심전력을 다했다. 나는 취직한 이튿날부터 매일 누구보다도 일찍 첫새벽에 나가 가게 앞을 깨끗이 쓸고 물까지 뿌려놓는 것으로 하루 일을 시작했다.

게으른 난봉꾼 아들 때문에 골치를 앓던 주인아저씨는 열심히 되질과 말질을 배우면서 몸 안 사리고 쓸고 치우고 배달하며 손님 응대도 명랑하게 곧잘 하곤 하는 나를 기특해하고 좋아했다. 주인아저씨는 돈은 많아도 배운 게 없어서 장부帳簿를 쓸 줄도 몰랐고, 그저 잡기장에 들어오고 나가는 것만 적어놓으면 아들이 저녁에 와서 거래처별로 분개장分介帳에 옮겨 적고 재고 파악만 대강대강 하는 정도

였다. 6개월쯤 되었을 때 주인아저씨가 아들을 제치고 나한테 장부 정리를 맡겼다. 그만큼 나를 신임한다는 뜻이었다.

그날로 나는 쌀과 잡곡이 아무렇게나 뒤죽박죽으로 어지럽던 창고 정리를 말끔히 해버렸다. 쌀은 쌀대로 10가마씩 한 군데로 몰아 줄지어 쌓아놓고 잡곡은 잡곡대로 또 그렇게 정리해서, 한눈으로도 쌀은 몇 가마, 콩은 몇 가마, 팥은 몇 가마 하는 식으로 간단하게 재고 파악이 되게 만들었던 것이다. 장부도 원장元帳과 고객별 분개장으로 나누어 갖추었는데, 아버님이 소 판 돈을 들고 나와 두 달 다니다 만 부기簿記 학원에서 배운 공부를 요긴하게 써먹은 것이었다. 그랬더니 주인아저씨가 좋아하면서 새 자전거 한 대를 사주었다.

자전거에는 빼놓고 싶지 않은 이야기가 있다.

취직하던 날 주인아저씨가 자전거를 탈 줄 아느냐고 했다. 배달꾼을 쓰는 것이니 당연히 챙길 일이었다. 그리 잘 탄다고는 할 수 없었지만 타본 적은 있어서, 탈 줄 안다고 했더니 내 다리를 쓰윽 보고는

"흠, 가랭이는 길구먼."

했다. 그렇게 하여 취직이 됐다. 그런데 취직한 지 사흘째 되던 날 주인아저씨가 쌀 한 가마와 팥 한 되를 왕십리 자기 집으로 배달하라고 했다. 공교롭게 비까지 질척질척 내리는 날이었다. '그럴 정도로 자전거를 잘 타지는 못합니다'라고 말할 수도 없어 그저 무턱대고 쌀가마니와 팥 자루를 자전거에 비끄러매고 비틀비틀 나섰는데, 애초부터 무리한 짓이었다. 화원시장 근처에서 기어이 나동그라지고 말았다. 자전거 핸들은 확 휘어버리고 쌀가마니, 팥 자루는 진창이

묻어 엉망이 되어버렸다.

그때의 황당했던 심정을 떠올리면 지금도 얼굴이 화끈거린다. 그런데 주인아주머니도 주인아저씨 못지않게 좋은 분이었다. 진흙 범벅이 된 쌀가마니와 팥 자루를 보고 아주머니는 큰 소리로 웃으며 "비 오는데 수고했다"며 오히려 격려를 해주었다.

그날 밤 선배 배달꾼인 이원제를 졸라 자전거 쌀 배달의 기술과 요령을 배워서, 내리 사흘 동안 거의 밤잠을 안 자고 배달 연습을 했다.

"쌀가마니는 세워 실어야지 눕혀 실으면 균형이 안 잡힌다. 쌀가마니는 절대로 자전거에 비끄러매서는 안 된다. 왜냐하면 쌀가마니를 비끄러매고 넘어지면 쌀 무게로 자전거를 망가뜨리기 때문이다."

단순하기 짝이 없는 자전거 쌀 배달에도 공부해서 익혀야 하는 게 몇 가지는 있었다. 사흘 밤을 새우면서 익힌 요령과 기술로 그 후 얼마 안 가 나는, 한꺼번에 쌀 두 가마를 싣고도 제비처럼 날쌘 최고의 배달꾼이 되었다.

쌀 한 가마로 시작한 월급은 두 가마가 되고 나중에는 세 가마까지 되었다. 나는 무슨 일이든 내가 하고 있는 일에 최고의 결과를 얻기 위해서, 평생을 언제나 그 시절 자전거 쌀 배달꾼 연습 때처럼 최선의 노력을 쏟아부으며 살아왔다. '요만큼'이나 '이만큼'이나 '요 정도', '이 정도'는 내게 있을 수 없었다.

'더 하려야 더 할 게 없는, 마지막의 마지막까지 다하는 최선.'

이것이 내 인생을 엮어온 나의 기본이다.

쌀가게 2년 만에 나는 주인아저씨로부터 복흥상회를 인수할 의

향이 없느냐는, 전혀 생각 못했던 제의를 받았다. 만주까지 들락거리며 가산家産을 탕진하는 아들 때문에 울화병이 든 주인아저씨의 의욕 상실이 가게를 그만두는 원인이었다.

굵은 단골을 그대로 물려받고 월말 계산으로 쌀은 얼마든지 대어 준다는 정미소의 약속을 받아 신당동 길가에 사글세로 가게를 얻어서 서울에서 제일가는 가게를 만든다는 포부로 1938년 1월 '경일상회京一商會' 간판을 걸었다. 내 나이 스물넷, 고향을 떠난 지 4년 만의 일이었다.

시골의 사촌동생을 불러 올려 같이 쌀 배달을 하면서도 나는 확보하고 있는 단골 말고도 더 큰 고객을 만들기 위해 부지런히 새 거래처를 찾아다녔다. 그 덕분으로 배화여고와 서울여상 기숙사도 단골 고객이 되었고, 쌀장사는 날로 번창 일로였다.

쌀장사에 자신이 붙어, 그대로만 나가면 서울에서 제일이 아니라 우리나라 제일가는 미곡상으로 대성할 수도 있겠다 싶었다. 그러나 인간사人間事에는 호사다마好事多魔라는 것도 있다. 1937년 7월 7일 노구교蘆溝橋사건을 시작으로 중일전쟁中日戰爭이 일어나고 총독부의 전시체제령戰時體制令이 내려졌는데, 내가 쌀가게를 시작한 지 2년 만인 1939년 12월부터는 아예 쌀 배급제가 되면서 전국의 쌀가게가 일제히 문을 닫아야 했다. 가게를 정리하고 그동안 벌어 모았던 돈 일부를 갖고 처음으로 고향으로 가 아버님께 논 2천 평을 사드리고 장가도 들었다.

'아도서비스', 불, '아도서비스'

이듬해 초에 다시 서울로 와서 할 일을 찾아다녔다.

수중에 있던 7~8백 원을 밑천으로 뭔가 할 만한 사업이 없을까 궁리하는 중에 이을학 씨와 김명현 씨를 만났다. 이을학 씨는 경성공업사京城工業社에 다니는 엔진 기술자였고 김명현 씨는 공장 잡역부였다. 이을학 씨가 마침 매물로 나와 있는 아현동고개에 있는 '아도서비스'라는 자동차 수리 공장을 추천하면서 기술자를 모으는 것은 자기가 책임진다고 했다. 내 돈에다 사채업자 오윤근 씨에게 빚을 얻어 보태고 동업자 두 사람과 같이 희망차게 새로 시작한 일이 아현동고개에 있던 '아도서비스'라는 자동차 수리 공장이었다.

1940년 3월 1일 계약해서 한 20여 일 신나게 밤잠도 안 자고 일했다. 이을학 씨가 워낙 이름난 기술자라 손님도 많았다. 자동차에 대해서 아는 게 전무했던 나는 공장에 차가 들어오면 꼭 요즘 큰 음식점 앞에서 소리 높여 손님 맞는 총각들처럼

"어서 오십쇼! 잘 오셨습니다! 염려 마세요. 탁 고쳐놓을 테니까!" 하며 큰소리로 설레발치는 게 내 역할이었다.

돈이 제법 잘 벌렸다. 업종을 잘 선택한 것에 신바람이 났다.

그러나 부도나면 차 사고 난다고, '나쁜 일은 혼자 오지 않는다禍不單行'고 했던가! 3월 20일께, 잔금 치른 지 닷새 만에 불이 났다. 그 시절에는 도로 포장이 제대로 돼 있지 않아서 먼지가 많았다. 그래서 자동차 칠은 꼭 먼지가 덜한 밤중에 했다.

그날 밤, 두 기술자와 함께 밤늦도록 칠일을 배우며 나도 있었는데, 칠일을 끝내더니 두 기술자는 집에 들어가 자겠다며 가고 나는 숙직실에서 자게 되었다. 새벽에 일어나 세수할 물을 데울 불을 피우려고 옆에 있던 신나통을 집어 화덕에 조금 부었는데, 그 순간 화악, 불길이 신나통으로 옮겨 붙어버렸다. 들고 있던 신나통에 불이 붙었으니 본능적으로 불붙은 신나통을 던질 수밖에 없었다. 순식간이었다. 오래된 목조 건물인데다 오랜 세월 기름에 절은 공장이니 오죽 잘 탈까! 그야말로 삽시간이었다.

그 시절 귀하디귀한 전화통을 집어 들어 유리창을 깨고 뛰쳐나와 불에 타 죽는 것만 면했지, 공장도, 수리를 맡아놓았던 남의 자동차도 모두 다 태워버리고 말았다. 칠 작업을 했던 세 사람이 같이 용산경찰서로 끌려가 호된 조사를 받았다. 처벌이 겁이 나서 처음에는 왜 불이 났는지 모른다고 북북 우겼는데, 잠들어 10분도 안 되어 불러내어 족치고, 다시 또 10분도 안 되어 끌어내 족치고 하는 바람에, 버티다 못해 결국은 이실직고를 했다. 졸린 사람 잠 못 자게 하는 것 이상의 괴로운 고문은 없었다.

"조사한 결과 고의성은 없다는 판단이다. 그리고 공장만 탔지 인명 피해는 없으니까 내보내주겠다."

그것으로 풀려 나왔다. 트럭 다섯 대와 당시의 세도가 윤덕영尹德榮 씨의 올스모빌 승용차까지 몽땅 태웠으니 빚더미에 올라앉은 채 그대로 좌절할 수도 있었다.

그러나 나는 좌절할 수가 없었다. 좌절로 끝내고 싶지가 않았다.

길은 오직 하나뿐이라는 결론을 내리고, 나는 다시 오윤근 씨를 찾아가 무릎을 꿇고 앉아 사정을 했다. 오윤근 씨는 삼창정미소를 하면서 사채놀이도 하던 사람인데, 쌀가게를 할 때 외상 쌀을 대어주며 지켜보았던 내 정확한 신용만을 담보로, 서비스 공장을 시작한 자금 중에 3천 원을 선뜻 빌려줬었다.

"뜻하지 않은 화재를 만나 몽땅 다 날리고 빚더미에 올라앉았는데 이대로 꺾이고 나면 먼저 빌려간 영감님 돈 3천 원도 갚을 길이 없습니다. 한 번만 더 도와주셔서 영감님 빚을 갚게 해주십시오."

낭떠러지에 매달려 있는 필사적인 심정으로 사정하고 사정했다. 가만히 나를 건너다보던 그 양반은 한참 만에 입을 열었다.

"나는 이날까지 단 한 번도 담보를 잡고 돈을 빌려준 적이 없어. 신용만을 보고 빌려주지. 그런데 신용만 보고 빌려준 돈을 떼인 기록도 없는 사람이야. 그게 내 자랑이지. 그래 좋아. 내 평생에 사람 잘못봐서 돈 떼였다는 오점汚點을 찍기는 나도 싫네."

그러면서 다시 내어준 빚 3천5백 원으로 이번에는 신설동 빈터를 얻어 종업원들을 데리고 가 무허가로 자동차 수리 공장을 시작했다. 당시 법으로는 자동차 수리 공장의 허가는 자동차 제조 공장으로만 나가게 돼 있었기 때문에 자동차 수리 공장 허가를 얻는다는 건 거의 불가능했다.

산더미만 한 빚 속에서 무허가 수리 공장을 하는 것은 하루하루가 살얼음판이었다. 동대문경찰서에서는 허구한 날 순경이 찾아와 당장 닫아걸지 않으면 잡아넣겠다는 으름장을 놓았다. 그런 와중에 나는 공장은 공장대로 버텨 나가면서 한편으론 날이면 날마다 매일 새벽 같은 시간에 동대문경찰서 곤도近藤 보안계장 집엘 찾아다니면서 사정을 하고 또 사정을 했다.

제대로 상대도 해주지 않는 박대를 받아가면서 그렇게 한 달을 쫓아다닌 끝에 보안계장이

"내가 손들었다. 너는 구속해야 마땅한 사람이지만 매일 아침 찾아오는 사람을 어떻게 구속하나? 나쁜 짓을 하는 건 아니지만 법을 어기고 있는 건 사실이니까 위법을 해도 우리 체면을 생각해서 영리하게 해라."

고 했다. 보안계장은 우선 대로변에서 공장이 안 보이게 판자로 울타리를 치고 숨어서 하는 시늉이라도 하라고 충고했다.

한 달을 매일같이 찾아다닌 나의 '더 하려야 더 할 게 없는 마지막까지의 최선'이 얻어낸 좋은 결과였다. 그 당시 자동차 수리 공장이라야 지금의 을지로 6가 경성서비스, 혜화동 로터리에 있던 경성공업사, 종로 5가의 일진공작소日進工作所 정도였는데, 아무것도 아닌 고장도 큰 고장인 것처럼 수리 기간을 길게 잡아서 수리비 바가지를 씌우곤 했었다.

그러나 나는 거꾸로 다른 데서 열흘 걸린다는 수리 기간을 사흘쯤으로 단축해서 높은 수리비를 청구하는 방법을 썼다. 자동차를 발로 쓰는 사람은 발이 빨리 고쳐지는 게 반갑지 수리비가 문제가 아니었기 때문에, 신설동 나의 무허가 공장으로 고장난 차가 물밀듯이 들어왔다.

여전히 무허가였지만 동대문경찰서의 묵인하에 그래도 훨씬 마음 편하게 자동차 수리 공장을 하면서 나는 낮에는 돌아다니며 안면을 익히고 수리 주문을 받아가며 수리비를 수금하고, 밤에는 다른 직공들과 똑같이 먹고 똑같이 기름 손이 돼서 같이 밤새워 일을 했다.

그렇게 직접 수리 작업을 한 덕분으로 나는 얼마 지나지 않아 자동차에 들어가 있는 기계의 모든 기능을 거의 완벽하게 이해했다. 그렇게 체험으로 배운 자동차 공부는 두고두고 요소요소에 유용하게 써먹을 수가 있었다.

언제나, 무슨 일에나 최선의 노력을 쏟아부으면 성공 못 할 일이 없다는 교훈을 내가 빈대한테서 배웠다고 하면, 과장한다고 생각할 것이다. 그러나 이것은 사실이다. 인천에서 막노동을 할 때 잠을 잤던 노동자 합숙소는 밤이면 들끓는 빈대로 잠을 잘 수가 없을 지경이었다. 몇 사람이 빈대를 피하는 방법을 연구해서 밥상 위로 올라가 잤는데, 빈대는 밥상 다리를 타고 기어 올라와 사람을 물었다. 우리는 다시 머리를 짜내어 밥상 네 다리에 물을 담은 양재기를 하나씩 고여놓고 잤다. 그런데 편안한 잠은 하룬가 이틀에서 끝나고 빈대는 여전히 우리를 괴롭혔다. 상다리를 타고 기어오르다가는 몽땅 양재기 물에 빠져 죽었어야 하는 빈대들이었다. 그런 빈대들이 도대체 무슨 방법으로 살아서 우리를 다시 뜯어먹나 불을 켜고 살펴보다가 우리는 다 같이 아연할 수밖에 없었다. 밥상 다리를 타고 올라가는 게 불가능해진 빈대들이 벽을 타고 까맣게 천장으로 올라가고 있었다. 그러고는 천장에서 사람 몸을 향해 툭 떨어지고 있는 게 아닌가.

그때 느꼈던 소름끼치는 놀라움을 잊을 수가 없다. 그리고 생각했다. '하물며 빈대도 목적을 위해서는 저토록 머리를 쓰고 저토록 죽을힘을 다해 노력해서 성공하지 않는가. 나는 빈대가 아닌 사람이다. 빈대한테서도 배울 건 배우자. 인간도 무슨 일에든 절대 중도 포기하지 않고 죽을힘을 다한 노력만 쏟아붓는다면 이루지 못할 일이 없다.'

돌이켜보면 내 인생은 줄곧 '더 하려야 더 할 게 없는 마지막까지의 최선'의 점철이 아닌가 한다.

신설동의 '아도서비스' 공장은 정신없이 밀려드는 일감으로 눈코 뜰 새 없이 바쁘게 돌아가면서 돈도 꽤 많이 벌어들였다. 오윤근 씨한테서 빌린 돈은 물론 이자까지 쳐서 깨끗이 다 갚아서 그분 일생에 '사람 잘못 보아 돈 떼어먹혔다'는 오점은 남기지 않게 되었다.

그러나 일제 식민지하의 시국은 점점 어려워져만 갔다. 노구교사건을 시발로 중국과 전면전을 시작하면서 내린 전시체제령 이후 조선총독부는 못이나 철사, 철판 같은 군수품으로 바꿀 수 있는 물자들을 우선적으로 배급 · 통제하더니, 정미소를 통제하고, 쌀 배급제를 실시하고, 1941년 4월에는 생활필수물자통제령까지 공포했다. 그리고 1941년 12월, 과대망상증 환자 일본 제국주의자들은 태평양전쟁을 일으켰고, 다음 해 1942년 5월에는 기업정리령企業整理令을 내렸다. 주제넘게 분수에 넘친 전쟁을 하느라고 숨이 차서 전국에서 놋그릇, 수저까지 거둬 무기 만드는 데 쏟아넣던 일본은 1943년 초,

42

우리 '아도서비스'를 종로의 '일진공작소'와 강제 합병시켰다. 말만 합병이지 합병 아닌 흡수였다. 동업자였던 이을학, 김명현 씨가 먼저 빠져 나가고, 강제 합병된 회사에 아무 의욕도 정열도 없었던 나 역시 곧 손을 떼었다.

내 나이 스물아홉 살 때였다.

홀동광산의 전화위복

혼신의 힘을 다해 굴리던 '아도서비스'를 그렇게 맥없이 뺏긴 데다 까딱하다가는 나의 둘째 인영이, 셋째 순영이까지 꼼짝없이 징용으로 끌려갈 지경이 되었다. 무턱대고 수리 공장 할 때 알았던 유화광천업 사장을 찾아가 매달렸다. 그 사장의 아들이 조선제련朝鮮製鍊과 관계가 있었기 때문에, 조선제련 산하에 있는 광산鑛山 어디서 일 좀 하게 해달라고 열심히 떼를 썼던 것이다. 군수軍需 광산에서 일하면 징용이 면제됐었다. 그렇게 해서 황해도 수안군 홀동금광에서 평남 진남포 제련소까지 옮겨지는 광석을 평양 선교리까지 운반하는 하청 계약을 맺었다.

보증금 3만 원을 넣고, 엔진 소리만 듣고도 차의 어디가 어떻게 아픈가를 집어내는 자동차 귀신 김영주金永柱를 정비책임자로 붙여, 광산의 헌 트럭 10대와 새 트럭 20대를 갖고 일을 시작했다. 산악 지대인데다 1백30km가 넘는 길고 긴 운송 거리는 노면까지 험난하여 자동차 고장이 잦아 하루 한 번 오가는 것도 버거웠다. 거기에 더 힘든 것은 여간한 참을성이 아니면 견뎌낼 수가 없는 홀동금광 소장과 동기생인 관리책임자의 저의底意가 있는 적대감이었다. 많이 실었다, 적게 실었다, 금덩이 같은 광석을 왜 질질 흘리고 다니냐 등, 시시콜콜 해대는 잔소리가 하루에도 몇 번씩 울뚝뻴을 건드렸다. 나중에 안 사실이지만 그는 우리를 밀어내고 대신 자기 동기생을 끌어들이고 싶었던 사람이었다. 징용에 안 끌려가려면 등신인 척 그저 참을 수밖에 없었다.

그러나 참는 데에도 한계가 있는 법이다. 2년 남짓 버티다가 1945년 5월, 나 대신 들어오고 싶어하는 그 사람에게 하청 계약을 넘겨버렸다. 계약 보증금 3만 원과 하청 계약을 넘기며 받은 2만 원을 합쳐 5만 원을 들고 가족을 데리고 앓던 이를 뺀 것보다 더 시원하게 미련 없이 홀동광산을 떴다.

그런데 그것이 천우신조天佑神助였다.

우리가 광산을 뜬 지 딱 석 달 만에 일본이 패망했다. 홀동광산은 그날로 폐광廢鑛이 됐고, 그곳에 있던 일본인은 모두 소련군 포로로 잡혀갔다.

만약 내가 그 자리에서 뭉기적거리며 그냥 일을 계속하고 있었더라면 그동안 만들어졌던 5만 원의 재산은 그대로 물거품이 됐을 것이고, 운수 불길했으면 일본인들과 도매금으로 시베리아로 끌려갔을지도 모른다. 왜냐하면 그때 우리는 '하동 정씨'의 '하동'을 일본 음으로 바꿔 '가도오'로 행세하고 있었기 때문이다.

창씨개명을 안 하고 버틸 만큼의 애국·우국지사가 아니었으나 시대의 흐름으로 산 것에 큰 부끄러움은 없다. 그 혼란에 일본 이름 때문에 일본인으로 잡혀갔을 수도 있잖은가. 아무튼 해방 전에 광산에서 발을 뺐던 것은 지금도 천우신조로 생각한다. 그렇게 우리를 못살게 굴어 이를 갈며 증오했던 그 일본인이 결국 우리를 살려준 고마운 사람이니, 인간사 그렇게 기묘한 인연도 있는가 보다.

돈암동의 해방 시대

홀동광산에서 손을 털었던 1945년 5월부터 이듬해 4월, 중구 초동에 '현대자동차공업사' 간판을 걸기까지 만 1년 동안이 나의 유일한 '무직無職' 기간이었다. 그때 우리는 신설동에 있는 자동차 수리 공장을 할 때 샀던 돈암동의 자그마한 기와집에서 스무 식구가 같이 살았다. 부모님은 1941년에 고향에서 돈암동 집으로 모셔왔고, 둘째 인영과 셋째 순영이의 혼인을 6개월 간격으로 돈암동에서 치렀다. 학교 때문에 고향에 남아 있던 넷째 세영世永이와 다섯째 신영信永이는 내가 홀동광산의 일을 집어치우기 두 달 전에 가서 데리고 내려왔다.

부모님과 우리 형제들, 그리고 혼인한 부부 사이에서 태어난 아이들까지 스무 명의 대가족이 스무 평 남짓했던 그 좁은 집에서 어떻게 살았는지, 지금 생각하면 신기하기까지 하다. 스무 식솔이 먹어

대는 식량만도 만만치는 않았지만 그래도 벌어 놓은 돈이 있어 아이들 배를 곯릴 정도로 어렵지는 않았다.

새로 할 만한 마땅한 일감은 쉽게 찾아지지를 않았다. 그래도 매일같이 아침밥만 먹으면 매제와 순영이를 데리고 무슨 큰 볼일이라도 있는 듯 바삐 집을 나서곤 했다. 그렇게 했어도 역시 실직자는 실직자였다.

돈암동의 실직자 생활 1년 동안이 아마도 나의 생애에서 유일하게 가정적인 가장 노릇을 했던 시기가 아니었나 생각한다. 아버님은 담배를 즐기셨는데, 당시는 라이터는커녕 성냥도 귀해서 담배보다도 담뱃불 구하기가 더 어려웠다. 아버님의 담뱃불 고생을 덜어드릴 무슨 방법이 없을까 궁리 끝에, 구리 전깃줄에 흑연을 부딪쳐 점화시키는 자동차 점화 원리를 응용해보자는 생각이 들었다. 전깃줄에 구리선을 연결시켜 흑연을 부싯돌을 대신해서 몇 번 시도해보니 곰방대에 불이 붙었다. 그때 아버님이 기뻐하시던 얼굴이 지금도 선하다.

형제들 가운데 내가 어머님을 제일 많이 닮았는데, 우리 어머님은 여자로서는 좀 심하다 싶게 손발이 크셨다. 유난히 크신 발 때문에 발에 맞는 신발이 없어서 어머님은 평생을 고생하셨는데, 여느 때는 남자 고무신으로 지내셨지만 며느리를 맞는다든지 사돈댁을 만나야 한다든지 할 때는 발에 맞는 여자 고무신이 없어서 언제나 낭패였다. 여자 고무신은 25문文까지는 나왔으나 25문짜리는 없었다. 나는 해결 방법으로 양화점에다 하얀 가죽으로 25문짜리 신발을 맞춰

드렸다. 그러나 급한 성격만큼 걸음도 빠르신 어머님한테 가죽신이 편치 않으셨는지 어머님은 남의 눈이 상관없을 때는 가죽신을 벗고 버선발로 걸으시기 일쑤였다고 한다. 그래도 아들이 만들어준 가죽신이라고 절대로 함부로 하지는 않으시고 한 짝은 겨드랑이에 끼고 나머지 한 짝은 손에 들고 다니셨단다.

밥짓는 땔감도 문제였다. 고향 같으면 지게 지고 산에 올라갔다 내려오면 해결되는 땔감이 서울에서는 문제 중에도 문제였다. 홀동 광산에서 알았던 사람을 찾아 숯막에 가서 숯을 트럭으로 사다 집에 들여줬을 때, 어머님을 비롯해 다섯 아낙들이 놀라고 좋아하던 모습이 아직 생생하다.

맏며느리인 집사람의 고생도 물론 말할 것도 없었겠지만, 인영이댁과 순영이댁 두 제수씨의 고생도 말이 아니었다. 그때 둘째 인영이는 일본으로 공부하러 가고 없었다. 남편도 없이 대가족 속에서 시집살이하는 인영이댁이 안쓰러워서 나는 기회 있을 때마다 집사람한테 특별히 마음을 쓰라고 일렀지만, 심덕은 좋으나 사분사분한 성격은 못 되는 집사람이 별 도움이 되지는 않았을 것이다. 순영이댁인 둘째 제수씨는 정신대에 끌려가는 것을 피하느라 열여덟에 시집을 왔다. 열여덟 어린 각시가 손 마를 날이 없이 부엌살림이며 빨래며 일에 묻혀서 사는 모양도 보기에 참 안타까웠다. 부모님 앞에서 제 처자식 아끼는 티를 내는 것은 우리 세대에서는 금기였을 뿐만 아니라, 더구나 인영이는 유학을 가고 없고, 순영이는 무뚝뚝하기가 아버님을 그대로 빼어 닮은 성격이니, 고달픈 시집살이에 위로라고는 받을 데가 없는 두 제수씨들이었다.

하루는 갑자기 순영이댁이 대성통곡을 하는 소리가 들렸다. 집사람한테 이유를 알아보니 개울에 가서 빨래하고 들어오더니 그렇게 운다고 했다. 겨울이었는데 눈 쌓인 냇가에서 끝도 없이 많은 빨래를 해갖고 들어와 쌓이고 쌓였던 설움이 대성통곡으로 터진 모양이었다. 그때부터 나는 단성사團成社에 새 영화가 들어오면 여동생 희영이와 두 제수씨를 데리고 영화 구경을 갔다. 그런 날이면 영화를 보고 난 후에 외식도 했는데, 가끔은 양식도 먹고는 했다. 젖먹이가 딸려서, 그리고 맏며느리로서 부모님 수발을 해야 하는 집사람은 그 외출에 끼지 못하고 늘 집을 지켜야 했는데, 세 여인들은 집사람한테 미안해서 외식만은 비밀로 했다고 한다.

1944년이 아버님 환갑이 되는 해였으나 건강이 여의치 않으셔서 환갑을 거르고 1945년에 환갑 겸 진갑 잔치를 치르기로 했었다. 해방이 되자 아버님 어머님은 곧장 먼저 고향 통천으로 올라가셨고, 아버님 형제분들이 살고 계신 고향에서 진갑 잔치를 하기 위해 우리는 돈암동 집을 여동생 희영이와 둘째 제수씨(순영이댁)한테 맡기고 전 가족이 모두 고향으로 올라갔다.

사흘에 걸쳐 밤낮으로 푸짐한 잔치를 끝내고 내려오려니, 올라갈 때는 멀쩡했던 길이 사흘 사이에 느닷없이 교통도 끊기고 통제가 심해져 있었다. 어물거리다가는 큰일나겠다 싶어 복개에서부터 산길로 더듬어 걷기로 했다. 소련군한테 잡혀 까딱 잘못하여 식구들이 뿔뿔이 흩어지기라도 하면 큰일이었다. 숨고 숨어, 걷고 또 걸어서

적성積城에 닿는데 한탄강이 앞을 가로막았다. 물이 만만치가 않았다. 얕은 곳도 내 키의 절반을 넘었다. 통천에서부터 가래톳이 서고 열이 나며 아팠던 몽근夢根이를 목마를 태우고 왔던 내가 먼저 옷을 다 벗고 팬티 바람으로 강물로 들어섰다. 어쨌든 강을 건너지 않으면 집으로 갈 수가 없었다. 식구들이 있는 대로 다 옷을 벗고 강물을 건넜다. 시부모, 아들, 며느리 할 것 없이 모두 겉옷을 다 벗고 속옷 차림으로 강으로 건넌 진풍경이었다.

얼마 후, 인영이댁이 장질부사에 걸려 몸져누웠다. 장질부사는 전염병이다. 아버님은 당신께서 며느리 간호를 맡으시고 다른 사람은 누구도 환자 옆에 얼씬거리지 못하게 하셨다. 말씀은 없으셔도 속이 깊으셨던 아버님은 무슨 일을 당해도 당신이 당하시겠다는 생각이셨던 것이다.

아내의 말을 빌리면 아버님은 앓아 누운 며느리의 머리까지 빗겨주시면서 간호를 하신다고 했다. 아버님 정성 때문인지 다행히 제수씨는 병이 나아 일어났는데, 대신 아버님이 앓아 누우셨다. 제수씨의 장질부사가 옮았던 것은 아니었으나 워낙 건강이 좋지 않으신 데다가 며느리 병간호로 무리하셨던 탓이었을 것이다.

'현대자동차공업사'와 '현대토건사'의 출발 그리고 6·25

해방 직후의 우리나라는 어수선하기 짝이 없었다. 임시정부臨時政

府는 골격도 제대로 갖추지 못한 채 미군정美軍政 아래 들어갔고 수많은 사회단체들이 난립해서 제각각 완전 자주 독립을 요구하는 결의문들을 발표했다. 해방이 되면서 물가 통제가 없어진데다 정치·경제의 불안이 겹쳐 물가는 천장을 모르고 치솟기만 했다. 그리고 12월의 모스크바 삼상회의에서는 우리나라를 신탁 통치한다는 결정을 냈다.

적산 회사敵産會社였던 조선제련에 취직해 독자적인 사업을 시작할 기회를 찾다가 이듬해 1946년, 미 군정청이 적산 일부를 불하할 때 중구 초동 106번지 부근의 2백 평을 불하받아서 같은 해 4월, 그곳에 '현대자동차공업사' 간판을 걸고 자동차 수리 공장을 시작했다. 누이동생 희영이와 결혼해서 매제가 되어 있던 김영주, 둘째 아우 순영, 홀동광산에서 같이 일했던 최기호, 고향 친구 오인보에 기능공을 합쳐 10여 명이 전부였다.

이 '현대자동차공업사'가 '현대'라는 상호商號의 시작이었다.

그리고 두 달 후인 1946년 6월 28일 아버님께서 돌아가셨다.

누이동생 희영이한테 전해 들은 얘기인데, 누이동생은 어머님한테 들었다고 했다. 어느 해 강원도 고향에서 오신 어머님을 전차로 모시고 서울 시내를 구경시켜드리던 중에 지금은 헐리고 없는 중앙청 앞에 내리자고 하더니 내가

"어머니, 저게 조선총독부예요. 저는 장안에서 제일가는 부자가 되어서 저것보다 더 큰 집에서 살 거예요."

느닷없이 그러더란다.

"야야, 촌부村夫 아들이, 불알 두 쪽만 차고 온 녀석이 무얼 가지고 장안 제일가는 갑부가 돼 저런 집에서 사냐? 헛된 꿈 꾸지 말고 착실히나 살아라."

어머님 말씀에 내가 정색을 하고서

"아니에요. 저는 꼭 그렇게 될 거예요."

라고 했다고 한다. 나는 기억이 없지만 어쨌든 그때쯤은 벌써 내 속마음에 사업가로 반드시 크게 성공해보겠다는 큰 포부와 자신이 있었던 모양이다.

그러나 아버님은 그때까지 기다려주시지 않았다. 내 평생의 가장 큰 스승은 아버님이라는 말은 앞에서 했던 것 같다. 갑작스런 아버님의 별세로 나는 마음의 지주支柱를 잃고 한동안 그 당황스러움을 가눌 길이 없었다. '이렇게 빨리 돌아가실 줄 알았으면 밤에 일찍일찍 좀 다닐걸. 이럴 줄 알았으면 좋은 반찬, 좋은 과일, 좋은 음식, 좋은 의복, 더 좀 잘해드릴걸.'

낳아주시고 길러주신 부모님이 어느 날 홀연히 세상을 뜨시면, 모자란 자식한테 남는 건 반푼이 같은 때늦은 후회와 불효에 대한 자책뿐인 법이다. 한밤중에 집에 들어갈 때면 문간방에서 '너 이제 들어오냐. 나 아직 안 자고 너 들어오는 거 기다렸다'는 말씀 대신으로 "크음" 하고 내게 들려주시던 기침 소리를 이제 더 이상 들을 수 없는 것이 너무도 허전하고 섭섭했다. 나는 아버님이 좀 더 오래 사시면서 나를 지켜봐주실 것으로 믿었었다.

자동차공업사가 나날이 발전하면서, 거기에다 건설 회사 간판까지 달고 뛰면서, 그리고 그 후 많은 날들을 나는 틈틈이 '아버님이 살아 계셔서 내가 잘 커나가는 것을 보셨으면 얼마나 좋을까' 하는 생각을 참으로 많이 했다. 아우들이 하나씩 제 사업체를 가지고 분가해 나갈 때, 어려웠던 일이 성공적으로 마무리됐을 때마다 '아버님이 살아 계셨으면' 하는 아쉬움은 바래기는커녕 늘 절절하기만 했다. 반대로 슬프고 어려운 일이 생겨도 맨 먼저 부모님이 떠오르는데, 그때는 반대로 '살아 계셨으면'이 아니라 '돌아가셔서 다행이다'는 생각이었다.

　　넷째 아우 신영이가 한창 나이에 세상을 떴을 때, 고령교高靈橋 공사 실패로 벌떼 같은 빚쟁이에 시달릴 때, 그런 일들을 겪을 때에는 부모님이 일찍 타계하셔서 오히려 가슴 아픈 일을 보지 않아도 된 걸 진심으로 다행스럽게 생각했다. 수많은 좋은 일 궂은 일들을 겪으면서 나는 시시때때로 부모님 생각을 참 많이 했고, 나이가 들면서는 이상하게 점점 더 많이 하게 된다. 그런데 나와는 달리 내 아우들은 나처럼 틈틈이 그렇게는 부모님 생각을 안 하며 사는 것처럼 보이는 것이 다소 섭섭하고 괘씸한 마음이다. '맏자식이라는 게 이런 건가' 하는 생각이 든다.

　　'현대자동차공업사'는 초창기에는 미군 병기창에 가서 엔진을 바꿔 단다든가 하는 일을 청부받아 하다가, 1년쯤 뒤부터는 낡아빠진 일제 고물차를 용도에 따라 개조하는 일을 했다. 1.5t짜리 트럭의 중간을 이어 덧붙여서 2.5t짜리로 만들어내거나, 휘발유차를 목탄차木炭車나 카바이드차로 개조하기도 했다. 당시는 휘발유가 귀해서 목탄차나 카바이드차로 개조하는 일이 많았다. 해방 후 교통량이 늘어나면서 우리 자동차공업사는 매일매일 번창해갔다. 한두 사람씩 늘어가던 종업원이 금방 30명이 되더니 1년 만에 80명까지 늘어났다.

내가 어렸을 때, 집에 어린애 똥기저귀를 빨다가도 이웃에서 애 울음 소리가 들리면 팽개치고 달려가 달래주실 정도로 정이 많으셨던 어머님은 회사 직원들을 자식처럼 돌보고 보살피셨다. 봄가을 야유회라도 갈 때는 내 안사람은 물론 인영이, 순영이 안사람, 누이동생 희영이가 전부 다 동원돼 푸짐하게 음식 장만을 하곤 했다. 나 자신이 배고픈 게 무엇인지 아는 사람이라 나는 처음부터 직원들 먹이는 것에 대해서는 후했고, 우리 집사람도 희영이도 우리 집안 안사람들이 또한 모두 우리 어머님을 닮아 남 주는 손이 크고 인심이 좋았다. 그 후 점점 사업이 커지면서 때때로 그 시절의 가족적인 분위기를 아름다운 추억처럼 떠올릴 때가 종종 있었다.

그때는 건설업이나 자동차 수리업이나 관청과 미군에서 나오는 일거리가 대부분이었다. 견적 넣고 수금하고 하면서 관청과 미군을 드나들던 어느 날, 건설업자들이 공사비를 받아가는 것을 보았다. 내가 받는 수금액은 한 번에 고작해야 30~40만 원 정도인데 건설업자들은 한 번에 1천만 원씩 받아가고 있었다. 정신이 번쩍 드는 기분이었다. 업종이 다를 뿐 들이는 노력은 같은데, 기왕이면 나도 큰돈 받아내는 일을 해야겠다는 생각이 들어서 의논했더니, 친구 오인보도 매제 김영주도 결사 반대였다. 자본도 경험도 없이 무모한 짓 벌이지 말고 그냥 왕왕 잘 돌아가는 자동차 수리업이나 열심히 하자는 것이었다.

이 나이까지 사는 동안 나는 어떤 새로운 일에 도전할 때마다 무모하다는 말을 안 듣고 시작한 일이 별로 없는데, 자동차 수리업을 하다가 토건업에 뛰어들면서 들었던 이 '무모하다'가 최초로 들었던 '무모하다'는 말이었다. 그러나 나는 전혀 무모하다는 생각이 안 들었다. 토건업이 그렇게 생소하지도 않았다. 우선 토목 공사판에서 노동도 했었고 무엇보다도 당시의 토건업이래야 대부분 수리나 영선營繕이 고작이었는데

'까짓것, 견적 넣어 수리하고 돈 받기는 마찬가지지 뭘 그래?'
라는 생각이 들었다.

나는 어떤 일을 시작하든 '반드시 된다'는 확신 90%에 '되게 할 수 있다'는 자신감 10%로 완벽한 100%를 채우지, 안 될 수도 있다는 회의나 불안은 단 1%도 끼워넣지 않는다. 매제와 친구는 탐탁잖은 뿌우연 얼굴이었지만 나는 당장 초동 '현대자동차공업사' 건물에 '현대토건사' 간판을 더 달았다.

1947년 5월 25일. '현대건설'의 출발이었다.

당시 우리나라 토건업계는 일류 업체 15개 외에 모두 고만고만한 군소업체가 3천 개나 있었는데, 일 같은 일거리는 모두 큰 토건회사들이 독점해서 군소업체들에게 하청을 주는 형식이었다. 겨우 공업학교 교사 출신 한 사람을 기술자로 채용해서 기능공 10여 명을 데

리고 '현대토건사'도 3천 개의 하청업체 속으로 머리를 디밀고 들어 갔는데, 치열한 수주 경쟁 속에서 첫해 실적은 그다지 좋았다고 할 수가 없다.

1948년 5월에는 북한이 남한에 보내던 전기를 끊고, 남한은 남한 만의 단독 총선거를 실시했다. 7월에 새로 제정된 헌법이 공포되고, 8월에 이승만 대통령이 독립을 선포했으며, 9월에는 반민족행위처 단법이 국회에서 통과되고, 10월에는 여수·순천에 주둔 중이던 국 군 부대에서 반란이 일어났다. 이 해에 나는 토건사 사무실을 광화 문에 있던 평화신문사平和新聞社 빌딩의 방 두 개를 빌려 옮겼고, '현 대토건사'는 포천, 인천, 대전 등지의 미군 숙사와 부대 시설 신축, 개 수改修 공사 등 체면 유지를 할 정도의 일을 했다.

1950년 1월 나는 '현대토건사'와 '현대자동차공업사'를 합병해 서 '현대건설주식회사'를 설립했다. 정부에서 국가 재건을 위해 건 설 행정을 정비한다고 했기 때문에 이에 부응하기 위해서는 회사 규 모도 확대하고 체제를 정비할 필요성을 느꼈기 때문이었다. 공칭 자 본公稱資本 3천만 원, 불입 자본拂入資本 7백5십만 원에 소재지는 서울 중구 필동 1가 41번지였다.

건설업은 공사를 따내기가 어려워서 그렇지 이익이 많아 할 만한 사업이었다. 두 개 회사를 하나로 합병해놓고 나는

'좋다. 이제부터 제대로 한번 해보는 거다.'

하며 의욕이 넘쳤는데 6개월 만에 6·25가 터져버렸다. 북한군이 남 침했다는 뉴스는 라디오로 들어서 알고 있었지만 설마 그렇게 맥없

이 밀릴 거라고는 꿈에도 생각을 못 했었다.

　돈암동에 살고 있던 누이동생 가족이 정릉 위쪽에서 들려오는 포 소리에 놀라 장충동 우리 집으로 옮겨왔다. 매제가

　"형님, 쌀 좀 팔아놉시다."

라고 하는데,

　"우리 군대는 다 낮잠 자? 그리 허술하게 수도 서울을 내줄 것 같아? 쓸데없는 소리 마."

하면서 일축해버렸다. 나는 그만큼 철썩같이 정부와 군대를 믿었다.

　6월 26일 아침 둘째 인영이가 집으로 달려왔다. 북한군 탱크가 벌써 미아리고개까지 쳐내려오고 있다는 소식이었다. 27일 밤, 『동아일보』 외신부 기자였던 인영이는 서울의 외국 기관들이 철수 준비를 하고 있다는 소식을 신문사에 알리고, 호외 300부를 수동기로 찍어 발행한 뒤 무교동의 실비옥에서 그때까지 남아 있던 신문사 몇 사람과 이별의 술 한잔을 나누고 들어왔다. 문선공文選工들도 다 피난 가고 아무도 없어서 인영이가 직접 문선을 했다고 했다.

　인영이는 소년 시절, YMCA의 국민학교 야간 과정과 영어과를 다니면서 총독부 간행물 발간소, 행정학회 인쇄소에서 5년간 문선공으로 일한 적이 있었다. 조판공까지 다 피난 가고 없어서 조판은 공무국장이 직접 해서 호외 발행을 하고 왔다고 했다. 서울을 사수하겠다던 정부를 어린애처럼 순진하게 믿었던 나는, 그제야 중풍으로 쓰러져 누워 계시던 어머님만이라도 모시고 피난을 가야겠다는 생각을 했는데, 어머님이 피난을 안 가신다고 막무가내로 버티셨다.

이튿날 아우와 지프를 타고 나갔는데 탱크는 벌써 을지로까지 들어와 있었다. 만약의 경우를 생각해서 집으로 되돌아가 인영이가 일본 아오야마가쿠인靑山學院 대학에서의 유학을 끝내고 들어오면서 갖고 온 원서原書들을 마당에 쌓아놓고 태웠다. 얼마나 더디 타는지, 책 태우기가 그렇게 힘든 걸 그때 처음 알았다.

사업이래야 작은 기업이었고 또 지주地主도 아니니 가족들은 걱정 안 해도 될 것 같아 인영이와 둘이서만 피난을 가기로 했다. 신문사 기자 신분 때문에, 더구나 그때 아우가 맡았던 기사記事가 우리나라에 나와 있는 외국 대사들의 프로필 연재였으니 다른 사람은 몰라도 인영이만은 꼭 피난을 시켜야 했다. 양식 좀 사놓자는 매제의 말을 귓등으로 들은 게 후회스러웠지만 때늦은 후회였다. 알아보니 보리쌀 반 가마에 쌀 두 말이 집에 남아 있는 양식 전부였다.

아우와 서비스 공장 직원 최기호와 셋이서 걸어서 서빙고 나루터로 갔다. 한강교는 이미 끊어져버렸고, 밤새껏 퍼부은 비로 강물은 잔뜩 불어 황토색으로 무섭게 흐르고 있었다. 나루터는 총을 거꾸로 든 우리 쪽 패잔병들과 강을 건너야 할 피난민들로 아수라장이었다. 강을 건널 수단이라고는 어떤 사람이 한 번에 두셋씩 태워 건네주는 작은 보트 하나가 전부였다.

서로 먼저 건너겠다고 아우성인 수많은 사람들을 바라보며 강 건널 일이 난감해서 눈만 꿈벅거리고 있는데 웬일인지 보트 주인이 갑자기 보트를 뱃사장으로 끌어올려 놓더니 노만 들고 휘적휘적 가버렸다. 돈 버는 것도 좋지만 사람들의 아우성에 지쳐 짜증이 났는지

싫증이 났는지, 아니면 두세 사람밖에 못 태우는 보트를 갖고 그 일을 계속하기에는 엄두가 안 났는지, 그 이유는 알 수 없었다.

최기호와 인영이, 나는 보트 주인이 저만큼 멀리 갈 때까지 기다렸다가 셋이 한꺼번에 냅다 달려들어 보트를 강물에 밀어 넣고 올라탔다. 노가 없는 대신 세 사람 다 두 손을 물속에 집어넣고 죽어라고 손을 저었지만 불어난 강물 속도에 밀리고 밀려서 비스듬히 지금의 반포 쪽 기슭에 닿았다.

걸어서 수원까지 가 거기서 천안까지는 기차 화통火筒에 탔다. 천안에서 우리는, 국군이 인민군을 전부 다 밀어 올렸다는 근거 없는 유언비어에 속아 걸어서 다시 노량진까지 갔다가, 바글바글한 인민군에 기절초풍을 해서 되짚어 다시 천안으로 걸어 내려갔다. 걸어서 걸어서 대전까지 가 그곳에 일주일가량 있는 동안 유엔군이 들어오기 시작했지만, 전황은 나아지지 않고 계속 밀렸다. 우리는 마지막 기차 화통을 잡아타고 결국 대구까지 내려가야 했다.

대구에서 아우는 『대한일보』 편집 일을 하고, 할 일이 없던 나는 군인들 사기 진작에 일조라도 하자고 일선一線의 정훈 부대로 가는 신문 배달을 자청해서 했다. 전시 중이라 탈것도 없어서 매일 걸어서 산중山中의 일선 부대로 신문을 날랐다.

그러던 어느 날, 신문 배본소에 나갔더니 신문이 한 부도 없었다. 내가 배달할 신문을 배본책임자가 두부가게에 몽땅 팔아먹었다는 얘기였다. 신문이래야 그저, 이제 곧 미군이 우리를 도우러 들어올 테니까 용기와 희망을 갖고 잘 싸우라는 전의戰意의 고무라든가 격려가 목적이었다. 그것도 신문이라고 일선에서는 눈이 빠지게 기다릴 텐데 두부가게에 팔아먹다니 한심하고 괘씸해서 그날로 신문 배달을 걷어치웠다.

추풍령 저지선도 무너져 인민군이 낙동강까지 밀고 내려온다는 소문에, 소를 몰고 낙동강을 헤엄쳐 건너는 농부 피난민들 속에 섞여서 우리도 헤엄으로 낙동강을 건넜다. 소가 헤엄을 그렇게 잘 친다는 걸 나는 그때 처음 알았다.

곧장 부산으로 갔다. 부산에서 인영이와 나는 그전에 정훈감실에서 알았던 육군 대위의 권유로 7t짜리 동력선을 타고 해안선 도시와 섬들을 돌아다니며 연설을 하고 다녔다. 연설이래야 "괴뢰군은 잠깐이다. 미군이 곧 들어오니까 동요 마라. 부역하지 마라"는 요지의, 이를테면 민심 동요를 막는 내용이었다. 그것도 나라와 우리 국민을 위하는 일이기에 인영이와 나는 거제도까지 가서 열심히 목청을 돋우곤 했는데, 어느 날 그 대위의 비인간적인 한 면모를 보고는 그날로 때려치우고 말았다.

목포에 배를 대었을 때인데 대위가 멸치를 말리고 있던 어부한테 거두절미하고 다짜고짜 그 멸치를 배에 실으라고 명령했다. 순박한 어부가 전부는 안 되고 반만 가져가라고 통사정을 하는데도, 대위 녀석은 인정 사정 없이 어부를 두들겨 패고 기어이 그 멸치를 다 뺏어 실었다. 인영이와 나는 오만 정나미가 떨어져 그 녀석 꼴을 다시는 보고 싶지 않았고, 그 녀석 꼴을 안 보려면 그 일을 그만두는 길밖에 없었다.

그 일을 그만두고 할 일 없이 쏘다니다가 어느 날 '정치가들을 만나면 무슨 신통한 새 소식이라도 들을 수 있겠지' 하여 민주당民主黨 사무실에 들렀다. 7월이었다. 사무실에 들어가보니 전쟁터에서는 하루에도 무수히 많은 젊은 목숨들이 쓰러져가고 있는데, 정치를 한다는 사람들은 웃통을 벗고 맥주를 마시면서 전쟁은 남의 일인 듯 한가하게 바둑을 두고 있었다. 그 광경을 보는 순간 나는 피가 거꾸로 도는 것 같았다.

'우리 같은 아무것도 아닌 사람도 나라에 손가락만 한 애국이라도 해야겠다고 일선 부대에 신문 배달도 하고, 뱃멀미로 왝왝 토해가면서 목이 아프게 섬 순회 연설도 했는데, 정치가라는 사람들이 나라의 명운命運에 대한 한 줌의 걱정도 자책감도 없이 맥주 마시며 바둑이나 두다니.'

환멸스럽기가 짝이 없었다. 더구나 들리는 소문으로는 부산도 곧 점령당할 것이고, 정치가를 비롯해서 소위 힘깨나 있다는 사람들은 다 일본으로 도망칠 배를 대놓고 있는 중이라고 했다.

기가 막혀 가슴이 터질 일이었다.

피난 올 때 서울에서 입고 온 단벌 노동복에 무일푼이었던 우리는 거지 중에서도 상거지였다. 어느 하루, 딱 밥 두 끼 먹으면 그야말로 깡통 들고 나서야 할 판이라 내가 차고 있던 손목시계를 잡히러 전당포에 갔다. 시계값을 쇠똥값도 안 되게 쳐준다길래 부아가 나서 그냥 나오는데, 우연히 미군 사령부에서 붙인 통역 모집 광고가 눈에 띄었다. 아우 인영이가 당장 서면西面에 있는 미군 사령부로 가 통역 모집 심사 장교 앞에서 『동아일보』 기자 신분증을 내보이고 취직을 했다.

신문 기자라는 직업에 대한 배려였던지 그 심사 장교가 아우에게 통역을 필요로 하는 많은 부서 중에서 가고 싶은 부서를 고르라고 하더란다. 아우는 형이 토건업을 하는 사람이니 어떻게 밥벌이할 일거리라도 얻을 수 있지 않을까 해서 공병대를 선택했다. 일이 풀리려고 그랬던지 인영이는 즉시 공병대 맥칼리스터McAllister 중위의 통역으로 배치되었다.

당시 부산은 건설 물량을 산더미같이 토해내는 곳이었다. 일선으로 보내는 미군들을 하룻밤 재워 보내는 숙소가 태부족이었고, 임시수도이자 최후의 전략 교두보인 부산에 군사 물자 집하지集荷地와 군사 지원 사령부도 있어야 했다. 그 즈음 맥칼리스터 중위는 통역인 아우에게 자기는 아무것도 모르니 자기네 일을 할 만한 건설업자를 찾아 데리고 오라고 했다. 내가 달려갔다. 맥칼리스터가 물었다.

"당신은 할 수 있는 게 무엇이오?"

"무엇이든지 할 수 있습니다."

자신 있게 대답했다. 그렇게 하여 일이 한꺼번에 들이닥쳤다. 미군 병사 10만 명의 하룻밤 숙소를 만드는 일이었다.

휴교 중인 학교 교실을 소독해서 카세인 페인트 칠을 하고, 바닥에 길이 36자 폭 18자짜리 널빤지를 깔아 그 위에 천막을 쳐 교실을 숙소로 만들어내는 동안, 제대로 잠잘 시간은 물론 눈코 뜰 새 없이 바빴다. 하루 3시간도 겨우 잘까 말까였다.

아우는 낮에는 통역원이었고 퇴근 뒤에는 우리 사무실의 직원이었다. 한 달 동안 불철주야 그렇게 일해서 번 돈이 커다란 가방에 가득이었다. 보리쌀 반 가마에 쌀 두 말로 서울에 남겨 놓고 온 가족들 얼굴이 눈앞에서 왔다 갔다 했지만 어쩔 도리가 없었다.

'설마 무슨 일이야 있을라구. 무슨 수를 쓰든 살아는 있겠지.'

그러면서도 환자이신 어머님 생각을 하면 도대체 우리 국군과 유엔군들은 뭘 하고 있나 하는 안타까운 마음에 발을 구를 지경이었다.

미군에서 주문받은 공사는 전선戰線을 따라다니며 해야 했다. 마침내 유엔군이 서울을 탈환하자 우리는 선발대로 미군 군용차를 타고 서울로 왔다. 집으로 들어가보니 북한군에 집을 뺏겼던 가족들은 아무도 없었고, 역시 몰수당했다가 되찾은 초동 공장에서 순영이와 매제가 아무것도 없는 텅 빈 공장을 지키고 있었다. 적 치하에서 고생은 이루 말할 수가 없었다고 했다. 장충동 우리 집에 내 가족을 비롯해서 둘째 인영이 가족, 셋째 순영이 가족, 매제 김영주 가족 그리고 최기호네까지 다섯 가족이 같이 있었는데, 어른 아이 합쳐 먹어야 할 입이 전부 몇이었는지 모른다. 양복 한 벌 들고 나가 쌀 한 말을 바꿔 먹고, 재봉틀 들고 나가 보리 한 말을 바꿔 먹고, 매제와 순영이 둘이서 리어카 한 대를 만들어 양식으로 바꿔 먹을 수 있는 건 전부 다 내다 팔면서 하루하루 연명을 했다는 얘기였다. 양식을 아끼기 위해 호박에 보리죽을 쑤어 먹으니 여름철에 아이들이 설사는 해대고, 결국 견디다 못해 다섯 가족이 제가끔 연고지를 찾아 흩어졌는데, 우리 가족은 경기도 광주廣州 이기홍의 집에 가 신세를 지고, 인영이네는 이천利川 제 처가로, 순영이네는 종로 5가 처가로, 매제네는 도로 돈암동 제 집으로 가 있었다.

김영주가 기억하는 바로는, 그때 수염으로 얼굴이 지저분한 나와 인영이가 느닷없이 들이닥친 군용 트럭에서 털썩 내리더니, 들고 있던 가방을 열어 보이며

"이거 봐라. 돈이다, 돈. 돈 벌어왔다."

하고 말하더란다.

가족들은 모두 다 제자리로 돌아오고 우리는 서울에서 구舊 서울대학교 문리대文理大, 법대法大를 개조해 미 8군 전방기지 사령부로 만드는 등, 계속 미군에서 나오는 일거리를 맡아서 했다. 그러다가 중공군中共軍 투입으로 다시 밀려 1 · 4후퇴. 그때는 전 가족은 물론 직원들까지 다 같이 한꺼번에 부산으로 내려갔다.

부산 범일동凡一洞에 집을 사서 마당에 숙소를 짓고 말단 기술자까지 한꺼번에 같이 기거했다. 회사는 대교로大橋路에 엉성하게 '현대건설' 간판을 달아놓고 직원들은 냄비와 풍로를 빌려다가 마당에서 다 같이 밥을 지어 먹으며 차례가 온 일거리들을 억척스럽게 해 냈다.

두 달 만에 서울이 재탈환되고 일거리는 많았다. 그때쯤은 우리나라 건설업체 중에서 유일하게 우리 '현대건설'이 미 8군 발주 공사를 거의 다 독점하고 있었다. 아이젠하워 대통령의 숙소 꾸며내기와 한겨울에 보리밭을 떠다가 푸른색으로 덮었던 유엔군 묘지 단장하기로 그 사람들 호감을 얻고부터는, 쉽게 비유하자면, 미 8군 공사는

'손가락질만 하면 다 현대 것'이었다.

고령교의 덫

시작된 날이 있으면 끝나는 날도 있는 것이다. 전쟁도 그렇다.

전쟁은 언제든 끝나게 마련인데, 미군 공사에만 의존하고 있어서는 안 된다는 생각에 나는 정부 발주 공사에도 적극적으로 뛰어들었다. 이때 몇 건의 정부 공사를 맡기는 했지만 전시戰時의 사회 혼란과 경제 피폐의 와중에 돈벌이로는 재미를 보지 못했다.

1953년 1월 27일, 오랫동안 중풍으로 고생하시던 어머님께서 부산에서 세상을 버리셨다. 그리고 이 해 7월에는 예상했던 대로 휴전협정이 맺어지면서 미군의 일본 철수가 시작되었다. 8월에 정부가 서울로 환도還都했고 '현대건설'은 9월에 서울로 올라와 본사 사무실을 '현대자동차공업사' 건물로 옮겨 앉았다가 이듬해 8월, 소공동 사무실로 다시 이사했다.

휴전협정이 조인됐던 그 해 4월에 우리는 그 악몽의 고령교 복구 공사를 시작했다. 사업을 시작해서 이날까지 그만큼 혹독한 시련은 없었다. 나는 꿈이라는 걸 잘 꾸지 않는 편이다. 그런데 지금도 어쩌다 한 번씩은 수중에 돈이 하나도 없어서 돈 때문에 쩔쩔매는 꿈을 꾼다. 아마도 그 옛날 고령교 공사로 겪은 고통이 잠재의식 한 귀퉁이에 깊은 상처로 각인돼 있어서 아직도 그런 꿈을 꾸는 게 아닌가 하고 나는 생각한다.

고령교는 대구와 거창을 잇는 다리로, 물자 수송을 위해서만이 아니라 지리산의 공비 토벌을 위해서도 복구가 시급했다. 총 공사비 5천4백78만 환, 공기工期 26개월로 계약한 고령교는 당시 정부 발주 공사로는 최대 규모였고 그런 만큼 우리의 기대도 컸다.

해방 전 '시미즈淸水 건설 조선 지점'에서 풍부한 교량 공사 시공 경험을 갖고 있던 김영필을 상무로 초빙하여 현장 소장으로 앉히고 와세다 공고早稻田工高 토목과 출신 이연술을 기술주임, 친구 오인보를 경리책임으로 앉혔다.

공사는 시작부터 심상치 않았다. 파괴된 상부 구조물이 기초만 남아 있는 교각橋脚 위에 잠겨 있어서 복구 공사보다 신축 공사가 훨씬 쉬울 지경이었다. 게다가 겨울에는 쌓인 모래로 얕아지고 여름에는 물이 불어 겨울의 몇 배가 넘는 등 변동이 극심한 낙동강 수심의 차이도 당황스러운 장애였다. 큰 공사를 해본 경험이 없어 장비 개념도 부족했지만 당시는 나라에도 건설 장비 자체가 거의 아무것도 없었기 때문에, 20t짜리 크레인 한 대, 믹서기 한 대, 컴프레서 한 대가 우리가 투입한 장비 전부였다.

거의 인력에 의존할 수밖에 없었던 상황에서 60m짜리 트러스 두 개를 수심 10m 깊은 계곡에 설치해야 하고, 또 콘크리트 교량을 위해서 교각 13개를 박아넣어야 하는 공사는 지지부진, 간신히 박아넣은 교각이 홍수에 쓸려 사라져버리는 등등, 매사가 그런 식으로 엎친 데 덮치는 격이었다. 그러나 가장 결정적인 것은 날마다 하룻밤 자고 일어나면 올라가 있는, 천장을 모르고 폭등하는 물가였다. 가령 착공 당시 책정한 설계상의 기름 단가가 7백 환이었는데 공사가 끝날 무렵에는 4천5백 환이었고, 공사 시작할 때 40환이던 쌀 한 가마 값이 공사 끝무렵에는 4천 환이었다. 당연히 다른 모든 자재값이나 노임도 날마다 뛰어올랐다. 그렇다고 5천4백78만 환으로 못박아진 공사비가 물가에 따라서 올라가는 것도 아니었다.

감당할 길이 없었다.

그 상황에 고령교보다 먼저 시작했던 조폐공사 동래東萊 사무실과 건조실乾燥室 공사도 고령교와 마찬가지 사정으로 7천만 환의 막대한 적자를 보고 말았다. 미군 공사에서 알뜰하게 벌어 놓은 돈을 돈 찍어내는 조폐공사에다 털어 넣다시피 했는데, 고령교 공사가 또 그 지경이니 걷잡을 수 없었다.

노임을 못 줘 공사장 인부들은 노임을 내놓으라고 파업을 하고, 사무실이고 집이고 매일 빚쟁이들로 지옥이었다. 내 아들 몽준夢準이는 지금도, 어렸을 때라면 제일 먼저 생각나는 게 빚쟁이들이 집에 와 도끼로 마루를 쾅쾅 찍으며 돈 내놓으라고 아우성치던 것이라고 하는 모양이다. 한 달에 1백 달러에서 1백50달러를 보내주던 아우 세영이의 유학비도 못 보내고, '이 녀석이 굶고 있지나 않은지, 병은 안 나야 할 텐데' 하면서 나는 매일 빚을 얻으러 미친 듯이 뛰어다녔다.

어찌 됐거나 이미 막대한 손해는 보게 돼 있는 것이었고 사업하는 사람에게는 신용이 첫째인데, 무슨 수가 있어도 공사는 끝내기로 한 날짜에 맞춰 끝내야 한다는 한 가지 생각밖에는 아무것도 머릿속에 없었다.

그런 와중에서 공사 중의 사고로 인부가 죽기라도 하면 현장에 있던 매제는 시체와 함께 잠도 자야 했다. 노임은 밀려 있지, 일하다가 동료는 죽었지, 날카로울 대로 날카로워져 있는 인부들의 신경을 자칫 잘못 건드렸다가는 맞아죽기 십상이었으니 도리가 없었다. 어느 날, 최기호와 인영이 아우가 공사를 중단하자고 나섰다. 내가 말했다.

"간판을 뜯어 내리자는 말이냐? 여기서 공사를 중단하면 그건 간판을 내리고 말자는 얘기다. 사업가는 신용이 제일인데 신용을 잃으면 끝이다. 대한민국에서 제일가는 건설업체 만들자는 게 내 꿈인데, 나더러 그걸 포기하라는 거냐? 무슨 일이 있어도 공사는 끝낸다. 끝내야 한다."

아우 순영이가 삼선동의 20평짜리 기와집을 팔고 매제 김영주가 살던 돈암동 종점 근처의 20평짜리 집도 팔고, 최기호의 집도 팔았다. 나는 조상들 제사 모실 집은 있어야 한다는 동생들 반대에 집 대신 초동 자동차 수리 공장 자리를 팔았다. 이렇게 만들어진 9천9백70만 환을 들고 우리는 고령교 공사에 다시 달라붙었다. 집들을 팔아 넣고도 얻을 수 있는 빚은 모두 다 끌어대 월 18%의 높은 이자를 지불하면서 어쨌거나 1955년 5월, 결국은 계약 공기보다 2개월 늦게 그 지긋지긋했던 고령교를 완공시켰다.

계약 금액 5천4백78만 환에 적자 금액 6천5백만 환.

이것이 고령교 공사의 결산이다. 공사를 끝내니 현장 장비를 철수시킬 힘도 없을 정도로 탈진 상태였다. 빚쟁이들은 벌떼처럼 덤벼들었다.

나는 지금도 고령교 공사의 시련을 운運 탓으로 돌리지 않는다. 공사를 따는 것에만 집착했지 다른 면에 대해서 치밀하게 계산하고 예측하고 대비하는 것에 게을렀기 때문이다.

장기 공사長期工事는 연차적으로 분할 계약을 해야 인플레에 의한 손실을 막을 수 있다. 그때 이미 인플레의 기미가 있었는데도 불구하고 '기껏 인플레가 된다고 해보았자 두 배 정도가 아니겠는가' 하고, 내 마음대로 판단하고 일괄 계약을 한 것이 가장 큰 경솔함이었다. 낙동강 바닥의 토질土質도 모르는 채 공사에 뛰어들었던 것, 또 우리나라 당시의 형편없는 장비로는 고령교 정도의 공사도 어렵다는 사실을 몰랐던 내 경험 부족도 실패의 이유가 된다.

결국 모든 실패의 원인은 내 탓이었다. 『채근담菜根譚』의 가르침대로 '득의지시 변생실의지비得意之時 便生失意之悲(뜻을 이룰 때 실패의 뿌리가 생긴다)'라는 말이 절실한 진리였다.

경쟁 건설업자들은 내 시련을 그다지 싫어하지 않았던 것으로 기억한다. 소학교밖에 안 나온 친구니 인플레가 뭔지나 알았겠냐는 둥, 장기 공사에는 분할 계약을 한다는 것도 모르는 무식한 사람이 건설업을 한다고 껍죽대다 망하는 거라는 둥…….

그러나 나는 그대로 망할 생각은 추호도 없었다. 확실히 내가 부족하고 미숙하고 몰랐던 탓이었다. 모든 것이 내 탓이었다. 비싼 수

업료를 내고 공부한 셈 치자고 생각했다. 그렇게 마음을 다스리니 상황만큼 절망스럽지는 않았다. 오히려 담담한 편이었다.

집들을 팔고 세 얻을 돈도 없었던 매제와 순영이는 초동 다리 옆에다 말 그대로 판잣집을 짓고 들어가 살고 있었다. 어느 날 아침 그곳에 가서 그 사는 모양을 보니 억장이 무너졌다. 말할 수 없이 미안하고 가슴이 아파서 겨우

"내가 부자 되면 큰 집 사줄게."

했는데, 매제도 울고 아우도 울고, 그리고 나까지 그만 다 같이 울어버렸던 생각이 난다.

그러나 고령교 덕분에

조폐공사 건설과 고령교 복구 공사에서 생긴 막대한 부채는 꽤 오랜 세월 동안 발목에 쇠뭉치를 달고 뜀박질하는 것처럼 우리를 힘들게 했다. 그러나 잃은 것이 있는 대신 얻은 것도 있었다. 막대한 적자를 감수하면서도 끝까지 공사를 마무리했던 '현대건설'의 신용을 내무부內務部가 높이 평가해, 그 후 우리는 정부 공사를 수주하는 데 큰 어려움이 없었다.

1954년부터 미국 원조 자금으로 전후 복구 사업戰後復舊事業이 활발히 진행되던 시기라서 할 일은 많았다. 가창댐 확장 공사, 내무부 중기重機 공장 신축 공사, 부산항 제4부두 신축 공사를 1955년도에

했고, 1956년도에는 옥산교, 가창댐 확장 3·4차 공사, 강구교 2·3차 공사 등을 5억 4천여만 환에 맡아 서서히 회사가 다시 일어서기 시작했다.

고령교 공사로 인한 뼈아픈 시련에서 얻은 교훈 중에 하나로 나는 우선 장비 부족 해결을 첫째가는 목표로 삼았다. 『시경詩經』에도 '맨손으로는 호랑이를 때려잡지 못하고 걸어서는 황하를 건너지 못한다不敢暴虎 不敢馮河'는 말이 있다. 건설에는 장비가 첫째였다. 당시에는 건설 중장비는 모두 다 정부의 소유였고 개인은 수입도 할 수 없었다. 개인이 소유할 수 있는 길은 미 8군 불하 장비를 사다 쓰는 것이었다. 다행히 우리는 미 8군 장비 불하처拂下處에 등록된 유일한 건설업체였다. 다른 건설업자들은 중간 상인들을 통해서 사는데 우리한테는 일주일 단위로 장비 불하 목록이 우송되어왔다.

나는 자재과장 이기홍과 함께 직접 장비를 선택했다. 미군에서 불하하는 장비는 대부분 손만 조금 보면 새것이나 다름없는 것들이었다. 자동차 정비 공장을 할 때 다반사로 공원들과 야근하면서 고치고 배우고 터득한 덕분으로, 자동차 기계 원리와 기능, 쇠의 재질까지 어지간히는 알았기 때문에 장비 선택에 남보다 유리하기도 했다.

'현대건설'이 두각을 나타냈다고 할까 주목받기 시작했다고나 할까 하는 시점은, 우리가 1957년 9월에 착공했던 한강인도교 복구 공사를 수주했을 때부터라고 나는 생각한다. 그전부터도 '현대건설'은 아무 공사 수주 경쟁에나 무조건 덤벼들어 끝까지 용을 써댔기 때문에, 건설업계에서는 그런 성향의 회사로 '현대'를 골치 아파하기도 하고 한몫 봐주기도 했지만, 우리에게 한강인도교 공사가 낙찰되었을 때는 모두 놀랐다.

한강인도교 공사는 1957년 9월에 착공해서 1958년 5월에 준공시켰으니까 공사 기간으로는 비교적 단기 공사였으면서도 총 계약 금액이 2억 3천만 환이었다. 이 공사 금액은 고령교 이후 단일 공사로는 전후 최대 규모였기 때문에 업계가 놀란 것도 무리는 아니었다.

애초에 내무장관은 공사를 조흥토건에 주려 했었고, 공사 승인권을 가지고 있던 재무장관은 흥화공작소를 밀었다. 그런데 예산 집행이 1년이나 연기되도록 누구도 양보를 안 하고 끝내 타협점이 찾아지지 않았기 때문에 결국은 경쟁 입찰에 부치게 되었다. 아무 데나 머리를 들이미는 우리 '현대건설'도 물론 다른 경쟁업체들 가운데 끼어 응찰했다. 그런데 흥화공작소가 단돈 '1천 원'에 응찰하면서도 기부 공사를 하겠다고 나섰다. 당시 시내에서 한강까지의 택시 요금이 4천 원이었다. 함께 응찰했던 경쟁 업체들은 모두 쓴웃음을 짓고 잊어버리는 수밖에 없었다. 저마다 공사를 따서 돈을 벌어보겠다고 응찰을 했는데, 어떤 한 사람이 단돈 '1천 원'에 기부 공사를 한다는 데야 무슨 할 말이 있겠는가.

그러나 입찰서를 뜯어본 내무장관이 '1천 원' 응찰 흥화공작소는 입찰 의사가 없는 것으로 보아, 정부가 기부 공사를 받을 수도 없다는 공식 발언을 했다. 이렇게 해서 응찰 가격 두 번째였던 '현대건설'에 한강인도교 복구 공사가 자동 낙찰된 것이다. 이 공사에서 40%의 공사 이익을 냈다. 이 공사를 통해 나는 '죽지 않고 신체 건강하게 살아만 있다면 잠시의 시련은 있을지언정 완전한 실패란 없다'는 내 신념의 실현을 보았다.

이때부터 대동공업, 조흥토건, 삼부토건, 극동건설, 대림산업에 이어 우리 '현대건설'도 소위 '건설 5인조'니 '6인조'니 하며 세인들 입에 오르면서 1천여 대소 업체들 가운데 선두 그룹에 끼게 되었다.

그때는 건설업체끼리 담합이라는 것도 빈번하게 할 때였다. 건설업이란 입찰 경쟁에서 2등이나 3등은 무용지물無用之物이다. 때문에 공개적으로 목숨만 안 내놓았지, 그리고 손에 총칼만 안 들었지 항상 치열한 경쟁, 치열한 두뇌 싸움으로 살아야 했다. 경쟁사 사장한테 연금됐다 풀려난 적도 있고, 느닷없는 옥고獄苦를 치를 뻔한 사건도 있었다.

휴전과 함께 몇 년 동안 저조해졌던 미군 공사가 1957년 7월부터 미군의 핵무장화 등 주한 미군 증강 정책으로 반영구적인 각종 군사 시설 건설에 의해 다시 활기를 띠었다. 전시 중의 긴급 복구 공사와는 달리 미군 발주 공사는 시방서示方書에 엄격한 장비 조항이 명기되어 있기도 했지만 쓰디쓴 경험들을 통해서 건설업은 장비 확보가 필수라고 배웠기 때문에, 이미 나는 1957년 5월 초동 서비스 공장에 중기 사무소를 차렸었다. 관리 책임을 김영주에게 맡겨 구입한 장비와 부속품들을 수리·조립·개조했을 뿐 아니라, 우리에게 없는 기계는 만들어내어 쓰기도 했다. 어쨌든 다른 경쟁자들보다 앞섰던 기계화와 장비화가 '현대건설'의 성장에 큰 몫을 한 것은 움직일 수 없는 사실이고, 그것은 다시 한 번 말하지만 고령교 시련 덕택이었다.

미군 공사는 그저 최저 금액만 써내면 됐던 우리 정부의 최저 낙찰제와는 달랐다. 전체 금액은 물론 하나하나 내역에 대한 견적서도 일일이 다 작성해서 넣어야 했다. 당시 미군 공사 견적서는 이연술, 이춘림이 맡았고 나중에는 권기태가 전담하다시피했다. 미군 공사 초기 시절에는 그들이 내놓는 시방서와 설계도면을 해독할 능력도 없어서 미국인 감독의 통역관을 통한 지시에 따라서 공사를 해야 했고, 시방서를 뜯어 합숙소 불쏘시개로 쓰기도 하고, 심지어는 설사병에 휴지로 쓰기도 하는, 웃을 수도 울 수도 없는 일들이 참 많았다.

그런 희비극 속에서 오산烏山 비행장 활주로 포장 공사를 수주했고, 1959년 6월, 대한민국 건국 이래 최대 공사였던 미美 극동군 공병단 발주, 인천 제1도크 복구 공사에 착공했다. 영어를 제대로 하는 인력이 거의 없었던 당시의 미군 공사는 말이 안 통해서 애먹고, 시방서대로 장비 확보하는 데도 고충이 많았지만, 나는 이 두 공사를 '현대' 직원들의 실무 교육장으로 최대한 활용하기 위해서 가능한 한 많은 직원이 이 현장을 거치게 만들었다.

'불치하문不恥下問'이라는 말이 있다. 나보다 어린 사람, 지위가 나보다 아래인 사람이라 해도 내가 모르는 것을 물어 배우는 것은 부끄러운 일이 아니라는 뜻이다. 이 두 공사를 하는 동안 우리는 정말 진지한 자세로, 배울 수 있는 것은 모조리 배우겠다는 자세로 미국인 기술자들에게서 많은 것을 배웠다.

1950년대 후반부터 1960년대에 이르는 동안 '현대'뿐만 아니라 모든 건설업체들이 미군 공사를 하면서 겪어야 했던 고충은 이루 말할 수가 없다. 그러나 우리는 모두 다 고통과 시련을 통해서 배우고 발전하고 성장한다.

그 후 모든 설계를 미국식 시방에 의해서 작성하고, 품질 관리에 보다 엄격해지고 하는 것 등등, 이런 것들은 모두 미군 공사를 하면서 그들에게서 배운 것이다.

시간과 행동이 성패 좌우

나는 인생의 성공 혹은 실패를 잡고 있는 것은 시간과 행동이라고 생각한다.

시멘트는 건설 공사의 쌀이다. 공사할 때마다 시멘트 공급이 원활하게 안 돼 중간중간 결정적인 시기를 놓치고 차질을 빚는 것이 제일 통탄스러운 일이었다. 장마철 오기 전에 해야 하는 공정을 시멘트가 없어서 못 하고, 추위가 오기 전에 해야 하는 과정인데 시멘트가 없어서 못 하고, 그러다가는 장마철에 시멘트가 나오고, 한겨울에 관급제官給制로 나오고, 이런 지경이니 시멘트에 목을 매달고 있는 형국이었다.

'시멘트 원료 모두 다 국내에 있는 것이다. 강원도 충청도가 거의 석회석 산인데 처음부터 좋은 석회석을 얼마든지 캘 수 있다. 거기다 철분이 든 원료 약간을 섞어 만들면 되는 건데 어려울 일 하나도 없다.'

무슨 일이든 해야겠다 결심하면 단순하고 간단하게 생각해버리는 나는, 시멘트로 인해 빚어지는 공사 차질을 없애기 위해 1957년 시멘트 공장 설립 계획에 착수했다. 이듬해인 1958년 충북 단양군 매포면 어상천리 소재의 매장량 8천2백만t의 석회석광을 사놓고, 회사에 시멘트 사업 계획부를 설치하여 시멘트 공장 설립을 위한 기획, 조사, 대對 정부 교섭 등 각종 업무를 관장하게 했다. 이 해에 우리는 연산年産 20만t 규모의 시멘트 공장 건설 계획을 세워 상공부에 DLF(개발차관기금) 자금 사용 신청을 공식 제출했다.

그러나 허구한 날 시멘트가 없어 일손 놓고 시멘트만 기다리는 형국인데도 상공부는 '기존 공장만으로도 수요를 충족시킬 수 있다'는 이유로 보류 방침을 내렸다. 그러나 사실은 국내 시멘트 시장의 독과점 체제를 계속 유지하려는 기존 시멘트 업체들의 방해가 진짜 이유였다.

1958년 1차 시도가 좌절로 끝난 채 아까운 세월이 그냥 흘렀다. 1960년 4·19로 자유당 정권이 무너지고 민주당 정권이 들어섰다. 우리는 20만t 규모의 시멘트 공장 설립 계획안을 다시 제출했다. 얼마 후 정부에서 '수요가 그렇게 안 된다'는 회신이 왔다. '수요가 그렇게 안 된다는 근거가 어디 있는가?' 우리는 이렇게 반박했다. '현대'가 '시멘트가 모자란다'는 근거로 쓸 수 있는 자료가 없었던 것처럼 정부도 '남아돈다'고 증명할 수 있는 자료가 없었다. 자료가 있다면 그때 AID(미국 국제개발국)에서 스미스 힌치멘이라는 용역 회사를 시켜 조사한 것밖에 없었다. 그 보고서에는 '한국은 1963년도가 돼도 75만 수요밖에 안 되니까 현재 시설을 증설하면 충분하다'로 되어 있었다. 나는 우리가 직접 조사를 하는 수밖에 없다고 생각하고 서울과 지방 도시의 복구, 주택 부족량 등을 전체적으로 감안한 자체 조사를 지시했다.

몇 달에 걸친 작업 끝에 나온 조사 결과는 '1962년, 1963년이면 1백 20만t이 필요하다'는 사실이었다. 정부는 우리 말을 믿을 수도 AID 말을 믿을 수도 없는 처지에 빠져 우물쭈물하다가, 다행스럽게 경제 개발계획 사업의 일환으로 우리 시멘트 공장 설립을 정식 채택했다. '이제 시멘트가 없어서 일하다가 손 놓고 노는 일은 없겠구나' 하고 안도했는데 시작도 하기 전에 5·16군사혁명이 터져버렸다. 그 당시엔 나는 한동안 또 막연할 수밖에 없다는 생각이 들었고 맥이 빠졌다.

그러나 혁명정부는 집권 초부터 국토 건설 사업에 역점을 두었다. 자연히 건설 붐이 일어났고 시멘트 부족은 보다 심각해져서 1961년도에 12.9%였던 시멘트 수입 의존도는 해가 갈수록 점점 더 늘어날 형편이었다. 시멘트 양산 체제 확립이 긴급한 과제가 되었다. 정부는 1961년 국내 총생산 능력을 72만t으로 확충할 계획으로 1차 5개년계획 기간 중에 쌍용양회 40만t, 한일시멘트 40만t, '현대건설' 20만t을 허가, 건설하도록 했다.

정부가 정한 차관 도입선 AID의 단양 석회석 산의 매장량 등에 대한 타당성 조사와 차관에 대한 미 국무성의 승인을 거쳐서, 마침내, 드디어, 1962년 7월 13일, 단양시멘트 공장 건설을 위한 차관 4백25만 달러에 대한 대한민국 정부, '현대건설', AID 삼자간에 차관 협정이 맺어졌다. 국가의 이익보다는 개인의 이익이 우선했던 몇몇 업자의 방해와 소신 없는 정부의 무능 탓에 허비했던 몇 년이 실로 아깝기 그지없었다.

당시 우리 형편에 단양시멘트 공장 건설은 사원들이 '현대건설의 3·1운동'으로 불렀을 만큼 획기적인 사업이었다. 착공에서 준공까지 24개월 동안 나는 매주 일요일이면 어김없이 청량리역에서 중앙선 야간 열차를 타고 현장으로 달려갔다. 나는 무슨 일을 하든, 일에 매달려 있을 때는 일 외에는 아무것도 안중에 없었다. 또 나는 일 앞에서 게으름 피우는 것에는 선천적으로 혐오감을 갖고 있는 사람이라서, 회사에서든 현장에서든, 또 그 사람이 누구든, 나한테 잘못 걸렸다 하면 불벼락을 맞게 된다.

3주 전쯤인가 몇몇 임원들과 점심을 먹던 중에 '현대건설'의 한 임원이 당시 고속도로 건설 현장에 신입 사원으로 들어와 일하던 어느 날의 사건을 얘기한 바 있다. 현장에 지프차를 타고 느닷없이 나타나 한 바퀴 돌아다니다 잔소리를 해대던 내가 장비 위에서 잠깐 졸고 있던 운전사를 발견하더니 대뜸 장비 위로 뛰어 올라가 운전사를 멱살잡이로 끌어내 귀싸대기를 올려붙이더란다.

"얼마나 비싼 장비인데 일은 안 하고 장비 위에서 낮잠이나 자고 있느냐."

고 하면서, 물론 이놈 저놈 하고 상소리도 했을 것이다. 따귀 한 대에 운전사가 저만큼 나가떨어지는 것을 보고 너무 놀라고 무서워 냅다 튀어 도망쳐 숨었다가, 나중에 내가 현장을 떠난 후에 나왔다는 그

임원의 말에 일행 중의 한 외부 사람이 물었다.

"아니 진짜로 도망가셨단 말이에요?"

"아, 진짜죠, 그러엄. 회장님 화나시면 얼마나 무서운데요. 정말 막 떨려요. 사시나무 떨리듯 떨린다니까요, 얼마나 무서운지. 회장님 버럭 화내실 때는 일단 튀고 봐야 해요. 회장님 손을 보세요. 손이 얼마나 크신데요. 아이구 회장님 손에 한 대 맞으면 죽어요, 죽어. 아, 김영주 회장님도 일단 튀고 보시는데요 뭘."

부사장의 말에 모두 박장대소를 하고 웃는데 나도 웃을 수밖에 없었다. 김영주 회장은 내 여동생 희영이 남편이다.

부사장이 거짓말하는 건 아니다. 그 옛날, 수많은 근로자들을 일사불란하게 움직이게 하려면 눈도 세모꼴로 떠야 하고, 목청도 높여야 하고, 때로는 정강이도 걷어차야 했고, 더 심하면 따귀도 때려야 했었다. 그렇게 일을 하다 보니까 현장에서나 사내에서나 저승사자보다 더 무섭고 끔찍한 사람이 돼버렸나 보다. 나는 기억할 수 없지만 누군가는 결재 서류를 들고 들어왔다가 나한테 욕먹고 나가는데 너무 겁을 먹은 나머지 철제 캐비닛 문짝을 출입문으로 알고 열고 들어가려고 했다던가.

아무튼 얼마나 으르렁거리고 다녔던지 단양시멘트 공장 건설 현장에서 내 별명이 '호랑이'였다고 한다. 금요일 오후면 벌써 사원들끼리

"호랑이 오나? 호랑이 안 오나?"

하고 다녔다고 한다.

어느 주말이었는지 하루는 야간 열차 안에서 깜박 잠이 들었다 깼는데 기차가 어느새 단양역을 출발해 달리고 있었다. 별수 없이 달리는 기차에서 몸을 날려 떨어져서는, 툭툭 털고 일어나 어디가 어딘지도 모르는 캄캄한 밤길을 더듬어서 산골길을 넉넉하게 30리는 걸어서 새벽에 도착했다. 현장 사람들이 내가 현장에 안 온 줄 알고 편안하게 아침밥을 먹으러 식당에 들어서다가 나를 보고 모두들 귀신 보고 놀란 얼굴들이 되었다.

모두들 참 열심히 일했으나 그래도 내가 현장에 있을 때와 없을 때가 서로 크게 달랐다. 현장 사람들 모두의 걸음걸이부터 달랐으니, 경영자가 직접 현장을 챙기고 안 챙기고의 차이는 대단히 큰 법이다. 나는 '현장의 사나이'로 통하기도 했다. 회사가 크기 전 초창기에는 사람도 얼마 안 되고 현장도 많지 않으니까 일을 맡으면 현장의 모든 공사 준비에서부터 진행 과정까지를 모두 직접 내가 챙겼다. "모래는 어디서 파다가 어디다 부려놓는 것이 한 발자국이라도 노동력을 절감한다", "자갈은 어디서 파다가 어느 위치에 부려놔라", 직접 돌아다니면서 일일이 다 지휘하고 지시했다. 물론 경험도 중요하다. 그러나 어지간한 일은 경험이 없어도 머리로 생각하면, 생각 없이 경험만 하고 지나친 사람보다도 훨씬 더 나을 수가 있다.

매주 일요일마다 뛰어 내려가 현장을 독려하는 것만으로도 못 미더워서 나는 시시때때 전화로 현장 체크를 했는데, 어쨌든 내가 현장을 떠나면 그 즉시

"공습 경보 해제!"

하고 외쳤다고 하니, 현장 사람들에게 나는 폭탄을 실은 적기敵機였던 셈이다.

시간은 한순간도 정지라는 것이 없다. 쉼 없이 흘러간다. 일 초가 모여 일 분이 되고, 분이 모여 시간이, 시간이 모여 하루가 지나간다. 하루가 쌓여 일 년이 가고 십 년이 가고 백 년, 천 년이 간다. 시간은 지나가버리면 그만, 잡을 수도 되돌릴 수도 없는 것이다. 누구나 적당히 게으른 재미를 보고 싶고 편한 즐거움을 갖고 싶다.

그러나 나는 그 '적당히 적당히'라는 적당주의로 각자 자신에게 허락된 시간을 귀중한 줄 모른 채 헛되이 낭비하는 것보다 멍청한 짓은 없다고 생각한다. 우리 인간 누구에게나 주어지는 한 생애 동안, 우리는 역사에 남을 훌륭한 정치가가 될 수도 있고, 학자가 될 수도 있고, 혁명가가 될 수도 있고, 문학가나 음악가, 화가, 그리고 기업가가 될 수도 있다. 지금 그렇게 살고 떠나서 우리의 존경을 받는 많은 인물들처럼 말이다. 그 사람들이라고 두 생애, 세 생애 동안 이룬 일들이 아니다. 한 생애에 그만한 일들을 해놓고 떠난 것이다. 개인의 소질이나 능력, 환경, 우수성의 차이로 물론 누구나 다 한 생애에 그만한 일들을 해낼 수는 없다. 그러나 주어진 시간을 적당히 낭비하지 않고 열심히 노력하는 삶을 산다면, 누구나 나름대로의 분야에서 나름대로의 성과를 거두면서 발전할 수 있다는 것은 확실하다. 그리고 그 삶은 성공적인 삶인 것이다.

기업이란 냉정한 현실이고, 행동함으로써 이루고 키워 나가는 것이다. 그저 앉아서 똑똑한 머리만 굴려서 기업을 키울 수는 없다. 똑똑한 머리만이 아니라 몸소 행동해야 한다. 일을 만들기 위해 누군 가를 만나야 할 때, 만나야겠다는 생각이 듦과 동시에 벌떡 일어나 뛰어나가는 사람과, 만나야 한다고 생각하면서 미적미적 한 시간, 두 시간, 혹은 하루, 이틀 뒤로 미루는 사람이 있다.

일의 성사 자체로는 큰 차이가 없을지 모른다. 그러나 모든 일을 그만큼씩 미룬다고 생각해보라. 그것들이 합쳐지면 엄청난 시간이 되어 사업이라는 길고 험한 레이스에서 일등으로 들어올 수 있는 사 람이 결국 꼴찌로 들어오게 될 수도 있다. 그래서 나는 아무리 어려 운 일을 지시할 때도 시간을 많이 주지 않는 편이다.

"내일 아침까지 해놓으세요."

직원들은 모두 바쁘기 때문에 시간을 줘봤자 다른 일 하느라고 지 시한 일은 하루 이틀 미룰 게 뻔하다. 그러다가 발등에 불 떨어져 '아 이구' 하면서 후닥닥 콩 볶듯이 해 들고 들어오는 일이 제대로 됐을 리가 없다. 모든 일은 최대한 빠른 시간 안에 총력을 다해 집중력 있 게 처리하는 것이 그 결과도 좋다. 무엇보다도 시간 낭비를 제일 싫 어하는 나는 건설 현장에서만 '저승사자' 노릇을 한 것이 아니다. 주 어진 시간과 일의 성격에 따라서 챙겨야 할 것은 모두 같은 식으로 챙겼는데, 당시 나한테는 챙기지 않아도 될 일이라고는 아무것도 없 었으니, 직원 모두한테 나라는 존재가 얼마나 끔찍했을까 짐작이 간다. 그중에서도 원효로4가에 있는 중기 공장은 매일 하루 한 번씩, 어떤 날은 하루 두 번도 갔다. 그리하여 '오늘은 회장님이 다녀갔으 니 내일이나 오겠지' 하고 방심하고 있던 직원들을 혼이 빠지게 만들기도 했다. 나타났다 하면 으르렁거릴 줄밖에 모르는 나한테 마음에 상처를 입었던 직원들도 물론 많을 줄로 안다. 그 점에 대해서는 미안하게 생각한다. 그러나 누가 뭐라든 그렇게 철저한 확인과 훈련, 독려가 오늘의 '현대'를 만들었다고 나는 확신한다.

외국 기업들은 회사 일을 위해 출장을 보낼 때 55세 이상은 사흘 전에, 젊은 사람은 이틀 전에 현지에 도착하도록 시킨다. 시차를 극복하여 맑은 머리로 일을 보라는 뜻이다. 그러나 아직도 우리는 그래서는 경쟁에서 이길 수가 없다. 우리는 바로 그날 도착해서 그 길로 상담에 들어가서도 정신 똑바로 차려 훌륭하고 멋있는 결과를 만들어야 한다. 나 자신도 세계 어느 곳을 다녀와도 그 길로 곧장 현장으로 달려가고는 했지, 피곤 풀기 위한 시간을 달리 써본 일이 없다. 물론 나라고 피곤도 모르는 무쇠 덩어리는 아니다. 그러나 경영자가 모든 일에 솔선수범하지 않으면서 직원들에게만 이래라저래라 해서는 말이 씨도 먹히지를 않는다. 나는 우리 직원 하나하나를 전부 다 장차 경영자가 될 수도 있다는 생각으로, 모두를 나 같은 경영자로 만들어내는 훈련을 시켰던 것이다.

가까운 나라 일본이나 선진국들의 기업은 나름대로의 기업 역사속에서 정리된 경영 철학들이 단단하고 견고하여 쉽게 흔들리거나 쓰러지지 않는다. 우리의 기업 역사는 그렇지가 못하다. 우리의 두뇌와 능력이 아무리 우수하다고 해도 10년, 15년으로 그들의 1백 년을 따라잡기는 몹시 힘들다. 우리가 그들을 따라잡으려고 뛰는 동안에도 그들은 추월당하지 않기 위해 우리보다 더 열심히 뛴다. 똑같은 시간과 똑같은 속도로는 영원히 뒤떨어진 1백 년의 차이를 극복할 수가 없다.

더구나 우리 뒤를 바싹 추격해오고 있는 다른 나라들에게 지금 이 자리마저도 추월당하기 십상이다. 다른 나라 기업들이 10시간을 일에 쓴다면 우리는 20시간, 30시간을 일에 투입해서 1백 년이라는 차이를 단축하는 것과, 확고한 신념과 애국심을 가지고 그 일을 해낼 수 있는 진취적인 사고를 가진 유능한 경영자들을 가능한 한 많이 키워내는 길밖에 없다.

나의 지독한 현장 독려는 우리 직원들 개개인과 나 자신, 나아가 우리 사회와 국가 모두의 발전을 위한 이로운 채찍이라고 생각했고, 지금도 그 생각에는 변함이 없다. 현재 '현대'의 중역이나 산하 생산 업체 책임자들은 모두 건설 현장에서 나한테 눈물이 빠지도록 혼나가면서 잔뼈가 굵은 사람들이다.

건설 현장에서 내 단련을 받으면서 일을 배운 사람은 어떤 자리에 갖다 놓아도 안심할 수 있다고 나는 믿는다. 내가 그들을 무슨 일이든, 어떤 일이든, 누구보다 철저하고 완벽하게 수행해낼 능력과 책임감이 있는 '진짜 일꾼'으로 만들어놓았기 때문이다. 매일 매일이 발전 그 자체라야 한다. 어제와 같은 오늘, 오늘과 같은 내일은 정지가 아니라 후퇴라는 것을 알아야 한다. 한 걸음 두 걸음씩이라도 우리는 매일 발전해야 한다. 매일 발전하지 않으면 추월당하고 추월당하다가는 아예 추락하게 되고 그 추락은 중간에 세울 수도 비끄러맬 수도 없다.

지금 우리의 경제는 최악이다.

1990년대 초에 이미 오늘의 이 조짐은 충분히 보였다. 그때 이미 '경제를 살립시다' 구호가 나라 전체에 요란했는데, 구호는 구호로만으로 끝나고 그 후 경제는 나날이 더 나빠져서 앞이 안 보일 지경이다. 아직도 계속되고 있는 '경제를 살립시다'라는 소리만 공허하게 울리고 나 같은 사람의 눈에는 잘못되어 가는 것, 틀린 것만 눈에 보이고, 하루하루가 참으로 답답할 뿐이다.

나에게 '호랑이'라는 별명을 얹어주었던 단양시멘트 공장 건설 공사는 예정 공기를 6개월 단축해서 1964년 6월 30일에 준공, 7월 4일에 불을 넣어 가동을 시작, 제품 생산에 들어갔다. 단양시멘트 공장이 제품 생산에 들어가면서 시멘트 공급 부족 현상이 해소되자 우리의 전체 건설 현장이 활기를 찾았음은 물론, 그때까지 토건 공사에만 참여하던 '현대'가 플랜트 건설 분야에도 참여 비중을 높인 전기가 되기도 했다.

1970년 1월, 본사가 운영하던 '단양시멘트'를 '현대시멘트주식회사'로 독립시켰고, '호랑이표' 시멘트는 제품 원가 절감에 기여하면서 빠른 시간 안에 최우수 업체로 성장해 나갔다.

단양시멘트 공장 설립 자금은 앞서 말한 AID 차관 4백25만 달러에 산업은행 융자금 3천2백50만 원을 포함해서 3억 3천만 원이었는데, 융자금과 차관을 뺀 나머지 자체 자금의 대부분은 1960년도에 했던 인천 제1도크 공사에서 본 이익금이었다.

아우 신영이

나는 6남 2녀의 장남이다.

그중에 여자 형제 하나는 이북에서 혼인했으나 젊은 나이에 세상을 떴다.

단양시멘트 공장 건설 착공 3개월 전인 1962년 4월 14일, 독일 함부르크에서 박사학위 논문 준비 중이던 다섯째 아우 신영이가 세상을 떴다는 연락을 받았다. 그곳 박사 과정 친구들과 함께 갔던 스키 여행에서 돌아와 장폐색을 일으켜 수술을 받았는데 수술 예후가 나빠 세상을 떴다고 했다. 서른두 살의 건강한 아우였다.

나보다 16년 늦게 태어났던 신영이는 우리 형제들이 다 그랬던 것처럼 어릴 때 서당에서 한문 공부를 하고 아홉 살에 송전소학교松田小學校에 들어갔고, 역시 제 형들처럼 꼴 베러 다니고 소 먹이고 벼 베고 가마니 짜면서 자랐다. 나이 차이가 16년이나 되니 내가 고향을 떠날 즈음에 신영이는 세 살 어린아이였다. 신영이는 해방되던 해 3월, 송전국민학교 4학년 때 서울 용산국민학교로 전학했다. 용산국민학교를 졸업하고 당시 6년제였던 보성중학교에 입학한 신영이는 중학교 때부터 문예반원으로 교지校誌 만드는 일에도 참여했고, 철학을 논하기도 했던 수재였다. 다정다감하고 명랑하고 유머가 풍부하고, 친구를 사귀는 데도, 남의 일에 발 벗고 나서는 데도 언제나 적극적이었던 신영이 주변에는 항상 친구들이 많았다. 감수성이 풍부하고 감동을 잘 받는 면면이 있어서 친구들한테 '감격파'라는 별명을 얻어 붙이고 다닌다는 말도 들은 적이 있다.

신영이는 공부 욕심도 많았다. 피난지 부산에서 입학했던 서울 법대 3학년 때는 고등고시 준비로 너무 무리하는 바람에 폐렴에 걸려 한 여름을 장기 요양으로 어촌에서 쉬고, 진로를 대학원 진학으로 바꿔야 하기도 했다. 그 애가 대학원 재학 중에 『동아일보』 기자로 입사했던 것은 역시 『동아일보』 기자였다가 회사 일을 보고 있던 제형 인영이 영향도 있었겠지만, 본인도 신문 기자라는 직업에 매력을 느껴서였을 것이라고 나는 생각한다.

아우는 정치부에 배치되어 국회 출입 기자로 일하면서 젊은 엘리트 기자들의 연구·친목 단체인 '관훈클럽'의 회원이 되기도 했다. 아우의 유학을 강력하게 권유한 것은 다른 사람 아닌 나였다. 나 자신이 공부가 싫어서 소학교 졸업이 학력의 전부가 된 사람이 아니었기 때문에, 나는 내 능력이 되는 한 아우들을 유학이 아니라 그 이상이라도, 아니 그 이상의 이상이라도 공부를 시키고 싶었다. 신영이는 『동아일보』 기자 일을 1년 3개월 동안 하다가 경제학을 전공으로 선택하여 독일 유학을 떠났고, 그곳에서 인연을 만나 결혼도 했고 자식도 얻었다. 유학 중에도 『한국일보』와 『동아일보』의 특파원으로 일하면서 꽤 많은 기사를 써 보내 쉬운 일보다 힘든 일이 더 많은 나한테 정신적으로 큰 위안과 자랑이었던 아우였다.

아우는 박사 논문 마지막 손질에 열중하겠다고 『동아일보』 특파원을 그만두고, 둘째를 가졌던 아내와 딸아이도 그 전해에 청운동 우리 집에 보내놓은 상태였다. 부모님의 별세는 부모님이기 때문에,

또 두 분 다 꽤 오랫동안 편찮으셨기 때문에, 언젠가는 세상을 뜨실 분들로 각오하고 준비하며 살다 당해서 청천벽력이지는 않았다.

그러나 아우의 죽음은 말할 수 없는 충격이었다. 건강하고 활기차고, 무엇보다도 32세라는 나이의 갑작스런 죽음은 믿어지지가 않았다.

도저히 믿을 수가 없었다.

나는 누구에게나 다정하고 친절한 녀석의 그 마음씨와 무엇보다도 의리를 중요하게 생각하는 순수함을 참으로 좋아하고 아꼈다. 언론인이 되든 학자가 되든, 무엇이 되든 장차 이 사회와 나라에 한몫 단단히 할 쓸 만한 재목이 될 것이라는 나의 기대와 소망도 컸다. 신문에 서독 특파원 아무개라는 이름이 사진과 함께 실리는 기사를 읽으면 남모르게 혼자 얼마나 대견하고 자랑스러웠는데…… 아우가 내 꿈의 한 부분을 성취해 나의 자랑이 돼줄 것으로 의심 없이 믿었던 나에게 그 비보悲報는 발밑이 무너져 내리는 충격이었다. 남의 나라 말로 해야 하는 공부가 힘들어 의기소침해 있다가도 내 편지만 받으면 생기가 나서 한동안은 기운차게 지내곤 한다는 녀석이었는데…….

서른도 안 된 나이에 혼자된 계수季嫂는 어쩔 것이며 아버지 없이 자라야 하는 두 아이는 어쩔 것인가. 기가 막혔다. 부모님 돌아가셨을 때 빼고는 처음이자 마지막으로 나는 가슴이 찢어지는 고통으로 울었다. 아우가 죽었다는 소식을 듣고 열흘 동안 나는 회사에 출근도 안 했는데, 그것이 이날까지 평생 단 한 번의 장기 휴무인 셈이다.

비행기 화물칸에 실려온 아우의 시신은 '관훈클럽' 회원들이 운구했고, 객사한 사람은 집으로 들이는 법이 아니라는 주위 반대를 무시하고 나는 그 전해에 지어서 들어와 살고 있던 청운동 집에서 기독교식으로 아우의 장례를 치렀다. 제수씨가 원래 독실한 기독교 신자였고 독일 교회에서 결혼식을 했던 아우도 아내와 함께 교회를 다녔었다. 제수씨에게도 말하지 않고 나는 아우의 비석에 십자가를 새겨넣어 주었는데, 제수씨가 그 일에 아마도 상당히 놀랐던 모양이다.

아우의 장례를 치르고 처음 제수씨가 교회로 예배를 보러 가던 날, 나는 아무 말 없이 집사람과 함께 제수씨를 따라 나섰다. 졸지에 남편을 잃고 어린 두 아이와 함께 남겨진 제수씨를 차마 혼자 교회에 보낼 수가 없었다. 그렇게 시작해서 7개월 정도를 나는 집사람과 함께 교회를 다녔다.

제수씨에게는 되도록이면 남편이 없어 외롭다는 생각이 덜 들도록, 조카아이들한테는 아버지가 없어 뭔가 부족하다는 생각이 덜 들도록, 내 딴에는 마음을 쓴다고 썼지만 밤낮으로 일에 바쁜 탓으로 마음만큼 잘하지는 못했던 것이 참으로 미안하다.

좋은 집안에서 훌륭한 가정교육을 받고 자란 제수씨는 속도 깊고 점잖은 사람이다. 아우의 추도 예배 때마다 목사의 말씀이 너무 긴 것이 아마도 나한테 몹시 민망했었던가 보다. 어느 한 해의 추도식에 가보니 목사님이 보이지 않았다. 알아보니, 나를 배려해서 일부러 목사님을 모시지 않았다고 했다. 추도식에 목사님을 모시지 않으면 어떻게 하는가! 그 다음부터는 목사님이 빠지지 않고 모셔지고 있다.

내가 녀석을 좋아한다는 것도, 내가 녀석에게 기대가 크다는 것도, 내가 녀석을 자랑스러워한다는 것도, 나는 단 한 번도 아우한테 정식으로 말한 적도 표현한 적도 없었다. 살아오는 동안 두고두고, 나는 그게 그렇게 후회가 될 수가 없다.

1977년 나는 아우가 회원이었던 '관훈클럽'에 아우가 못다한 뜻을 계속해달라는 순수한 의미의 기금 출연을 제의했다. 다행히 그것이 받아들여져 그 후 언론인들의 연구·저술 활동과 해외 연수를 지원하고, 자체 출판 사업으로 영리를 상관하지 않는 귀중한 책들을 출판하면서 '신영연구기금'은 오늘까지 훌륭하게 운영되고 있다.

나는 또 1970년대 중반부터 아우의 은사인 독일 본Bonn 대학 포이크트Voigt 교수를 우리나라로 초청하기도 하면서, 내 아우가 미처 다 끝내지 못하고 떠났던 박사 논문「저축과 경제 발전의 상관 관계: 개발 도상 국가의 모델을 중심으로」의 완성을 모색했다. 그 노력이 결실을 맺는 데는 몇 년이 걸렸다. 아우의 논문은 스승 포이크트 교수가 직접 나머지 부분을 완성해서 학위 심사까지 마치고 1982년 본 대학에서 독일어로 발행되었고, '신영연구기금'에서 번역·출판되었다. 포이크트 교수는 '신영연구기금'의 논문 번역 출판 기념회에 초청돼 와서 이렇게 말했다.

"재학 당시 정신영은 한국 경제에 대해서 다른 학자들이 이해하기 힘든 색다른 이론을 전개해서 지도 교수인 내 입장에서 볼 때도 논문을 끝내기가 어렵지 않나 생각했었는데, 20년이 지난 지금 한국의 경제 발전 상황으로 미루어 그의 이론이 타당한 것으로 입증되고 있다."

　아우 신영이는 세상을 뜨고 20년 후에 박사가 되었다. 아우가 남겨놓고 간 두 조카는 이제 다 장성해서 결혼해 자식을 낳고 일가를 이루어 산다. 서른도 안 된 나이에 혼자되어 평생을 그대로 살고 있는 제수씨에게 미안하고 고마운 마음 무어라 표현할 수가 없다.

3

나는 건설인

근대화의 주역은 건설업

건설업이 어느 시대, 한 나라의 산업을 주도한 것은 그리 흔하지 않은 일이다. 그런데 1960년대 우리나라의 근대화를 주도한 산업은 누가 뭐라고 해도 건설업이었다. 그런 점으로 보면 우리나라는 좀 예외에 속한다.

그러나 이유 없는 예외는 있을 수 없다.

핍박과 가난의 일제 치하 36년을 벗어나 한숨 돌릴 새도 없이 벌어진 동족상잔의 6·25로 우리는 철저하게 파괴되었다. 그 폐허 위에서 처음부터 다시 시작해야 했던 시대 상황이야말로 1960년대 건설업이 우리의 산업과 근대화를 주도하게 한 예외적인 이유였다.

정부의 1차 경제개발 5개년계획에서 역점을 두었던 부분은 사회간접자본 투자와 국가 기간산업 설비투자였다. 이 정책의 추진 과정에서 나오는 건설 물량들을 우리나라 건설업체들은 죽을 힘을 다해서 적극적으로 소화해냈다. 그냥 소화만 해낸 것이 아니라 우리나라 건설업체들이 다 같이, 모든 건설 공사를 자국화自國化하기 위해 끊임없이 자기 향상을 도모, 빠른 시일 안에 선진 기술을 배워 우리 것으로 만들고 축적했기 때문에 근대화 과정에서 건설업이 국가 산업을 주도할 수 있었다고 나는 생각한다. 이 시기의 우리나라 건설 공사는 기술이나 규모가 대부분 그저 1950년대 수준이었는데, 그중에서도 우리는 호남비료 공장과 춘천댐 건설 공사에 참여함으로써 훗날 '현대'의 발전에 큰 재산이 된 귀중한 경험을 했다.

호남비료 공장을 건설할 때만 해도 우리의 공업 시설은 보잘것없었다. 기계 설비의 제작은 물론 시공 기술도 백지 상태나 다름없었다고 해도 과언이 아니다. 당시 호남비료 공장 건설에 참여했던 서독 루르기Lurgi 열공업주식회사는 우리 기술 수준을 못 믿어서 가스 탱크 용접도 하루 18m 이상은 못하게 했다. 호남비료 공장 건설에서 우리는 서독 기술진한테서 정통적인 시공 기술을 배웠고, 황무지였던 플랜트 시공 기술도 어느 정도 습득했다. 그리고 이 경험이 1966년도의 한국비료, 1971년도의 충주비료 공장 건설에 기초와 밑거름으로 쓰였다.

해방 후, 북쪽에서 송전送電을 중지해버리자 우리한테 제일 시급한 것이 전기 공급이었다. 정부에서 미국 백텔에 당인리화력발전소 건설을 일괄 계약으로 맡겼는데 역시 우리 기술진을 못 믿어서 용접공조차 미국에서 데려다 쓰면서 우리한테는 하청도 주지 않았었다.

그런 중에서도 우리는 기를 쓰고 일을 쫓아다녀서, 그 뒤 삼척화력발전 2호기 증설 공사에 참여했고, 1962년 영월 제2화력, 1963년 부산 감천화력, 1965년 군산화력, 1969년 인천화력발전소, 1977년 평택화력발전소 참여를 통해 적극적으로 기술 축적을 이뤄 나갔다.

'현대건설'의 발전소 시공 능력은 서독의 지멘스Siemens 사社와

만Mann 사의 기술 지도를 받아가며 전 공정을 단독 시공했던 영월화력발전소 공사에서 인정되고 평가되었다.

그 결과 1965년도 군산화력발전소는 그때까지의 하청업체를 벗어나 미국 굴지의 건설 회사 MWK와 조인트 벤처Joint Venture로 건설하고, 평택화력발전소는 턴키(완성 인도 방식)로까지 맡게 되었다.

이렇게 집요하게 쫓아다니고 달라붙어서 키운 발전소 시공 능력을 바탕으로 나중에 원자력발전소 건설에도 우리가 누구보다 먼저 뛰어들 수가 있었다.

춘천댐은 높이 40m 길이 4백53m나 되는 규모의, 우리가 처음 시공했던 수력 발전소이다. 토목, 건축, 전기, 기계 설비가 총동원되는 종합 건설 공사인 이 최초의 수력 발전댐 공사에서도 우리는 경험을 통해서 귀중한 기술 축적을 했다. 1960년대를 지나 1970년대 초반, 정부가 플랜트 국산화 정책을 선언할 수 있게 된 것은 우리 건설업계의 이런 역량축적이 뒷받침되었기 때문이었다. 그때 만약 우리들에게 모든 건설 공사의 자국화에 대한 의지와 사명감이 없었거나 약했다면 신생 한국의 건설 시장은 그대로 오랫동안 외국 건설업체들의 해외 건설 시장이 돼버렸을 것이다.

우리가 건설 공사의 자국화를 목표로 피나는 노력을 했기 때문에 사회간접자본 건설을 마침내 우리 손으로 할 수 있게 되면서 국제 경쟁력도 갖추게 되었고, 해외 시장에서 선진국 업체들과 어깨를 겨룰 수도 있게 된 것이다. 또 그 과정에서 축적된 기술로 중공업重工業 분야로까지 확대될 수가 있었다. 건설업은 국내에서 축적한 기술로 해외에 진출하고, 해외에서 얻은 기술은 가지고 들어와 국내에 전파하면서 국내외 시장을 연계하는 중요한 역할도 수행했다. 그 시대 우리 건설업이 우리나라의 전반적인 산업 수준을 향상시키고, 다른 산업 분야에 토대가 되어 조국 근대화와 경제 발전에 견인차 역할을 했다는 것에 이의를 달 사람은 아마 없을 것이다.

해외로 나가자

기업을 이끌어오면서 언제나 가장 두려웠던 것은 정권이 바뀔 때마다 겪어야 했던 수난이었다. 정변政變으로 정권이 뒤바뀌거나 정변 없이 정권이 바뀌거나, 어쨌거나 정권만 바뀌면 정경 유착이다, 부정 축재다로 매도되면서 제일 먼저 곤욕을 치르는 게 항상 기업이다.

지금까지 집권 초에 기업에 서슬 푸르게 굴지 않았던 정권은 단 하나도 없다. 이승만 정권이 3·15부정선거로 붕괴되고 곧이어 들어섰던 허정許政 과도정부가 제일 먼저 한 것이 정부 공사의 발주 중단이었다. 혼란기의 과도정부이니 이해하자면 못할 것도 없지만 어쨌든 건설업체들은 단번에 침체의 늪에 쑤셔 박혔다. 산 넘어 산이라고 1960년에 집권한 민주당 정권은 빈곤하고 열악했던 자유당 정권의 기업 환경 속에서 그래도 죽어라 뛰었던 기업들을 한꺼번에 부정 축재로 몰아붙여, 1차 조사에서 46개 업체에 대해 추징금과 벌과금을 때렸다. 혐의는 탈세에 의한 부정 축재였다.

대동공업을 비롯해서 중앙산업, 삼부토건, 극동건설, 홍화공작소, 대림건설, '현대건설' 등, 건설업계 상위 기업체들이 물론 모조리 표적이었다. 부정축재특별처리법은 국회를 통과해서 곧바로 시행령이 마련되어 공포됐는데, 공포 엿새 만에 5·16이 일어나는 바람에 백지화되고 말았다. 그런데 그냥 백지화가 아니었다. 군사 정부에게도 기업은 표적이었다.

1961년 6월 부정축재처리법이 다시 의결·공포되고 58개 기업에 조사단이 파견되었다. 그 해 12월 대동, 중앙, 대림은 국고 환원 통고를 받았고 '현대'는 삼부, 홍화와 함께 제외됐다. 우리가 제외됐던 것은 자유당 정권과의 밀착도가 다른 업체에 비해 약했고 당시 사세社勢도 제일 약했던 덕을 본 셈이었다. 게다가 단양시멘트 공장 설립을 위한 차관 사용 신청이 번번이 퇴짜를 당하고 있던 것이 우리가 비정치적이라는 증명이 되기도 했다.

화禍가 변해서 복福이 된 셈이었다.

이런 일들을 겪으면서 나는 내 사업이 도매금으로 '정권과 결탁'해서 커온 것으로 간단히 매도되고 격하되는 것이 아주 싫었다. 나는 자력으로 크고 싶었다. 그리고 그렇게 커왔다.

그러나 세상은 그렇지 않았다. 정부는 기업을 자기네 정권의 민심 얻기 재료로나 쓰고, 언론은 옥석을 가리지 않고 질타했고, 순진한 국민은 기업이 얻어맞으면 박수만 쳤다.

'우리가 모두 얼마나 많이, 열심히 일하는데…….'

그때마다 나 혼자 몹시 섭섭하고 쓸쓸했다. 나는 누구나 '현대'는 자력으로 큰 기업으로 알아주고 말해주기를 정말 간절히 원했다. 어떤 기업주든 자기 기업이 권력과 결탁해서 성장했다는 비난은 듣고 싶지 않을 것이다.

그렇지 않아도 그 2~3년 전부터 실은, 나는 해외 진출을 모색하지 않으면 조만간 건설업은 벽에 부딪힐 것이라는 예상을 하고 있었다. 그 이유로는 첫째, 정부 주도의 국내 건설 투자에는 한계가 있었다. 제1차 경제개발계획 기간 중의 국내 건설업계는 연간 도급액의 80% 이상을 정부 발주 공사에 의존하고 있었다. 그런데 당시 정부의 재정 능력으로는 건설 수요의 지속적인 급증은 기대하기 어렵다는 것이 지배적인 전망이었다. 게다가 면허 제도의 강화에도 불구하고 건설업체들의 공급 능력은 증가 일로여서 수급 불균형은 점점 심각해져갈 추세였다. 둘째, 군납軍納 공사 시장이 위축되어가고 있었다. 1950년대 말까지만 해도 정부 공사와 함께 국내 건설 시장의 2대 시장이었던 군납 공사가 1960년대에 들어서면서 미국의 강력한 바이아메리칸Buy American 정책으로 국내 업체 참여를 제약하기 시작했다. 그나마 결국 1965년 이후에는 미국의 베트남전쟁 전면 개입과 함께 군납 공사는 격감 일로를 걷기 시작했다. 두 차례 정변으로 곤욕을 치르면서 나는

'해외로 나가서 활로를 찾자.'

고 마음을 굳히며 해외 건설 시장 진출에 대해서 보다 적극적으로 생각하기 시작했다. 부지런히 일한 덕택에 습득한 기술 축적과 기술 수준 향상을 갖고 협소하고 전망도 어두운 국내 시장에서 벗어나 해

외로 나가서 무엇보다도 외화 획득에 보탬이 되고, 또 실업자 구제에도 한몫할 수 있고, 나아가 '정경 유착'이라는 불쾌한 비난도 피하고자 생각했다.

1963년 정초 시무식에서 나는

"올해에는 놀라운 일을 계획하고 있다."

는 말로 해외 진출을 시사했다. 그 해 7월 5백만 달러 규모의, 월남의 수도였던 사이공의 상수도上水道 시설 공사 국제 입찰에 참가하는 것으로 나는 '현대'의 해외 진출에 시동을 걸었다.

경험 부족과 견적 능력 미숙으로 이 첫 시도는 불발로 끝났지만, 나는 외국 공사부工事部를 중심으로 해외 건설 시장 동향에 관한 정보 활동에 박차를 가하는 한편, 태국, 말레이시아, 월남 등 동남아 국가와 그 외의 세계 각국 건설 시장에 중역들을 파견해서 시장 조사와 수주受注 활동을 적극적으로 펼치도록 했다.

해외 건설 시장 진출을 전환점으로 삼자는 내 의지는 이미 누구도 막을 수 없었다. 1965년 5월에는 태국의 수도인 방콕에 지점을 설치하고 넷째 아우 세영을 초대 지점장으로 하여 수주 활동을 하도록 했다. 그 해 8월, 우리는 푸켓 교량 공사의 턴키 국제 입찰에 참여했다. 태국에서의 최초 국제 입찰이었다.

우리가 써낸 입찰 가격이 최저 낙찰자의 가격보다 50% 이상 많아 이 최초 입찰은 실패로 끝났고, 두 번째, 하자이 비행장 건설 공사 입찰에도 실패했다. 1965년 9월 세 번째 입찰 시도에서 우리는 선진 16개국 29개 업체와 겨루어 마침내 이겼다. 해외 건설 시장 진출의 첫 번째 일거리로 태국 파타니 나라티왓 고속도로 공사를 수주했던 것이다. 이 공사 수주는 국내 건설업계에서 당시 1962년 2월의 건설업법 개정과 함께 2개의 '역사적인 사건'으로 받아들여졌다.

지금은 그저 웃어넘기고 말 일이 됐지만 그해 말, 태국 파견 기술진과 노무자들이 태국으로 향한 첫 출발 비행기를 탈 때 KBS가 실황 중계를 하기도 했다. 그만큼 국민과 나라의 관심과 기대를 모았던 '해외 진출의 출발'이었다.

무엇보다도 우리나라 민간 건설 용역의 해외 수출 가능성을 확인한 것으로, 우리의 태국 진출은 의미가 큰 첫 발자국이었다. 길이 2차선 98km, 공기 30개월, 공사비 5백22만 달러(당시 환율로 우리 돈 14억 7천9백만 원). 이 공사 금액은 그때까지의 '현대건설' 각 회계 연도의 연간 전체 공사 금액보다 많은 액수였고, 1965년도 국내외 공사 전체 계약액의 60%가 넘는 규모였다. 또 1965년도 국내 건설업체의 총 건설 수출 실적 1천5백22만 달러의 33.4%의 액수로, 그때까지 단일 공사로는 최고의 계약 금액이었다.

규모가 그랬으니만큼 내가 이 공사에 전폭적인 지원과 관심을 쏟아넣었던 것은 당연한 일이었다. 최고 기술진 동원은 물론 나와 부사장인 아우 인영이가 수시로 현장 독려에 나섰다. 이 최초의 해외 건설은 그렇지만 전반적인 기술의 낙후성과 경험 부족, 전근대적인 공사 관리 체제의 취약점, 미처 알지 못했던 엄청나게 쏟아붓는 비와 나쁜 토질 등으로 수없는 시행착오를 겪으며 값비싼 대가를 치렀다. 고령교 이후 두 번째, 공사를 중단해야 한다는 건의가 나왔다.

우리 '현대'만 생각하면 중단하고 마는 것이 나을 수 있었다. 그러나 어떻게 '현대'만 생각할 수가 있는가? '현대'는 대한민국의 건설 회사이며 대한민국에는 '현대' 말고도 건설 회사가 많고도 많다. 해외 건설 시장 진출로 첫 스타트를 끊은 '현대'가 만약 공사를 중단해버린다면 앞으로 우리나라 건설업체들의 해외 시장 진출의 길을 막아버리는 짓이 아닌가.

"'현대'의 정주영이더러 이완용이 되란 말야? 계약은 계약이야. 재정상 어떤 어려움이 있어도 일은 끝내야 하고 태국 정부에 양질의 고속도로를 공기 내에 마쳐줘야 하는 것이 우리의 임무야. 우리 '현대'만이 아니라 나라를 위해서도 중단은 있을 수 없는 일이야."

임원들도 더는 중단하자는 소리를 안 했고, 예상했던 대로 이 공사에서 우리는 막대한 손실을 입었다. 손실이 손실만으로 끝나버리면 그것은 말 그대로 손실이다. 그러나 손실 대신 얻은 것이 있으면 그것은 손실이 아니라 번 것이라고 나는 항상 생각한다. 어느 때는 돈으로 본 손실보다 돈 아닌 것으로 얻은 것이 더 큰 벌이일 수 있다. 태국 고속도로 공사에서 돈은 잃었지만 대신 우리는 거기서 많은 것을 벌었다. 거듭되는 시행착오를 재빨리 시정하는 과정에서 얻은 새로운 경험과 노하우의 축적을 벌었고, 우리 '현대건설'의 근대화도 큰 소득이었다. 또 국내 건설 회사들 중에서 최초의 고속도로 시공 실적으로 말미암아 훗날에 국내 고속도로 건설에서 주도적인 역할을 수행할 수가 있었고, 그때부터 국제적인 건설 업체로 급성장해 나가는 발판도 다졌다.

1966년 1월에는 월남 캄란 만灣 준설 공사를 수주해서 3월부터 시작했고, 5월에는 반오이 주택도시 건설에도 착공했다. 월남 빈롱 항만에 투입했던 준설선浚渫船의 공사 이득이 태국 고속도로에서의 손실을 어느 정도 메워주기도 했다. 태국의 고속도로 공사, 월남의 준설 공사는 우리 '현대건설'이 처음 해외로 뛰어든 분야였다. 이 두 분야의 개척으로 국내 고속도로 건설과 항만 준설에서 '현대건설'이 지도적인 역할을 담당할 수 있었고 특히 월남에서의 준설 공사 경험은 1970년대 중반, '현대'가 중동에 진출해 대규모의 준설업자로 성장·발전하게 한 바탕이 되었다.

　태국을 출발점으로 해서 우리는 영하 40℃의 알래스카 협곡의 교량 공사, 괌의 주택과 군사 기지 건설, 파푸아뉴기니 지하 수력 발전소 공사, 월남 캄란 군사 기지 건설, 메콩 강 준설 공사로 정신없이 뛰다가 1970년에는 호주의 항만 공사도 수주했다.

　모험이 없으면 큰 발전도 없다. 남보다 빠른 앞일에 대한 예측 능력으로, 권력과의 결탁으로 성장하는 기업이라는 부당한 질타가 끔찍이 싫어서 남보다 앞서 뛰어든 해외 건설 시장이었다. 세상일에는 공짜로 얻어지는 성과란 절대로 없다. 보다 큰 발전을 희망한 모험에는 또 그만큼의 대가도 치러야 한다.

　총으로 위협당해서 강제로 위험한 일을 떠맡을 수밖에 없는 상황도 있었다. 베트콩이 24시간 잠복해 있고 밤이면 조명탄이 대낮같이 밝은 전쟁의 한복판, 포탄이 펑펑 터지고 총알이 비오듯 하는 데에서 죽음을 등에 지고, 신神의 가호만을 빌며 우리는 그렇게 일을 했다.

모욕을 받으면서 시작한 소양강댐

수많은 정부 발주 공사를 하면서 '현대건설'만큼 정부나 건설업계와 충돌했던 건설업체는 내가 알기로는 아마 없었지 않나 생각한다.

초창기의 건설업계는 업자끼리의 담합도 많았고 또 과당 경쟁으로 덤핑 수주가 지배적이었다. 처음부터 타산이 맞지 않는 금액으로 공사를 따놓으면 타산을 맞추기 위해서는 부실 공사가 될 수밖에 없다. 부실 공사를 막는 방법으로 한동안은 얼마 이하의 입찰은 무효로 한다는 제도도 만들어져 시행됐고, 그 다음에는 담합 방지를 위해서 응찰자들의 금액을 모두 놓고 그 중간 가격에 낙찰시키는 평균가격 낙찰제가 시행된 적도 있다. 건설업계의 원시 시대 이야기이다.

우리는 정부에 강력하게 건의해서 최저가격낙찰제가 시행되도록 만들었다. 또 나는 설계자가 정부라 하더라도 업자에게 더 싸고 신속하게 공사를 마칠 수 있는 대안對案이 있다면, 그 대안을 받아들여야 한다는 대안 제도도 줄기차게 주장했다.

업자가 공사를 땄으면 군소리 없이 공사나 해낼 것이지 이러니저러니, 자꾸 다른 의견을 내놓는 나를 상대 쪽에서 좋아할 리가 없다. 그러나 나는 나라가 가난하건 부자이건 간에, 국민의 세금을 투입하는 국가의 시설물 건설은 가장 적은 돈으로 가장 효율적인 시설이 되도록 설계되고 시공되어야 한다는 원칙을 가지고 있다. 더 낮은 금액으로 더 효율적인 공사를 할 수 있는 대안이 있는데 도대체 무엇 때문에 기어이 국가 예산을 낭비하는 그런 공사를 해야 하는가.

정부 공사든 민간 공사든 되도록 공사 금액을 늘리려는 연구만 하는 업자들이 꽤 있다. 특히 정부가 연차적으로 발주하는 공사를 이용해서 이익을 늘리는 노력들을 많이 했다. 연차적으로 발주하면 부계라는 것이 있기 때문이다. 공사 금액을 늘리는 것은 아무것도 아닌 것 같은 아주 작은 일에서부터 충분히 가능하다. 예를 들어, 골재나 다른 건설 자재 운반 차량의 동선動線을 짧게 만들어 기름값이나 시간을 절약할 수 있는 방법이 있는데도 불구하고, 일부러 먼 곳에 부려놓고 조금이라도 공사 금액을 늘리려고 하는 것이다. 공사가 크면 클수록 이렇게 늘어난 돈이 합쳐지면 쓸데없이 낭비되는 국고가 엄청난 금액이 된다.

그 시절에는 그런 의식을 가지고 일하는 업주나 기술자들이 꽤 있었고 같은 건설업자로서 나는 그런 사람들을 참 부끄러워했다. 나라 것이든 개인 것이든 아무튼 나는 낭비되는 것을 싫어한다. 낭비되지 않도록 할 수 있는 방안이 있는데도 불구하고 자기 이득만을 보고 일부러 누군가를, 정부를, 낭비시키면서 일하는 건설업자는 건설업을 할 자격이 없다고 나는 생각한다.

이런 상황 속에서 '현대건설'은 더 싸고 신속한 공사를 위한 대안 제시를 꽤 자주 내놓아서 정부나 건설업계의 심기를 많이 건드렸다. 건설업자는 공사를 주는 정부에 무조건 약해야 한다는 공무원 사회의 전근대적인 고정 관념이 우리를 달갑지 않아 했고, 그냥 관행대로 편안하게 돈벌이하고 싶은 업자들은 또 그들대로 우리가 눈엣가

시였다. 회사 내에서는 그런 마찰과 충돌이 '현대건설'에 이로울 것 없는데 뭐하러 자꾸만 긁어 부스럼을 만드나 걱정하는 간부들도 있었다.

그러나 내 생각은 달랐고 지금도 마찬가지이다.

무슨 일을 하든 자기 일에 사명감과 가치를 가지지 않는 사람의 일생은 의미가 없는 삶이다. 나는 건설업자로서 조금이라도 국가 예산을 절약해주는 것이 나라의 발전을 위해 그만큼 기여하는 것이고, 또 그것이 건설업을 하는 내 자리에서 내가 해야 할 일이라고 생각한다. 어려서 고향을 박차고 도회지로 나올 때는

'농촌에 묻혀 아버지 같은 일생을 살고 싶지는 않다. 적어도 아버지보다는 나은 삶이 도회지에 있을 것이다.'
하는 막연한 꿈과 기대에, 아니, 좀 단순하게 말해버리면

'도회지에 나가 노동을 해서라도 돈 벌어 밥이나 실컷 먹고 살자.'
라고 하는 현실적인 소망이 전부였다. 노동을 하면서, 쌀가게 주인이 되어서, 자동차 수리 공장을 하면서 나라를 위해서 나는 무엇을 할 것인가를 생각하지는 않았다. 솔직히 말해 그때까지는 내 가족들, 내 직원들만 챙기면서 나 자신의 발전만을 생각하며 살았다.

나이를 먹으면서, 또한 하는 일이 달라지거나 커지면서 생각의 테두리도 점점 커지는 게 아닐까? '현대건설은 국가와 더불어 성장한다'는 목표가 내 마음속에 심어진 것은, 굳이 시점을 집어내라면 아마도 6·25 피난 시절 무렵부터였을 것이다. 만약 내 이익만을 추구하면서 오늘까지 왔다면 도저히 지금의 '현대건설'만큼 성장할 수

는 없었을 것이다. 정부가 '현대'를 껄끄러워하는데도 끊임없이 연구하고 모색한 예산 절감 대안을 제시해서 국가에 보탬을 주었기 때문에, 우리는 거듭된 정치적인 격변 속에서 어떤 정부가 들어서도 결국은 국가 발전을 위해 꼭 필요한 '현대'로 인정받으며 성장을 지속할 수 있었다고 나는 확신한다.

나는 어떤 정부든지 결국 국가의 이익을 위한 일에는 귀를 기울일 것이라는 신념으로 줄기차게 대안 제도를 제도로서 정착시키고자 노력했다. 이 노력은 결국 1977년 정부가 대안 입찰 방식을 채택하는 것으로 결실을 맺었다. 우리의 대안으로 시행됐던 공사 중 가장 기억에 남는 것은 역시 1967년도의 소양강댐 공사이다.

건설부 발주의 이 공사는 최저 가격 입찰로 우리한테 맡겨졌다. 앞서 건설한 춘천댐, 청평댐도 외국 기술을 들여다 공사를 했었는데, 소양강댐은 대일 청구권對日請求權 자금이 일부 투입되는 공사라서 일본공영日本共榮이라는 회사가 설계에서 기술, 용역까지 맡았다. 일본공영은 댐에 관한 한 회장부터 그 아래 사장, 부사장이 전부 세계적으로 알아주는 사람들이 모여 있는 회사였다. 때문에 댐에 대한 기술 축적이 보잘것없었던 우리로서는 처음부터 그 사람들의 페이스대로 끌려갈 수밖에 없었던 처지였다.

예를 들어 수자원개발공사水資源開發公社에서 댐 공사 입찰이 있었는데, 낙찰받아 갖고 들어가보니 설계가 콘크리트 중력重力 댐으로 나와 있었다. 일본공영의 구보다久保田 회장은 이북의 수풍댐을 만들었던 사람인데, 소양강댐 공사를 설계비에 기초 자재비, 기술 용역비는 물론 철근, 시멘트, 엄청난 물량의 기자재 값까지 전부 자기 나라 일본으로 되돌아가게 하자는 속셈이 손에 잡힐 듯 보였다.

당시 우리는 제철소가 없었기 때문에 철근도 수입에 의존하고 있었고, 또 시멘트도 태부족이었기 때문에 소양강댐 같은 대규모 공사에 콘크리트 중력댐은 감당할 수가 없는 형편이었다. 소위 선진국의 후진국 원조란 원래 '원조'라는 미명하에 그런 식으로 바가지 씌우고 그 위에 이자다 뭐다 하여 후진국의 껍데기까지 벗겨먹는 짓에 지나지 않는다.

나는 갑자기 머리가 무거워졌다. 다른 기초 자재 가격도 변동이 심한데다, 철근, 시멘트는 수입해서 쓴다고 해도 수입해 들여온 물량을 그 산간벽지까지 수송하는 운반비용도 엄청나게 들 것이었다. 그대로 공사를 하다가는 나는 큰 손해를 보게 되어 있었으며, 설계비에 기술 용역비에 기초 자재비까지 막대한 돈을 일본으로 내주게 돼 있는 이 공사를 낙찰받은 것은 전혀 좋아할 일이 아니었다.

'뭔가 방법이 없을까?'

순간, 소양강댐이 들어설 자리 주변에 지천으로 널려 있는 자갈과 무진장한 모래가 떠올랐다. 나는 즉각 권기태 상무를 현장으로 보냈다. 돌아와서 하는 보고가 내 생각과 일치했다. 주변에 얼마든지 있는 흙과 모래, 자갈을 이용해서 사력砂礫댐으로 만드는 것이 콘크리트 중력댐보다 훨씬 경제적이라는 결론이 나왔다. 나는 즉시 권기태 상무와 전갑원에게 콘크리트댐을 어스earth댐인 사력댐으로 설계를 바꾸라고 지시했다. 그때 우리는 이미 프랑스 사람이 설계했던 태국

'파손댐' 건설에 입찰했던 경험이 있었기 때문에 콘크리트댐, 사력댐에 대한 약간의 기초 지식 정도는 갖고 있던 터였다.

설계 변경을 하느라고 담당자들은 온 세계의 댐 자료는 다 모았다. 자료를 모아보니 2차 세계대전 이후 1백m가 넘는 댐은 대개 사력댐으로 만드는 것이 세계적인 추세이기도 했다. 나는 건설부에 우리가 소양강 다목적댐 건설에 대안으로 내놓을 것이 있다고 전하고 곧 들어가서 사력댐 대안을 제시했다. 그때까지 일개 건설업자가 정부 발주 공사에 대안이라는 것을 내놓은 전례가 없었다. 고분고분, 그저 고분고분 말 잘 듣는 것이 정부에 약한 건설업자의 기본 자세였었다.

그런데 세계 굴지의 댐 건설 회사 일본공영의 설계안에 일개 청부업자가 대안이라니, 더구나 수자원개발공사에서 기본 계획 심사가 끝나고 건설부 승인까지 난, 이미 확정된 공사 설계였던 것이다. 당연히 관(官)의 권위를 무시했다는 반감으로 관이 펄펄 뛰었고, 세계 굴지라는 자부심이 정면 도전을 당한 일본공영도 가만있지 않았다. 삿대질에다, 주제도 모르고 죽으려고 용쓰느냐 등의 모욕에다, 아무튼 그때 나는 일개 청부업자가 주제 파악을 못해서 당할 수 있는 일은 다 당했고, 먹을 수 있는 욕은 다 먹었다.

나는 결코 물러서지 않았다.

우리의 생각이 옳다는 신념, 우리 생각대로 하는 것이 나라에 이득이라는 생각 외에 중요한 것은 아무것도 없었다. 그러고 나서 일본공영과 건설부, 수자원개발공사, '현대건설' 4자 연석회의가 열렸다. 내가 권기태와 기술자 몇 명을 데리고 들어가보니, 건설부에서는 우리 기술자들보다 20년 이상 된 선배들이 쫙악 앉아 있었고, 일본공영에서는 소양강 콘크리트 중력댐을 설계한 하시모토橋本 부사장이 나와 있었으며, 수자원개발공사 안경모 사장, 건설부의 국장, 과장이 있는 대로 불쾌한 얼굴들로 줄지어 나와 있었다. 준비해 갖고 들어간 대안을 놓고 우리 기술진이 설명을 시작하는데, 설명이 본론으로 들어가기도 전에 건설부 사람들이 대뜸 눈을 부라리며 욕을 퍼부었다.

"이 새끼들이 눈에 뵈는 게 없나? 늬들이 뭘 안다고 건방지게 변경이야, 변경이!"

한마디로 줄여 말하면 '하룻강아지 범 무서운 줄 모르고 어디서 까부느냐'는 내용이었는데, 내용보다는 욕설이 더 많았던 것으로 기억한다. 그 상황에 기가 죽은 우리 기술진들은 설명이고 뭐고 그냥 고개 푹 꺾고 당하고만 있는데, 나는 분해서 잠자코 그들을 노려보고 있다가 틈을 비집고 직접 설명하기 시작했다.

"1백m가 넘는 댐은 전부 사력댐으로 건설하는 것이 현재 세계적인 추세다. 추세가 아니더라도 우리나라 여건으로는 콘크리트댐이 부적합하다. 우리는 시멘트도 철근도 수입해야 하지 않느냐, 또 우리나라는 돈도 없지 않으냐, 사력댐은 모래, 자갈, 흙만 있으면 된다, 건설비를 엄청나게 줄일 수 있다. 사력댐으로 바꾸면 정부 고민인 중소도시 상수도 시설 열 군데는 할 수 있는 경비를 절약해주겠다……."

그랬더니 하시모토 부사장이 나한테 삿대질을 하면서

"당신 어디서 댐 공부를 했나? 무식한 소리 하지도 마라."

며 나를 윽박질렀다. 동경대학 출신인 그는 내가 거의 학교 공부를 못한 사람이라는 것을 미리 알고 내 기를 죽이자고 그렇게 나왔다고 나는 지금도 생각한다.

별도리가 없었다. 나는 학교 공부도 못한 사람인데 상대는 동경대학을 나와 최고 기술 회사에서 몇십 년을 일한 댐의 권위자였고, 또 나이도 나보다 많았다.

"그게 어디서 배운 소리냐? 어떤 사람이 네 선생이냐?"

계속해서 손가락질을 하며 욕을 퍼붓는데, 건설부, 수자원개발공사 사람들도 질세라 같이 욕을 하는 통에, 말 그대로 '집중포화' 속에서 우리는 완전히 '똥이 된 기분'으로 그냥 그 수모를 고스란히 받을 수밖에 없었다. 국가 이익을 위한 대안 제시에 공무원들까지 그렇게 나오니 방법이 없었다.

견디기 어려운 수모만 당하고 온통 마음만 상해서 나오고 말았는데, 얼마 후 우리가 체념한 사력댐 대안은 하늘이 도와서 나와는 전혀 상관없이 저 혼자 움직여 간단하게 해결되었다. 사력댐으로 바꾸자는 나의 대안을 완전히 봉쇄해버리기 위해서 건설부에서 미리 머리를 좀 썼던 것 같다. 대안 제시를 좌절당한 내가 그래도 포기하지 않고 박대통령에게 가서 사력댐을 주장해 대통령을 움직이면 큰일이라는 지레 걱정에, 건설부장관이 먼저 박대통령에게 보고를 했던 것이다.

"정주영이라는 사람이 소양강댐을 사력댐으로 설계 변경을 해야 한다고 그럴듯하게 떠들고 다니는데, 그 사람, 큰일 낼 사람입니다. 그 사람 말대로 했다가는 큰일납니다, 각하."

박대통령은 간단한 사람이 아니다. 대통령은 무엇 때문에 큰일이 나느냐고 물었다.

"강바닥에다 흙, 모래, 자갈로 댐을 건설하다가 몇 년이나 걸리는 공사 중간에 큰 홍수라도 나 터지면 어떻게 되겠습니까? 춘천시가 잠기고 서울이 잠기고, 그렇게 되면 정부가 흔들리고 난리납니다."

장관의 말을 들은 박대통령이 한동안 아무 말 없이 있더니

"장관 말대로라면 그럼 콘크리트댐을 완성한 다음에 몇십억 톤의 물이 가둬져 있을 때 만약 북한에서 폭격으로 댐을 깨뜨린다면 어떻게 되는 거요?"

이렇게 말했다고 한다.

박대통령은 포병 출신이라서 포砲의 위력을 누구보다 잘 아는 사람이었다. 그리고 무엇보다도 박대통령은 머리가 빠르고 영리한 지도자였다.

"만수가 된 콘크리트댐을 깨놓으면 어떻게 되느냐 말요? 그때는 그야말로 수습할 수 없는 사태가 벌어지는 거요. 내 생각으로는 건설 중에 홍수에만 잘 대처하면 사력댐이 더 유리하오. 흙, 모래, 돌로 댐을 쌓아놓으면 포에 맞아도 펄썩했다가 도로 주저앉으면서 흙만 좀 튀어 오르지, 산을 폭격하는 거나 같거든. 그럼 댐이 무너지지는 않을 거요. 폭격 끝나고 재빨리 손만 좀 보면 되고, 홍수 때만 잘 대비

해서 완성만 시켜놓으면 콘크리트댐보다 사력댐이 오히려 발 뻗고 잘 수가 있단 말이오. 그러니 다시 한 번 철저하게 검토해보시오. '현대' 주장이 불가능한 것인지 가능한 것인지를 말이오."

그 사실을 모르고 있었던 우리한테 어느 날, 설계도면을 빨리 내라고 건설부가 난리가 벌어진 것처럼 급하게 재촉했다. 우리가 낸 설계도면을 갖고 일본공영이 동경에서 검토하고, 실험하고, 여기서 재점검하는 등, 그들이 우리 설계도면을 갖고 씨름하는 동안 나는 다른 일로 너무 바빠서 소양강댐을 거의 잊고 지내던 처지였다.

그러던 어느 날, 그때 중요한 자리에 있던 군 출신들과 과음을 해서 위경련이 나 밤새도록 아프고 밤새도록 토했다. 이튿날 잘못된 건 혹시 없나 싶어 세브란스 병원에 위 검사를 하러 들어갔는데 일본공영 구보다 회장과 하시모토 부사장이 병문안을 오겠다는 연락이 왔다. 검사 결과도 이상 없고 또 모질게 당했던 수모도 뇌리에 남아 있어서, 별일 아니니 그럴 필요 없다고 사양하는데도 굳이 오겠다고 했다. 곧 퇴원하니까 그럼 사무실에서 만나자고 했다.

팔십이 넘은 구보다 회장은 내 사무실에 들어서기가 무섭게 이마가 땅에 붙게 절을 했다. 내가 놀라서

"왜 이러십니까, 회장님. 저 아직 죽지 않고 살아 있으니 절하지 마십시오."

했더니

"지난번엔 우리 하시모토 군이 큰 결례를 했습니다. 하시모토 군은 콘크리트댐의 권위잡니다. 그래서 어스댐에 대해서는 사실 잘 모

르고 사장님께 무례한 행동을 했는데 부디 용서해주십시오."

하고 정중하게 사과했다.

내가 대답했다.

"다 좋습니다. 나도 지난 일을 마음에 담아두고 살 정도로 한가하지 않습니다. 그런데 우리 설계도면을 검토한 결과는 어떻습니까? 결론을 듣고 싶습니다."

"정사장님 말씀처럼 사력댐으로 바꾸면 콘크리트 설계보다 30%까지는 안돼도 20%까지는 싸질 수가 있겠습니다. 현장 재조사 결과 암반이 약해서 콘크리트댐보다 사력댐이 낫겠습니다. '현대'가 제시한 공법은 암반에 부담이 적어 위험도 적고, 또 자갈, 모래, 흙, 재료도 좋고 양도 풍부합니다. 정사장님 판단이 옳았습니다."

이것으로 일본공영이 완전히 손을 들었다. 주무 부서도 일본공영도 태도가 백팔십도 달라졌다. 건설부에서 대통령에게 낼 리포트를 내라고 하여 즉시 냈더니 하루아침에 재가裁可가 내려졌고, 소양강 다목적댐은 우리 대안으로 바뀌어 애초의 내 계산대로 30% 가까운 예산 절감을 했다. 만약 그대로 콘크리트댐으로 만들었다면 인플레로 설계 당시의 배 이상의 공사비가 들어갔을 것이다. 소양강댐은 완공 직후 시험 삼아 수문水門을 열어보고는 그 이후 딱 두 차례 1980년도와 1994년도의 엄청난 집중 강우 때 수문을 열어 완전 방류로 수량 조절을 했던 것으로 안다. 댐이 워낙 커서 웬만한 비에는 수문을 열 일이 별로 없는 것이다. 지금도 보람을 느끼는 대안 제시였다.

또 하나, 1974년도의 부산항만 공사도 기억나는 대안 공사 중의 하나였다.

부산항만 공사는 미국의 기술 회사가 설계했는데 설계자가 일본인 2세였다. 그의 설계는 바다 밑의 진흙을 퍼 올려 부지를 조성하는 것으로 되어 있었다. 그런데 지반이 약해서 부두로 쓸 수가 없으니 일본에서 자재를 사다가 물을 뽑아서 지반 강화 시설을 하자고 했다. 세계은행(World Bank: 국제부흥개발은행 IBRD의 속칭)에서 돈 빌려 하는 공사에서 꽤 많은 돈을 아깝게 일본에 바치는 셈이었다. 우리가 대안을 냈다.

"배가 정박할 수 있게 파낸 흙은 적당한 위치에 부려놨다가 나중에 부지 조성에 쓰기로 하고, 대신 낙동강 하구에서 모래를 파다가 항만 부지 조성을 해도 일본에서 기자재 사다 지반 강화시설을 하는 돈이면 충분하니까 그렇게 하자."

빚내다 하는 공사에 쓸데없이 남의 나라 좋은 일 시킬 필요가 어딨나! 세계은행의 기술 용역 회사가 낸 기본 설계가 우리 대안으로 수정되어 우리 안대로 시공되어 튼튼한 부두를 만들어냈다. 이 일을 하면서 또 우리는 모래를 펌프로 퍼서 배에 싣는 기계를 울산에서 자체 개발했고, 준설선도 우리 손으로 만들어 썼다.

1960년대 후반에 들어서면서 도로, 항만, 댐, 교육·문화 시설 등 각종 사회간접자본의 대부분을 우리 '현대'가 만들었다. 이런 일들을 하면서 나는 그때마다 최저의 경비로 국가의 돈을 아끼면서 최상의 건설을 할 수 있는 대안이 찾아지면 그것을 관철시키는 일에 주저한 적이 없다.

누구의 것이든, 개인 것이든, 나라 것이든, 시간이든, 돈이든, 어쨌든 낭비는 생각 없는 이들이 저지르는 일종의 죄악이라고 나는 생각한다.

대동맥 경부고속도로

1967년 11월쯤으로 기억한다. 박대통령 호출을 받고 청와대로 들어갔는데, 건설부 몇 사람과 같이 저녁을 먹고 나서 자리는 막걸리 파티로 이어졌다. 건설부 사람들이 있는 것으로 미루어 '뭔가 건설에 대한 이야기가 있는 게 아닌가' 하고 짐작은 했지만, 그렇다고 대통령한테 '무슨 일로 부르셨나요? 혹시 건설할 게 있나요?' 하고 먼저 물어볼 수는 없는 노릇이었다. 한참만에 마침내 대통령이 입을 열었다.

서울 – 부산 간 고속도로 건설에 대한 이야기였다.

그 이전 4월, 박대통령은 선거 공약으로 제2차 경제개발 5개년계획 기간 중에 대국토개발사업大國土開發事業의 하나로 경부간 고속도로 건설을 내놓았었다. 1966년도에 1차 경제개발 5개년계획이 마무리되면서 수송 화물도 대형화되고 양도 나날이 급증하는 상황이었다. 1964년 서독을 방문했던 박대통령은 그 나라의 고속도로 '아우토반'에 충격을 받고 돌아와, 그 후 우리나라에 고속도로를 건설하는 것을 하나의 '명제'로 삼고 있었다.

후진국의 일반적인 현상이지만 그때까지 우리는 자동차 교통이 분담해주어야 할 중·장거리 수송 거의 전부를 철도에만 의지하고 있었다. 그러니 자연히 철도 화차貨車 얻는 것도 쉽지 않아, 부산에서 서울까지 화차 1량 얻는 데 웃돈을 그때 돈으로 2만 원이나 얹어줘야 간신히 차례가 돌아오는 실정이었다. 교통이 비효율적이면 수송비 상승이 필연이다.

"고속도로를 만들어 물자와 인원의 유통을 원활히 하고, 원료 생산 기지와 공장, 공장과 소비자를 시간적으로 접근시키는 수송 체계를 하루빨리 확립해야만 뜻하는 대로 경제 성장을 할 수 있다. 그러니 아무리 반대가 심해도 기어이 고속도로를 건설해야겠다."
라는 요지의 말 끝에 대통령은 나에게

"우리나라에서 '현대건설'만이 유일하게 고속도로 건설의 경험이 있으니까, 최소한의 비용으로 최단시일 안에 경부간에 고속도로를 놓을 수 있는 방안을 강구해보시오."
라고 말했다.

그 바로 다음 날부터 한 달 동안 나는 필요한 몇 사람을 데리고 지프를 타고 서울과 부산을 수없이 오르락내리락하면서 답사했다. 대략 건설 비용이 얼마나 들 것이냐를 되도록 빨리, 가능한 한 정확하게 계산해서 보고해야 했다. 우리는 태국 고속도로 공사의 시방을 갖고 있었기 때문에 물량 측정, 물량의 처리, 공사의 수행 방식 등에 대해 이미 익숙한 터였다.

우리는 물동량이 적은 대구와 대전 사이는 2차선으로 한다는 전제를 붙이고 건설비 산정을 총 2백80억 원으로 계산하여 제출했다.
그런데 나중에 알고 보니까, 건설비 산정 지시가 우리한테만 떨어진
일이 아니었다. 대통령은, 건설부는 건설부대로 가격 산정을 하게
했고, 재무부에는 세계은행이 개발도상국 도로 건설비를 km당 얼마
로 잡고 있는지를 조사하도록 시켰고, 도로 포장을 많이 한 서울시
도 견적을 내게 했고, 육군 공병단에도 같은 지시를 했었다. 같은 지
시를 받은 곳이 모두 다섯 군데였다.

11월 하순, 다섯 군데의 건설 계획안이 제출되었다.

건설부 6백50억 원. 서울특별시 1백80억 원. 재무부 3백30억 원.
육군 공병감실 4백90억 원. '현대건설' 2백80억 원.

서울시 산정 건설비가 턱도 없이 쌌던 것은 시내 도로를 건설하던
감각으로 고속도로 건설비를 산출했기 때문이었다. 어쨌든 이렇게
들쭉날쭉한 건설비 산출에서 박대통령은 고속도로 건설 경험을 갖
고 있던 '현대건설' 안과 재무부 안을 절충해서 3백억 원에 10% 안
팎의 예비비를 얹어 일단 3백30억 원으로 총 건설비를 책정했다.

6백50억 원을 산정해 제출했던 건설부는 우리를 "토목에 '토'자
도 모르는 자식들이 일 저질렀다"고 공공연하게 욕을 했고, 그 가격
으로 되느니 안 되느니, 건설업자들한테서도 욕을 바가지로 먹었다.

나중에 당초 계획된 2차선의 대전 – 대구 간이 4차선으로 변경되
었고, 그러면서 당초에 평야로 가게 돼 있던 노선을 농토 보전의 차원
에서 구릉으로 바꾸는 바람에 공사량이 많아진데다, 물가 상승과 토
지 매수 대금이 포함되어 1백억 원이 추가되어 총 건설비는 4백30억

원이 들었다.

큰일을 벌일 때는 언제나 그렇듯이 신중론자와 반대론자가 브레이크를 거는 법이다. 언론과 학계는 고속도로 건설에 반대했고 당시 집권당인 공화당共和黨과 경제 장관들은 신중론을 보였다. 들끓는 반대와 신중론 속에서도 박대통령은 의지를 굽히지 않았고, 나는 대통령의 의지를 지지·존중했다. 대통령은 태국에서의 경험과 우리의 능력으로 '현대건설'을 믿었고, 그 신뢰에 보답하는 뜻으로라도 '사면초가의 대통령을 도와 반드시 고속도로를 건설하자'는 다짐을 가슴에 묻었다.

1968년 2월 1일.

경부고속도로의 첫 번째 톨게이트 근처에서 첫 발파음을 터뜨리는 것으로 대망의 고속도로 건설이 시작되었다. 그 순간 벅차오르던 흥분과 감동을 나는 잊지 못한다. 대통령도 나와 같은 느낌인 것 같았다.

경부고속도로는 국토의 척추 간선 도로로 수도권과 영남 공업권을 연결하고, 우리나라 양대 수출입항인 부산과 인천을 직결시키고, 전국을 일일생활권으로 만들어놓을 산업 대동맥産業大動脈이었다. 공사비, 보상비, 조사 설계비, 외국인 용역 등을 포함 총 4백29억 원 중에서 공사비만 3백79억 3천3백만 원이었던 이 건설비는 1967년도 국가 전체 예산의 23.6%에 달하는 규모였다.

단군 이래 최대의 토목 공사였다.

4백30억 원의 최저 공사비로 전장 4백28km의 고속도로를 3년 안에 건설한다는 것은 국가로서도 모험이었고, 공사에 참여하는 건설 회사들로서도 자칫 잘못하다가는 결손을 보게 되어 있는 위험을 안고 시작하는 일이었다.

기업가는 이익을 남겨 소득과 고용을 창출하는 것으로 국가에 기여해야지 국가에, 사회에, 거저 돈을 퍼넣는 자선 사업가가 아니다. 공사비가 아무리 빠듯해도 기업을 경영하는 사람 입장에서는 어떤 경우에도 이익을 남겨야 하는 것이 원칙이다. 탈법도 부실 공사도 해서는 안 된다. 그러면서도 이익은 남겨야 한다. 그렇다면 택할 수 있는 일은 역시 공사 일정 단축밖에는 없다.

'공기를 앞당기자.'

이것은 건설업에 뛰어들고부터 내가 평생을 진력하면서 부르짖은 첫째가는 구호이며 전략이다. 그러려면 공사의 기계화가 필수적이다.

나는 우선 당시로는 천문학적이랄 수 있는 8백만 달러어치, 1천9백89대의 최신 중장비를 도입해 고속도로 건설에 투입했다. 1965년 말 당시 국내 민간 건설업체가 보유하고 있던 총 장비 수가 1천6백47대였던 사실을 감안한다면 내가 사들인 중장비의 규모를 짐작할 수 있을 것이다. 고속도로 건설에 동원한 연인원은 인부 약 5백40만 명에 기능공 약 3백60만 명, 도합 9백만 명에 이르렀다.

고속도로 건설 장비를 제일 먼저 갖춘 곳도 '현대건설'이었고, 또 '현대건설'이 산출한 공사비로는 건설이 불가능하다는 관계자들의 주장도 시끄러워서, 정부는 경부고속도로 첫 구간이자 시범 구간인 서울 - 수원 간 공구工區를 수의 계약隨意契約으로 '현대건설'한테 주었다. 고속도로 경험이 전무한 상태에서 공사에 참여한 다른 업체들에게 모범도 보이고, '현대'가 산출한 가격으로 '된다'는 시범을 보이라는 뜻이었다. 그 후 다른 업체들도 참여를 했다.

나는 거의 잠을 못 자면서 뛰었다.

작업 현장에 간이침대를 갖다 놓고 끊임없이 현장 독려를 했고, 지프차를 타고 현장을 빙빙 돌게 하고는 차 안에서 잠깐씩 눈을 붙이기도 했다. 직원들과 기능공들이 내 지프차만 보면 정신 바짝 차리고 일들을 열심히 했기 때문이다.

경부고속도로는 2/5를 '현대건설'이 시공했고, 나머지는 15개 국내 건설업체와 육군 건설공병단 3개 대대가 참여해서, 말 그대로 온 국력을 기울여 건설한 것이었다. 나는 본사 회의실 탁자에 1/5,000 지도를 붙여놓고 시간만 나면 신발 벗고 탁자 위로 올라가, 어떻게 하면 최소한의 돈으로 최대한 직선의 노선을 만들 수 있나를 연구했다. 그런가 하면 박대통령은 침실 머리맡에 공사 진척 상황표를 붙여놓고 매일 전화로 체크해가면서 헬기로, 자동차로, 경호원 없이 혼자, 현장을 돌아보았다.

'현대건설'은 어느 현장에서든 현장에서는 항상 현장 작업차가 최우선이다. 사장 차도 중역 차도 작업차가 나타나면 일단 다 피해줘야 한다. 그래야만 공사가 차질 없이 진행된다. 대통령이 지프를 타고 현장에 나올 때마다 이러한 '작업차 최우선' 원칙 때문에 현장소장들의 간이 오그라붙는다고 했다. '지프' 안에 누가 탔는지 알 수도 없을 뿐만 아니라 누가 탔거나 간에, '호랑이 정주영' 차도 으레 비켜주니까 상관없이 그냥 곧장 바람나게 몰아대는 작업 덤프 트럭들을 보며, 소장들이 얼마나 아슬아슬했을지 상상이 간다.

어느 날, 대통령이 평택 공사장에 예고 없이 나타났다가 역시 예고 없이 안산까지 내려갔던 때였다고 한다. 안산에서 서울로 올라가는 길을 안산경찰서장이 안내를 했는데, 고속도로 현장을 통과하면서 서장이 뛰어내려, 덤프 트럭을 가로막고 옆으로 피해서 서행을 하라고 했단다. '현장의 왕'이었던 트럭 기사가 "웬 미친놈이 나를 세우냐"고 눈을 부라리는데, 지프 안의 대통령이 그냥 일하게 놔두라면서 덤프 트럭에 길을 비켜주었다고 한다. 그 후 현장에서는 트럭 기사가 '대통령보다 쎈 사람'으로 통했다.

대통령은 고속도로에 관한 얘기를 하고자 시도 때도 없이 밤중이건 새벽이건 나를 찾았다. 식사도 같이 많이 했고 막걸리도 함께 많이 마셨고 나라 경제 얘기도 많이 나누었다. 원래 장腸이 부실한 나는 대통령이 좋아하는 막걸리를 싫다는 소리 못하고 마실 수밖에 없었는데, 어느 날은 막걸리가 탈이 나 심야에 청와대를 나오다가 급한 김에 길에서 잠깐 실례를 한 일도 있었다.

비록 군사 쿠데타로 정권을 잡았다는 지울 수 없는 약점을 가진 지도자이기는 했지만, 나는 박정희 대통령의 국가 발전에 대한 열정적인 집념과 소신, 그리고 그 총명함과 철저한 실행력을 존경하고 흠모했다. 사심 없이 나라만을 생각하던 대통령을 도와 한푼이라도 적은 예산으로 소기의 목적을 달성시키는 목표 외에 나에게 다른 생각은 아무것도 없었다.

일하는 스타일이 좀 남달라서 그런지 그동안 받은 오해와 치사스러운 뒷소리는 손가락으로 꼽을 수가 없을 지경이다. 고속도로 건설을 하면서 들었던 수많은 뒷소리 중에서 "정주영이가 대통령한테 잘 보여 건설부장관 한자리하고 싶어 저런다"는 말이 제일 씁쓸하게 우스웠던 말이다. 어쨌거나 '현대건설'은 서울에서 수원, 수원에서 오산까지의 첫 공구 38.6km를 1968년 2월 1일에 착공, 수원까지는 12월 21일에 준공, 오산까지는 12월 30일에 준공을 보았고, 대구-부산 간 노선은 1968년 9월 15일에 시작해서 1969년 12월 31일에 끝냈다.

가장 애를 먹었던 것은 대전-대구 구간 공사였다. 2차선을 4차선으로 변경하고 이일 저일 하느라 설계 자체도 늦었지만 1969년 3월 1일에 시작해서 1970년 6월 30일까지는 끝내야 하는 공사였으니, 공정이 순조로워도 그다지 여유 있는 기간은 아니었다. 그런데 이 구간에는 애물단지 터널 공사가 숨어 있었다.

옥천군沃川郡 이원면伊院面 우산리牛山里와 영동군永同郡 용산면龍山面 매금리梅琴里 사이에 4km의 소백산맥이 가로누워 있어서 우리는 이 부분을 터널로 뚫어야 했다. 이 공구는 워낙 험한 곳이라 날짜꼽을 여유도 없었고 새로 도입한 장비도 계속 망가져 장비 부족 현상도 생겼다. 다른 공구의 공사는 흙이 암반보다 훨씬 쉽지만 터널 공구는 바위가 나와야지 흙이 나오면 고생문 열어놓은 공사가 되는 법이다. 그런데 이곳이 경석硬石이 아닌 절암토사節巖土砂로 된 퇴적

122

층이었다. 당제계곡 쪽에서 20m쯤 파 들어가는 순간, 와르르르 순식간에 벽이 무너져버렸다.

이 사고로 인부 3명이 죽고 1명이 크게 다쳤다. 공사 진도는 하루에 많아야 2m, 나쁜 날은 하루 30cm가 고작이기도 했고, 낙반 사고는 빈번했으며, 바위를 들어내던 인부들이 용수湧水에 떠밀려 10여m씩 나가떨어지기도 했다. 낙반 사고가 잦자 목숨에 위협을 느낀 인부들이 하나둘 현장을 버리고 떠나기 시작했다. 신령神靈이 있다던 느티나무를 베어낸 책임자가 사고를 당하니까 일을 그만두는 인부는 부쩍 더 늘었다. 때문에 임금을 갑절로 올렸지만 그래도 필요한 노동력 충당이 제대로 안 되었다. 6백여 대의 중기와 헤아릴 수 없이 많은 트럭을 동원하고 채찍질을 해도 공사는 제자리걸음이었다. 터널이 속을 썩이는데 험준한 협곡에 진입로를 만드는 것도 예삿일이 아니었고, 금강에 교량도 놓아야 했는데 비가 조금만 와도 설치해놓았던 가교가 그냥 떠내려가버리고 말았다. 무려 열세 번의 낙반 사고를 겪으면서 상행선 5백90m, 하행선 5백30m의 당제터널 공사는 공기두 달을 앞두고서 겨우 상행선 3백50m에 멈춰 있었다.

건설부에서 터널 공사를 체크하는 일을 하고 있던 이문옥 박사가 당제터널을 체크하더니 도저히 연내에는 완공 가망이 없다면서, 정상 속도면 내년 3월, 빠르면 금년 12월, 아무리 서둘러도 9월 말 이전에는 틀렸다는 진단을 내렸다. 현장 소장 양봉웅이 터널 박사의 절망적인 진단에 대한 보고를 하면서 공기 내에 끝내는 방법은 조강 시멘트를 쓰는 방법밖에는 없다는 건의를 했다. 일반 시멘트는 콘크리트를 쳐놓고 일주일은 지나야 다음 발파發破 작업을 할 수 있는데 조강 시멘트는 굳는 시간이 빨라 12시간이면 다음 발파를 할 수 있다고 했다.

질이 다른 시멘트였다. 대신 시멘트 값은 엄청나게 비쌌다. 조강 시멘트로 바꾸면 틀림없이 공기를 맞출 수가 있는가를 물었더니 그는 자신 있다고 했다. 나는 결론을 내렸다. '그래, 이익이냐 신용이냐 중에서 선택하라면 나는 언제나 신용이다. 공기를 맞춰 신용을 지키고 현대건설의 명예를 보호하자.'

"좋아, 어차피 출발부터 수판 엎어놓고 덤벼든 일이었다. 그래도 이익을 남길 수 있다면 좋은 일이지만 타산 못 맞출 바에야 공기라도 맞춰야지. 단양시멘트 공장 불러."

단양시멘트는 그 순간부터 조강 시멘트 생산 체제로 들어갔다. 이한림 건설부장관은 일주일에 한 번, 도로국장은 사흘에 한 번, 나는 매일 현장으로 내달았다. 기한 내에 경부고속도로 전 구간이 개통되느냐 안 되느냐가 당제터널에 달려 있었다.

그런 와중에 엎어버린 수판을 이번에는 아예 부숴야 될 일이 생겼다.

조강 시멘트는 생산돼 나오는데 철도 화차 배당이 안 돌아와 시멘트가 들어오지를 못했다. 별수없이 철도 수송을 포기하고 단양에서부터 당제까지 1백90여km를 트럭을 동원해서 육로로 수송하게 했다. 우리는 모두 그렇게 반미친 사람들처럼 공사를 하는데 건설부에서는 준공식 스케줄을 짜야 한다고 계속해서 감사실장 내려보내고

124

기획실장 내려보내고 건설국장 내려보내고, 내려보낼 수 있는 사람은 다 내려보내며 채근을 했다. 그들이 하는 말은 다 똑같았다.

"어떻게 되는 거냐? 정말 준공식에 맞춰 끝낼 수 있는 거냐?"

양소장은 수판 엎었다는 나를 믿고 공기보다 하루라도 일찍 끝낼 테니 걱정 말고 위에 보고하고 스케줄 짜라고 큰소리를 쳤던 모양이다. 하지만 조강 시멘트가 들어오면서 작업조를 2개에서 6개로 늘리고 5백여 명의 인부들이 개미처럼 달라붙어 굴을 파 들어가는데도 느긋할 계제는 아니었다.

나는 매일 새벽 집에서 나와 현장으로 달려가 하루 종일 십장 노릇을 하다가 밤에야 서울로 올라오고는 했다. 하루는 비가 억수로 퍼부었다. 현장 사람들은 모두 비옷에 장화를 신고 일을 하는데, 나는 비옷도 장화도 없이 그냥 철버덕거리며 다닐 수밖에 없었다. 그렇다고 내 발에 맞는 장화가 현장에 있을 턱이 없었고 다른 사람의 우비를 벗겨 내가 입을 수도 없잖은가.

현장 소장이 대전의 시장에 가서 장화 한 켤레를 사오라고 운전수를 심부름 보내면서 나한테 발 치수를 물었다.

"12문7짜리가 없으면 최소한 12문은 사와야 해."

운전수는 그냥 돌아와서 대전의 시장을 다 돌아보았어도 11문 반짜리가 제일 큰 것이라서 빈손으로 왔다고 했다. 그날 저녁, 서울서 신고 내려갔던 운동화와 양말을 벗어 던지고 맨발로 차를 타고 돌아왔었다.

조강 시멘트 덕택에 3개월이 소요될 공사를 돌관突貫 작업 25일 만인 1970년 6월 27일 밤 11시, '만세' 소리와 함께 우리는 경부고속도로 공사 중 최대 난공사였던 당제터널 공사를 끝냈고, 7월 7일 예정되어 있던 대로 경부고속도로 준공식이 거행되었다.

참으로 모두 다 같이 뜨거운 사명감으로 총력을 기울였던 대역사大役事였다.

나는 건설인

우리나라의 기업은 대부분 1945년 해방 이후에 출발했다. 경성방직京城紡織 등, 일제 때 몇몇 기업이 있었지만 당시 우리 기업은 일본 경제의 한 부분으로 종속되어 있는 형편이었기 때문에 진정한 의미의 기업은 아니었다.

건설업 역시 마찬가지였다. 일제 때 건설업을 했던 사람으로 오吳 모씨가 있었는데 총독부의 건설업 허가도 없이 일본 업자 밑에서 하청 몇 건 받아서 한 정도였다. 일본 건설 회사들이 우리나라에 지점을 두고 수풍댐, 청평수력발전소, 제철소, 철도, 항만 공사들을 할 때, 우리나라 사람은 노동자로 동원됐지 달리 참여할 길이 전혀 없었다.

해방이 되면서부터 우리의 기업들이 생겨나기 시작했는데 그중에서도 건설업을 해보겠다는 사람이 제일 많았다. 2차 대전 후 태어난 신생국들의 예를 보면 거의 대부분의 나라가 건설업의 자생력을 키우지 못하고 선진 강대국들에게 일감을 모두 내주었다. 그래서 남미, 중동, 동남아 여러 나라들은 아직도 외국 건설업체한테 자기네 일감을 내주고 있는 형편이다. 그런 면에서 보면 우리나라 건설업은 굉장히 빠르게, 제대로 발전했다.

우리는 철도, 항만, 도로, 교량, 보건 시설들을 일찍부터 우리가 건설했고, 또 외국 업체가 하지 않으면 안 될 새로운 분야의 대형 건설에도 어떻게 해서든 조금씩 참여해가면서 조금씩 자국화 영역을 넓혀서 마침내는 외국 업체들을 밀어냈다. 그렇게 자국화한 기술과 국내에서의 경험으로 축적한 밑천으로 마침내는 우리가 외세外勢가 되어 해외로 진출했고, 또한 해외 경험에서 배운 기술은 즉각 국내로 끌어들이면서 우리 건설업은 발전에 발전을 거듭한 것이다. 아직 우리 능력이 미치지 못하는 아주 특수한 분야의 설계를 외국에 맡기는 것 외에는, 이제 우리는 거의 모든 분야의 건설을 우리 손으로 하고 있다.

어떤 선진국에서도 나라의 탄생 초기부터 우리나라처럼 건설업이 국가 경제에 크게 기여한 예가 없다. 나는 아무것도 없이 곤궁했던 우리나라가 이룩한 한 시대의 눈부신 경제 성장 과정에서 우리의 건설업이 선도적인 역할을 수행했다는 사실에 무한한 자부심을 갖는다. 1970년대 후반, 세계은행 보고서도 한국의 경제 발전은 건설업자들이 선도했다는 지적을 한 적이 있었다.

건설업처럼 중요하고도 또 건설업처럼 힘든 업종은 없다고 나는 생각한다. 각종 산업 시설뿐만 아니라 사회 및 경제의 모든 분야의 기반 시설을 만들어내야 하고, 우리의 의식주 생산 시설에서부터 국가 간접 시설에 이르기까지, 건설업이 수행하는 역할은 엄청나고도 막중하다. 뚝딱뚝딱하다 보면 공장이 되고 아파트가 들어서고 하니까 그냥 무심히 보기에는 아주 쉬운 일이 건설업이라고 보기 쉽다. 그러나 공사 한 건을 수주해서 하나의 작품으로 완성해내는 그 전 과정은 그때마다 한 기업을 탄생시켜 한 종류의 제품을 생산해내는 것과 마찬가지로 어렵다.

우선 공사 수주부터가 말할 수 없이 치열한 경쟁이다. 건설업의 역사가 오래지 않은 우리 입장에서 우수한 선진국 업체들과 경쟁해서 해외 공사를 수주한다는 것은 더욱 어려울 뿐만 아니라, 공사를 수주하고도 또 정부의 공사 수행 보증을 얻는 데에는 무진 애를 먹어야 한다.

또한 한 현장의 공사를 성공적으로 마치기 위해서는 그 나라 사람들의 생리나 습관, 언어, 풍속, 법률 등 모든 문화적인 차이를 습득, 극복해야 한다. 대인 관계, 관공서와의 관계를 원만히 유지해야 하고, 또 우리나라와는 다른 기후와 풍토 속에서도 공사는 차질 없이 집행되지 않으면 안 된다. 이해관계가 다른 발주처와 기술 회사 사람들과 낯을 익히면서 우선 숙소부터 짓기 시작하고, 공사에 쓸 모든 자재 수배에서부터 기술 문제 해결에 이르기까지 할 일은 끝이 없다. 그중에서도 회사에 장래를 건 사람들도 아닌, 그 일이 끝나면 각각 뿔뿔이 흩어지고 말 기능공이나 인부들한테 의욕을 불어넣어가면서 큰 사고 없이 성공적으로 공사를 마무리짓는 일은 더더욱 힘든 일이다. 항만 공사, 댐 공사, 화학 단지 조성 공사, 공장 건설, 이 모든 일들은 선이 굵으면서도 한편으로 정밀하지 않으면 해낼 수 없다.

그래서 나는 건설업이야말로 인간으로서 모든 자질을 갖춘 사람이 아니면 성공할 수 없는 업종이며, 해외 건설 책임을 훌륭하게 완수한 사람한테는 어떤 일을 맡겨도 믿을 수 있다고 생각한다. 그 증거로 우리 그룹에서 중요한 책임을 맡았던 사람, 맡고 있는 사람들은 거의가 다 '현대건설' 현장 출신이다.

건설업에 성공하는 조건은 모험적인 정보, 모험적인 노력, 모험적인 용기가 필수다. 수많은 어려움과 수많은 미지수, 수많은 위험이 복병처럼 숨어 있는 건설업은 바로 그 때문에, 세계 건설사상建設史上에 헤아릴 수 없는 흥망성쇠를 기록하고 있다. 그러나 힘든 만큼 성취감도 큰 것이 건설업이다.

나는 그 성취감을 좋아한다. 그래서 '현대건설' 외에도 많은 업종의 회사를 갖게 돼 그룹 회장, 명예 회장으로 불리고 '경제인'으로 불리기도 하지만, 혼자 내심으로 나는 어디까지나 건설업을 하는 '건설인'이라는 긍지와 자부심을 잃어본 적이 없다.

4

'현대자동차'와 '현대조선'

파란만장한 '현대자동차'

자동차 공업은 한 나라의 경제 지표가 될 만큼 경제적 중요도가 높은 산업이다. 자본과 기술이 집약되어야 하는 자동차 산업은 부품이 3만여 개에 달해 전 산업에의 파급 효과와 고용 증대 효과가 크기 때문에 경기를 주도하는 산업일 뿐만 아니라, 방위산업防衛産業으로서도 큰 몫을 한다.

1차 경제개발 5개년계획이 당초 목표를 크게 상회하는 연평균 8.5%라는 경제 성장을 기록하며 성공적으로 마무리된 시점에서 엄청나게 팽창된 수송 화물은 우리나라의 자동차 공업 육성을 필연적인 것으로 만들었다. 정부는 2차 경제개발 5개년계획에 자동차 산업 육성을 포함시켰다.

청년 시절 자동차 수리 공장 '아도서비스'로 자동차와 인연을 맺었던 나는, 1967년 12월 '현대자동차'의 설립 허가를 받고, 오랜 꿈이었던 자동차 사업에 뛰어들었다. 당시 자동차 업계에는 일명 딸딸이라는 애칭의 삼륜차를 생산하던 '기아'와 승용차 시장을 독점하고 있던 '신진'이 있었다. 후발 업체로 자동차 시장에 뛰어든 '현대'의 출발을 놓고 '잘될 것이다'와 '잘 안 될 것이다'는 두 시각이 있었다. '잘될 것이다'라는 시각은 우리 회사의 조직력이나 나의 능력으로 미루어 '신진', '기아'의 독주 체제를 분명코 깨뜨릴 것이라고 보았고, '잘 안 될 것이다'는 시각은 이제 겨우 설립 허가를 땄는데 어느 천년에 차가 나올 것이며, 우량품이 나올지 불량품이 나올지는 두고 보아야 안다는 시각이었다.

남들의 시각이야 어찌 됐든 멀지 않은 장래에 우리의 자동차 산업은 급성장하게 된다는 것이 나의 생각이었다. 마침 세계은행에서도 한국은 1971년도에는 차량 보유 대수가 6만 5천3백 대에 이를 것이라는 전망을 내놓은 참이었다. 세계은행은 우리나라의 제2차 경제 개발 5개년계획이 차질 없이 추진될 경우, 승용차가 매년 6%, 택시와 마이크로버스가 13.5%, 버스 17%, 트럭 14%, 소형차 20%, 오토바이 10%, 특수 차량 14% 증가를 예측했다.

1966년 4월, 미국의 포드 자동차 회사가 한국 진출의 목표로 시장 조사차 내한했을 때, '현대'는 그 사람들의 접촉 대상자 안에도 못 들었다. 그 사람들이 아는 '현대'는 그저 건설업체였기 때문이다.

단양시멘트 1차 확장 공사를 위한 차관 교섭을 하러 미국에 가 있던 아우 인영에게 차관은 늦어도 좋으니 당장 포드 사와 자동차 조립 기술 계약을 맺으라고 지시했다. 나의 일하는 스타일에 익숙한 아우도 그때는 당황스러워했다. 그런 일이 어떻게 하루아침에 당장 되겠느냐는 대꾸였다. 그럴 때 내가 으레 두말 못하도록 퉁명스럽게 하는 말이 있다.

"해보기나 했어?"

아우는 당장 그날부터, 내가 원래 유능한 자동차 수리 기술자 출신이라는 점을 내세우면서 우리가 자동차 공업에 착수할 계획이며, 포드와 제휴하고 싶다는 뜻으로 디트로이트 포드 자동차 본사와 접촉을 시도했다. 자동차뿐만이 아니라 새로운 일을 시작하는 데 부득이 외국과의 기술 제휴가 필요하다면, 언제나 그 분야 세계 최고를 잡아야 한다는 게 나의 원칙이다.

자동차로는 GM(General Motors)과 포드가 양대 산맥이다. 1960년도 자동차 생산량을 보면 GM이 3백68만 8천 대, 포드가 2백23만 1천 대인데, 도요타나 닛산은 고작 15만 5천 대 수준이다. 생산량으로 보면 GM이 포드를 훨씬 능가하지만 나는 GM의 해외 진출 합작 방식이 마음에 안 들었다. GM은 기존 메이커를 매입해 합병하는 방식을 우선으로 했고, 그것이 불가능할 경우에는 자본과 경영에 참여해서 일일이 간섭하는 방식을 좋아했다.

예나 지금이나 그런 합작은 나로서는 받아들일 수 없는 방식이다. 외국 기업과 합작할 경우 투자 비율이 아무리 50:50이라 해도 결국에 가서는 자본력과 생산 기술, 경영 기법에서 우월한 그들한테 경영의 주도권을 뺏기기 마련이다. 그렇게 되면 내 사업체를 갖고 내 마음대로 물건을 만들 수도 팔 수도 없게 된다. 내가 만든 회사에 외국 기업이 경영에 감 놔라 대추 놔라 하는 것은 나로서는 절대로 용납할 수 없는 모욕이다. 물론 포드도 해외 진출 방법으로 신규로 자회사를 설립하는 방식을 선호하기는 했지만 GM보다는 유연성이 있었다.

포드는 약간의 자본 참여와 측면에서의 경영 지시만을 조건으로 내걸었기 때문에 협상의 여지가 있었다. 포드는 나름대로 이미 우리나라에 정보원을 투입해서 세밀하게 합작선의 신용도와 자본력을 조사했고, 그들이 대상으로 했던 기업은 홍화공작소, 화신산업, 동신화학, 기아산업 등이었던 것으로 안다. 1967년 2월, 최상급의 신용 조사 결과를 들고 포드의 국제 담당 부사장 일행이 서울로 왔다. 자동차 엔진 구조에서부터 변속 장치, 제동 장치, 1만여 부품의 명칭에까지 막힘 없이 얘기하는 내가 그들에게 자동차 기술자 이상으로 보였던 모양인지, 이를테면 면접 시험에 해당되는 사흘 동안의 면접 스케줄이 단 2시간 만에 끝이 났다.

면접 시험 후, 나는 내가 직접 운전을 해가면서 성의를 다해 그들을 모시면서, 그들의 기술 제휴 대상으로 누구보다도 내가 적임자라는 결정을 내리도록 최선을 다했다. 협상이 본격적으로 시작되자 GM보다는 유연성이 있다고 생각했던 포드가 경영권에 대한 미련을 보이기 시작했다. 포드의 실무자들은 경영권 참여 가능성을 타진하는 것으로 시작해서 결국은 강력한 요구를 하는 데까지 이르렀다.

그러나 내가 버티고 있는 한, 포드와 손잡는 것을 그만두면 그만뒀지 그것은 애시당초 안 될 말이었다. 그다지 유쾌하지 않은 알력과 갈등을 되풀이하다가 1967년 5월 포드는 한국 진출 결정 방침을 내렸고, 그 해 9월 우리와의 제휴를 확정하고 10월 말경에는 양측간에 대략적인 합의가 이루어졌다. 그 해 12월 30일 '현대자동차'는

'현대모타주식회사'라는 이름으로 '출생 신고 등기'가 나왔다.

그런데 아우 인영이가 지었다는 '현대모타주식회사' 이름이 내 마음에는 영 안들었다. 국제적인 것도 좋고 장차 수출을 생각하는 것도 좋지만, 그것은 먼 장래의 일이었다. 당장은 내수內需 시장을 목표로 해야 하는데, 또 우리는 한국인이고 한국인이 자동차를 만드는데 굳이 남의 나라 말을 집어넣어 이름을 지을 필요가 없다는 생각이었다. 그래서 당장 그날로 '현대자동차주식회사'로 이름을 바꿔 다시 등기하도록 지시했다. 이튿날 상호 변경 서류를 접수시켰는데 그날이 12월 31일이었기 때문에 신정 연휴가 끝난 1월 4일에 등기를 마쳐 새 이름 '현대자동차주식회사'로 다시 출생 신고를 했다. 나는 지금도 그때 내가 잘했다고 생각하고 '현대자동차'가 마음에 든다.

그런데 포드와 자동차 조립 기술 계약을 체결하는 데까지는 오히려 쉬웠다고 할 수 있었다. 그 다음부터가 더 어려웠다. 지금 생각해도 출발부터 오늘까지 오는 동안 자동차만큼 많은 시련을 겪어야 했던 사업은 없었던 것 같다.

천재지변이 덮치지를 않나 일관성 없는 정책의 변덕에 어지럼증을 느낄 정도로 파도타기를 안 했나, 첫 출시한 승용차에 반품 시위 소동이 벌어지질 않았나……. 아무튼 초기의 그 숱한 우여곡절과 고통을 생각하면 오늘만큼 성장한 자동차가 기특하고 대견하기 짝이 없고, 아우 세영이가 참으로 고생을 많이 했다.

우선 자동차 공장 설립 부지 매입에서부터 순조롭지가 않았다. 자동차 공장이 들어선다는 소문이 퍼지자 평당 1백80원 하던 논밭이 하룻밤 자고 나면 2백 원, 3백 원이 되는가 하면 자동차 공장을 맡고 있던 아우 세영이가 5백 원이면 팔겠다는 보고를 받고 서울 회의에 올라왔다 내려가는 동안에, 5백 원에도 안 팔겠다고 달라져 있는 형국이었다.

보상을 노리고 멀쩡히 놀리던 땅에 난데없이 과수를 심는 토지 브로커들도 모여들었고, 토지 매입을 좀 용이하게 해보자고 우리가 내세웠던 현지 주민이 몰매를 맞고 입원하기도 했다. 부락을 수호하고 부락신部落神 제사를 지내는 수호신당, 신이 깃들여 있다고 믿는 6백 년 생 미루나무 고목, 부락 공동 우물의 운명 등, 민속 신앙民俗信仰에 의한 금기禁忌도 땅임자들한테는 중요한 문제였다.

부지 매입이 제대로 진척되지 않는 답답한 상황에 설상가상으로 1968년 7월 16일 경남 지방에 내리 쏟아부은 집중 호우는 자동차 공장 부지 예정지 위의 농경지 7백 두락을 삼켜버리고 말았다. 사흘을 퍼부은 폭우에 농경지 7백 두락은 물론 그때까지 애써 정지 작업을 해놓았던 공장 부지까지 진흙뻘로 만들어버린 것이다. 가옥과 전답을 잃은 주민들은 '현대'를 천재지변의 원흉으로 몰아 삽과 낫을 치켜 들고 '현대자동차' 울산사업소로 몰려들었다. 바다였던 그들의 농경지 아래쪽 땅을 우리가 매립했기 때문에 그들의 농경지가 바다와 면한 지점이 멀어져 배수에 지장을 준 것이 침수 원인이라는 주장이었다.

'현대자동차' 사장을 맡고 있던 아우가 나한테 왔다. 성난 농민들 앞에 나가 머리를 조아려 침수 사태에 적절한 조치를 취하겠다는 약속을 하고 왔다고 했다. 심성이 곱고 착한 세영이가 농민들에게 어떻게 하고 왔을지 보지 않았어도 눈에 떠올랐다. 낫과 삽은 들고 있었지만 그래도 순박한 농민들은 사무실 집기를 부수거나 난폭하게 굴지는 않았다고 했다. 아우는 나에게 수해로 농민이 입은 피해 책임을 지라고 했다. '현대'가 매립 공사를 한 탓으로 생긴 일이니 매립 지시를 한 사람이 책임지라는 논리였다.

책임질 준비는 이미 해놓고 있었던 터였다. 무슨 일이든 새로운 도전에는 '수업료'라는 게 필요한 법이다. 시련 없이 순조롭기만 한 일이란 도전이 아니다.

나는 '현대건설'의 김기욱 공무 담당 상무를 울산으로 파견해 수습을 돕게 하고, 수습팀은 울산시청과 울산토지개량조합 등의 협조를 얻어서 적극적인 수습에 나서 피해 주민들과 보상합의를 했다. 추수기에 수부갈이로 보상해준 액수가 8천만 원이었다.

피해 보상 합의를 끝내고 우리는 다시 부지 매입에 진력했다. 나는 담당자들한테 부지 매입을 하는 데 있어서 주민들을 대할 때 마음으로부터 성의를 다하는 자세로 임하도록 지시했다. 부지 매입은 물론 장차 공장이 들어서도 인력 수급이나 모든 운영에 생길 부작용을 방지하기 위해서는 주민들과의 관계가 불편해서는 안 된다. 반영구적으로 자리를 잡을 '현대자동차'에 무엇보다도 중요한 것은 지역 주민들과의 긴밀한 유대 관계였다. 자동차 공장이 들어서면 울산시의 공업화가 더욱 활발해질 것이며, 주민들에게 취업 기회가 주어지기 때문에 소득 수준이 월등히 향상 될 것이라는 사실을 역설하면서, 우리는 지역 주민 자녀들의 취업 보장도 약속했다. 보상 액수를 시가의 3배로 책정하고 매립 대상 하천에서 뱀장어를 잡아 소득을 올리던 주민들에게도 충분한 보상안을 내놓았다. 또 주민들이 모시는 토속 신앙물에 대해서도 주민들의 의견을 최대한 수용한다는 발표도 했다.

우리의 최선을 다한 성의 표시에 주민들의 정서가 '현대가 할 만큼은 한다'는 쪽으로 기울기 시작하고 적극적인 설득도 주효해서 조금씩 분위기가 부드러워지기 시작했다. 이렇게 해서 1968년도 말까지 울산시 양정동 700번지 일대 7만 1천8백90평을 매입했고, 매입가는 평당 8백73원이었다. 1968년 3월 20일쯤부터 공장 건설에 들어갔다. 공장의 토목, 건축 공사는 '현대건설'이 했고 기계 설비는 '현대자동차'의 공무 담당자들이 맡았다. 아우 세영이가 자동차 공장을 지으면서 한편 기계 설비를 동시에 진행시키느라 머리털이 빠지고 있는 동안, 나는 고속도로에 매달려 정신없이 뛰느라 울산에 내려가볼 틈도 없었다. 어찌 됐든 그 해 11월에는 첫 차가 나와야 했다.

공장 건설이 시작되면서 세영이는 5월에 김병철, 이번, 장항렬, 하상수 등을 일본 포드 사에 보내서 애프터서비스 연수를 받게 하고, 홍석의, 임만섭 등은 호주로 보내서 생산 기술 연수를 시키고, 보스턴, 시카고, 뉴욕 등 미국 대도시의 포드 대리점에는 직원들을 파견해 판매 연수를 시키고, 이승복은 미국에서 페인팅 연수를 시켰다.

세영이는 자동차 사업 출발부터 자동차는 선진국의 기술 이전을 전제로 하지 않고는 불가능하다는 일관된 주장을 했고, 때문에 신입 사원을 뽑는 데도 영어 회화 능력을 최우선 조건으로 내세워 영어보다는 적극성과 추진력을 앞세우는 나와 약간의 의견 충돌도 있었다.

어쨌든 다른 선발 업체 자동차 회사에서는 엄두도 못 내고 있던 직원들 해외 연수도 아우의 결단이었고, 결과적으로 아우가 옳았다. 당시 우리 '현대' 직원들은 건설 현장이나 자동차 공장 현장이나 세수할 틈도 면도할 틈도 없이 일들을 했기 때문에, 자기 얼굴이 어떻게 생겼는지, 얼굴이 어떤 꼴로 돼가고 있는지도 몰랐다고 한다. 꽃이 피면 봄이요, 낙엽이 지면 가을이고, 눈이 오면 아, 겨울이구나 했다는 말들을 지금도 하고, 신발 한 번 벗고 제대로 자는 게 소원이었다는 말도 숱하게 들었다.

공장 건설도 다 안 된 상태에서 우선 11월 첫 차 '코티나'를 뽑아내야 했던 세영이는 기능공들과 같이 숙식을 하면서 작업복 차림으로 조립실에서 같이 매달려 보냈다. 11월 1일, '코티나' 1호를 타고 아우가 고속도로 교량 건설 현장에 나타났다. 공장을 짓기 시작한 지 6개월 만에 자동차를 생산한 것이다.

흐뭇했다. 아우가 말할 수 없이 대견스러웠지만 그때까지의 아우의 고생과 결과에 대해서 내가 한 말은

"수고했다."

한 마디였다. 칭찬이나 격려에 인색한 것도 나의 많은 결함 중에 하나다.

예정대로 '코티나'를 생산하면서 기대에 부풀었던 우리는 그러나 어이없이 판매에 실패했다. 여러 가지 다른 사정도 이유가 됐겠

지만 직접적인 원인은 첫째, 최초로 실시한 할부 제도가 부실 채권을 만들어내고, 둘째, 애프터서비스의 부족, 셋째가 홍보 전략의 미숙과 도로 사정, 넷째는 경기 침체, 다섯째는 신진의 '코로나'에 비해서 품질이 형편없다는 악소문 등이었다.

그중에서도 나는 '코티나'가 비포장 도로가 많은 우리나라 사정에 적합지 않은 자동차였다는 것을 결정적인 실패의 원인으로 꼽는다. '코티나'가 우리나라 도로 사정에 적합지 않은 자동차라는 결론은 '코티나' 실패 후 포드에서 나온 자체 조사단의 결론이었다. 나는 우리나라 도로 사정을 감안하지 않고 '코티나'를 첫 생산 차종으로 내놓게 했던 포드가 괘씸하기 그지없었지만 별도리가 없었다.

어쨌든 '코티나'는 '섰다 하면 코티나', '코티나는 밀고 가야 하는 차'라는 말이 만들어져 퍼졌고, 나중에는 아예 '코티나'가 '코피나', '고치나', '골치나'로 불리게까지 되었다. 부산사업소 앞에서 '코티나' 택시 1백여 대가 한꺼번에 경적 시위를 벌이면서 자동차 반납을 요구하기도 했다. 이 자동차 반납 소동 불길은 그 뒤에도 각지에서 개인적·집단적으로 일어나면서 승용차뿐만이 아니라 우리가 생산한 트럭과 버스에까지 옮겨 붙었다. 결국 '코티나'로 인해서 '현대자동차'는 '똥차'라는 오명을 얻었고, 첫 출시의 참혹한 실패는 경영 압박으로 연결되었다.

그런데 게다가 설상가상으로 정부의 자동차 공업 육성책이 변경될 조짐까지 보였다. 내막을 알아보니 자동차 100% 국산화 달성에 초조했던 박대통령의 성화에 못 이겨 관계 부처에서 만들었다는 '단일화單一化 안'이 문제였다. 차량의 중심 부분이 되는 엔진을 단일화하고, 잡다한 차종을 통합시켜서 단일 차종에 집중적인 국산화를 추진하는 길만이 100% 국산화의 지름길이라는 것이었다.

정부의 삼원화三元化 방침에 따라 업자들이 이미 일본, 프랑스, 미국으로 합작을 삼원화하고 있었던 현실을 도외시한, 결코 가능한 소리가 아니었다. 더구나 그나마 짧은 기간에 양성한 기능공들이 각자자기네가 만드는 차종에 맞는 기능을 이제 막 익혀놓은 터에, 하루아침에 그 구조를 뒤흔들어놓겠다는 일원화 발상은 무리한 생각임을 넘어선 우매한 짓이었다.

그러나 예나 지금이나 정부가 내놓는 경제 정책의 파워는 업체들의 반발에 따라 선회할 정도로 합리적이지도, 약하지도 않다. 불합리한 정책 변경이라도 일단 결정이 내려지면 업체들은 그 정책을 따라갈 수밖에 없다. 이것이 비극이다. 언제나 이것이 비극이었고 이는 말할 수 없이 심란스러운 일이었다.

만약 어느 한 업체로 단일화가 된다면 나머지 자동차 업체는 초상을 치러야 하는 판국이었다. 그렇게 심란스러운 상황 가운데 또다시천재天災가 일어났다. 그러니까 그게 1969년 9월 중순께였다.

물고 무슨 악연인지 울산 지역에 유례가 없는 대홍수가 다시'현대자동차'를 덮쳐버렸다. 무섭게 쏟아진 집중 호우로 영호남 지방에 막대한 재산과 인명 피해가 났는데, 그중에서도 울산시와 울주군 일원은 1백20년 만의 폭우라고 했다. 4백50여mm에 달한 폭우는태화강을 범람시키고 저지대 시가지를 모조리 침수시켰다.

침수로 인해 '현대자동차' 울산 공장에는 3백 명이 넘는 종업원이 갇혀 있었다. 물은 몇 달 뒤에 입주하게 되어 있는 신축 사택을 삼키고 공장에까지 쳐들어왔다. 중요 부품들을 다른 곳으로 옮기고 있던 종업원들은 황급하게 산으로 대피했고, 1만여 평 공장은 수심 1.2m로 잠겨 무거운 부품들은 황토와 토사에 묻히고, 가벼운 부품들은 물살에 쓸려 사라져버렸으며, 조립이 끝났던 '코티나'는 검사장에서 둥둥 떠다녔다.

복구 작업은 토사를 파내는 데만 이틀이 걸렸고, 조립 라인을 정상화하기까지 나흘이 걸렸다. 우리는 물에 잠겼던 부속품들 중에서 다시 쓸 수 있는 것은 수리창으로 돌려 재생시키고, 일부 부속은 애프터서비스용으로 돌리고, 극히 일부 엔진은 복원시켜 조립용으로 썼는데, '현대'가 '물에 빠졌던 코티나'를 판다는 소문이 설상가상이 되어 판매 부진을 부채질했다. 이 수해로 인해 '현대자동차'는 물질적 피해는 물론 이미지와 공신력까지, 아예 더 잃으려야 잃을 것도 없을 정도가 돼버렸다.

1969년 12월, 상공부는 결국 자동차 국산화 3개년계획을 발표했다. 1970년도부터 '신진'의 크라운 4기통, 퍼블리카, 가솔린 버스 등 7개 차종 생산을 전면 금지하고, 몇 가지 기본형 양산을 촉구하여 국산화율을 급격히 올리기 위해 엔진 주물 공장과 차체 프레스 공장을 건설해야 한다는 요지였다.

그것만으로도 충격이 큰데 두 달 후 상공부는 엔진 주물 공장 일원화를 발표했다. 현대, 신진, 아세아, 기아 4개 차량 조립업자들 가운데 최적 요건을 먼저 구비하는 업자 하나한테만 엔진 주물 공장 건설을 허가한다는 내용이었다. 간단하게 말해서 4개 업자 가운데 하나만 살리고 나머지 셋은 죽이겠다는 말이었다. 3월 15일까지 사업계획서를 받아 심사하여 그중 하나를 뽑는다고 했다.

살길은 하나뿐이었다. 어떻게 해서든 포드를 엔진 주물 공장 건설의 합작 파트너로 끌어들여야 했다.

3월 15일까지라는 시한부를 앞에 놓고 우리와 포드 사의 합작 협상은 전혀 진척이 없었다. 우리 측이 50:50 합작을 제의했다. 내 나라에 세우는 합작 회사 비율을 50:50으로 하자는 것은 나로서는 하기 어려운 양보였다. 우리가 주인 행세를 하자면 적어도 51:49로는 만들어야 하는 것이 원칙이다. 그러나 나는 상황이 상황이니만큼 주인 행세가 중요한 것이 아니라 '내 나라에 세우는 공장은 결국 내 나라 것이다'는 쪽으로, 애쓰고 애써 생각을 바꿨다.

그런데 포드는 우리 측 제안인 50:50의 합작을 냉담하게 거절했다. 어떻게 해서든지 50 이상의 지분을 갖겠다는 것이었다. 당시에 포드 협상팀이 와 있는데 미국 본사에서 로버트 스티븐스 해외 담당 사장이 날아왔다.

해외 담당 사장이 갖고 온 얘기는 더 기가 막혔다. 지금까지 자동차를 조립 판매하던 '현대자동차'를 자기네가 흡수해 새로운 회사를 만들어, 단순히 엔진 주물 공장만이 아니라 이 기회에 모든 부품을 다 생산하자고 나선 것이다. 우리나라에 아예 포드 사를 들여앉히겠다는 뜻이고 '현대자동차'를 삼켜버리고 말겠다는 뜻이었다.

그 소식을 서울에서 들은 나는 노발대발, 그야말로 노발대발했다.

"나는 내가 건 간판은 새것이고 헌것이고 절대로 안 내린다. 일단 한번 시작한 사업은 아무리 어렵고 되기가 힘들게 생겨 있어도 기어이 되게 만들어 성장시켜 '물건'을 만들어놓았지, 중간에 간판을 내린 적은 없다. 뜻이 있어 뜻을 갖고 시작한 사업은 반드시 되게 만들어 성공시켜야지, 당장의 상황이 어렵다거나 또는 당장의 이익이 없다는 이유로, 또는 다른 어떤 이유로든 '중도 하차'란 내 사전에는 없다."

이것은 사업에 있어서의 누구도 못 말리는 나의 철칙이며 나의 자존심이다. 어떤 조건도, 억만금을 주어도 절대로 내가 건 간판을 내리는 조건이 될 수 없다고 못을 박았다.

엔진 주물 공장 일원화 정책 시행을 앞두고 가장 유리한 낙점자로 점쳐지고 있던 업체는 신진이었다. 여론도 신진 쪽으로 기울어져갔고 권력층도 호의적이어서, 엔진 주물 공장은 신진으로 낙찰될 것이라는 추측과 소문이 공공연했다. 신진은 한국 시장에 군침을 흘리던 일본의 도요타와 50억 원씩 합작 투자를 할 것이라고 발표했다. 4개 업체 가운데 기아는 거의 포기 상태였는데 그 다음 열세가 우리 '현대'였다.

'코티나'가 '코피나'가 되어 국내 시판이 엉망인데다 수해까지 입어, 엄살을 떨자면, 거의 도산 직전까지 몰려 있는 상황에 합작까지 지지부진, 희망이 거의 보이지 않았으니 말이다. 방법이 없었다.

박 대통령에게 면담 신청을 하고 청와대로 들어갔다. 그 당시 박 대통령의 최대 관심사는 고속도로가 예정대로 완공되느냐에 있었다.

그날도 대통령은 "고속도로 완공에 차질이 없겠느냐?"는 질문으로 면담을 시작했다. 나는

"고속도로는 문제가 없는데 자동차 산업이 큰일입니다."

라는 대답으로 즉각 본론으로 뛰어들었다. 박대통령은 부르기 전에 아무 때나 아무 일이나 들고 내가 만나고 싶대서 만날 수 있는 상대가 아니었다. 자동차 산업 정책에 대해 '잘돼가고 있다'는 보고만 받고 있던 대통령이 놀라는 얼굴을 했다.

'자동차 완전 국산화 3개년계획은 그 시점에서 무리한 정책 결정이었고 업계 현실을 도외시한 멍텅구리 같은 정책이다. 엔진은 자동차의 심장이며 자동차 기술의 전부라고 해도 과언이 아니다. 엔진만 국산화되면 나머지가 국산화되는 것은 시간 문제다. 게다가 더 기가 막힌 것은 그만큼 중요한 엔진을 느닷없이 일원화하겠다면서 엔진 주물 공장을 건설하는 조건으로 정부가 내건 것이 기술, 외자, 시장성이다. 그것은 곧 합작 투자를 최우선으로 한다는 말이다. 합작 투자를 할 경우 모든 것이 뒤떨어진 우리 자동차 회사는 외국 회사 마음먹는 대로 휘둘릴 수밖에 없다. 그렇게 해서 무슨 수로 자동차 100% 국산화를 한다는 말인가. 세계 자동차 왕국인 미국도 소위 '빅쓰리'라는 GM, 포드, 크라이슬러가 서로 경쟁을 통해 발전했기 때문에 오늘이 있는 것이다. 포드의 경우 1924년에 설립된 이래 GM을 따라잡기 위해 매년 몇십억 달러의 연구비를 투자하면서 발전을 거듭하고 있고, GM은 GM대로 포드에 따라잡히지 않고 더 많이 앞서기 위해서 막대한 투자를 하면서 자동차 산업을 발전시키고 있는데 우

리는 독점을 시키겠다니, 이것이 바보짓이 아니고 무엇인가. 마라톤
도 혼자 뛰어서는 좋은 기록을 올릴 수가 없다. 경쟁 상대가 없으면
제품의 질을 향상시킬 필요도 없고, 생산에 박차를 가할 필요도 없
고, 기업 발전은 고사하고 공산권 국가들의 국영 기업체와 같아지는
것은 불 보듯 뻔한 노릇이다. 자본주의 경제는 오직 경쟁을 통해서
단련되고 연마되어 발전하고 성장하는 것이다.'

나는 이런 요지의 말을 대통령에게 했다. 내 말에 대해 대통령은

"4개 회사에 경쟁을 시켰지만 국산화 비율을 높이는 데 별무신통
이지 않았냐?"

며 불만을 털어놓았다. 내가 반론을 제기했다.

"그건 그렇지가 않습니다. 5·16혁명 후 정부의 강력한 지원을 받
아 신진이 1967까지 독점 조립 시판을 했을 때는 상공부 발표 21%
국산화였던 것이 현대, 기아, 아세아가 조립 생산에 가세하면서는
상공부 발표 38% 국산화로 발전했습니다. 불과 2년도 채 안 된 동안
에 17%나 국산화를 늘린 것이 바로 경쟁이 올린 성과였습니다."

그때 대통령의 얼굴이 굳어지면서 담뱃불을 자주 붙였다 껐다
했다.

내친김이었다. 합작 투자를 최우선으로 하겠다는 조건에 대해서
도 이의를 제기했다.

"기술을 얻고 시장 확보에 긍정적인 측면이 있긴 하지만 별 잇속
없이 남의 나라 업체에 제 돈 대주고 너 부자 돼라 할 기업은 세상에
없습니다. 나부터도 그런 짓은 안 합니다. 경영 개입은 물론이고 그

렇다고 그들이 고급 기술을 그렇게 쉽게 제공할 리도 없고 또 한 대라도 자기네 차 더 팔자는 목적이 뚜렷한 합작사의 그늘에서 어느천년에 우리 차의 국산화가 가능하겠습니까? 그렇다고는 해도 기술도 자본도 취약한 우리 실정에 합작을 통하지 않고 당장에 우리만의 힘과 노력만으로는 또 어려운 것이 현실입니다. 어쨌든 3개년계획은 너무 성급하고, 외국 합작 투자 의존도를 낮추고 종전대로 4개경쟁 체제로 보다 장기적으로 추진하면 우리 자동차의 국산화가 생각만큼 그리 요원하지는 않습니다.”

내 의견에 대해 비로소 대통령이 머리를 끄덕였다.

대통령 독대의 효과는 금방 나타났다. 자동차 국산화 비율에 대한 재조정이 있을 것이라는 말이 상공부에서 흘러 나온다고 했다.

상공부에서 자동차업계 재조정 방안을 만드느라 분주한 와중의 4월 17일, 중국은 주은래周恩來가 ‘주4원칙周四原則’이라는 것을 발표했다. ‘주4원칙’의 핵심 내용 중에 하나가 ‘중국은 한국, 미국과 거래하는 나라와는 무역을 안 한다’였다. 우리는 반공反共을 국시國是로 하는 나라니만큼 ‘주4원칙’이 그다지 심각할 것은 없었다. 그런데 ‘주4원칙’의 날벼락을 신진자동차가 맞았다. 일본 도요타와 기술제휴로 조립차를 생산하면서 엔진 주물 공장도 그들과 합작하기로 협의 중이던 신진에, 파트너 도요타가 1970년 12월, 합작 백지화를 발표한 것이다.

‘주4원칙’에 입각한 도요타의 발 빠른 계산속이었다. 중일中日 국교 정상화가 임박한 시점이었고 당장의 수출은 어렵지만 중국 시장의 엄청난 잠재력에 대한 분석과 동남아 시장을 차지하고 있는 중국계 자본의 영향력 등으로 도요타가 한국의 신진을 버리고 중국을 선택한 것이다. 도요타는 합작 백지화를 발표했다가, 월 2천 대 규모의 엔진 공장을 건설하는 각서 교환을 하겠다고 백지화를 뒤집었다가, 다시 각서 교환을 없었던 일로 뒤집고, 아무튼 여러 번 뒤집기를 하더니 결국 합작은 완전 백지화가 되어버렸다.

자동차산업보호육성조치가 발표되었다. 1975년까지 국산화 비율을 80%로 하고, 우리나라 실정에 맞는 소형차 개발에 주력할 것이며 국제 경쟁력을 갖출 때까지 경쟁 제품의 수입을 금지한다는 내용으로, 엔진 주물 공장 일원화 방침을 사실상 백지화한 것이다.

1970년 11월 30일.

경쟁 업체 신진은 도요타로부터 날벼락을 맞았는데 한편 우리는 포드 사와 50:50의 합작 비율로 계약서를 주고받았다. 조건도 그다지 나쁘지 않았다. 어느 한쪽도 절대 완전 지배는 불가능하게 계약이 이루어졌다. 경영진도 고도의 기술 산업인 엔진 주물 공장이니만큼 기술과 재무 상담의 중역 자리만 포드에서 맡고 나머지는 모두 '현대'가 맡기로 했다. 또한 새로운 회사의 사업을 위해 필요한 추가 소요 자금 외자外資 3천4백만 달러의 장기 차관액 중에서, 양측 주식 지분의 50%가 되는 1천7백만 달러는 포드의 지불 보증만으로 국내에 유치하는 획기적인 조건이었다.

그런데 '주4원칙'으로 중국으로의 진출이 막힌 미국 회사의 입장 변화를 감안해도 갑작스러운 포드의 태도 변화가 좀 의아스럽기는 했다. 그러나 어쨌든 서명했다. 정부는 12월 28일 외자도입 심의위원회 의결을 거쳐 다음 날 '외국인 투자분 9백만 달러의 사용 계획에 대해서는 정부의 승인을 요한다'는 단서를 달아 엔진 주물 공장 설립을 인가해주었다. 결과적으로 경쟁 4개 업체 중에서 '현대'만 엔진 주물 공장 설립 허가를 얻은 셈이었다.

자동차 회사의 경영 내용은 말이 아니었다. 월급이 몇 달씩 밀리는 건 다반사고 아우와 담당 임원들은 날이 새면 발바닥이 닳도록 돈을 꾸러 다니면서 하루하루 부도를 막아가는 지경이었다. 세금을 못 내 전국 최고 체납자로 신문에 발표된 일도 있었다. 경쟁사 사장이 공개석상에서 '현대자동차'를 인수하겠다는 호언장담을 하더라는 굴욕적인 소문도 들려왔다. 그러나 어쨌든 포드와의 합작으로 엔진 주물 공장 설립 인가를 받고 '현대'는 한고비를 넘긴 기분이었다.

그러나 한고비가 넘어간 것이 아니었다.

포드와의 합작은 합작 회사 설립 계약서에 서명한 날로부터 그 후 2년여에 걸쳐 도저히 타협점을 찾을 수 없는 갈등의 연속이었다. 판매 자금 문제, 재정 문제, 수출 문제, 사업 영역 문제에서 양측의 견해가 언제나 한치 양보도 없는 대립 그 자체였다. 갑작스러운 포드의 태도 변화를 그저 의아스럽다고만 생각했던 것이 실책이었다.

우선 그들은 우리 쪽의 자동차 판매 자금 능력을 선결할 것을 요구했다. 차를 많이 팔기 위해서는 장기 할부 판매가 필수 조건인데 '현대'에 과연 그 뒷받침을 할 만한 자금 능력이 있느냐는 문제 제기였다. 할부 판매가 반 이상인 자동차 공업은 다른 제조업에 비해서 최소한 2배 이상의 자본금이 필요하다. 그들이 우리한테 확보하기를 요구하는 액수는 1백20억 원이었다. 1971년 이후의 판매 시장을 계산해서 당장에 최소한 1천만 달러 이상의 자금을 포드 앞에 갖다 놓아야 자동차 할부를 실시할 수 있다는 얘기였다.

포드 측의 요구는 당시 우리의 경제 실정에서는 불가능에 가까웠다. 정부에서 투자금의 일부를 보조해주고 일부는 은행 차입금으로 조달해야겠지만 그럴 수가 없었다. 경제 건설에 들어가야 할 돈도 부족한 개발도상국인 우리나라가 소비 금융의 운전 자금으로 쓸 돈이 어디 있겠는가. 더욱이 은행법상 제도적으로 할부 금융 회사는 운용할 수도 없었다. 방법은 외국에서 판매 자금을 도입하는 길밖에 없었다. 그런데 포드가 그것에까지 브레이크를 걸었다. '현대'가 국내 판매까지 하면서 외국에서 판매 자금을 도입하는 것을 불허한다는 것이었다.

처음에는 협상에서 유리한 고지를 차지하기 위한 일종의 전략 카드쯤으로 생각했는데 그게 아니었다. 그들은 마지막까지 일관된 주장을 하면서 계약의 해지 조건으로까지 밀어붙였다. 그렇지 않아도 사채私債가 숨통을 조이고 있는 어려운 판국이었지만 결국 나는 필사의 노력으로 시중 은행을 동원해서, 그들이 요구한 액수보다 80억 원이 더 많은 2백억 원의 자동차 판매자금 지급 보증서를 만들어 그들 앞에 내놓았다. 2백억 원 지급 보증서를 보고도 우리를 신용하지 않고 별도로 조사단을 파견하여 우리의 신용도 조사까지 했다. 아우가 포드 본사에 강력하게 항의하고 그쪽의 사과로 그 문제는 그런대로 넘어갔지만, 그러나 그것은 앞에 가로놓인 문제들과 비교해보면 아무것도 아니었다.

다른 문제들은 다 생략하고, 수출 시장 제한과 사업 영역권 문제로 넘어가겠다. 값싸고 질 좋은 소형차를 만들어 포드의 전 세계적인 판매망을 통해 수출하자는 것이 합작 회사를 만들면서 우리가 가진 꿈이었다. 그러나 포드는 일언지하에 딱 잘라 말했다. 포드의 국제 시장은 포드의 것이지 '현대'의 것도 그 누구의 것도 아니라는 것이었다. 그들은 나아가 우리가 만든 '코티나'의 국제 시장 수출도 거부했다.

포드는 한국 시장을 삼키려는 의도로 합작을 한 것이지 합작의 이익을 우리와 나누려는 생각은 조금도 없었다. 또 하나의 결정적인 함정은 포드의 '범아세아계획汎亞細亞計劃'이라는 '다국적 부품 교환 체제'의 추진이었다. 그러니까 포드의 우리와의 합작도 이 계획의 일환이었던 것이다. 각국에 분업화된 전문 분야의 한 분야를 우리 '현대'에 맡김으로써 말하자면 우리를 포드의 부품 공장 가운데 하나로 만들 계산이었던 것이다.

그렇게 되면 우리는 포드의 하청업자밖에는 안 되었다. 그야말로 동상이몽이었고 어림 반푼어치도 없는 일이었다. 누가 뭐라든 내 판단으로는, 포드는 근본적으로 우리나라 같은 좁고 가난한 시장에 대등한 투자와 대등한 이익 분배의 합작을 할 뜻이 없었다. 그들은 단지 우리와의 기존의 조립 기술 계약만 그대로 존속시켜 자본의 위험 부담 없이 제품만 팔고 우리를 하청업자로 만들어 값싼 노동력으로 부품이나 만들어내자는 속셈이었다.

그 속셈에 놀아날 바보가 어디 있나. 우리가 저희들 마음대로 안 되자 포드가 줄을 놓고 나자빠졌다. 우리도 같이 줄을 팽개쳐버리고 합작을 포기해버렸다. 그리고 아우 세영이에게 당장 독자적인 개발로 100% 국산 자동차를 만들어낼 방안을 세우라고 지시했다.

1973년 1월, 포드와의 합작 회사 설립 인가도 취소되었다. 그런데 우리가 포드와 지루하고 승산도 없는 줄다리기를 하는 동안 '주4원칙'으로 벼락을 맞았던 신진이 1972년 3월 GM과 정식으로 합작 계약을 맺었다. 회사 명칭은 지엠코리아GMK였다. '현대자동차'의 초상집 분위기와는 달리 GMK는 인천과 부평에 엄청난 자금을 쏟아붓기 시작했다. 연간 5만 대를 생산해서 2만 대는 국내 시장에 풀고, 나머지 3만 대는 GM의 판매망을 통해서 세계 각국 시장에 수출한다고 했다.

기가 막힌 일이었다.

울산에 틀어박혀 있던 세영이가 어느 날 고속도로 건설 현장으로 나를 찾아왔다. 합작이다, 협력이다 해봤자 남의 좋은 일만 시키는 것이고, 우리 지형과 실정에 맞는 소형차를 독자적으로 개발하는 것밖에는 활로가 없다고, 진즉에 내가 이미 했던 말을 아우가 했다.

나는 잠자코 들어주었다. 기술 수준이 뒤떨어진 실정에 부품구입도 원활하지 못해서 독자적인 개발이 물론 쉽지는 않을 것이라는 전제를 달고 아우는

"그러나 고비만 넘기면 자동차 공업 기술을 현격히 발전시키는

계기가 될 것이고 나아가서는 수출도 할 수 있습니다. 협력업체를 육성시키면 중소기업이 활성화되고, 그것은 국가 경제에 크게 기여하는 일입니다.'

등등 열심히 말했다. 말허리를 자르고 내가 물었다.

"문제는 엔진이야. 엔진을 어떻게 할 거야?"

아우는, 사실은 엔진 때문에 나를 보러 왔다고 했다. 닛산과 미쓰비시 중에 어느 쪽이 더 좋은가를 말해달라고 했다. 나는 미쓰비시를 찍어주었다.

미쓰비시는 신진과의 합작을 희망했다가 경쟁 업체인 도요타에 밀려 냉대를 당하고 한국 진출에 유감이 있었던 회사였다. 그 이유도 있었겠지만 어쨌든 미쓰비시와의 협의는 포드에 비하면 일사천리였다. 9월 20일 미쓰비시와 '현대'는 가솔린 변속기, 후차축 제조를 위한 기술 협조 계약을 체결했다. 그리고 프레스와 금형 공장, 엔진 공장 건설에 관한 계획안을 만들기 시작했다.

아우가 이탈리아의 설계 전문 용역 회사인 이탈 디자인 사社와 스타일링 및 설계 용역을 1백20만 달러에 계약하고, 유럽의 자동차 최고 스타일리스트 지우지아로에게 한국의 미래형 자동차, 장차 수출도 할 수 있는 모델의 디자인을 의뢰했다. 세영이는 자동차 공장 건설 전문인을 찾아 영국으로 날아가 신형차 개발 문제로 회장과 틀어져 마침 놀고 있다는 조지 턴블 BLMC(British Leyland Motor Corp., Ltd) 사장을 설득해 엔진, 액셀러레이터, 트랜스미션 등 주요 부품 제작의 기술 계약을 맺었다.

그리고 이듬해 1974년 7월, 우리는 1단계 조선소 건설비를 훨씬 상회하는 1억 달러를 쏟아부어 연간 생산 능력 5만6천 대 규모의 국산 종합 자동차 공장 건설에 착공했다. 그리고 1년 반 만인 1976년 1월, 우리의 고유 모델 제1호 '포니PONY'가 탄생했다.

차 모양이 꼭 꽁지 빠진 닭 같아서 내 마음에는 안 들었지만 어쨌든 '포니'는 탄생 전부터 62개국 2백28개 상사에서 수입을 희망했을 정도로 가히 폭발적인 인기였다. 4기통 1천2백38cc 80마력의 미쓰비시 새턴 엔진을 단 '포니'는 1973년 에너지 파동 후 연료난에 대처하기 위해 설계된 모델이었다.

앞에서도 말했지만 내가 뜻을 갖고 시작한 사업 중에서 자동차만큼 파란만장한 역정을 거친 것이 없다. 자동차는 '포니' 생산 이후에도 아우 세영이를 많이 괴롭혔고 내 속도 꽤 썩였다.

1967년 설립한 '현대자동차'는 이제 30년이 넘는 역사를 가지게 되었다. 100% 국산 자동차 1호로 '포니'가 탄생한 이후 20여 년이 흐른 지금 '현대자동차'는 그룹 안에서 가장 중요한 기업 중의 하나가 되었다. 그것은 '현대'가 자동차 수리업에서부터 출발했다는 창립 배경과 역사 때문이기도 하고, 발전 과정에 쏟아부은 땀과 정열 때문이기도 하고, 앞으로 전개될 희망찬 미래 때문이기도 하다. 금액이 큰 것, 이익이 많은 것만 쫓아다니다 보니 건설이 주종 사업이 되었지만 '현대'의 입장으로나 국가의 입장으로나 장차는 자동차가 미래의 주종 사업 중의 하나가 되어야 한다는 생각이다.

역사적으로 볼 때, 한 민족의 번영은 기동機動 수단의 발달과 정비례해왔다고 나는 생각한다. 아득한 옛날의 기마민족騎馬民族에서부터 중세기 영국의 해상 기동력, 그리고 미국의 자동차가 이를 입증해주고 있다. 자동차는 그 나라 산업 기술의 척도이며, 자동차를 완벽히 생산하는 나라는 항공기든 뭐든 완벽한 생산이 가능한 나라라고 나는 생각한다.

또한 자동차는 '달리는 국기國旗'다. 우리 자동차가 수출되고 있는 곳에서는 어디서나 자동차를 자력으로 생산, 수출할 수 있는 나라라는 이미지 덕분에 다른 상품도 덩달아 높이 평가받기 때문이다. 국산차 개발과 기술의 국산화에 대한 집념을 버릴 수가 없고, 자동차 생산이 100% 국산화되면 그에 따라 우리나라 기계 공업이 발전한다는 생각에, 또 그것으로 국가에 기여해야 한다는 일념으로 나는 설립 이후 지금까지 자동차에 막대한 투자와 노력을 쏟아왔다.

풍부한 자본력으로 도전하는 미국과 신규 투자 없이도 승산이 있는 일본과, 나름대로 소형차로 시장권을 확보하고 있는 유럽 자동차 업계가 벌이고 있는 세계 자동차 시장 3파전에 경쟁 선언을 하고 나간 지 10년이 넘었다. 이제는 그들을 깜짝 놀라게 해줄 때가 되었다고 나는 생각한다.

자동차 역사가 불과 30년 정도인 우리 '현대'가 그들이 석권하고 있는 자동차 시장에 뛰어들어 경쟁해서 과연 세계적인 위치를 차지할 수 있겠느냐는 생각을 하는 사람이 많을 줄 안다. 논리적으로 따지자면 한국의 자동차 공업이 아무리 힘을 기울여도 비약적인 발전에는 한계가 있고, 선진국들은 자동차 수입에 쿼터제를 시행하고 있는 등 장애 요소가 도사리고 있기 때문에 여러 가지 여건상 어려울 것이라는 판단에도 무리가 없다.

그러나 우리 '현대'는 누구도 못 말리는 저력을 갖고 있다. 저력 위에 지혜도 있다. '현대건설'이 해외 시장을 개척할 때, 그 나라의 기후도 풍속도 세제도 법률도 모르는 채 무작정 덤벼들었다. 사우디아라비아의 더위도 알래스카의 추위도 모르는 채 덤벼들었고, 인도양의 파도와 태풍이 얼마나 무서운지도 모르는 채 석유 개발에 덤벼들었다.

무모했지만 그 무모함이 부른 혹독한 시련을 견디고 뛰어넘고 쳐부수면서 우리는 산 공부를 해가며 그만큼 철저하게 강인해졌다. 『대학大學』에 '치지재격물致知在格物'이라는 말이 있다. '사람이 지식으로 올바른 앎에 이르자면, 사물에 직접 부딪혀 그 속에 있는 가치를 배워야 한다'는 뜻이다. 참다운 지식은 직접 부딪혀 체험으로 얻는 것이며, 그래야만 가치를 제대로 아는 법이다.

가난한 사람이 부자가 되려는 것은, 부자가 더 큰 부자가 되려는 것보다 훨씬 불리한 여건에서의 승부이다. 순전히 노력만으로 부국富國들을 따라잡아야 하는 것이 아무 자원도 없는 우리의 불리한 처지이다. 이 승부에서 이기려면 부자보다 열 배 스무 배 더 많은 노력을 쏟아부어 불리한 여건을 극복해내지 않으면 안 된다. 우리 '현대'는 배 한 척 만들어본 경험도 없이 조선 산업에 뛰어들어 순전히 노력만으로 훌륭히 성공시킨 산 예증例證을 갖고 있다.

어떤 사람은 우리나라의 자동차 산업이 발전하려면 먼저 국내 자동차 시장이 보다 커져야 한다고 말하기도 한다. 그렇다면 조선이, 중공업이, 건설이, 국내 시장 덕으로 발전했다는 말인가.

그렇지 않다. '현대조선'은 국내 시장이 전무하다시피했던 가운데서 온갖 기술적인 어려움과 자본의 영세성을 모두 극복했고, 조선사上造船史上 유례가 없는 두 차례의 불경기도 이겨내며 성장해서, 2백년 조선 역사를 지닌 유럽은 물론, 1백 년 역사의 일본 36개 유수 조선소를 능가해 세계 제일의 자리를 굳히고 있다.

무작정 시작했던 조선이나 덮어놓고 해외 건설에 뛰어들었던 건설에 비하면 자동차는 훨씬 유리한 입지에 서 있다. 조선은 선주들에 따라 주문하는 배의 모양이 모두 다르고 엔진이 다르지만, 자동차는 한번 개발하면 4~5년씩은 계속 팔 수 있는 이점도 있다. 또, 자동차 부품 공업은 세계의 황금 시장이다. 미국 한 나라에서만도 연간 자동차 부품 소요량은, 승용차 원 제조 라인에 들어가는 것을 제외하고 서비스 라인에 들어가는 것만 해도 7백억 달러어치가 훨씬 넘는다. 이것도 1983년 기준치이다.

나는 자동차 부품 공업으로도 세계 시장 경쟁을 꿈꾸고 있다. 오랜 전통과 거래선을 갖고 있는 선진국 자동차 부품업계에 우리가 하루아침에 영향을 크게 미치기는 어렵겠지만, 우리 노력만큼의 성과를 얻을 수 있는 시장은 세계 도처에 있다.

이 꿈은 반드시 실현시킬 수 있다. 왜냐하면 우리에게는 세계 제일의 무기가 있는데 그 무기란 바로 '세계에서 가장 우수한 기능공'

들이다.

우리는 한때 가난하고 어려웠던 시대에 우리 자신의 자질까지, 본성까지 자학했었다. 그러나 천만의 말씀이다. 우리처럼 우수한 민족은 없다. 한국의 근로자들이야말로 건설과 조선을 세계 수준으로 끌어올린 장본인들이다. 지난날 우리가 가난했던 책임은 국민이 아니라 국민을 이끌어 나갔던 지도층에 있었고, 우리의 산업이 낙후되었던 원인은 기능공들이 신통치 않아서가 아니라 모든 경영자, 관리자, 기술자들의 능력이 미흡했기 때문이다. 이 훌륭하고 우수한 이들의 능력과 헌신에 힘입어 머지않아 한국의 자동차, 우리의 자동차 부품이 세계 시장을 휩쓰는 날이 반드시 온다고 나는 확신한다.

1997년 상반기까지 '현대자동차'는 모든 차종을 통틀어 1천70만 대의 자동차를 생산했고, 이 중에서 4백50만 대를 수출했다.

조선소 꿈은 1960년대 전반부터

울산조선소 건설을 두고 혹자는 중화학 공업 선언에 따라 정부가 '현대'를 지정해서 조선소를 만들도록 했다고 하는데, 그 얘기는 반은 맞고 반은 틀리다.

누군가가 서양의 점성술로 알아보니 나라는 사람은 듣기에 따라서는 아주 '한심한' 인물이라고 한다. 간단하게 말해서 내가 태어난 별자리의 사람은 항상 너무나 생각이 분주하고 바빠서, 생각이라는 것이 잠시도 한자리에 멈춰 있지를 못한다고 했다. 예를 들어, 아이를 얼러주느라 공중에 홀쩍 아이를 띄워놓고는 아이가 공중에서 내려오는 그 짧은 동안에도 번뜩 새로운 생각이 떠올라, 즉시 새로운 아이디어를 쫓아 다른 곳으로 뛰어가는 사람이라고 했다. 물론 아이는 까맣게 잊어버리고 말이다.

생각이 분주하다는 말은 내가 생각해도 맞는 말이라 웃고 말았는데, 나는 잠잘 때 빼고는 생각할 수 있는 시간에는 거의 끊임없이 생각이라는 것을 한다. 생각을 해야지 하고 의지로써 생각하는 것이 아니라 생각이 스스로 꼬리에 꼬리를 물고 이어진다고 하는 말이 맞다. 사업하는 사람은 누구나 비슷하겠지만, 밥풀 한 알만 한 생각이 내 마음속에 씨앗으로 자리잡으면, 나는 거기서부터 출발해서 끊임없이 계속 그것을 키워서 머릿속의 생각을 눈으로 볼 수 있는 커다란 일거리로 확대시키는 것이 나의 특기 중에서도 주특기라고 할 수 있다.

한 가지 씨앗만 키우는 것이 아니다. 몇 개의 씨앗이든 함께 품어놓고 둥글리면서 키워가다가 그중에 하나나 둘을 끄집어내어 현실화시키는데, 예를 들자면 미군 공사를 하면서 정부 발주 공사를 잡지 않으면 안 된다는 생각과 곧 해외 시장으로 나가야 한다는 생각을 동시에 하는 그런 식이다.

기업을 하는 사람은 항상 보다 새로운 일, 보다 큰 일에 대한 열망이 있다. 보다 새로운 일, 보다 큰 일에 대한 열망이 기업하는 이들이 지닌 에너지의 원천이다.

기업인은 누구나 자신이 만든 기업이 영원히 남기를 바란다. 나도 누구보다 우리의 '현대'가 영원히 존재하기를 염원한다. 그 염원의 조건을 만들어놓기 위해서도 나는 항상 '큰 일', '보다 큰 일'을 추구하면서 살았다.

조선소라는 '밥풀 한 알'이 언제 내 마음속에 씨앗으로 자리잡았는지는 정확하게 모른다. 어쨌든 1960년대 전반에 이미 내 마음속에 조선소가 멀지 않은 미래의 꿈으로 들어앉아 있었던 것은 확실하다. 청년 시절에 '현대' 식구가 되어 지금도 '현대' 가족인 이춘림李春林 회장을 어느 해인가 해외 출장 중에 들른 일본 동경에서 만나서는, 이틀에 걸쳐 요코하마橫濱 조선소, 가와사키川崎 조선소, 고베神戸 조선소 시찰을 했다.

이춘림의 기억에 의하면 그때가 1966년도였다고 하는데, 조선소 시찰을 끝내고 돌아오면서 내가 때가 되면 국내에 조선소를 만들어 큰 일을 하겠다는 구상을 피력했다고 한다. 국영 텔레비전 중계 방송까지 한 태국 고속도로 공사를 시작으로 수주한 몇 건의 해외 건설은 월남을 제외하고는 경험 및 기술 축적이라는 무형의 재산은 벌었어도 돈벌이로는 그다지 재미를 볼 수 없었다. 법률, 풍속, 기후가 다른 해외에서의 건설 공사는 여러 가지로 극복해야 할 난관도 많고 고통이 심했다. 해외 진출은 일단 시작했으니까 그대로 계속하면 되는 일이고, 국내에서 할 뭔가 새로운 큰 일이 없을까 하는 생각 속에서 조선소도 다른 것들과 함께 내 마음속에서 오락가락했다.

조선업은 위험이 큰 업종이기는 해도, 많은 사람들에게 직장을 제공할 수 있고, 많은 연관 산업을 일으킬 수 있는 종합 기계 공업이기 때문에, 우리나라로서는 조선소 건설이 꼭 필요했다. 또, 우리나라의 1960년대는 외화 고갈 상태로 외화가 절실하게 필요했다. 건설의 해외 진출로 외화를 다소 벌어들이기는 했지만 해외 건설은 리스크가 큰 데 비해서 규모는 너무 작았다. 조선을 해서 국내에 앉아 규모가 큰 달러 계약을 할 수 있다면 최상의 사업이었고 꼭 그 일을 하고 싶었다. 하지만 당시 국가의 여력이나 '현대'의 형편상 당장 조선소 건설은 시기 상조였다. 생각은 굴뚝같았지만 내가 판단하는 적절한 시기를 기다릴 수밖에 없었다. 그러던 차였다.

2차 경제개발 5개년계획 기간 동안 정부는 제철, 종합 기계, 석유화학, 조선을 국책 사업으로 육성한다는 방침을 세웠다. 이미 시작된 포항제철에서 생산하는 철을 대량으로 소비해줄 사업으로 고故 김학렬 부총리는 나에게 조선소 건설을 권유했는데, 삼성三星에서 거절당하고 나한테 돌려졌다는 설도 있었다.

어쨌거나 나는 나대로의 판단이 있었기 때문에 처음에는 그저 못 들은 척했는데, 권유의 강도가 점점 심해지더니 나중에는 아예 성화가 불같았다. 그렇잖아도 혼자 꿈꿔오던 조선소 건설에 대한 내 꿈을 정부의 강력한 의지가 슬슬 부추겼다.

'정부가 꼭 해야겠다는데……'

그렇다면 한번 해보겠노라고 대답해놓고 나는 곧장 차관을 얻으러 나섰다. 차관 도입 교섭국은 제일 먼저 미국이었고 그 다음이 일본이었는데, 결론만 말하자면 그들에게 차관 도입을 설명하는 나는

'정신이 이상한 사람'에 불과했다. 두 나라가 다 "너희는 후진국이다. 너희 나라에서는 그런 배를 만들 능력이 없다"는 대답이었다. 일본의 경우는 미쓰비시 조선에 교섭을 했는데, 중국 대륙 진출을 꿈꾸고 있던 미쓰비시는 '주은래 4원칙'을 빙자하여 날짜까지 잡아놓았던 동경회의를 무산시키기도 했다.

일본 통산성通産省이 제동을 걸기도 했다. 그들은 우리의 합작 제의에 대한 타당성 조사 결과로서 우리의 기술이 아직 유치한 단계일 뿐만 아니라 시장성市場性으로 볼 때도 건조 능력이 5만t 정도밖에 안 된다, 그러므로 20만t급 이상의 대형 선박 건조는 불가능하다는 결론을 내린 것이다. 실은 그 조사도 무리가 아닌 것이 그때까지 대한조선공사大韓造船公社의 선박 건조 실적 중에서 최대 규모가 미국에서 수주받았던 1만 7천t급이었다.

인생사人生事에는, 당시에는 부아가 터졌던 일이 세월이 지나서는 오히려 천만다행한 일인 경우가 더러 있다. 만일 그때 '주 4원칙'이 발동되지 않았더라면, 어쩌면 우리는 미쓰비시와의 합작으로 우리 조선 공업을 우리만의 것으로 독자 발전시킬 수 있는 기회를 영영 잃었을지도 모른다.

당초 계획은 50만t급이었다. 50만t급 배를 만들 드라이 도크에 9백m짜리 의장안벽艤装岸壁도 만들어야 하고 그것을 가능케 하려면 여러 가지 중장비는 물론 다른 기계들도 더 필요했다. 당시만 해도 차관을 얻어서 기계를 사와야만 조선소를 만들 수 있었는데, 기계 사들이는 돈이 8천만 달러에 이르렀다.

차관을 얻기 위해서 줄을 대어볼 만한 곳은 다 대어봤지만 희망이 없었다. 별도리가 없다는 생각이 들었다. 그래서 나는

"아무리 노력해도 어디에서도 차관을 주겠다는 나라가 없으니 기권할 수밖에 없다."

고 김학렬 부총리에게 사정 얘기를 했다. 내 말을 듣고 난 김부총리가 난감한 얼굴을 했다. 대통령은, 다른 사람이라면 몰라도 내가 하겠다고 한 일이니 조선소는 꼭 되는 걸로 믿고 있고, 또 자기도 그런 식으로 얘기를 하고 있었다고 했다. 그런데 이제 와서 못 하겠다고 하더라는 보고를 도저히 할 수 없으니, 자기와 함께 들어가 직접 대통령한테 말하라고 했다. 나는 그러마고 했다.

며칠 후 김부총리가 대통령과의 면담을 잡았다고 해서 청와대로 들어갔다.

"그동안 여기저기 쫓아다녀봤지만 일본이나 미국이나 아예 상대를 안 해줍니다. 아직 초보적인 기술 단계에 있는 너희가 무슨 조선이며 무슨 몇십만 톤이냐는 식이니, 도저히 안 되겠습니다. 저는 못 하겠습니다."

내 말을 들은 대통령이 화를 내면서 김총리에게

"앞으로는 정주영 회장이 어떤 사업을 한다고 해도 전부 다 거절하시오. 정부가 상대도 하지 말란 말이오!"

했다. 그러고는 입을 꽉 다물고 더 이상 아무 말 없이 그냥 앉아 있었다. 그 분위기에 할 말이 있다 쳐도 아무 말 못했겠지만 더 할 말도 없고 해서 나도 그냥 입 다물고 앉아 있을 수밖에 없었다.

그렇게 무거운 침묵이 한참이나 흘렀다. 그러더니 이윽고 대통령이 담배를 하나 피워 물고 나에게도 한 대 권했다. 나는 담배를 안 피우는 사람이지만 그 상황에서 대통령이 권하는 담배를 어떻게 '저는 담배를 안 피웁니다' 할 수가 있나? 대통령이 불을 붙여준 담배를 뻐끔뻐끔 피우면서 한참 있는데 대통령이 입을 열었다.

"한 나라의 대통령과 경제 총수 부총리가 적극 지원하겠다는데 그래, 그거 하나 못하겠다고 정회장이 여기서 체념하고 포기해요? 처음에 하겠다고 할 때는 이 일이 쉽다고 생각했어요? 어려운 거 알았을 거 아뇨? 그러면서도 나선 거면 무슨 일이 있어도, 어떻게 하든 해내야지, 그저 한 번 해보고는 안 되니까 못하겠다, 그러는 게 있을 수 있소?"

할 말이 없었다.

"이건 꼭 해야만 하오, 정회장! 일본, 미국으로 다녔다니 그럼 이번에는 구라파로 나가 찾아봐요. 무슨 일이 있어도 이건 꼭 해야 하는 일이니까 빨리 구라파로 뛰어나가요."

대통령이 그렇게 나오는데 더 이상 못하겠다는 소리는 할 수가 없었다.

"알겠습니다. 그러면 다시 한 번 더 열심히 뛰어보겠습니다."
하고 나왔다.

청와대에서 나와서 나는 조선소 건설이 당장 나한테 주어진 피할 수도 늘쩡거릴 수도 없는 엄숙한 과제라는 생각을 했다. 오로지 나라의 경제 발전 외에 아무런 사심이 없었던 지도자 박대통령의 조선소 건설에 대한 의지와 집념이 나에게 가슴 뻐근한 감동으로 와 닿았다.

'무슨 일이 있어도 기어코 만들어내야겠구나.'

돈 꾸러 다니다 지쳐 무릎 힘이 빠져나갔던 나는 그날부터 새로운 각오와 결심으로 다시 뛰기 시작했다.

돈 좀 빌려주시오

1970년 3월, 회사에 조선사업부를 설치하고 부지 선정 등 기초 작업을 가동시켰다.

내가 조선소를 만들겠다고 하자, 회사 내부에서도 우리가 무슨 경험이 있다고 조선소를 꿈꾸느냐는 회의론이 만만치 않게 대두되었다. 그러나 내 생각은 달랐다. 차관을 얻을 수 있느냐 없느냐가 문제지, 차관만 해결된다면 조선소를 지어 배를 만드는 일은 어려울 게 없다는 생각이었다. 그까짓 철판으로 만든 큰 덩치의 탱크가 바다에 떠서 동력으로 달리는 것이 배지, 배가 별거냐는 생각이었다.

조선업의 경험은 없었지만 그동안 여러 종류의 건설을 하면서 체득한 경험으로 철판에 대한 설계나 용접은 자신이 있었고, 내연 기관內燃機關을 장치하는 것도 별거 아니었다. '이를테면 배를 큰 탱크로 생각하고 정유 공장 세울 때처럼 도면대로 철판을 잘라서 용접을 하면 되는 것이고, 내부의 기계 장치는 건물에 냉온방 장치를 설계대로 앉히듯이 선박도 기계 도면대로 제자리에 설치하면 되는 거 아닌가.' 말하자면 나는, 조선업자로 조선소 건설을 생각한 게 아니라 건설업자로서 조선소 건설을 생각했다.

각종 산업 플랜트 건설을 하면서 그동안 각 분야의 기술을 습득, 축적해온 우수한 기술자들이 많이 있었기 때문에 선박 만들기가 아무리 어렵다고 해도 '할 수 있다'고 나는 믿었다. 또 내가 일찍부터 조선소에 대한 꿈을 품었던 것은 조선 사업과 건설 사업을 별개의 것으로 생각하지 않았기 때문이었다. 세계의 추세가 그러했고 특히 일본의 조선소는 건설에서 못 하는 기계, 전기 분야를 전적으로 지원하면서 건설 공사 수주에 크게 기여하고 있었다. 연간 2억 달러어치의 배를 만드는 일본의 한 조선소는 철구鐵構 사업으로도 2억 달러를 벌고 있었다. 조선소를 갖고 있으면 철강 구조 사업도 할 수가 있고, 플랜트 건설 분야에서의 '현대'의 발전에도 큰 역할을 해줄 것이고, 송전선 철탑 공사, 교량 공사에도 동원할 수 있었다.

조선소 건설이 장차 '현대'의 강력한 원동력이 되어줄 것을 나는 믿어 의심치 않았다. 한번 작정한 일에 대해 부정적인 의견은 나에게 전혀 장애가 안 된다. 안 된다고 보는 사람이 많을수록 기어코 해내고 말겠다는 결심은 더 굳세지고, 따라서 일이 되도록 하기 위한 노력을 더더욱 치열하게 할 수밖에 없어진다.

돈을 꾸기 위해 여기저기 돌아다니다가 우리는 메리도라는 유대인을 만났다. 그는 그전에도 우리나라의 경제 차관을 많이 주선해주었던 거상巨商인데, 반면에 크게 '바가지'도 많이 씌웠던 사람이다.

168

어찌 됐든 놀라운 수완과 남다른 경제 정보로 거부가 된 인물이다. 이 사람을 나는 뉴욕에서 만났는데, 그는 아주 편안하게 출자 약속을 하고 거기다 우리가 만든 배를 전량 다 무조건 사줄 테니 척당 1할의 이익금을 내라고 했다.

『토정비결土亭秘訣』에 '동쪽에서 귀인貴人이 나타난다'는 구절이 있었다던가, 우리한테는 그 사람이 『토정비결』 속의 '동쪽 귀인'이었다. 뉴욕의 그 사람 사무실에서 차관도 그가 주선하고 배도 그가 다 사준다는 내용의 계약서를 만들었다. 내가 계약서 맨 마지막에 한 조항을 추가하자고 요구했다.

'만약 이 일이 성공하지 못했을 때 발생하는 모든 비용은 각자 부담하기로 하고 여하한 이유로도 소송은 제기하지 않는다.' 라는 조항이었다. 계약 조건이 너무나 파격적인 것이 뭔가 한구석에서 자꾸 나를 잡아당기는 느낌이었기 때문이다.

만에 하나 '동쪽 귀인'이 '동쪽 귀신'이 되면 큰일 아닌가. 너무 달콤한 내용은 경계할 필요가 있다. 세상에는, 더구나 사업에 있어서는 달콤하기만 한 사탕 따위는 있을 수가 없다. 생면부지의, 더더구나 능수능란하게 '바가지'도 잘 씌우는 것으로도 소문난 유대 상인이었다.

내가 그랬더니, 메리도는 자기를 몰라도 너무 모르는 내가 딱하다는 얼굴로 노르웨이의 어떤 잡지에 난 자기 기사를 보여주었다. 같이 참석하고 있던 중역이 보더니 '노르웨이에 메리도가 오면 동쪽 바다에서 태양이 떠오르는 것 같다'는 등의 기사라고 했다. 메리도는 노르웨이 조선소에서 배도 많이 사준 사람이고 노르웨이에서 냉동선을 많이 갖고 사업을 하는 사람이었다. 메리도가 말했다.

"소송을 하면서 살기에는 인생이 너무나 짧다. 그러니까 이 조항은 빼자."

내가 우겼다.

"소송을 하고 안 하고의 문제가 아니라, 우리는 계약을 할 때는 통상 이렇게 한다. 만에 하나 일이 잘못됐을 때를 대비하자는 의미 그 이상도 이하도 아니다. 우리가 당신을 못 믿어서 이러는 것도 아니며 우리 비용을 당신한테 청구할 의사도 없다. 그러니 이 조항은 사실 집어넣어도 아무 상관이 없다."

설왕설래하다가 결국은 내 고집대로 마지막 조항을 추가했는데 결과적으로 이 조항을 추가한 것은 정말 잘한 일이었다. 세계 시장을 상대로 배를 팔아야 하기 때문에 조선소 사장도 그에 걸맞게 세계적인 조선소 '아커Aker'에서 시엠이라는 사람을 발탁했다. 그런데 그 후 가만히 보니, 사장 자신이 일을 하는 것이 아니라 메리도가 그 뒤에서 차관 문제뿐만 아니라 물자 구매와 처리까지 다 주무르고 있었다.

나중에 알았지만 시작할 때부터, 계획서에는 5백만 달러면 될 일에 1천만 달러 정도가 들어가야 하는 것으로 만들어놓고 그중에서 5백만 달러는 자기가 차지하려는 속셈이었다. 이것은 선진국의 다국적 기업이 후진국을 상대로 다반사로 해온 수법이다. 우리가 메리도의 기자재 도입의 독단 처리에 강력한 이의를 제기했기 때문에 그와의 계약은 파기돼버렸다.

그런데 '소송을 하면서 살기에는 인생이 너무 짧다'는 멋들어진 말을 했던 메리도가 계약이 파기되면서 즉각 소송을 걸어왔다. 그렇지만 내가 우겨서 추가했던, '어떤 경우에도 소송을 제기하지 않는다'는 마지막 단서 조항 때문에 우리는 손해를 볼 필요가 없었다.

메리도의 계약 자체는 파기되었지만 그러나 그와의 접촉에서 나는 중요한 공부를 했다고 생각한다. 메리도는 차관 주선을 하는 데도 차관을 전문으로 주선하는 세계적인 브로커와 연결되어 그들과 손잡고 있었다. 이 브로커들도 유대인들이었는데, 그들은 조선에 대한 정보를 그야말로 속속들이 다 갖고 있었다. 세계의 조선 시장이 장차 나아갈 방향은 물론 각 조선소들의 생산 능력, 각국의 향후 주문량까지 정확하게 파악하고 있었다. 당시 그들은 앞으로 기름을 실어 나르는 VLCC(초대형 유조선)를 만드는 조선소가 필요할 것이라는 분석도 하고 있었는데, 실은 그들의 분석을 '현대조선소'가 나중에 참고하기도 했다. 그들의 정보 수집 능력은 참으로 놀라웠다. 큰 기업이 발전하는 데 산업 정보라는 것이 얼마나 중요한 역할을 하는가를 메리도에게서 크게 배웠다.

메리도와 결별하고 우리는 데이비스라는 차관 주선인을 만났다. 그는 미국인으로서 미 공군 전투기 조종사로 한국전韓國戰에도 참전했다고 한다. 그는 변호사 자격증을 갖고 프랑크푸르트에 사무실을 내고 있었다. 그 사람 사무실에 가보고 나는 그가 국가 간의 중요한 산업 정보도 수집하고 있다는 사실을 금방 알았고, 세계 모든 산업은 거의 그런 정보원들에 의해 움직이고 있다는 사실을 새삼 깨달았다. 어쨌든 데이비스는 뛰어난 머리와 능력을 가진 사람이었다.

우리가 몇 년을 쫓아다니면서 애썼던 차관 문제를 데이비스는 6개월 만에 모두 해결해주었다. 그는 그 짧은 기간 동안에 영국의 버클레이즈 은행, 본Bonn의 스위스 은행 등의 차관을 끌어들였는데, 우리가 접촉할 금융인들의 성격까지 예리하게 파악해 조언해주었다. 그는 어디의 누구를 만나 어떤 방식으로 얘기하면 얼마까지는 얻어낼 수 있다는 식으로 말해주었는데, 그것은 그 후 마치 미리 짜맞춰 놓은 것처럼 맞아떨어졌다.

금융 브로커 데이비스의 주선으로 1971년 9월, 영국의 A&P 애플도어 사 및 스코트 리스고우 조선사와 기술 협조 계약을 맺었다. 애플도어 사와 만나기 전에 우리는 일본은 물론 이스라엘의 기술 회사와도 접촉을 했었고, 서독의 아베게서 조선사와는 기술 공급·기술 제휴까지 거의 합의했다가 그만두었다.

그 이유는 시간 때문이었다. 서독 사람들은 조선소의 레이아웃 작성까지 1년 반에서 2년의 시간과 기술료 5백80만 달러를 요구했다. 돈이 비싼 것은 문제될 것이 없었다. 나의 급한 성격에 레이아웃 나올 때를 1년 반에서 2년이나 기다릴 수도 없었지만, 내가 생각하는 조선소의 건설 추진 속도에도 맞지가 않았다.

데이비스가 연결시켜준 애플도어 엔지니어링은 영국의 몇몇 조선소에서 뛰쳐나온 유능하고 의욕적인 젊은이들 몇이 만든 기술 회사였다.

"기계, 건축, 토목 분야에서 유능한 한국 엔지니어 몇 사람만 보내 주시오. 그러면 그 사람들과 함께 작업해서 6개월 안에 레이아웃을 완성시켜주겠소."

단번에 마음에 들었다.

"조선소 레이아웃을 완성시킨 다음에 기술 문제는 어떻게 할 거냐?"

했더니, 영국 글래스고에 있는 스코트 리스고우 조선소에서 현재 27만t급 유조선을 만들고 있는데 그곳에서 우리 '현대' 사람을 6개월씩 2차례에 걸쳐 훈련시켜주겠다고 했다. 1차로 전갑원, 이정상, 김형벽을 스코트 리스고우 조선소로 보냈고, 2차로 백충기와 또 다른 기술자를 보냈다.

기술 협조 계약을 마무리짓고는 차관 도입이라는 난제를 풀기 위해서 곧장 런던으로 가 A&P 애플도어 사의 롱바톰 회장을 만났다. 그리고 그에게 영국 버클레이즈 은행을 움직일 수 있는 방법이 없냐고 도움을 청했다. 버클레이즈 은행은 정희영 상무가 앞서 교섭을 했으나 반응이 별무신통이던 은행이었다. "아직 선주도 나타나지 않고 한국의 상환 능력과 잠재력도 믿음직스럽지 않아 곤란하다"는 롱바톰 회장의 대답이 나를 맥빠지게 했다.

나는 그때 문득 바지 주머니에 들어 있는 거북선이 그려진 5백 원짜리 지폐가 생각났다. 주머니에서 돈을 꺼내 거북선 그림을 앞면으로 테이블에 펴놓았다.

"이것을 보시오. 이것이 우리의 거북선이오. 당신네 영국의 조선

역사는 1800년대부터라고 알고 있는데, 우리는 벌써 1500년대에 이런 철갑선을 만들어 일본을 혼낸 민족이오. 우리가 당신네보다 3백 년이나 조선 역사가 앞서 있었소. 다만 그 후 쇄국 정책으로 산업화가 늦어져 국민의 능력과 아이디어가 녹슬었을 뿐 우리의 잠재력은 고스란히 그대로 있소."

롱바톰 회장이 빙그레 웃으면서 머리를 끄덕였다.

그는 결국 한국의 '현대건설'은 현재 고리원자력을 시공하고 있고 발전 계통이나 정유 공장 건설에도 풍부한 경험이 있기 때문에 대형 조선소를 만들어 큰 배를 건조建造할 능력이 충분하다는 추천서를 버클레이즈 은행에 보내주었다. 그리고 우리는 스코트 리스고우 조선소에서 선박 도면을 제작해서 버클레이즈 은행에 제출했다.

롱바톰 회장의 도움으로 버클레이즈 은행과 차관 도입 협의가 시작되었다. 그들은 우선 관계자들을 우리나라에 보내 우리가 건설한 화력 발전소, 비료 공장, 시멘트 공장들을 조사하게 했고, 우리의 모든 인원과 기술자들을 재교육 훈련시키면 선박 건조가 가능하다는 결론을 냈다.

또 한 차례 버클레이즈 은행의 심사를 거친 후에, 버클레이즈 은행의 해외 담당 부총재가 점심을 하자는 연락이 왔다. 세계 금융의 중심이라는 런던 은행계는 완고한 보수성과 고집스러운 원칙주의를 고수하는 곳이다. 신규 차관 신청서를 놓고 종횡무진의 정보 분석과 현지 답사, 거듭되는 이사회를 거치는 동안, 그들은 일체의 동양식 막후 접촉이나 정치적 압력을 완벽하게 금기시하고 배제했다.

무서운 시험대에 오르는 느낌이었다. 점심 약속 하루 전, 호텔에서 초조와 불안 속에서 시간이나 재느니 만사 제쳐놓고 관광이나 하자고, 셰익스피어 생가生家와 옥스퍼드 대학을 둘러보고, 낙조 무렵에는 윈저 궁을 보았다.

이튿날, 우리는 격조 높은 은행의 중역 식당으로 안내되었다. 수인사를 마치고 자리에 앉아마자 버클레이즈 은행의 해외 담당 부총재가

"정회장의 전공은 경영학입니까, 공학입니까?"

하고 물었다. 아주 짧은 순간 아찔했지만 태연하게 되물었다.

"우리가 당신네 은행에 낸 사업 계획서를 보았습니까?"

보았다고 했다. 전날 관광하다가 옥스퍼드 대학 졸업식을 본 생각이 났다. 그래서 그냥

"어제 내가 그 사업 계획서를 들고 옥드포드 대학에 갔더니 한 번척 들쳐보고 바로 그 자리에서 경영학 박사 학위를 주더군요."

하고 말해버렸다. 그랬더니 부총재가 껄껄 웃으면서 말했다.

"옥스포드 대학 경영학 박사 학위를 가진 사람도 그런 사업 계획서는 못 만들 거요. 당신은 그들보다 훨씬 더 훌륭합니다. 당신의 전공은 유머 같소. 우리 은행은 당신의 유머와 함께 당신의 사업 계획서를 수출보증국으로 보내겠소. 행운을 빌겠소."

점심 식사는 화기애애하게 끝났으나 그것으로 차관 도입이 해결된 것은 아니었다.

넘어야 할 험난한 산이 또 있었다.

영국 은행이 외국에 차관을 주려면 영국수출신용보증국ECGD의 보증을 받아야만 했다. 그래야만 만약에 우리가 상환불능의 상태가 되더라도 은행의 손해가 아니라 보증을 선 영국 정부의 손해로 처리되는 것이다. 그러니까 ECGD의 보증이 없는 차관 도입이란 있을 수가 없었다.

버클레이즈 은행이 제출한 서류가 ECGD의 관문을 무사히 통과하기만을 우리는 목젖이 아프게 빌었다. ECGD의 보상 책임을 보증하는 이 관문을 통과하는 것은 낙타가 바늘 구멍 통과하기가 아니라 코끼리가 바늘 구멍 통과하기와 같았다. 버클레이즈 은행의 베네트 부장이 고맙게도 ECGD 총재와의 면담을 주선해주었다.

"우리는 우리나라의 권위 있는 기술 회사가 당신네들이 배를 만들 수 있다는 판정을 한 것을 믿소. 또 세계 5대 은행 중의 하나인 버클레이즈 은행에서도 당신들이 배를 만들어 팔아서, 그 이익금으로 원리금을 갚을 능력이 있다고 하니 그 점에 대해서도 이의가 없소. 그런데 한 가지 의문이 있소. 만약에 당신네한테 배를 주문할 선주船主가 없으면 어떻게 되는 거요? 내가 배를 살 사람이라면, 작은 배도 아니고 4~5천만 달러짜리 배를 세계 유수의 조선소들을 다 제치고 선박 건조 경험도 전혀 없는 당신네 배를 사지는 않을 거요. 조선 선진국의 배를 사지 무엇 때문에 당신네 같은 나라의 배를 사겠소. 더구나 외상 거래도 할 수 없는데, 당신네가 배를 만들 수 있다 해도, 배를 만들어 쌓아놓는다 해도 사주는 사람이 없으면 어떻게 원리금을 갚을 거요? 그러니까 배를 살 사람이 있다는 확실한 증명을

176

내놓지 않는 이상, 나는 이 차관을 승인할 수가 없소."

정확한 지적이었다. 우리나라는 너무나 가난한 나라라서 기업이 1백만 달러만 필요해도 차관을 들여와야 하는 처지였다.

그렇게 가난한 나라에서 만드는 배를, 그것도 4~5천만 달러짜리 배를 사갈 정신 나간 사람이 어디 있나, 더구나 그렇게 큰 배라고는 만들어본 경험도 전혀 없는 나라에서 말이다. 나라도 그런 얼빠진 짓은 안 할 터였다. 더 할 말도, 더 비집고 들어갈 염치도 없어서 그저 간단하게

"알았습니다."

하고는 면담을 끝내고 나왔다.

나보다 더 미친 사람

그날부터 나는 존재하지도 않는 조선소에서 만들 배를 사줄 선주를 찾아 나섰다.

울산 미포만의 황량한 바닷가에 소나무 몇 그루와 초가집 몇 채뿐인 초라한 백사장 사진과 1/50,000짜리의 그 지역 지도 한 장, 그리고 스코트 리스고우에서 빌린 26만t급 유조선 도면을 들고 다니면서, 만나는 사람한테마다

"당신이 이런 배를 사준다고만 하면 내가 영국에서 돈을 빌려 이 백사장에 조선소를 짓고 배를 만들어주겠다."

라고 미친 사람 취급당하기 딱 십상인 소리를 하면서 말이다.

처가妻家의 고향이 그리스라는 애플도어 롱바톰 회장을 만나 내 딱한 사정을 말했다. 그랬더니 롱바톰 회장이

"내가 아는 사람을 총동원해서라도 그리스 선주를 잡아보자."

며 나서주었다. 롱바톰 회장의 주선으로 우리한테서 배를 사겠다는, 나보다 더 미친 선주를 찾아냈는데, 그 사람이 바로 오나시스의 처남이었던 그리스의 리바노스였다. 애플도어에서 영업하는 사람과 리바노스가 영국의 이튼 고등학교 동기 동창이었는데, 그 동창생이 '현대'에서 배를 사면 아주 싸게 살 수 있다고 리바노스를 설득했다고 한다.

리바노스가 미포만 백사장 사진만 보고 계약하는 것이 파격이었던 것처럼 우리가 그에게 내건 조건도 파격이었다.

'틀림없이 좋은 배를 만들어 인도하겠다, 만약에 이 약속을 못 지키면 계약금에 이자를 얹어준다는 것을 은행에 지불 보증하겠다, 배를 앉아서 찾을 수 있게 해주고 배값도 싸다. 계약금은 조금만 받겠으며 우리가 배를 만드는 진척 상황을 봐서 조금씩 배값을 내라, 우리가 만든 배에 하자가 있으면 인수를 안 해도 좋고 원금은 다 돌려주겠다.'

리바노스가 보낸 자가용 비행기를 타고 스위스에 있는 그 사람의 별장에 가서 유조선 2척을 주문받았다. 우리 돈으로 환산해서 14억 원을 수표로 받아 우리나라 한국은행에 입금시켰는데 그것이 1970년 12월 5일이었다. 리바노스한테서 받은 계약금이 입금된 서류를

ECGD에 내놓았더니 그 사람들이 놀라서 눈이 화등잔만 해졌고, 그러고는 두말없이 결재를 해주었다. 영국 버클레이즈 은행에서의 차관 도입이 성사되고 나자, 그 후 스페인과 프랑스, 서독, 스웨덴 등 다른 유럽 국가 은행에서의 차관은 훨씬 용이했다.

영국에서의 차관 도입을 매듭짓고 귀국해서 김학렬 부총리한테 연락을 했더니 그는 거두절미하고, "내 목이 붙어 있을 거냐 날아갈 거냐"를 물어왔다. 목 걱정은 안 해도 된다고 했더니 부총리는 너무 좋아하면서 대통령한테 즉각 보고한다고 하더니, 정말 즉각 청와대로 들어오라는 연락이 왔다. 대통령은 차관만 해결한 게 아니라 배도 2척 주문받아 왔다니까 파안대소를 하면서 그토록 좋아할 수가 없었다. 그러면서 정부가 적극 도와줄 테니 곧장 기공식을 하라고 했다.

사실은 그때까지 부지 매입도 제대로 안 돼 있던 상태였다. 내가 들고 다녔던 백사장 사진은 그저 조선소를 짓는다면 그 자리가 좋겠다고 우리끼리 정해놓았던 장소였다. 이제야 말이지만 우리는 차관으로 들여온 돈으로 부지 매입을 시작했다. 꽁지에 불붙은 것 모양 부랴부랴 땅을 사들였다.

아무것도 없는 불모지나 다름없는 땅이었기 때문에 땅값도 쌌다. 달라는 대로 다 주고 샀다. 땅투기 한다고 난리가 났지만 조선소를 지으려면 1백만 평은 넘어야 할 것 같아 누가 뭐라 하든 들은 척도 않고 열심히 샀다.

문산에서 고속도로 1차 공사를 막 끝낸 매제 김영주 상무를 불러

들였다. 고장 나 꼼짝도 안 하던 기계가 김영주가 다가가기만 해도 저 혼자 굴러간다는 말들을 할 정도의 기계 박사인 매제 김영주는 신설동 '아도서비스'부터 평생을 나와 함께하고 있는 '현대' 역사의 가장 중요한 증인의 한 사람이다. 불려 들어온 김영주에게 조선소를 지어야 하니까 울산으로 내려가라고 했더니

"예, 알겠습니다. 내려가겠습니다."

두말없이 간단히 그렇게 대답했다. 김영주는 내 매제가 되기 전 총각 시절부터 평생을 통해서 내가 어떤 지시를 내리든, 무슨 일을 시키든, 단 한 번도 군소리를 붙인 적이 없는 사람이다. '예, 알겠습니다. 하겠습니다.' 평생을 이 간단한 대답으로 내 뜻을 따라준 김영주는 그렇게 대답한 일은 또 훌륭하게 잘 수행해낸 아주 머리가 좋고 능력 있는 인재다. 내가

"세계 도크 건설의 70%를 하고 있는 일본 가지마鹿島는 하루에 3천m³씩 물량 처리를 한다고 하니 우리는 최소한 2천m³는 처리해야 체면 유지가 되는 거 아니냐?"

고 물었더니 그가 말했다.

"일본인들이 쓰는 장비를 주신다면 저도 3천m³ 하겠습니다."

그때의 회사 재정 상태로는 그런 장비를 수입해서 투입할 형편이 아니었다. 김영주는 고속도로에서 쓰던 낡은 장비를 끌어내 전부 수선해가지고 울산으로 내려가 도크를 파기 시작했다.

도크 파기가 시작될 때, 가지마의 겐조 회장과 나의 친분으로 가지마에서 부장급 두 사람이 와서 시공 자문을 해주었다. 그런데 시

공 자문을 해주러 왔던 이 일본인 두 사람이 매제 김영주한테 질려서 한 달 반 만에 돌아가고 말았다. 그 이유는 자기네는 그 좋은 장비로 24시간 작업에 3천m³의 물량을 처리하는데, 내 매제는 수리한 구식 장비로 같은 시간에 4천5백m³의 물량을 처리해냈기 때문이다.

세계 조선사에 기록을 남기고

1972년 3월 23일, 8천만 달러라는 막대한 자금이 소요되는 '현대조선소' 기공식을 했다. 조선소의 도크 파기는 그 하루 전인 22일부터 시작했다. 그동안 세상을 떠난 김학렬 부총리의 후임자 태완선 부총리를 대동하고 박대통령이 기공식에 참석했다. 내가 알기로는 그때까지 대통령이 기공식에 참석한 것은 포항제철 말고는 없었다.

대통령은 연설에서 원고에도 없던 주민에의 당부를 따로 각별하게 했었다.

'여러분들의 자제들은 바다에 나가 풍랑과 싸워가면서 어렵게 고기를 잡다가 불행한 일을 당하기도 하고 그러는데, 이 조선소가 건설되면 앞으로는 모두 다에게 좋은 일이 될 테니까 모든 주민과 어민들은 적극 협조하기를 바란다.'

이런 요지였다. 공연히 데모 같은 것 해서 발목 무겁게 하지 말라는 뜻이었다. 황무지에 천막 하나 쳐놓고 했던 기공식이라 점심 식사를 대접할 장소도 없었다. 대통령은 기공식이 끝난 후 대구로 옮

겨 관구 사령관들과 저녁을 했다고 하는데 전해 듣기로, 저녁 식사 후 홀좌석에서 태완선 부총리가

"조선소, 그거 어디 되겠습니까, 각하? 제가 보기에는 될 것 같지 않습니다."

했더란다. 그러자 대통령이 들고 있던 술잔을 소리 나게 놓으면서

"담당 부총리가 그런 말을 하면 어떡합니까? 아무리 어려운 일이라도 되는 일이라 격려하면서 지원을 해야지, 생각 없이 하는 그런 말들이 바로 일을 어렵게 만든다는 거 모르시오? 앞으로 그런 말 다시는 입 밖에 내놓지 말고 모두 다한테 그 조선소는 반드시 된다고 말하시오."

하며 서릿발 같은 호통을 쳐 술자리가 단번에 얼음판이 돼버렸다고 한다.

새삼 말하지만 박대통령의 경제 발전에 대한 집념은 정말 무서울 정도였다. 만성적 인플레 속에서 조선소를 짓는다는 것은 사실 수지 맞는 일은 아니었다. 더구나 조선 경기는 2~3년으로 내리막일 것이라는 정보도 있었다.

빚진 돈의 원금은 어김없이 이자를 낳고 그 이자는 또 이자를 낳는다. 공사 기간도 짧지가 않다. 그런 악조건 속에서도 조선소 건설로 인해 기업을 부실화시켜서는 안 되는 것이 내가 감당해야 할 명제였다. 방법은 한 가지뿐, 우선 빨리 만들어놓고 일해가면서 고쳐 쓸 수밖에 없었다.

나는 조선소 건설에 총력을 기울이기 위해서 국내 공사의 수주 활

동을 거의 다 제한시키고, 미군 공사는 이미 그 전해 연말로 종결을 지었다. 도크를 짓는 한편으로는 우리 힘으로 진입도로를 만들기 시작했는데, 도로 깔기를 비롯한 간접 자본 분야에서부터 관계 부서와 마찰이 생기기 시작했다. 정부 예산 미달을 이유로 자꾸만 지연되는 것을 기다리고만 있을 수 없어 진입도로를 우리가 만들기 시작하자 관에서는 사전 공사는 위법이라는 경고를 내렸고 미래를 계산한 공업용수 5배 초과 확보 관철도 힘이 들었다.

직원들이 송사訟事에 얽혀들어 애를 먹기도 했고, 대통령이 적극 지원하는 일인데도 사업 타당성에 의심을 가진 도시계획위원회는 '현대조선' 사업본부를 뻔질나게 불러들이기 시작했다. 수개월에 걸친 도시계획위원회와의 실랑이로 헛된 기운을 뺐는데, 세평世評도 그리 호의적이지 않았다.

그러나 나한테는 일단 시작한 일은 무슨 일이 있어도 성공시켜야 한다는 누구도 못 말리는 '왕고집'이 있었고 반드시 성공한다는 확고한 신념이 있었으며, 신념이 있는 한 멈출 수 없었다. 안벽岸壁 매립, 강재鋼材 하치장, 선각船殼 공장, 기능공 훈련소, 본관 공사가 한꺼번에 진행되면서, 매일 2천2백 명이 넘는 작업 인원이 들러붙었다. 조선소 건설에 착수하자마자 나는 기능공 훈련소부터 지어서 모집해 들인 기능공들을 훈련시키는 한편, 대학 출신의 기계, 전기, 내장內粧 등을 할 인원 60명을 계열사에서도 뽑아오고 밖에서도 데려다가 영국의 스코트 리스고우에 보내 6개월씩 훈련을 시켜 데려오곤 했다.

우리는 리바노스가 주문한 배 2척을 만들면서 동시에 방파제를 쌓고, 바다를 준설하고, 안벽을 만들고, 도크를 파고, 14만 평의 공장을 지었다. 최대 선船 건조 능력 70만t, 부지 60만 평, 70만t급 드라이 도크 2기를 갖춘 국제 규모의 조선소 1단계의 준공을 본 것이 1974년 6월.

기공식을 했던 1972년 3월로부터 2년 3개월 만이었고, 우리는 최단시일에 조선소를 건설하면서 동시에 유조선 2척을 건조해낸 기록으로 세계 조선사造船史에 남게 되었다. 그리고 1차 공사를 진행하는 도중에 시작한 확장 공사로 '현대조선'은 1975년 최대 선 건조 능력을 갖춘 세계 최대의 조선소가 되었다.

세계 조선사에 기록을 남기면서 그렇게 빠른 시일 안에 조선소를 만들 수 있었던 것을 나는, 5천 년 문화 민족인 우리의 잠재력과 저력의 총화가 만든 결과라고 믿는다. 우리 한국인은 모두 작심만 하면 뛰어난 정신력으로 어떤 난관도 돌파할 수 있는 민족이고, 무슨 일이라도 훌륭하게 성공시킬 수 있는 아주 특별한 능력과 저력이 있는 사람들이다. 인간의 정신력이라는 것은 계량할 수가 없는 무한한 힘을 가진 것이며, 모든 일의 성패가, 국가의 흥망이 결국은 그 집단을 이루는 사람들의 정신력에 의해 좌우된다는 것을 나는 조선소를 지으면서 절절하게 느끼고 배웠다.

2천 명이 넘는 사람들이 다 같이 바로 우리가 조국 근대화에 앞장선 전위 부대라는 일체감으로 똘똘 뭉쳐서, 낮도 밤도 없이 거의 3백 65일 돌관 작업을 해냈다. 대부분의 임직원이 새벽에 일어나서는 여기저기 고인 웅덩이 물에 대충 얼굴을 씻고는 일터로 나가 밤늦게까지 일하고 숙소에 돌아와서는 구두끈도 못 푼 채 자고는 했다. 하루 이틀도 아니고 공사 기간 내내 그랬던 것을 생각하면, 당시 우리 '현대' 사람들의 그 투철했던 사명감과 강인한 정신력에 지금도 경의와 감사의 염念이 출렁인다.

나도 거의 울산에서 살다시피했다. 서울에서 울산으로 갈 때는 새벽 4시면 어김없이 출발했다. 이른 새벽에 집을 나서 남대문 근처를 지나노라면, 어느 부부가 그날 팔 물건을 리어카에 싣고 남편은 앞에서 끌고 아내는 뒤에서 밀며 열심히, 진지한 표정으로 길을 건너거나 지나가는 것을 흔히 볼 수 있었다.

그런 풍경을 보노라면 나도 모르게 목이 뜨끈하게 아파오고는 했었다. 불과 얼마 안 되는 하루 벌이에도 그렇게 열심히 일해야만 생계를 꾸려갈 수가 있고 자식을 키울 수 있는 것이 그 사람들의 엄숙한 현실이고 삶인 것이다.

모든 이들의 삶이 다 그 자리에서 나름대로 진지하고 엄숙한 것이다. 얼마 안 되는 하루 벌이를 위해서도 저토록 필사적으로 열심인데…….

나는 그들에게 마음에서 우러나는 유대감과 존경심을 많이 느꼈다. 그리고 그때마다 '그래, 다 같이 노력해서 하루 빨리 잘사는 나라를 만들어야지' 하는 생각으로 불끈 힘을 얻고는 했다.

비바람 몰아치는 칠흑 같은 밤, 혼자 현장을 돌다가 승용차를 탄 채 바닷물에 빠져 죽을 뻔한 일도 있었지만, 그래도 울산조선소를 만들 때가 아마도 내 일생에서 가장 활기찬 한 부분이 아니었던가 한다.

울 수도 웃을 수도 없었던 일들

경험 없는 선박 건조를 하면서 웃을 수도 울 수도 없는 일들도 물론 많았다. 제일 큰 배를 만들었다는 기술자가 조선 공사에서 경험한 것이 고작 1만7천t짜리였기 때문에, 26만t급 배가 얼마나 큰가를 설명해줄 사람조차도 없었다.

아무것도 모르는 상태에서 그래도 최고의 배를 만들어야 한다는 의욕이 충만하다 못해 지나쳐서, 선박 바닥에 깔아 일정한 무게를 주어 균형을 유지하게 하는 자갈과 배에 쓰는 소금까지도 수입을 했었다. 그런데 수입해 들여온 자갈을 보니 모두가 강도가 약한 푸석돌이어서 외화만 낭비하고, 결국 우리나라 자갈을 썼다. 자재 수량 뽑는 것도 제대로 못해서, 예를 들어 배 6척분 철판 주문을 했는데 들어온 것을 보니까 12척을 만들고도 태산같이 남을 분량이었다. 선박은 쉽게 얘기해서 배에 필요한 모양대로 철판을 잘라서 용접을 해서 몸체를 만드는 것인데, 그 철판 조각이 수만 개나 된다. 수만 개의 철판 조각들에 다 각기 고유 번호를 붙여서 번호대로 맞춰 용접해 붙여 나가야 되는데, 철판 자른 것을 부재部材라 하고, 부재를 번호에 맞춰주는 것을 배재配材라고 한다. 배재 경험이 없다 보니까 한쪽에서

186

는 분명히 철판을 잘라서 줬다는데 받았어야 하는 쪽에서는 안 받았다, 철판이 없다, 밤낮 옥신각신 싸움이었다.

엔지니어들은 분명히 잘랐다는데 사라진 부재를 찾으러 다니는 게 일이었고, 그러다가 급해지면 얼른 새 철판에서 새로 잘라다 쓰고 나면, 나중에 앞에 잘라놨던 철판이 나오고, 초기에는 그렇게 낭비된 철판만 해도 엄청났다. 그렇게 낭비되는 비싼 철판들을 보노라면 외국에서 태산 같은 빚 얻어다가 짓는 조선소인데, 머리가 뜨거워지고 복장이 터져 미칠 지경이었다. 그러나 경험 없는 일에 시행착오는 어쩔 수 없는 일이었기 때문에 '이놈의 자식, 저놈의 자식' 하고 욕은 했지만 문책은 안 했다.

지금 울산에서 선박 건조를 하는 사람들은 그때에 비하면 천국에서 일하는 거나 다름없다. 그때는 블록을 운반해서 도크에 갖다 놓는 트랜스포터도 없었고 크레인도 없어서, 대신 트레일러를 갖다가 운반과 탑재를 하기도 했다. 거의 원시적인 방법으로 작업을 했는데, 그런 악조건 속에서 산재사고産災事故도 꽤 일어났다. 작업 환경이나 조건도 나빴지만 사실 당시는 안전에 대한 인식도, 정신적인 무장도 지금에 비해서는 많이 느슨했다. 책임자들에게 항시 강조했던 것이 '네 식구를 데려다 작업시키는 것으로 생각하라'였지만 하루에도 몇 건씩 사고가 나고 아까운 인명이 1년에 20~30명씩 죽기도 했고, 그 때문에 최악의 노사 분규를 치르기도 했었다.

지금도 생각나는 사고가 있다. 26만ㅌ이면 배 길이가 3백20m에 폭이 50m가 넘는데 그 배 높이 26m에 배 기관실의 경사 부분을 탑재했을 때였다. 일단 올려놓고 가용접으로 대충 붙여서 와이어로 붙잡아 매놓고, 다시 본체를 끼워 조종해가며 정확한 위치에 맞춘 다음, 본격 용접에 들어가는 공정이었다. 그런데 용접에 들어가기 전에 그만 와이어가 풀어져 어마어마한 블록이 그 높이에서 그냥 떨어져버렸다. 엄청난 사고였다. 인명 피해도 났고 재산상의 손실도 컸고 공기 지연도 상당한 손실이었다. 천지가 진동하는 소리에 놀라고, 예사 사고가 아닌 것에 놀란 담당자들이 한순간에 몽땅 사표를 내고 도망쳐버렸다. 그 무거운 것을 잡아매면서 와이어가 풀어질 정도로 허술하게 했다는 것은 결정적인 실수였고 그만큼 정신이 해이했다는 말이 된다.

그러나 누구든 실수할 수 있다. 실수는 누구나 할 수 있는데 중요한 것은 한순간 실수했다고 해서 그 실수 때문에 그때까지의 모든 것을 포기해서는 안 된다는 것이다. 일을 해나가는 데 있어서 어떤 실수보다도 치명적인 실수는 일을 포기해버리는 것이다. 나는 모두 다 불러냈다. 값비싼 희생을 치른 것으로 마무리하고 모두 즉각 정상 복귀시켰는데, 그 후로는 같은 사고는 두 번 다시 일어나지 않았다.

다 만든 배를 진수시키기 전에도 해프닝이 있었다. 배를 다 만들어 점검을 하니 물에 넣어도 물 들어갈 틈이 없으면 된 거다 했는데 나중에 보니 굴뚝이 빠져 있었다. 굴뚝 하나 중량이 25t인데 그걸 빼놓고 배가 다 됐다고 한 것이다.

화가 머리 끝까지 났지만 어쩔 도리가 없었다. 도크에 물을 넣고 장비를 치우는 동안 탑재하면 되겠어서 그렇게 하라고 지시하고 나중에 보니, 크레인에 굴뚝을 달아 정확한 높이에 맞춰서 대기하고 있었다. 그런데 도크에 물이 들어가자 배가 뜨면서 맞추어놓았던 굴뚝이 제 위치보다 한참 아래로 내려와 있었다. 도크에 물이 차면 배가 뜬다는 계산을 한 사람이 한 명도 없었다는 얘기다. 정신 빠진 놈들이라는 욕을 안 하려야 안 할 수가 없었다.

당시에는 눈앞이 캄캄했지만 지금도 껄껄 웃음이 나오는 사건도 있었다. 26만t급 배가 거의 다 만들어졌을 무렵 박대통령이 방문한 적이 있었다. 대통령이 배 밑바닥을 한번 보고 싶다고 해서 배 밑으로 들어가게 됐는데, 경호의 당연한 절차로 작업자들을 일일이 한 사람 한 사람 다 체크해서 작업하던 자리로 들여보내고 대통령 일행이 배 밑바닥으로 들어갔다. 배 밑바닥은 겉으로 보기와는 달리 평평하고 높이도 50여 미터나 되고 엄청나게 넓다. 대통령이 생각했던 것보다 배 밑이 넓은 것에 놀랐다는 말을 하는 순간, 갑자기 한순간에 기관총을 쏘는 것 같기도 하고 대포를 쏘는 것 같기도 한 엄청난 소음이 터지기 시작했다. 기절초풍을 할 노릇이었다. 경호실장이 뛰쳐나가고 경호원들은 총까지 빼들고 뛰어나가고 난리가 났다. 알고 보니 기술자들의 '열심'이 부른 변고였다. 그때 위에서는 용접을 하고 있었는데 용접하는 소리는 배 밑바닥에서는 거의 들리지 않는다. 그래서 우리가 이렇게 열심히 일한다는 표시를 내기 위해 대통령이 배 밑바닥으로 들어가자마자 수백 명이 일제히 갑판에서 망치질을 시작했던 것이다.

대통령도 꽤나 놀랐겠지만 그런 내색은 않고 나한테 철판이 얼마나 들어가느냐는 질문도 하고, 우리나라 철판은 내가 다 먹는다는 농담도 하고 하면서 모든 일이 잘 끝났다고 생각했다. 그런데 그것으로 끝이 아니었다. 책임자들이 줄줄이 경호실에 불려가 치도곤을 당했다. 어쨌든 경험 없는 일을 처음 할 때마다 겪은 시행착오는 이루 말할 수가 없었다. 그러나 시행착오를 통해서 얻는 경험처럼 큰 재산은 또 없다. 새로 도전하는 일에서 벌어지는 시행착오를 나는, 우리를 한 테두리 더 키워주는 훈련 과정으로 생각한다.

자기들은 25만t짜리를 만들고 있는데 너희는 기껏 7만짜리밖에 못 만들 테니 두고 보라고 큰소리를 쳤던 일본의 몇몇 조선소는 우리가 만든 배가 아예 물에 뜨지 않기를 바랐을 것이다. 일본 사람들이 아니고 국내에서도, 선박 건조에 전혀 무경험인 '현대'가 만든 그 엄청난 무쇠 덩어리가 과연 뜨기는 뜰 것이냐고, 선의善意의 걱정인지 안 뜨기를 바라는 악의惡意의 희망인지를 가늠하기 어려운 소리를 했던 사람들이 꽤 많았던 것으로 기억한다.

리바노스가 주문한 배 2척은 울산조선소가 준공되는 자리에서 명명식을 가졌다. 배는 훌륭하게 잘 떴고, 전혀 아무 문제가 없는 완벽한 배였다.

사람들은 우리가 조선소 준공하는 자리에서 명명식을 했다고 하면, 어떻게 조선소 준공식날 진수식과 명명식을 가질 수가 있느냐는 질문을 하는 사람들이 많았다. 아마 리바노스도 계약을 하면서 우리가 계약 기간을 맞출 거라고는 생각하지 않았을 것이다. 왜냐하면 선진국들이 울산조선소만 한 규모의 조선소를 지으려면 건설에만

만 3년은 걸려야 하고, 선박 건조는 조선소 건설이 끝나야만 시작하는 것이 통례이고 상식이었기 때문이다. 그러려면 5년은 걸려야 배를 인도할 수 있다.

그러나 나는 꼭 그래야 할 필요가 없다고 생각했다. 조선소는 조선소이고 선박 건조는 선박 건조이다. 반드시 다 지어진 조선소에서 선박을 만들지 않으면 안 된다는 법 같은 건 어디에도 없다. 그래서 나는 처음부터 조선소 건설과 선박 건조를 병행해서 진행시켰다.

도크를 파내는 동안 1호선을 도크 밖에서 부분 조립하고, 도크가 완성되자 도크 밖에서 조립하던 것을 도크 안으로 운반해서 건조를 계속하는 식이었다. 그렇게 만들었어도 리바노스는 우리가 만든 배를 보고 자기가 본 배 중에서 제일 잘 만든 배라는 말을 했다.

오일 쇼크와 '현대상선'

그러나 그것으로 바로 '현대조선'이 행복한 콧노래를 불러도 되었던 것은 아니다. 평생을 살아오면서 한 가지 분명하게 체득한 것이 있다면, 인생이란 시련의 연속이며 연속되는 시련과 싸우면서 그것을 극복해 나가는 과정이 우리의 삶이라는 것이다.

1973년 10월, 석유수출국기구OPEC가 원유가를 17% 올리면서 세계 경제를 강타했다. 그러자 원당原糖, 주석, 보크사이트, 아연, 면화, 소맥, 구리, 커피 등의 생산 국가들도 OPEC의 전투적인 방식을 따라 자원 무기화에 나섰고, 그에 따라 세계 경제는 급속히 침체되었다. 세계 경제의 침체는 국가 간 교역물량을 격감시켜 세계 해운업계에 최악의 불황을 가져왔다. 당연히 해운업계의 불황은 곧장 조선업으로 연결되는 법이다.

세계 조선업계는 1974년에 들어서면서 선복량船腹量 과잉에 빠졌다. 그중에서도 1973년 말 현재 전체 선복량의 40%를 차지하던 탱커의 과잉이 가장 컸다. 오일 쇼크로 전 세계 에너지 수입국들의 적극적인 유류 소비 억제 때문에 유류 에너지 물동량이 격감했기 때문이다.

설상가상으로 1975년 6월 5일을 기해서 수에즈 운하가 재개통되었다. 수에즈 운하의 개통은 페르시아 만에서 유럽까지의 왕복 운항 시간을 25일이나 단축시켜 줄어든 물동량을 더더욱 줄이는 결과를 가져왔고, 더더구나 7만t급 이상의 탱커는 수에즈 운하를 통과할 수 없었기 때문에, 20만t급 이상의 VLCC는 그야말로 완전 무용지물이 됐던 것이다.

그 결과 VLCC 건조에 총력을 기울였던 우리에게 밀어닥친 피해는 엄청났다. 오일 쇼크 전까지만 해도 10여 척의 VLCC를 거뜬하게 수주했던 우리는 1974년 3월 일본의 재팬 라인Japan Line 사에서 2척을 수주한 것을 끝으로 1986년 전까지 단 한 척의 유조선도 수주하지 못했을 뿐만 아니라, 1974년 11월 쿠웨이트 해운에서 2만 3천t급 다목적 소형 화물선 15척을 한꺼번에 수주할 때까지 수주 기록이 전무했었다.

게다가 선주들의 발주發注 취소까지 생겨서 우리의 어려움을 가중시켰다. 선주들의 전횡은 조선업계의 독특한 생리였다. 기본적으로 선주의 발주가 있어야만 배를 만들 수 있는 조선업계는 시황市況이 좋을 때 생기는 이윤은 선주가 독점하다시피하고 불황에서 생기는 불이익은 몽땅 다 조선소에 떠맡기는 식이다. 최대 불황을 맞아 선주의 횡포는 전 세계가 함께 극에 달했다. 우리도 수주했던 12척의 VLCC 가운데 3척이 취소, 또는 인수 거부되었다. 홍콩의 CY통으로부터 수주했던 26만t급 7308호와 7310호, 그리고 리바노스로부터 수주했던 7302호가 그것들이다.

오일 쇼크가 일어나자 리바노스는 석유 메이저 로얄 터치 사에 용선 계약이 된 1척만 찾아가고 7302호는 찾아가지를 않았다. 오일 쇼크 여파로 사용하려는 사람이 없어 7302호는 용선 계약이 맺어지지 않았기 때문이다. 리바노스는 우선 제품 상태를 문제 삼아서 인도 기일을 연장하려고 들었다. '건조 선박에 대한 선주 측의 어떤 조건 제시에도 응한다'는 계약서상의 옵션을 최대한 활용해서, 리바노스는 여러 가지 부대 조건을 제시하여 의도적으로 공기를 지연시켜 나갔다. 새로운 요구가 있을 때마다 우리는 밤을 새워 그 요구를 들어주었다. 그렇게 해서 더 이상의 트집이 없을 것이라고 했을 때도, 그는 사실상 불가능한 개조를 요구해왔다.

나는 리바노스에게 그것이 마지막 요구라는 확약을 받고 작업을 강행해서 날짜를 맞췄다. 그러나 '인도 날짜가 하루가 늦었다'는 것을 이유로 인수를 거부했다. 우리와 자신의 날짜 계산이 다르다는 것이었다. 용선 계약이 안 되자 배를 안 찾아가고 배 대신 원리금을 받아가려는 속셈이었다.

국제재판소 소송을 제기하도록 지시했다. 배를 안 찾아가려고 그동안 별짓 다 하면서 애를 먹였던 것은 차치하고라도, 단 하루의 오차로 선박 인수를 거부한다는 것에 대해서 국제재판소는 어떤 판결을 내릴 것인지 반드시 짚고 넘어가고 싶었다. 한편, 다른 선주들에게도 리바노스와 같은 횡포를 부리지 못하게 미리 쐐기를 박자는 의도도 있었다.

7308호, 7310호를 발주한 홍콩의 CY통은, 리바노스와는 달리 깨끗이 계약금을 포기하고 선주 감독관을 본국으로 철수시켰다. 자금 순환이 힘들어지고 경영 위기가 심각해졌다. 회사 임원들로부터 해약당한 유조선의 건조 중단 얘기가 나왔다. 그러나 나는 CY통이 해약한 2척의 선박 건조를 그대로 강행시켰다.

건조 중이던 작업을 중단한다는 것은 그때까지 투입한 자금은 고스란히 손실 처리를 해야 하는 일이었을 뿐만 아니라, 어쨌든 나는 하던 일을 도중에 중단하는 것을 극도로 싫어하는 성격이다. 그 어려웠던 상황 속에서 아우와 매제의 집까지 팔아 넣으며 고령교 공사도 끝을 냈는데, 배 2척의 건조 중단은 고려할 거리도 안 되었다.

비록 자금난이 심각하더라도 배를 완조完造해놓았다가 나중에라도 팔려 나가면 좋고, 아니면 우리가 다른 용도로 쓸 수도 있다고 생각했다. 또, 오일 쇼크로 원자재값이 폭등하고 있으니까 건조 중이던 배를 당시의 저렴한 원가 그대로 완성하는 것이 훨씬 이득이기도 했다. 더구나 건조 작업을 중단할 경우 당장 조선소 가동률이 떨어지게 되어 있고, 그렇게 되면 감원 조치가 불가피했던 것도 선박 건조 강행 이유 중의 하나였다.

'어떻게 만들어낸 현대조선인가?'

구두끈도 못 풀고 자면서 다 같이 한 덩어리로 뭉쳐 얼마나 많은 수고와 노력으로 만든 대역사인데, 그 일터를 잃는 사람이 생기게 할 수는 없었다.

리바노스를 상대로 냈던 국제 소송은 1976년 우리의 승리로 결론이 났다. 리바노스가 새로 배 1척을 주문한다는 조건으로 소송을 취하하고 리바노스가 주문했던 7302호는 우리가 인수받았다. 그리고 CY통이 해약한 7308, 7310호 2척을 합쳐 26만t급 VLCC 3척을 갖고 나는 1976년 3월, '아세아상선'을 설립해서 해운업에 진출했다. 당시 우리나라에서 수입해서 쓰는 기름 수송권은 모두 외국 메이저들이 장악하고 있었다. 우리나라에서 수입해서 쓰는 기름을 우리가 우리 유조선으로 운반하겠다는 생각이었다.

그런데 외국 선박 회사들이 이 수송권을 넘겨주는 것으로 1천4백만 달러를 요구했다. 우리한테 수송권을 넘겨주는 것으로 자기네들이 보는 손실이 그만큼이라는 논리였다. 그야 자기네들 사정이지, 그리고 그동안에는 우리한테 유조선이 없어서 자기네 배를 돈 주고 빌려 쓴 것이지 이제부터는 우리나라 배로 우리나라 기름을 운반해서 쓰겠다는데, 그들이 입을 손해를 메워줘야 한다는 요구는 어불성설이었다.

나는 버텼다. 8개월을 버텼더니 3백만 달러로 떨어졌다.

그래도 버텼다. 버티면서 계속 '우리가 쓰는 기름, 우리가 수송하겠다'는 주장을 계속했고, 결국에는 단 1전의 돈도 건네주지 않고 소기의 목적을 달성할 수 있었다. 그렇게 해서, 나는 우리의 골칫거리였던 해약당한 초대형 유조선 3척을 기름 운반에 투입할 수 있었다.

그렇게 출발했던 '아세아상선'은 1979년에는 '1억 불 운임의 탑' 상을 받고 1980년에는 국내 최초로 중남미 항로를 개설하는 등 무럭무럭 잘 자라서 금년은 2조 6천억 원이 넘는 매출을 목표로 하고 있는 '현대상선'이 되어 있다. 오일 쇼크 때문에 한동안 몹시도 나를 힘들게 했던 '현대조선'도 그 시련을 잘 극복하고 매년 성장에 성장을 거듭해서 현재는 '현대중공업'이라는 이름으로 1996년도에만도 매출 4조 6천8백54억에 수출 32억 4천만 달러, 선박 수주 69억 1천만 달러를 기록했고, 금년도는 매출액 5조 4천억 원, 수출 34억 8천만 달러, 수주 90억 달러를 목표로 하고 있다.

다 만들어진 배를 안 찾아가려고 별의별 짓을 다 하면서 내 부아를 끓게 했던 리바노스를 그래도 나는 결정적인 때 나에게 큰 도움을 주었던 고마운 사람으로 생각한다. 어쨌든 황량한 모래 벌판 사진 몇 장과 설계도만 보고 배 2척을 주문해 난감했던 차관 도입의 물꼬를 틔워줬던 장본인이 아닌가.

196

5

중동 진출의 드라마
그리고 1980년

죽을 뻔도 하고

내 나이 어느덧 팔십을 넘어 중반을 코앞에 두고 있다.

오직 '일'에 빠져 사느라 나이 같은 걸 의식할 틈도 여유도 없는 과정이었을 뿐만 아니라, 나는 또 나이라는 것에 별 의미를 두는 사람이 아니다. 나에게 가장 큰 의미가 있는 것은 언제나 내 앞에 놓여 있는, 내가 쓸 수 있는 '시간'이었다. 나에게 주어진 시간을 어떻게, 무슨 일로 얼마만큼 알차게 활용해서 이번에는 어떤 '발전과 성장'을 이룰 것인가 이외에는, 실상 내가 관심을 가진 것은 별로 없었다. 나는 나에게 주어진 시간이라는 자본을 꽤 잘 요리한 사람이라고 할수가 있다. 언제나 남보다 빠른 시간에 새로운 일을 계획하고, 뛰어들고, 마무리하고, 남이 우물쭈물하는 시간에 벌써 나는 돌진하면서, 그렇게 나는 대단히 바빴기 때문에, 나이 대신 '시간'만이 있었던 일생이었다고 해도 과언은 아니다.

그러나 내가 의식하든 안 하든, 내게 중요하든 안 하든 자동적으로 한 해 한 살씩 들러붙은 내 나이는, 나보다도 다른 사람한테 더 잘보이는 모양이다. 언제부턴가 나이 얘기를 많이 듣게 되고 백 살 넘어 살라는 덕담도 듣게 됐으니 말이다. 그러면 나는 백 살이 뭐냐 백 이십 살까지는 살 작정이라는 식으로 대답하곤 하는데, 그런 덕담이 내겐 내가 지금쯤은 그만 떠나가도 좋을 나이라는 뜻의 다른 표현으로 들린다.

그럴 생각은 천만에도 아직은 없는데 조선소 건설 중 바다에 빠졌을 때 그때 그것이 내 명命이었다면 그 후에 내가 해놓은 많은 일들이 '아예 있지도 않은 일'이었을 테니, 그때 살아서 더 많은 일을 할 수 있었던 게 참 다행이라는 생각을 어쩌다가 잠깐 하기도 한다.

서울에서 울산, 울산에서 서울, 다시 서울에서 울산, 그런 식으로 조선소를 건설하며 울산에서 반 자고 서울에서 반을 잘 때였다. 울산에서 잘 때는 새벽 4시면 숙소에서 나와 2시간 동안 현장 구석구석을 샅샅이 한 바퀴 돌아보고 6시면 간부 회의를 소집하곤 했다.

1973년도 11월 어느 날로 기억하고 있다. 새벽 3시에 잠이 깼는데 밖은 비바람이 사납게 몰아치고 있었다.

아마 비바람 때문에 일찍 눈이 떠졌었나 보다.

잠도 안 자면서 맨 정신으로 잠자리에 그냥 누워 있는 것은 워낙 못하는 성미라 밖으로 나가 지프를 몰고 현장 시찰을 나섰다. 차를 몰고 가다가 옆 건조부에서 당직 중이라는 직원을 차에 태우고 계속 돌았다. 이 직원이 나중에 미포조선 사장까지 했던 이정일이다. 억수로 퍼붓는 빗속에서도 야드에서는 골리앗 크레인으로 블록을 탑재하는 작업을 하고 있었다.

그때 나는 빗속에서 고생하며 작업하는 광경을 보다가, 일일이 하나하나 탑재하는 것보다는 아예 땅바닥에서 더 큰 덩어리로 만들어서 한 번에 탑재를 하는 편이 크레인을 쓰는 횟수나 높은 데 올라가 작업하는 횟수도 줄이고 더 낫지 않겠느냐는 말을 옆에 있는 이정일에게 건넸다고 한다. 그러고는 나 혼자 지프를 몰아 시찰을 계속했다. 와이퍼가 부지런히 빗물을 닦아내고 있었지만 워낙 거세게 퍼붓는 비로 앞이 거의 안 보였다. 하도 수없이 돌았던 길이라 눈감고도 다닐 만큼 익숙한 길이었다.

그런데 갑자기 헤드라이트 불빛 안으로 커다란 바위 덩어리 한 개가 불쑥 막아서는 것이 보였다. 전날에는 분명히 그 자리에 없었고 그 자리에 있어서는 안 되는 바위 덩어리였다. 얼떨결에 급히 브레이크를 밟으며 핸들을 돌렸는데 차가 홀로 재주를 넘으며 그대로 바다로 곤두박질을 해버렸다. 수심이 12m나 되는 물에 처박힌 지프는 다이빙을 한 것처럼 푸욱 가라앉더니 쑤욱 떠올랐다.

11월 새벽 기온에 더구나 비바람까지 몰아치는 날씨라서 자동차 유리를 닫고 운전하던 중이었기 때문에, 금방 차 안으로 물이 새어 들어오지는 않았다. 안이 빈 자동차는 일단 떠올랐다가 물이 차면서 다시 가라앉게 될 참이었다.

나는 당황할 것 없다고 생각했다. 내 집 안마당처럼 훤히 알고 있는 현장 앞바다이니 문 열고 나가기만 하면 될 일이었고, 문이 안 열리면 앞유리를 깨고 나가면 된다고 생각했는데, 액셀러레이터 구멍 같은 곳으로 물이 들어오기 시작했다.

그러나 문을 밀어보았더니 수압 때문에 꿈쩍도 안 했다. 한꺼번에 열어제치려고 하면 수압 때문에 오히려 문이 잘 안 열릴 것이란 생각을 했었고, 열리더라도 한꺼번에 확 밀려들 물의 압력을 감당하기가 힘들 것이라는 판단으로 한쪽 문에 등을 대고는 두 발을 뻗쳐 반대쪽 문을 비죽이 열어서, 물이 조금씩 들어오게 만들었다. 차 안으로 물이 어느 정도까지 들어왔을 때 있는 힘껏 문을 밀어제쳤다. 내 딴에는 계산을 한다고 했는데도, 한꺼번에 밀려드는 겁나게 무서운 물살에 떠밀려 한 번 나자빠졌다가 일어나서야 겨우 자동차 밖으로 빠져 나올 수가 있었다.

그때 우리 '현대' 일꾼들이 입고 있던 점퍼가 수영하기에는 안성맞춤이었다. 그래도 수면까지 떠오르는 그 얼마 안 되는 시간이 너무나 길고 긴 느낌이었다. 수면까지 떠올라서 보니 비바람 사나운 칠흑 같은 어둠 속에서 파도를 헤치며 헤엄쳐 닿아야 할 안벽까지 거리가 최소한 8백m는 되는 것 같았다. 사력을 다해서 안벽 쪽으로 헤엄을 치기 시작했다.

젊은 날에는 수박 하나를 등에 얹고 한강을 건너기도 했던 헤엄 솜씨였지만 그때야 날씨 좋은 여름날 강물이었지 비바람에 파도에, 입으로 코로 바다 짠물은 사정없이 들어오고, 그야말로 죽을 맛이었다. 그러다가 어찌해서 바다를 막는 콘크리트를 치기 위해 설치했던 철근 하나가 손에 걸렸다. 그것을 붙잡고 버티는데, 후려치는 파도에 휩쓸려 떨어지지 않고 버티는 것도 엄청난 노력이 필요했다.

구두를 벗어 던지고 싶었지만 구조되고 난 뒤에 구두도 없는 우스

운 꼴을 사람들한테 보이는 것이 싫어서 그대로 신고 있었다. 나는
약 2백m쯤 떨어져 보이는 초소를 향해서

"야—아!"

소리를 질렀다. 그러자 신기하게도 즉각

"예에!"

하며 경비 하나가 달려왔다.

　그런데 이 경비가 물속의 나를 내려다보며 아둔하게도

"누구요?"

하는 게 아닌가.

"나야!"

　물에 빠진 생쥐 꼴로 "내가 정주영이다" 할 수는 없잖은가. 그런데
이 경비가 다시

"나가 누구요?"

했다. 더는 참을 수가 없어서

"이눔 자식, 누군진 알아서 뭐 해! 빨리 밧줄 갖고 와!"

　버럭 소리를 질렀더니, 그제서야 알아본 경비가 당황해서 한다는
말이 가관이었다.

"아이고 회장님이십니까, 그런데 회장님이 왜 거기 계신데요?"

"야 이 자식아, 빨리 밧줄이나 갖고 와!"

"예, 그런데 밧줄이 어디 있나요?"

　현장에 널린 것이 밧줄인데 당황한 경비가 나한테 밧줄 있는 곳을
물었다. 뭐라고 또 고함을 쳤던 것 같은데 아무튼 경비가 밧줄을 갖

고 다시 나타나는 시간이 또 그렇게 길 수가 없었다. 얼이 빠진 경비가 현장 여기저기 널린 밧줄 생각을 못하고 어딘가로 가서 밧줄을 찾아 들고 나타났다는데, 그래도 그 시간이 5분 남짓이었다는데 나한테는 1시간도 넘는 것 같았다. 화가 머리끝까지 난 나는 밧줄을 들고 나타나 로프를 잡아매려는 경비원에게

"얌마, 너 어디 갔다 왔어!"

호통을 쳤더니, 일초가 급한 판에 로프를 매던 경비원이 잔뜩 겁먹은 얼굴로 나를 멀거니 내려다보며

"로프 찾아왔는데요."

했다.

"얌마, 뭘 쳐다봐? 빨리 로프 내려!"

그렇게 해서 로프를 허리에 잡아매고 뭍으로 올라왔다. 탈진해서 그냥 그 자리에 주저앉을 지경이었지만 약한 모습을 보이는 것이 싫어서 태연함으로 가장했다. 그러고는 신발을 벗어 물 빼가지고 오라고 이르고, 달려온 순찰차를 타고 영빈관으로 들어갔다.

구두를 헹궈서 엎어놓고 뒷주머니 지갑에 들어 있던 5천 원짜리 지폐를 꺼내 마르라고 침대에 주욱 널어놓고 있는데 비상이 걸린 임원들이 몰려들었다. 매제 김영주도 얼굴이 허예져서 왔고 김정국도 왔다.

"물이 참 시원하더군."

누가 바다에 밀어서 빠진 것도 아니고, 그렇게 가벼운 말로 넘길 수밖에 없었다.

나중에 들어보니 내가 그 상황에서 그렇게 구조된 것이 천운이라면 또 천운이었다.

새벽 4~5시에 허가 없이 현장을 돌아다니는 자동차는 내 차밖에는 없었다. 초소 경비들은 으레 꾸벅꾸벅 졸다가도 내 차가 나타날 시간쯤이면 모두 깨서 비상근무를 하는데, 그날도 경비 초소에서 경비가 헤드라이트를 켠 차가 달려오는 것을 보았다고 한다. 헤드라이트 불빛만 보고도 나라는 것을 알아서 비도 오니까 초소 밖에 나와 인사를 하려고 경비가 부지런히 나왔는데, 그런데 그 짧은 동안에 헤드라이트 불빛이 온데간데없이 사라지고 없더란다.

플랜트 사업부 쪽으로 갔나 해서 기웃거리며 생각해보니까 그 짧은 몇 초 사이에 차가 기척도 없이 옆으로 빠졌다는 것도 이상했다. 도깨비에 홀렸나, 꿈을 꿨나 궁시렁거리면서 왔다 갔다 하다가 초소로 들어갔고, 들어가 생각해도 이상해서 다시 나와 어정거리고, 그러다가 내가 지르는 "야―아" 하는 고함소리를 들었다고 했다.

철근 하나 붙잡고 죽을둥 살둥 하고 있는 나에게 "나가 누구요?"라고 해서 울화를 치밀게 했던 경비를 나중에 불렀다. 하고 싶은 것이 뭐냐고 물었더니 이 순박하고 욕심 없는 친구의 대답이 그냥 경비 근무나 계속할 수 있었으면 하는 것이 바람이라는 것이다. 그 사람한테 경비 회사를 차리게 해서 지금도 그곳에서 우리 회사의 경비 용역을 하고 있다. 아둔해서 나로 하여금 열화가 치미는 고함은 지르게 했지만 그래도 만약 그때 그 경비한테 발견되지 못하고 그냥 죽었더라면 그 후에 내가 해냈던 많은 일들이 '아예 있지도 않았던 일'이었을 것이 아닌가.

대통령과 몇몇 사람만 빼고는 거의가 다 부정적인 가운데 출발했던 '현대조선'은 처음부터 세계를 상대로 자유 경쟁을 했기 때문에 우리나라 조선 공업을 급진적으로 발전시키는 데 결정적인 역할을 했다고 나는 자부한다.

'현대조선'의 성공이 우리나라 기업들에게 우리도 중공업을 할 수 있다는 자신감을 갖게 해 그 후 조선소가 몇 개나 더 생겼고, 우리 '현대조선소'에서 육성된 사람들의 상당수가 대우조선에도 가고 삼성중공업에도 갔다. 선발 업체는 항상 후발 업체들의 인력 양성소 역할을 하게 마련이다. 큰 투자를 하면서 열심히 키운 우수한 인력을 빼앗길 때는 물론 화도 나고 배도 아프다.

그러나 그 인력들이 외국 회사로 가는 것도 아니고 결국은 우리나라에서 일하는 것이니 크게 아까워할 일은 아니지 않은가! 그것이 바로 선발 업체의 할 일이고 그것도 그 분야의 발전에 한 역할을 수행하는 것이라고도 생각한다. 또 관련 산업 발전에 기여한 부분도 생략되어서는 안 된다. 관련 하청업자들의 기술 향상이야말로 국가의 귀중한 재산이기 때문이다.

중동으로 가자

1973년 1차 오일 쇼크가 터지면서 배럴당 1달러 75센트였던 원유

값이 2년도 안 되는 사이에 10달러까지 5배가 넘게 치솟고, 온 세계의 경제는 중동 산유국들만 빼고는 다 같이 극심한 어려움에 빠졌다. 원유 무기화原油武器化로 세계 경제를 불황의 늪으로 빠뜨린 장본인인 중동 산유국들은 세계 경제의 고통에 아랑곳없이 막대한 오일달러를 끌어 모아 급속한 근대화와 건설에 박차를 가했다.

전량 원유 수입국인 우리나라 경제도 말할 수 없이 나빠졌다. 급격한 불황과 인플레로 1975년에는 외채 상환 결제에까지 매일매일이 쫓기고 있는, 쉽게 말하면 나라 자체가 부도 직전의 상황이었다. 북한은 벌써 국제 시장에서 부도를 내버렸고, 우리나라도 빚을 준 외국 은행들이 매주 우리의 외채 상환 능력과 결제 상황을 점검하는 지경이었다.

파탄에 이르게 생겨 있는 국가를 위해서도, 오일 쇼크에 심각히 타격을 입은 '현대조선'의 위기로 인해 전체가 어려워진 '현대'를 살리기 위해서도 나는 이 위기를 극복하는 길은 중동밖에는 없다는 생각이었다. 세계 석유 매장량의 약 57%와 세계 석유 생산량의 약 41%를 차지하고 있는 중동은 1973년과 1974년의 석유값 인상으로 매년 7백억에서 8백억 달러의 석유 수입을 거둬들이고 있었다. 중동 각국은 이 석유 수입을 투자 재원으로 해서 급속한 경제 성장을 실현하고 경제를 다양화하기 위해 1970년대 초반부터 경제개발계획을 본격적으로 추진하고 있었다.

돈이 넘쳐나는 곳은 전 세계를 곤경에 빠뜨리면서 신나게 기름 장사를 하고 있는 중동밖에는 없었다. 돈을 잡으려면 돈이 많은 곳으로 가야 한다. 게다가 월남 특수特需도 끝나고, 지속적인 성장을 하려면 다른 해외 돌파구를 찾아야 했다. 나가서 중동의 돈을 잡아 들여오자고 결심했다. 막대한 오일 달러가 중동으로 흘러 들어가고 있는데 우물쭈물하다가 시기를 놓쳐서는 안 되었다. 누구든 하루라도 빨리 뛰어들어 발판을 만들고, 경제적 교류를 확대하고, 그 많은 재원을 상대로 무역을 열고 건설 시장을 개척하는 사람이 이기는 사람이라는 생각이었다.

천재일우의 기회였다. 부족한 경험과 능력에도 불구하고 적극적인 창의력을 동원하고 누구에게도 지지 않는 정신력으로 자지 않고 쉬지 않으며 노력하면 반드시 성공할 수 있는 결정적인 기회라는 확신이 나한테는 있었다.

나는 1975년을 중동 진출의 해로 정하고, 중동 진출에 대비해서 회사에 아랍어 강좌를 시작하게 하고 아랍어로 우리 '현대'의 홍보 영화도 만들게 했다. 회사에서는 해외 건설 부장이었던 아우 인영이를 비롯해서 나의 중동 진출 결심을 과욕이라고 반대하는 사람들도 꽤 있었다. 거의 일 저지르는 스타일로 새 일을 시작하곤 했던 나한테 익숙했던 아우도 나의 중동 진출 결심에만은 한사코 끄덕여주지 않았다. 아예 회사 자체를 망하게 하려는 일을 저지르는 것 같았던 모양이다.

그러나 안전선 안에서 안주한다고 하여 반드시 항상 안전한 것은 아니다. 또 기업에 있어 제자리걸음은 후퇴와 마찬가지다. 경제 전선에서의 경쟁은 총칼만 휘두르지 않는 전쟁이다. 그리고 실제 전쟁에서는 방어의 이득도 있지만, 경제 전쟁에서는 선두를 뺏기면 지는 싸움이다. 우물쭈물하다가 기선機先을 놓치면 모두 다 기득권을 가진 사람들한테 분할되고 고정된 시장에서 부스러기나 주워 먹을 수밖에 없다.

물론 어렵고 힘든 일을 안 하고 살면 편하다. 그러나 어렵다고 그냥 편하게 주저앉아 쉬운 일만 한다면 회사 발전은 포기해야 하고, 각 기업이 그런 식이면 국가의 발전도 희망이 없다.

우리 '현대'는 창립 이후 나라와 더불어 성장했고, 나는 '현대'를 이 나라에 첫 손가락으로 필요한 기업으로 만들겠다는 포부로 일해 왔다. 그리고 그동안에도 국가 경제와 산업에 적지 않은 활기와 가능성에 대한 희망을 불어넣었다고 자부하고 있었다. 세계가 다 같이 빠지고 있는 경기 침체의 늪에 우리나라도 같이 함몰되어가는 것을 그냥 손 놓고 구경만 하고 있을 수는 없지 않은가. 그럴 때 나라의 위기를 타개하는 데 앞장서야 하는 것이 기업의 할 일이다.

인영이는 마지막까지 나의 중동 진출에 제동을 걸면서 제 고집을 꺾지 않았다. 때문에 중동 진출의 선발대로 뛰었던 직원들이 난감해 했던 일도 많았는데, 예를 들면, 나는 왜 발 빠르게 움직이지 않느냐는 호통을 치는데 부사장 인영은, 중동 대형 공사 관련 계약자는 파면시킨다고 엄포를 놓는 식이었다. 출장 명령을 내려놓고 얼마 후 챙겨보면 아우 때문에 발이 묶여 그냥 본사에 주저앉아 있기도 했다. 별수 없이 군포軍浦에 따로 중장비 생산 회사를 만들어 아우를 전보 발령시키고, 회사의 중동 진출 반대론자들도 한꺼번에 정리했다.

그리고 새 진용陣容으로 나 자신이 중동 공사를 담당, 총지휘하기로 했다.

우리의 중동 진출에 대해서 미국과 유럽, 일본의 경제계는 한국 건설업체들의 기술과 자본, 해외 건설 경험 등을 과소 평가해서 처음에는 별로 신경을 쓰지 않았다. 그들이 우리를 얕보거나 말거나 어쨌든 우리는 열심히 뛰었다. 그 결과 중동 진출 원년인 1975년 10월 우리는 바레인에 진출해서 아랍 수리 조선소를 착공시켰고, 두 달 뒤 12월에는 사우디 해군 기지 해상 공사에 착공하는 것으로 별 무리 없이 중동 진출의 서막을 열었다. 그리고 그 다음에 착공한 공사가 1976년 7월에 있었던 사우디의 주베일 산업항 공사였다.

중동 진출의 드라마

주베일 산업항産業港 공사는 몇 세기에 한 번 있을까 말까 한, 세계 건설업계가 20세기 최대의 대역사大役事로 불렀던 일감이었다. 9억 3천만 달러라는 공사 금액은 계약 당년 1976년도 환율로 4천6백억 원이었는데, 그것은 그해 우리나라 예산의 반에 해당하는 액수였다.

돈으로 계산한 공사 규모 말고도 육상과 해상에 걸친 토목 부문의 거의 모든 공정과 건축, 전기, 설비 부문까지가 총동원된 종합 건설 공사였다는 것으로도 특기할 만한 일거리였다. 50만t급 유조선 4척을 동시에 접안시킬 수 있는 해상 터미널 공사는 구조물 제작에서부터 수송, 하역, 설치까지 마쳐야 하는 대단히 어려운 공사였다.

1975년 가을, 사우디 국왕의 주베일 산업항 계획을 받아 영국 용역 회사가 제작한 설계도의 검토가 시작되었다. 중역들은 누구 하나 '된다'는 말은 안 하고 약속이나 한 듯이 모두가 '안 된다'뿐이었지만 나는 이 공사의 입찰에 뛰어들 결심을 했다.

우리가 주베일 산업항 입찰 정보를 입수한 것은 입찰 7개월 전이었다. 단일 공사로 세계 최대였던 이 공사를 수주하려고 세계적인 건설업체들이 마치 소집 명령을 받은 것처럼 일제히 몰려들고 있었다. 미국과 영국, 서독, 네덜란드의 내로라하는 건설업체들은 이미 일찍부터 수주준비 작업을 하고 있었고, 공사 구상 단계에서부터 여기저기 강력한 입김을 넣고 있는 중이었다.

우리가 해외 시장에 나가보면 언제나 그랬듯이 사우디의 건설 시장 역시 완전히 선진국의 독무대였다. 12월, 공사의 주관부처 사우디 체신청이, 설계를 맡았던 영국의 항만 및 해양 구조물의 명문 회사인 윌리엄 할크로우 사의 심사, 추천으로 10개의 입찰 초청 회사 중에 9개의 회사를 선정 발표했다. 미국의 브라운 앤드 루트, 산타페, 레이몬드 인터내셔널, 영국의 코스테인, 타막, 서독의 보스카리스, 필립 홀스만, 네덜란드의 볼카 스티븐, 프랑스의 스피베타놀 9개 회사 모두 다 그야말로 대단한 업체들이었다. 일본의 건설 회사도 한자리 못 끼어들고 탈락이었다. 10개 중에 9개가 채워지고 마지막 1개 남아 있는 자리를 다른 누가 아닌 우리가 반드시 차지해야 했다. 10개 중에 선택되는 것은 결국 1개겠지만, 우선은 일단 10개 중에 하나로 끼는 것이 선결 과제였다.

"우리는 불모의 땅 미포만에 세계 최대의 단일 조선소를 세계 조선소 건설사상 최단시일에 준공했다는 기록을 갖고 있다. 그것도 26만t급 배 2척을 동시에 건조해내면서였다. 우리에겐 귀중한 경험과 넘치는 활력이 있다. 우리의 목표는 이 수주전에서 반드시 승리하는 것이다. 그러니 무슨 수가 있어도 열 번째 입찰 자격을 따내야 한다."

나는 런던 지사支社의 음용기 이사에게 입찰 참가 자격을 따낼 것을 지시했다. 느닷없는 명령을 받은 음이사가 윌리엄 할크로우 사를 설득하기 시작했다.

'우리는 지난 10월에 중동에 첫발을 들여놓았고 바레인의 아스리 조선소가 첫 케이스이다. 이 머나먼 미지의 땅에 하는 첫 공사의 동원 준비를 1개월 만에 완전히 끝낸 우리의 기동성에 유의해주기 바란다. 우리는 사우디의 해군 기지 건설도 하고 있다. 또 우리는 세계 제일의 울산조선소를 당신네 영국의 협력으로 건설사상 최단기간 안에 건설한 실적이 있다.'

음이사가 윌리엄 할크로우 사의 설득에 동원했던 내용의 골자이다. 조선소 건설에 많은 도움을 주었던 애플도어와 버클레이즈 은행의 정보 자료도 큰 도움이 되어 우리는 마침내 열 번째 입찰 자격자로 선정되었다. 그런데 당장 입찰 보증금 2천만 달러가 필요했다. 2천만 달러를 어디서 구한단 말인가. 국내에서 조달하는 것은 완전히 불가능한 일이었기 때문에 생각해볼 필요조차 없었다. 게다가 입찰 보증금 2천만 달러는 누설해서는 안 되는 철저한 보안 유지의 딱

지를 붙이고 있었다.

입찰 보증금의 정보 누설은 응찰과 낙찰 과정에서 대단히 중요한 변수로 작용할 수가 있다. 액수 비밀 보장까지 해주면서 나에게 2천만 달러를 빌려줄 곳이 어딘가.

난감하면 할수록 어금니에 힘이 들어가는 것이 나라는 사람의 생리다. 분주하게 궁리를 했다. 온통 전부 다 구미歐美 건설 업체들과 입찰 경쟁을 하게 된 마당에 구미 은행에다 입찰 보증금을 꾸자는 것은 바보짓이었고, 막말로 그들이 돈을 싸 들고 와서 준대도 거절해야 하는 일이었다. 일단 1억 3천8백만 달러짜리 아스리 조선소 공사와 거래를 트고 있던 바레인 국립 은행이 놀랍게도 너무 쉽게 아무 조건도 담보도 없이 입찰 보증금 지원을 약속했을 뿐 아니라, 주베일 산업항 공사를 따면 그 공사 수행 보증금도 대준다는 약속을 했다. 일이 너무 수월해서 이상한 기분이 들 정도였는데, 이상한 것은 역시 이상한 것이었다. 자본금이 1천5백만 달러밖에 안 되는 바레인 국립 은행이 2천만 달러짜리 지급 보증을 할 자격이 없었다.

그러나 고맙게도 그 바레인 국립 은행이 사우디 국립 상업은행과 다리를 놓아 도와주어서, 입찰 참가 4일 전에 우리는 입찰 보증금 지급 보증서를 손에 넣을 수 있었다. 우리의 주베일 산업항 건설 입찰 참가가 알려지자 경쟁사들이 우리의 입찰 저지와 회유를 시도하고 나섰다. 컨소시엄 멤버로 참여시켜주겠다는 제의도 있었고 상당한 현금 보상을 해줄 테니 손을 떼라는 제의도 받았다. 프랑스의 스피베타놀 사에서는 대한항공 조중훈 씨를 통해서 컨소시엄 멤버로 들어오라는 요청을 아주 적극적으로 했었다.

조중훈 씨는 파리에서 리야드까지 와서 나를 설득했다. 그러나 나는 경쟁 업체의 의사 전달자로 온 조중훈 씨에게 솔직할 수가 없었다.

"뭐…… 굳이 컨소시엄에 들어갈 생각까지는 없고…… 입찰 보증금 4천만 달러를 만들 재간이 없어 그냥 돌아가게 생겼는데……."

나는 어물어물하고 그대로 조중훈 씨와 헤어졌는데, 파리로 돌아간 조중훈 씨가 예상대로 내 말을 곧이곧대로 프랑스 사람들한테 전했던가 보았다. 입찰 보증금 4천만 달러는 곧 20억 달러에 응찰할 생각이었다는 뜻이었고, 조중훈 씨에게 4천만 달러라는 말을 흘렸던 것은, 말 한 마디가 다 정보였던 그 상황에서 경쟁업체들을 의식한 나의 역정보 작전이었다. 조중훈 씨에게 미안한 일이었지만, 그때 조회장은 '적군敵軍'이 보낸 전령이었으니 그 상황에서는 어쩔 수 없었다.

주베일 산업항 견적팀은 입찰 1주일 전부터 리야드 여행자 숙박소에서 단 한 발자국도 방 밖으로 나가지 않고 입찰 준비에 전심전력을 쏟아부었다. 응찰을 앞둔 징크스가 여러 가지가 있다. 목욕은 물론 이발도 하면 안 되었고 손톱 발톱도 건드리면 안 되었다. 우리는 배달시켜 먹은 음식 그릇들도 밖으로 안 내보내고 1주일 내내 그대로 차곡차곡 방 안에 두었는데, 무더위 속에서 그 악취는 코를 들 수가 없을 지경이었다. 온갖 경험에서 얻은 지혜를 다 동원해서 견적 서류를 완성한 다음에는 서류들을 바닥에 늘어 놓고, 중역부터 차례로 전원이 서류를 밟고 지나가는 절차도 밟았고, 서류 뭉치를 쌓아놓고 1주일 동안 씻지도 않은 몸으로 뭉개는 의식도 치렀다.

그런 짓들이 실제 효험이 있는지는 모르지만, 어찌 됐거나 간에 어떤 공사든 입찰을 앞둔 팀들은 낙찰을 위해서는 못할 짓이 없었다. 우리는 1백 페이지가 넘는 견적서와 종합된 정보들을 세밀하게 비교·검토해, 전체 공사 실비 12억 달러에서 25%를 깎았다가 5%를 다시 더 깎아 8억 7천만 달러로 응찰 가격을 정했다. 나는 10억 달러 이하의 응찰자는 없다고 확신했다. 전갑원이 너무 싼값이라고 불만을 토했다. 나는 입찰에서 2등은 꼴찌라는 점을 강조했다. 다소 밑지더라도 우리 기능공들이 달러를 벌어들이는 일터를 만드는 일이고, 기능공들이 버는 달러는 곧 우리나라가 벌어들이는 돈이며, 우리나라 자재를 내다 파는 것도 결국은 국가의 이익과 연결되는 일이다. 그리고 '현대'는 이 공사를 해내는 것만으로도 국제적인 명성을 얻게 돼 장차 해외 공사 수주에 큰 도움이 될 터였다. 지금 당장 눈앞의 이익에 집착해서 일감을 놓치는 것보다는, 싼 가격으로라도 반드시 낙찰을 받는 것이 더 현명하다는 생각이었다.

2월 16일, 우리는 9시부터 입찰 장소에 나가 대기했다. 9시 30분을 전후해서 입찰 초청 10개 회사 대표들이 사우디 체신청 회의실로 모여들기 시작했다.

회의실 문을 열고 들어오다가 우리를 본 외국 회사 팀들이 모두 한결같이 믿기지 않는다는 얼굴들을 했다. 내가 조중훈 회장에게 말한 입찰 포기가 좌악 다 퍼져 있었다는 증거였다. 각 입찰 팀에서 한 사람씩 투찰실로 들어가게 되어 있었는데, 우리는 전갑원을 들여보냈다. 그런데 잠시 후, 응찰 가격을 써내고 투찰실에서 나오는 전갑원 상무의 얼굴이 어째 개운치 않아 보였다.

"뭐, 입찰 금액을 잘못 쓰고 나온 거야?"

혹시나 뭔가 실수를 하고 나온 게 아닌가 불안했다.

"아닙니다."

'아닙니다' 하는 기색이 역시 아무래도 수상했다. 그래서

"쓰라는 대로 썼지?"

했더니

"아닙니다. 그대로 안 썼습니다."

기절초풍할 대답이 돌아왔다.

'이 녀석이 죽으려고 용을 쓰나, 아니면 너무 더워 정신이 돌았나?'

내 지시를 어긴다는 것은 있을 수가 없는 일이었다. 그러나 물동이는 이미 엎어지고, 쏟아진 물을 주워담을 수는 없잖은가.

"얼마 썼는데?"

"9억 3천1백14만 달러로 썼습니다."

그것은 우리가 산출했던 실제 공사 경비 12억 달러에서 25%를 깎은 가격이었고 전상무가 마지막까지 고집했던 금액이었다.

"아무리 생각해도 8억 7천만 달러는 너무 싸서, 낙찰이 안 되면 걸프 만에 빠져 죽을 생각으로 6천만 달러 더 썼습니다."

회사를 생각하는 충정도 고마운 일이었고, 내 지시를 거스르고 일을 저지른 그 대담한 용기와 고집도 과히 밉지는 않았다. 그렇지만 무슨 일이 있어도 반드시 그 공사를 따고 싶었던 나는 너무 기가 막

216

혀 화도 낼 수가 없었다. 그렇다고 '그래 이눔 자식, 걸프 만에 빠져 죽어라'라고 할 수도 없고, 운명을 하늘에 맡기고 기다릴밖에.

큰일을 저지른 전갑원은 내가 무서워 저만큼 멀리서 빙빙 돌고 김광명, 정문도도 있는 대로 기가 죽어서 내 눈치만 슬슬 보았다.

오후 1시, 입찰 결과 발표를 하는 소회의실로 정문도를 들여보냈는데, 그렇게 들어간 정문도는 3시가 돼도 나오지를 않았다. 정문도뿐만이 아니라 다른 회사 사람 역시 마찬가지였다. 발표가 지연되는 이유도 모르는 채 피가 마르는 2시간이었다. 나보다도 열 배, 백 배는 더 불안하고 초조했을 전갑원이 마침 입찰 소회실로 들어가는 커피 쟁반을 따라 재빠르게 들어가더니 몇십 초도 안 돼 이내 쫓겨 나왔다. 그런데 쫓겨 나오는 얼굴이 허옇다 못해 퍼렜다.

'틀렸구나.'

커피 쟁반 꽁무니를 쫓아 들어갔다 쫓겨 나오는, 그 짧은 동안에 전갑원 귀에 들린 소리가 '미국 브라운 앤드 루트 사, 9억 4백44만 달러'라는 한마디였다고 했다.

무참했다.

무릎에 기운이 하나도 없었다. 전갑원이 어느 틈엔가 슬그머니 사라졌고, 내 옆에 있기가 민망하고 전상무 걱정도 됐던 김광명도 전갑원을 찾는다고 자리를 떴다. 연 잃어버리고 허탈하게 하늘을 올려다보고 선 어린애처럼 혼자 기막혀 앉아 있는데, 정문도가 날아가게 환한 얼굴로 손가락으로 승리의 브이를 만들어 치켜 들고 뛰어나오는 게 아닌가.

"됐습니다! 회장님."

'되다니, 뭐가 돼?'

어안이 벙벙한 나한테 흥분한 정문도가

"주베일 산업항 건설 공사가 우리 '현대'로 낙찰됐습니다!"

라고 소리쳤다. 전갑원이 잠깐 들어가 들었던 브라운 앤드 루트 사
의 9억 4백44만 달러는 해양 유조선 정박 시설에만 국한된 응찰 가
격이었고, 그것은 무효 처리되었다고 했다. '됐구나!' 하는 승리감
속에 제일 먼저 떠오른 생각이 '전갑원이는 걸프 만 귀신 안 돼도 되
는군' 하는 것이었다.

입찰 결과 발표장에서 사우디 측이 말했다.

"현대는 우리가 제시한 4개 공사를 내역으로 한 주베일 산업항 건
설을 9억 3천1백14만 달러로 투찰했다. 모든 서류는 완벽하다. 특히
42개월의 공사 기간을 조건 없이 6개월 단축시키겠다는 제의에 감
명을 받았다."

나중에 들으니 전갑원, 김광명은 소회의실 모퉁이 나무 그늘에 주
저앉아 두 사람이 "역시 우리 회장이 귀신인데……" 하면서 철철 울
고 있었다고 한다. 주베일 산업항 건설 공사의 낙찰은 당시 최악의 외
환 사정으로 고통을 겪고 있던 우리 정부에도 낭보 중의 낭보였다.

1976년 2월 5일 현재로 사우디 왕국 전체 건설 수주고가 10개 업
체 23건에 총 7억 8천만 달러였으니, 단일 공사 9억 3천만 달러의 이
공사가 얼마만한 규모였는지 짐작할 수 있을 것이다. 마지막 남은
입찰 자격 한 자리를 따낸 것부터 입찰 보증금을 만들어내느라 노심

초사했던 과정, 전갑원의 애사심愛社心으로 공사 자체를 날린 줄 알았다가 6천만 달러를 더 벌면서 낙찰자로 반전되기까지가 그야말로 한 편의 드라마였다. 우리의 사기는 하늘을 찌를 듯했다.

산 넘어 산을 넘고 또 산을 넘어

그런데 용기백배해서 주먹 불끈 쥐고 사우디 발주처의 네고(계약 이전의 협의) 연락을 아무리 기다려도 꿩 구워 먹은 소식이었다.

경쟁 입찰에 실패한 경쟁 업체들의 방해 공작이 반드시 있을 것이라고 생각했던 내 예상이 그대로 적중하고 있었다. 그 입찰 가격으로는 절대로 공사를 할 수가 없다는 둥, 한국은 후진국이고, '현대'의 기술, 자본, 경험은 아직 대단히 유치한 단계라는 둥, OSTT(외항 유조선 정박 시설)가 무엇인지도 모르는 엉터리라는 증거가 바로 9억3천만 달러라는 말도 안 되게 싼 입찰가격이라는 둥, 단 한 번도 해양 공사 경험이 없는 '현대'가 하룻강아지 범 무서운 줄 모르고 까분다는 둥, 발주처를 상대로 한 '현대'에 대한 그들의 중상모략은 이루 말을 할 수가 없었다. 사우디 왕족들에게 막강한 영향력을 갖고 있다는 사우디 무기 수입상 한 사람은

"현대가 주베일 산업항 공사를 따면 내 오른팔을 내놓겠다. 잘라라."

라고 공공연하게 호언장담하고 다닌다는 말도 들렸다. '현대'가 낙찰은 받았지만 공사는 절대 못 하게 될 거라는 너무도 확실한 자신

감의 표현이었다. 사방에서 들어가는 압력과 우리에 대한 중상모략에 사우디 발주처가 불안을 느껴 네고 연락을 안 하고 있는 것이 확실했다.

솔직하게 말해서 '현대'는 그때까지 OSTT 공사 경험이 전혀 없었던 것이 사실이다. 그래서 브라운 앤드 루트 사는 이 OSTT 부분에만 9억 4백44만 달러로 응찰했는데, 우리는 견적도 제대로 뽑을 수 없어 대충 육상 공사 시공 가격에 수중 공사 가산비만 넣어 9억 3천만 달러로 응찰했던 것이다. 더욱이 30m 깊은 바다 속 암반에 너비 30m의 기초 공사를 12km나 해야 하는 난공사였다. 그러나 있는 현상만을 놓고 보면 중상모략들도 전혀 터무니없는 것은 아니었고, 사우디 발주처가 찜찜해하는 것도 무리는 아니었다. 그러나 나는 눈 하나 꿈쩍 안 했다. 왜냐하면 무슨 일이 있어도 나는 기어이 그 금액으로 훌륭하게 공사를 수행해내고 말 작정이었으니까.

무슨 일이든 할 수 있다고 생각하는 사람이 해내는 법이다. 의심하면 의심하는 만큼밖에는 못하고, 할 수 없다고 생각하면 할 수 없는 것이다.

나는 리야드에서 바레인으로 곧장 자리를 옮겼다. 힐튼 호텔에 투숙해 있는데 브라운 앤드 루트 사 사장이 면담 요청을 해왔다. 면담 용건은 OSTT 공사를 하청받겠다는 것이었다. 내가 웃었다. 우리의 총 공사비가 9억 3천만 달러인데, OSTT 한 부분에만 9억 달러가 넘는 가격으로 응찰했던 회사에 하청을 주고 나면 나머지 공사는 무엇으로 하느냐고 했더니, 가격은 세부적으로 검토하면 훨씬 싸질 수도 있다고 했다. 그렇다면 한 번 검토해보라고 한 뒤 서울로 왔는데, 이들은 서울로 곧장 뒤따라와서 OSTT는 자기네가 아니면 할 데가 없다는 식으로 나왔다.

호주와 뉴질랜드 공사가 끝나자마자 그들은 주베일 산업항 공사를 위해 그쪽의 각종 해상 중기 장비들을 그대로 바레인으로 끌어다 놓고 있었다. 공사는 우리 '현대'에 낙찰되고 그들은 일감도 없이 하루에 5만 달러라는 장비 임대료를 매일같이 그냥 속절없이 공중에 날려보내며 곯고 있으면서도 먹히지 않을 허세를 부리는 것이었다. 우리가 협조를 구할 수 있는 업체로는 맥더모트도 산타페도 있었고, 또 하청이 급한 것은 그들이지 내가 아니었다.

내가 느긋해하자 그들의 기가 죽기 시작했다. 하루 7만 달러를 내라는 임대료를 1/10로 깎아서 일부를 쓰기로 기술 협약을 체결했다. 브라운 앤드 루트 사와 '현대'가 기술 협약을 맺었다는 공문을 사우디 체신청에 접수시키니까 그제서야 네고조차 않고 있던 사람들이 안도하는 얼굴을 했다.

그런데 이제 시작되나 보다 싶더니 이번에는 난데없이 '이스라엘 보이콧' 정책이 앞통수를 때렸다. 말하자면 자기네와 적대 관계에 있는 이스라엘에 직접 투자를 하는 미국의 포드 사와 자동차 조립 기술 계약을 맺고 있는 '현대'에 공사를 못 주겠다는 것이었다. 부랴부랴 포드와의 기술 제휴는 아주 초기에 맺은 것이며 벌써 오래전에 계약 해지됐고 지금 현재는 아무 관계도 아니라는 증빙 서류들을 만들어 제출했다.

그것으로 또 한고비를 넘겼는데, 2억 8천만 달러라는 공사 수행 보증금의 지급 보증을 받아내는 것도 만만치 않았다. 결국 커미션까지 뜯겨가면서 런던에서 40여 일을 소비한 끝에 마무리를 짓고, 마침내 9억 3천만 달러짜리 세기적인 대공사 계약이 체결되었다.

계약 체결이 끝나자 다음은 우리나라의 바닥난 급한 외환사정 때문에 하루 빨리 선수금을 받아내야 하는 것이 무엇보다도 급선무였다. 사우디에서는 원래 기성금旣成金을 받아내는 데도 30~40일이 예사였고 공사 선수금은 50일을 기다려야 나오는 게 통례였다. 발주처 관리들은 더구나 사상 최대인 선수금 2억 달러를 내주기가 속이 쓰린지 고의적으로 늑장을 부렸다. 서류가 거쳐야 할 곳이 30군데나 되었고 서명해야 하는 사람이 50명이 넘었다.

김주신 상무, 박세용 부장, 오진영 과장이 아예 오전 7시부터 관청 근무가 끝나는 오후 2시까지 매일을 발주처 사무실에 눌러앉아 온갖 애를 써서 1주일 만에 7억 리알짜리 단일 현금 수표를 받아내 우리나라 외환은행에 입금시켰다. 돈을 받은 외환은행장이 나한테 전화를 했다.

"정회장님, 수고하셨습니다. 오늘 '현대'의 입금으로 저희 은행이 우리나라 건국 후 최고의 외환 보유고를 기록했습니다."

그런 순간의 보람처럼 값진 것은 다시없다. 그 무렵부터 우리나라의 달러와 외채는 중동 공사 입금으로 걱정할 필요가 없어졌다. 중동은 그로부터 2년여 동안 우리나라의 외채 부도를 해결해준 한국 건설업체들의 구국救國의 건설 시장이었다. 그중에서도 우리 '현대'는 주베일 산업항 근처 공사까지 합쳐서 17억 5천 달러어치의 공사를 맡아 2년여 동안 매달 몇천만 달러에서 어떤 달에는 1억 달러까지 국내로 달러를 끌어들여 국가 외환 사정을 좋아지게 하는 것에 결정적으로 기여했다.

주베일 공사는 1976년 환율로 원화 4천6백억 원 규모에 콘크리트 소요량이 5t 트럭으로 연 20만 대분이 동원되어야 하고 철강 자재만도 1만t짜리 선박 12척분이 필요했다.

세계적인 건설업체들이 컨소시엄까지 하면서 15억 달러로 응찰했던 공사를 우리가 9억 3천1백14만 달러로 수주하자

"현대가 무모한 객기로 드디어 사우디 앞바다에 침몰하게 생겼다." 같은 말들이 국내 업계에서는 파다했던 것으로 기억한다. 객기 부리다가 터무니없이 싼 가격으로 공사를 떠맡아 '현대'가 망해 넘어질 거라는 얘기였다. 언제나 그렇듯, 또 어느 분야에 몸담고 있든지 선의의 경쟁도 선의의 경쟁자도 없다는 것이 내 생각이다. 인간의 한계가 그저 그 정도이고, 그저 그 정도의 인간들이 모여 사는 세상이니 인간사도 그저 그 정도려니 하고 살 수밖에 도리가 없다.

현장 소장 김용재, 공사 지원 주관 전갑원 상무를 정점으로 하고 각 부서장 중심으로 분야별 기술직, 관리직을 총동원해서 철저한 시공 계획을 세우게 하고 주베일 산업항 팀을 만들었다. 그리고 우선 인력과 자재의 송출이 이루어졌다. 물자 적기 투입을 위해 국내외 수송 및 구매선을 재점검시키고, 철 구조물과 해상 장비의 적기 투입을 위해 '현대조선'과 긴밀한 협조 체제를 이룰 것을 지시했다. 또

한 공기가 36개월이며 무슨 일이 있어도 이 공기는 반드시 지켜야 한다는 것을 강조했다.

나는 처음부터 모든 기자재를 '현대조선'에서 만들어 필리핀 해양, 동남아 해상, 몬순의 인도양을 거쳐 걸프 만까지 대형 바지선에 실어 나르는 대양 수송 작전을 구상하고 있었는데, 우선 그전에 해야 하는 기초 시공이 막막하고 캄캄했다. 무엇보다도 해안선에서 12km 떨어진 수심 30m의 바다 복판에 50만t급 유조선 4척이 동시에 정박하는 터미널을 만들어야 하는 게 엄청난 일이었다. 수심 30m에 12km의 연장을 자켓 구조물로 설계를 했고, 대형 강관 파일을 해저 지반 30m 깊이로 박아 내부의 흙과 돌을 제거하고 저변을 확대해 파일 지지 면적을 넓히고, 철근으로 보강, 시멘트 콘크리트로 채워 구조물을 해저에 고정시키도록 되어 있는 설계였다.

우리는 그때까지 그런 구조물의 시공은 물론, 구경을 해본 적도 없었고, 브라운 앤드 루트 사는 이 구조물 설치에만 9억 달러가 넘는 견적을 넣었을 정도니 내심 몹시도 불안했다. 우선 해양 심해 구조물 설치 기초 공사의 전문가가 반드시 있어야 했다. 어디서든 찾아내야 했다.

1976년 12월, 그 문제로 머리가 묵직해 있는데 희소식이 날아들었다. 때마침 뉴욕에 본사가 있는 기술 용역 회사 MRWJ에 적籍을 두고 사우디아라비아의 국영 석유 회사 ARAMCO(the Arabian-American Oil Company)에 해양 구조물 및 지질 전문 기술 고문으로 파견돼 있던 지질학 박사 김영덕 씨가 주베일 건설 현장에 나타났다는 소식이었다. 김박사는 한국 건설업체가 공사를 하고 있는 주베일 현장에 나타나 한국인인 자기가 뭔가 도울 일이 없는가 물었다고 한다. 그를 즉시 서울로 초청했다. 크리스마스 무렵, 연말 휴가차 뉴욕 가족에게 가는 길에 서울에 들른 그에게 나는 우리 '현대건설'에 입사해 일해달라는 부탁을 했다. 그는 캐나다에서 미국으로 직장을 옮긴 지도 얼마 안 됐을 뿐만 아니라, 아내가 어린아이들을 데리고 고생하면서 전문의 훈련을 끝내고 막 직장 생활을 시작한 참이라 귀국할 형편이 못 된다고 완곡하게 거절했다. 그러면서 귀국은 못 하지만 자기 회사를 대표해서 최선을 다해 기술 자문은 해주겠다고 했다.

그날은 그것으로 얘기를 끝내고 이튿날 김영덕 박사를 울산 '현대조선'으로 안내했다. 고속도로를 달리면서 우리가 조국을 사랑하고 애국하는 것이 무엇인가에 대해서도 여러 가지 얘기를 나누었고, 대전 - 옥천 구간의 난공사에 고생한 얘기도 했다.

자기 조국을 사랑하지 않는 사람은 없다. 더구나 외국에 나가서 고생하면서 자기 일로, 공부로 성공한 사람들의 애국심은 그냥 국내에서 살고 있는 우리보다 훨씬 뜨겁고 순수하다. 나는 어떻게 해서든지 그의 애국심을 움직여 반드시 우리 '현대' 사람으로 만들고 싶었다. 울산에서 올라온 저녁 식사 자리에서 나는 그를 상대로 다시 설득했다.

우리나라 건설업체의 해외 진출, 특히 중동 진출의 중요성, 조선업, 중공업 분야와 자동차 사업을 세계적인 회사로 키우겠다는 나의 포부를 열심히 펼쳐놓으면서 나와 함께 일해줄 것을 정말 간곡하게 부탁했다. 그러나 김영덕 박사는 진심으로 미안해하면서 자기 형편으로는 도저히 귀국은 할 수 없다고 다시 거절했다.

이튿날 뉴욕으로 떠나게 되어 있는 김영덕 박사에게 하루만 출발을 연기해달라고 해서 삼청각에서 다시 만났다. 술을 마시면서 얘기를 하다 보니 김박사의 고향이 나의 고향 통천에서 한 30리 남쪽에 있는 장전長箭이었다. 고향 얘기, 금강산 얘기, 유학 얘기를 하던 끝에 내가 다시 말했다.

"사람이 태어나서 각자 나름대로 많은 일을 하다가 죽지만, 조국과 민족을 위해 일하는 것만큼 숭고하고 가치 있는 것은 없다고 나는 생각해요. 지금 우리한테는 그런 기회가 와 있어요. 세계 최대의 이 공사를 따기까지 우리 '현대' 식구들의 노력과 고생은 말할 수가 없어요. 정부가 2억 8천만 달러라는 거액의 공사 수행 지급 보증을 섰는데, 만약에 이 공사가 제대로 안 되면 정부에도 큰 타격을 주게 돼요. 오일 쇼크로 정신없이 늘어나는 외채를 갚을 길은 현재 중동 건설 공사에서 외화를 벌어들이는 길밖엔 없고, 그것이 바로 애국하는 길이에요. 김박사는 조국을 위해서 우리 회사로 와서 일해야 해요. 반드시 그렇게 해야 해요. 이 나라가 김박사의 조국입니다. 그 능력과 지식을 왜 남의 나라를 위해서 쓰십니까?"

김영덕이 마침내 결심을 해주어서 '현대' 가족이 되어 뉴욕으로 떠났다. 고마운 일이었다.

비웃을 테면 비웃어라

1976년 7월에 착공했던 이 공사는 실제적인 작업의 난이도보다도 무경험으로 미지의 공사를 강행하면서 겪는 정신적인 고초가 훨씬 더 힘이 들었다. 우리의 기술 능력에 대한 불안을 기본적으로 갖고 있던 공사 발주처와 감독 관청의 사사건건 걸고 넘어지는 트집과 지독한 감독도 고통이었고, 브라운 앤드 루트 사의 장비를 빌려 쓰면서 감내해야 했던 아니꼬움과 서러움도 울화통이 터졌다.

하루 2천만 원이라는 거금을 장비 사용료로 지불하는 우리의 급한 사정은 상관없이 그들은 이 핑계 저 핑계, 고의적인 지연 작전으로 우리 작업 진도를 방해했다. 초기에는 장비 운용 방식도 모르니까 부아가 아무리 터져도 참고 견딜 수밖에 없었지만 한 달이 지나면서 우리가 문리가 트여가자 조금씩 개선되었고, 공사 후반에는 그들을 떨어내고 울산조선소에서 제작한 1천6백t급 해상 크레인을 가져다 자켓 설치 작업을 했다.

이러저러한 일들은 다 생략하고, 어쨌든 나는 때가 되자 애초부터 구상하고 있었던 대양 수송 작전 계획을 토로했다. 모든 기자재를 울산조선소에서 제작해서 세계 최대 태풍권인 필리핀 해양을 지나 동남아 해상, 몬순의 인도양에서 걸프 만까지 대형 바지선으로 운반하자는 구상이었다. 울산에서 주베일까지는 1만 2천km로 경부고속도로를 15번 왕복하는 거리였다.

내가 계획을 내놓자 다 같이 기가 막히다는 얼굴들이었다. 누구하나 솔깃해하는 사람이 없었다. 자켓이라는 철 구조물 하나가 가로 18m, 세로 20m에 높이 36m, 무게가 5백50t에 제작비는 당시 개당 5억 원짜리로 웬만한 10층 빌딩 규모였다. 이런 자켓이 89개가 필요했다. 거기에 자켓 기둥 굵기는 직경 2m였고, 기둥을 지탱시키는 파일 하나가 비슷한 직경에 길이 65m가 넘어야 했다. 게다가 사우디의 돌은 석회석이라 아무리 시멘트를 많이 넣어도 콘크리트 강도가 떨어져서 아예 콘크리트 슬래브까지 우리나라 화강암을 섞어 만들어서 철 구조물들과 함께 실어 나르기로 했다.

단 한 사람도 산뜻한 얼굴을 하지 않은 가운데 나는 결단을 내렸다. 우물쭈물하고 있을 시간이 없었다. 시간이 곧 돈인데, 비록 객관적으로 무리한 결정이라 할지라도 나 자신한테 성공에 대한 확신만 있으면 나는 주저하지 않는다. 물론 모든 이들에게는 나의 그 결정이 막무가내의 도박이었을 것이다.

우리가 울산에서부터 자켓을 나르고 콘크리트 슬래브까지 나른다고 하니까 세계적인 기업인들이 다 같이 비웃었다.

비웃거나 말거나, 웃고들 있어라. 나중에 반드시 우리를 비웃은 것을 부끄럽게 만들어줄 테니까.

바지선으로 전부 19항차航次를 해야 했다. 내가 무엇이든 한 번 결정하면 어떤 일이 있어도 번복시키는 것이 불가능하다는 것을 아는 참모들은 벌레 씹은 얼굴들인 채 막대한 금액의 보험을 들자고 했다. 바지선이 바다에 빠지면 보험 회사가 건져주는 것도 아니고, 조사니 뭐니 시간만 끌면서 제때 나오지도 않을 보험 같은 건 들 필요가 없었다. 보험 권유를 일축하고, 보험 대신 태풍으로 사고가 나도 철 구조물이 바다 위에 떠 있도록 하는 공법을 구상하게 했다. 또, 태풍 지대인 남양과 몬순 지대의 인도양의 험한 파도의 위험에 대비하는 컴퓨터 프로그램을 개발시켜 바지선에 장착하게 했다. 울산조선소에 지시해서 주야 작업으로 1만 마력의 터그보트 3척, 대형 1만 5천8백t급 바지선 3척, 5천t급 바지선 3척을 최단시일 안에 만들어내게 했다.

오일 쇼크로 배 만드는 일거리가 없어 침체되어 있던 울산조선소는 주베일 산업항에 들어갈 기자재를 만들어내느라 정신없이 바삐 돌아가기 시작했다. 편도 1항차에 35일이 소요되므로 평균 1개월에 1번씩 바지선이 출발해야 했다. 편도 1항차가 무사히 주베일로 들어왔다. 그리고 그때부터 19항차 동안 단지 2번의 가벼운 사고가 있었을 뿐이었다. 한 번은 말라카 해협 싱가포르 앞바다에서 1호선 바지선이 대만 국적 상선과 충돌, 자켓 하나의 파이프가 구부러졌고, 나머지 한 번은 태풍으로 대만 앞바다에서 소형 바지선 한 척을 잃어버렸다가 나중에 대만 해안에서 되찾아온 사건이었다.

세계가 비웃더니 세계가 놀라서 입을 벌렸다.

그러더니 우리가 울산조선소에서 자켓을 연결하는 빔까지 벌써 제작하고 있다는 것을 알고는 더 크게 놀랐다. 빔의 길이는 20m였는데, 그것은 자켓 설치가 완벽했을 때의 길이였다. 수심 30m에서 파도에 흔들리며 중량 5백t이 넘는 자켓을 한계 오차 5cm 이내로 꼭 맞아떨어지게 20m 간격으로 설치한다는 것은 사실상 불가능에 가까운 일이었다.

선진국 업자들도 당연히 자켓 설치가 끝난 다음에 각각의 간격을 재서 빔을 제작하는 것이 원칙이었다. 오차가 5cm만 넘으면 깎을 수도 늘릴 수도 없이 그냥 버려야 하기 때문이다. 감독관들이 당장 빔 제작을 중단하라고 난리를 쳤지만 나에게는 우리가 혼연일체가 되어 심혈을 기울이는데 안 될 까닭이 없다는 확고한 신념이 있었다. 해양 수송 작전도 모두 안 된다고 하지 않았었나.

공기 단축이 절체절명이었다. 모험과 위험에서 몸을 사려가면서는 공기 단축도 어림없고, 모험 없는 발전과 비약은 있을 수가 없다. 어쨌든 우리는 울산에서 제작한 빔을 바지선으로 실어다가, 미리 설치해놓았던 자켓 89개 사이사이에 단 5cm 이내의 오차로 완벽하게 끼워넣어, 다시 한 번 모두를 경악하게 만들었다.

주베일 산업항 공사에서 시공 능력을 과시한 우리는 라스알가르 주택항 공사, 알코바, 젯다 지역의 대단위 주택 공사, 쿠웨이트 슈아이바항 확장 공사, 두바이 발전소, 바스라 하수처리 공사 등의 대형 공사를 수주했다. 우리가 이런 대규모 공사를 연속적으로 수주하게 된 것은 울산조선소의 제작 능력이 뒷받침이 되어 싼 응찰 가격을 제시할 수 있는 경쟁력 때문이었다. 어쨌든 1975년 중동 진출 후 1979년까지 '현대'는 대략 51억 6천4백만 달러의 외화를 벌어들였으며, 같은 기간 우리 '현대'의 총 매출 이익 누계 가운데 60%가 해외 건설 공사의 이익이었다.

우리 '현대'가 이만큼 성장한 것을 두고 혹자는 6·25와 함께 우리가 미군 공사를 통해서 익힌 토목 기술 덕분이라고 생각할지도 모른다. 그것은 그렇지가 않다. 물론 우리 '현대'의 출발은 토목 분야였지만, 나는 1960년대에 이미 플랜트 분야에 참여하기 시작했다. 토목으로 1등을 할 수 있으면 플랜트도 1등을 할 수 있다고 나는 생각했었다.

틈만 있으면, 기회가 있으면, 모든 분야에 머리를 들이밀었던 '현대'는 본격적인 플랜트 공사라고는 할 수 없겠지만 그래도 어쨌든 1959년도에 벌써 호남비료 나주 공장에 자가 발전소를 설치했다. 5·16혁명이 나고 경제 개발이 본격화되면서부터 우리는 플랜트 사업에 적극 참여해서 감천, 삼척, 영월, 군산, 인천발전소의 공사를 했고 원자력 공사까지 했다. 게다가 소양강댐, 충청댐 같은 다목적댐을 만들면서 수력 발전소까지 건설했기 때문에 거의 모든 발전소에 참여한 셈이었다. 그것이 '현대건설'이 다른 어떤 건설 회사보다 플랜트 분야가 강화될 수 있었던 토대였다.

그 과정에서의 고생은 이루 말할 수가 없었지만 그 피나는 고생으로 축적한 기술을 바탕으로 우리는 해외 건설 시장에 진출했고, 그 위에 시의적절하게 건설했던 조선소가 상부상조함으로써 오늘의 '현대건설'이 존재하는 것이다. 중공업을 빼고 '현대'의 해외 건설을 말할 수 없고, 해외 건설을 빼고 '현대중공업'을 말할 수 없다. 만약 1970년대 초에 우리가 중공업 건설을 하지 않았더라면 1970년대 중반 중동 건설 시장에 진출한 '현대건설'의 그 대단한 실적은 불가능했다. 또 반면에 그때 만약 우리가 중동 건설 시장에 뛰어들어 오일 쇼크로 좌초될 위기에 처했던 중공업에 자생력을 불어넣어주지 않았더라면, 중공업의 오늘의 성장은 기대할 수 없는 일이었을 것이다.

결국 우리가 강행했던 조선소 건설로 '현대'를 중공업화한 것은 시기적으로 더할 수 없이 적중했다는 결론이다. 1975년 10월 '현대건설'이 바레인의 아랍 수리 조선소를 수주했을 때만 해도 현지 언론은 우리를 중위권 건설 회사로 소개했었는데, 그 4년 후 전 세계의 관심을 모았던 사우디 – 바레인 코스웨이 공사 입찰 자격 심사위원회는 5대 적격 업체의 하나로 우리를 꼽을 만큼 '현대'는 급성장했다. 이것은 플랜트를 비롯해 각종 건설 기자재의 제작과 수송 능력을 갖춘 '현대중공업'이 '현대건설'의 후방 기지로서 국내에서 탄탄히 버티고 있었던 덕으로 이룬 급성장이었고, 중공업과 건설의 이 특이한 유기적인 관계로 우리의 해외 건설 외화 가득률이 다른 건설 업체의 거의 2배에 달했다.

물론 '현대'의 성장에서 호된 훈련으로 키워진 알짜배기 우수한 인력들의 공도 무시할 수 없다. 나는 1958년도부터 우리나라 어느 건설업체보다도 빠르게 공채로 사원을 뽑기 시작했는데, 초기에는 그다지 많이 뽑지는 않았지만 실력 있는 인재들이 꽤 많이 들어와서 '현대'의 막강한 힘, 그 자체가 되어주었다.

생각하는 불도저

꽤 오랫동안 내가 '불도저'로 불렸던 것을 안다.

그 별명이 나는 단순히 나의 일에 대한 추진력만을 가지고 그렇게 불렸던 건 아닐 것이라고 생각한다. 육중한 쇠뭉치 몸집으로 덮어놓고 밀어대기만 하는 불도저의 이미지와 나를 연결한 것은 아마도 학교 공부도 거의 없는 못 배운 사람이 무슨 일에든 덮어놓고 덤벼들어 곧장 땅 파고 기둥 박는 식으로 밀어붙이는 것처럼 보이는 내 일 스타일을 평하고픈 이들에게서 나온 게 아닐까. 이것은 좀 짚고 넘어가고 싶은 대목이다.

내가 학식이 없는 사람인 것은 분명하다. 그러나 학식이 없다고 해서 생각도 머리도 지혜도 없는 것은 아니다. 한 인간이 가진 자질과 능력에 대한 평가를 학교에서 배운 학식의 부피나 깊이만으로 내린다는 것은 크나큰 오류이다.

나는 어떤 일에도 결코 덮어놓고 덤벼든 적이 없다. 학식은 없지만 그 대신 남보다 더 열심히 생각하는 머리가 있고, 남보다 치밀한 계산 능력이 있으며, 남보다 적극적인 모험심과 용기와 신념이 나에게는 있다. 어떤 일을 시작하기 전에 내가 나 혼자 얼마나 열심히 생각하고 분석하고 계획하는지를 모르는 이들에게는 내가 하는 모든 일이 전부 다 무계획적이고 무모한 것으로 보였겠지만, 무계획과 무모함으로 어떻게 오늘의 '현대그룹'이 존재할 수 있었겠는가.

대개의 사람들은 좀 어렵다 싶은 일은 해보겠다는 시도도 않고 미리 그냥 간단하게 '안 된다', '불가능하다'로 끝내버리고 만다. 그렇게 싼값으로 고속도로를 어떻게 놓느냐, '현대' 때문에 한국 건설업자 다 망했다, 우리 형편에 조선소 건설이 웬말이냐, 큰일 낼 소리다, 그 엄청난 물량을 바지선에 실어 울산에서 주베일까지 해양 수송이라니 당치 않다 등등으로 무엇인가 잘못된 사람 취급을 받은 것이 한두 번이 아니었다. 상식의 토대 위에서, 상식 안에서밖에 생각할 줄 모르는 대부분의 사람들한테 모험을 마다하지 않는 내 스타일이 얼마나 황당하고 무지하게 보였을까 짐작이 가지 않는 것은 아니다.

그러나 나는 상식에 얽매인 고정 관념의 테두리 속에 갇힌 사람으로부터는 아무런 창의력도 기대할 수 없다고 생각하는 사람이다. 내가 믿는 것은 '하고자 하는 굳센 의지'를 가졌을 때 발휘되는 인간의 무한한 잠재 능력과 창의성, 그리고 뜻을 모았을 때 분출되는 우리 민족의 엄청난 에너지뿐이다.

수많은 일을 하면서 나의 명제는 언제나 '공기 단축' 네 글자였고, 나를 가장 답답하게 하는 것은 항상 간단히 개선할 방법이 있는데도 고정 관념에 갇혀 그냥 예전 방식대로 아까운 시간과 돈을 낭비하는 이들이었다.

주베일 산업항 건설 공사 때, 우리는 방파제와 호안護岸 공사에 쓰는 스타비트 16만 개를 만들어야 했다. 하루 2백 개씩 16만 개를 다 만들려면 8백 일 동안을 계속 만들어야 한다고 했다. 현장에 가보니 믹서 트럭의 콘크리트를 직접 스타비트 거푸집에 쏟아붓지를 않고 크레인 버킷으로 일일이 퍼넣고 있었다. 직접 믹서 트럭에서 쏟아붓지 않고 왜 그런 멍충이짓을 하느냐고 물었더니, 믹서 트럭 콘크리트 출구와 스타비트 거푸집 높이가 안 맞기 때문이라는 한심한 대답이었다.

이럴 때 나는 화가 나서 참을 수가 없다. 생각하기 위해 존재하는 머리를 언제 쓰려고 버려두고 있는지! 믹서 트럭 콘크리트 출구 높이를 스타비트 거푸집 높이로 개조해버리는 건 연구나 궁리 같은 것도 필요 없는 간단한 일이다. 그렇게 하면 번거로운 크레인이 없어도 되고 작업 시간도 단축되고 불필요한 인력 낭비도 없애고 좀 좋은가? 그저 아무 생각 없이 믹서 트럭은 완제품이라는 고정 관념에 포로가 돼서 미련한 방법으로 작업을 하고 있었던 것이다. 간단하다. 믹서 트럭을 개조하면 누가 잡아가길 하나, 집안에 동티가 나나? 믹서 트럭을 개조하자 하루 2백 개의 스타비트 생산량이 3백50개로 당장 뛰어올랐다.

1977년 6월에 착공했던 쿠웨이트 슈아이바 항만 공사 때는 경사식 안벽에 블록을 쌓는 일이 힘들었다. 하루에 80개씩은 쌓아야 했는데 하루 20개도 어려웠다. 이럴 때도 역시 열심히 궁리해서 하루에 80개를 쌓을 수 있는 방법을 찾아내야 한다.

궁리 끝에 작업 바지선에 특수 스크리딩 장치를 부착해서 상부에서 윈치로 조정하게 만들어 사람이 물속에 들어가지 않고도 바닥 정리를 할 수 있게 만들어 문제를 해결했다. 고정 관념의 노예가 되어 있으면 순간순간의 적응력이 우둔해질 수밖에 없다. 교과서적인 사고 방식이 곧 고정 관념이며 그것이 우리를 바보로 만드는 함정이다.

조선소 도크가 완성되기 전이었다. 도크가 미완성이라서 대형 자동 이동 크레인 설치도 불가능했다. 때문에 모든 대형 블록과 3만 마력 엔진이며 부품들을 운반하는 데도 거의 일하는 이들의 창의력 발휘로 해결할 수밖에 없었다. 소조립품들을 12m 도크 바닥으로 옮기는 일은 특수 트레일러를 동원해서 해결했으나 선수船首 부분 조립이 끝난 제1호선을 제3도크로 운반하려면 골리앗 크레인이 설치될 때까지 기다릴 수밖에 없다고 했다. 기술자들의 교과서적인 결론이었다.

골리앗 크레인이 들어와 설치되는 데까지 3개월이 필요했다. 3개월을 그렇게 허비해도 좋을 때가 아니었다. 선주와 약속한 공기는 무슨 일이 있어도 맞춰야 하는 절체절명의 시기였다.

"있는 트레일러에 블록을 싣고 뒤에서 불도저가 당겨 경사 언덕에 감속을 주면서 도크 경사로를 사고 없이 내려가는 것은 이론적으로 가능한가, 불가능한가?"

내가 다그쳤더니 이론적으로 가능하다는 기술자들의 대답이 돌아왔다. 그렇다면 그렇게 하면 될 것이지 무엇 때문에 3개월 동안 골리앗 크레인을 기다리고 있는가? 이 간단한 반문을 통해 우리는 너무도 간단하고 쉽게 골리앗 크레인 없이 훌륭하게 제1호선의 운반을 마쳤다.

방법은 찾으면 나오게 되어 있다. 방법이 없다는 것은 방법을 찾으려는 생각을 안 했기 때문이다. 남들은 5년 걸릴 조선소 건설과 선박 건조를 2년 3개월 만에 해낸 것도 '남들은 조선소를 지어놓고 난 뒤에 선박 건조를 한다'는 상식의 테두리를 무시하고 내 식대로 추진했기 때문에 가능했던 일이다.

경기도 이천利川에 '현대전자'를 건설할 때도 설계도면을 보니 작은 마을을 지나가게 되어 있는 송전선이 용지 보상 문제로 우회하게되어 있었다. 용지 보상비가 더 많이 들더라도 직선으로 설계를 바꾸도록 지시했다. 장애가 있다고 그때마다 장애를 비켜가는 안이한 관념은 경계해야 한다.

장애는 돌파해야지 비켜가 버릇하다가는 정말 반드시 극복하지 않으면 안 되는 일에 부딪혔을 때도 비켜갈 궁리만 하게 되기 때문이다. 그야말로 불도저처럼 무섭게 밀어붙이면서 이룬 오늘날의 '현대'이다.

나는 내 '불도저'에 생각하고 계산하고 예측하는, 성능이 그다지 나쁘지 않은 머리라는 것을 달고 남보다 훨씬 더 많이, 더 열심히 생각하고, 궁리하고, 노력하면서 밀어붙였다.

'아산재단'은 소외된 사람을 위해서

1975년 10월, 정부가 기업 공개 대상 업체 1백5개를 선정, 발표하면서 공개를 종용했다. 여론 역시 기업의 사회적 책임 운운하면서 기업 공개를 촉구했다. 당시 '현대건설'은 수익률이 가장 높은 업체중의 하나였다.

나는 정부의 종용에도, 여론의 극심한 비난에도 1977년 전반까지 '현대건설'의 기업 공개를 하지 않았다. 나는 처음부터 '현대건설'을 일반적인 방식으로 기업 공개를 할 생각은 없었다. 어떻게 돈을 벌 것인가 하는 경제 행위로 출발한 사업이었지만, 그때쯤은 버는 돈을 어떻게 쓸 것인가에 대해서도 진지하게 생각해야 할 시점이었다. 당시 '현대건설'을 공개하면 주식의 반만 팔아도 세금 한푼 안 내고 4~5백억 원을 내 돈으로 쓸 수 있었고, 또 '현대건설'의 실적이나 신용도로 보아 주식을 파는 데도 아무 문제가 없었다.

그러나 그렇게 주식을 공개해서 얻는 것이 무엇이냐는 생각이 들었다. 물론 '현대건설'의 주식을 공개하면 우리 주식을 산 사람들에게 이익 배당이 돌아간다. 그런데 주식을 살 수 있는 사람들은 주식을 살 만큼은 여유가 있는 사람들이다. 주식을 살 수 있는 사람보다 살 수 없는 어려운 형편의 사람이 더 많은 사회에서, 여유 있는 사람한테 더 많은 이익을 주게 하는 방식의 기업 공개는 진정한 의미의 사회 환원도 기업의 사회적인 책임 수행도 아니라는 생각이 들었다. 끼니를 잇기 어려울 만큼 가난한 사람, 병이 들어도 병원에 갈 수 없는 사람, 학자금이 없어 학업을 중단해야 하는 수많은 청소년을 돕고 지원하는 것에 '현대건설'의 이익을 투입하는 것이 소수의 가진 이들을 위한 기업 공개보다 옳은 길이었다.

우리나라는 1962년에 제1차 경제개발 5개년계획에 착수한 후 높은 경제 성장을 이루면서 1965년도의 실업률 9.4%가 1976년도에는 3.6%로 낮아졌고, 절대 빈곤 인구 비율도 41%에서 12%로 낮추는 데 성공했지만, 모든 것이 그러하듯 반면에 염려스러운 현상도 있었다. 성장제일주의적 경제개발 정책이 소득분배 구조를 악화시켜 계층 간의 격차와 도시와 농촌 간의 격차를 심화시켰던 것이다. 1970년 농가의 평균 소득은 도시 근로자 가구 평균 소득의 3/4이었다. 더구나 특히 도시와 농촌의 격차는 교육에서도 심화되어 해당 가구의 고등학교 재학생 비율은 도시가 45.5%인 데 비해 농촌은 20.7%밖에 안 되었다. 대학 재학생 비율은 도시 15%에 농촌 1.6%였고, 병원의 70%가 서울과 부산에 집중되어 있었고 의사의 87%가 도시 근무였다. 농촌의 약 1/3이 단 한 명의 의사도 없는 무의촌이었다.

'현대건설'의 성장 과정에 기여한 근로자들의 노고를 나는 잊지 않는다. 엄동설한에도, 열사의 중동에서도 그 힘든 공사를 최선을 다해 해냈던 우리 근로자들의 땀과 정성이 없었다면 '현대건설'의 눈부신 성장도 없었을 것이다. '현대건설'의 사회 환원은 그런 외롭고 가난하고 소외된 이들에게 돌리고 싶었다. 1977년 7월 1일, 나는 '현대건설'의 개인 주식 50%를 내놓아 '아산사회복지사업재단峨山社會福祉事業財團' 설립을 발표했고, 매년 약 50억 원의 배당 이익금으로 사회 복지 사업을 하도록 했다.

모든 것의 주체는 사람이다. 가정과 사회, 국가의 주체도 역시 사람이다. 다 같이 건강하고 유능해야 가정과 사회, 국가가 안정과 번영을 이룰 수 있다.

사람을 크게 괴롭히는 것으로 나는 병고와 가난을 꼽는데 이 두 고통은 서로 맞물려 돌아가는 톱니바퀴와 같다. 병치레 때문에 가난할 수밖에 없고 가난하기 때문에 치료를 못 받고 계속 아파야 하기 때문에 더더욱 가난해진다는 말이다. '아산재단'을 설립하면서 나는 우리 '현대그룹'의 복지는 완벽한가 하는 불만을 품는 이들도 있을 것이라 생각했다. 물론 완벽할 수는 없다. 그러나 '현대'의 임직원들은 모두 신체 건강하고 교육을 받았고 유능하지 않은가. 개인도 사회도 단체도 내 볼일 먼저 다 보고 나서 남는 것으로 나보다 불우한 사람을 돕겠다고 생각한다면 그것은 영원히 불가능한 일이다.

일부 재벌들이 복지 재단이라고 유명무실한 간판만 달아놓고 절세節稅 수단으로 쓰거나 다른 영리 추구를 하는 것을 익히 보아왔던 터라서, 또 국민들이 '아산재단'도 그런 아류의 하나로 오해할 우려도 있어서, 나는 재단 설립 발표와 동시에 향후 5년 동안 우리가 할 사업까지 못박았다.

'아산재단'을 미국의 록펠러 재단이나 포드 재단에 버금가는 재단으로 성장시키는 것이 처음부터의 내 꿈이었다. 의료 사업과 사회복지 지원 사업, 연구 개발 지원 사업, 장학 사업 등 4개 부분으로 사업 영역을 세우고 우선 의료 취약 지구에 대한 의료 사업으로 1977년 9월 19일에 정읍종합병원 기공식을 가졌던 것을 필두로 하여 1979년 2월 4일 영덕종합병원 준공까지 약 1년 반 동안 정읍과 보성, 인제, 보령, 영덕 5개의 종합 병원을 완공·개원시켰는데, 여기에는 모두 1백억 원이 쓰였다. 1989년에는 서울중앙병원이 개원했고, 같은 해에 금강병원을 인수·개원했으며, 역시 같은 1989년에 홍천병원을 개원했다.

‘아산생명과학연구소’도 열었고 울산의과대학도 만들었으며 무료 진료팀도 열심히 봉사하고 있고 국내 최고의 의료 시설을 갖춘 서울중앙병원은 국내 최초로 심장 이식 수술을 성공시키기도 했고, 1995년에는 대한민국 기업문화상을 받기도 했다. 총 병상病床 4천 3백26개인 ‘아산재단’의 전국 9개 병원은 현대 의학의 혜택에서 소외된 사람들에게 ‘무료 진료’를 확대해 나가고 있는데, 현재까지 8만 명이 넘는 환자들이 무료 진료를 받았다. 사회 복지 단체 지원 사업으로 그동안 1백62억 원을 썼고, 전국 대학의 교수에 대한 학술 연구비 지원으로 57억 원, 장학금 지급으로 81억 8천5백만 원, 의료 시혜 사업비로 2백74억 원이 쓰였고, 매년 소년소녀가장 돕기도 계속하고 있다. 또 1989년부터는 우리 사회의 윤리 의식 고취의 뜻으로 헌신적인 사회 복지 단체 종사자를 선정, 시상하고 있고 아산효행대상도 만들어 시상하고 있다.

　‘현대건설’은 ‘현대그룹’의 모태이며 생애를 통해서 가장 많은 정성과 정열을 투입했던 국내 최대 기업의 하나다. ‘현대건설’의 재무 구조가 좋은 것은 대주주인 내가 창사 이래 배당을 거의 다 사내 유보로 돌렸기 때문이다. 이 견실한 재무 구조를 바탕으로 어려운 사람들에게 보다 많은 도움과 희망을 줄 수 있는 우리나라 최대, 최고의 사회 복지 재단으로 ‘아산재단’이 우뚝 서서 1백 년, 2백 년 발전하기를 바라는 것이 지금 현재 나의 몇 안 되는 소망 가운데 하나이다.

　현재는 ‘현대건설’ 주식의 50%가 ‘아산재단’의 기둥이지만 내가 영향력을 행사할 수 있는 회사의 주식은 차차, 많든 적든, 전부 ‘아산재단'에 기증할 것이다. 그것이 오늘의 '현대'를 있게 한 이 사회에 대한 보답이며, 한 인간으로서 최선을 다해 일해서 크게 발전한 한 개인의 생이 거두는 최선의 보람이라고 나는 생각한다.

전경련 회장 10년

일제 압제 36년 동안 이 땅의 경제는 일본인들의 독무대였다. 그들은 남북한 국토의 지하자원을 파먹을 수 있는 한 파먹었고, 모든 경제 활동은 그들의 독차지였다. 그저 대륙고무신, 경성방직 정도가 조선 사람의 것이었다.

피폐할 대로 피폐했던 일제시대가 마감되고 8·15해방을 맞아, 미·소 군정 치하 2년여를 거쳐 이승만 박사가 집권했지만, 나라의 기초를 닦기도 전에 처절한 동족상잔의 6·25동란이 터졌고, 그 후 자유당 시대는 오로지 외교와 치안에만 전전긍긍했던 시대였다. 1960년 4·19혁명까지 짧았다고 할 수 없는 동안의 자유당 시대는 한강 다리 하나도 새로 놓을 경제력이 없는 가난한 나라였다.

자유당 정권이 무너지고 난 후의 허정 과도정부, 장면張勉 박사의 짧은 민주당 시대는 극심한 사회 혼란의 시기였다. 민주당의 파벌 싸움과 심화된 사회 혼란을 기회로 잡아 군인들이 들고 일어났던 5·16군사혁명이 성공했을 때도 우리나라의 경제는 경제라고 할 수 없는 지경이었다. 단지 6·25동란에 거의 대부분 못 쓰게 되어버린,

일본인들이 남겨놓고 떠난 시설들을 추슬러서 이 분야 저 분야의 제조업이 그나마 겨우 싹을 틔우는 참이었다.

새로 정권을 잡으면 우선 거상巨商들한테 철퇴를 가하는 것으로 국민에게 위엄을 부리며 민심을 잡아가는 것이 후진국 정권 초기의 공식이다. 5 · 16군사혁명 정부도 예외가 아니었다. 우선 이정림李庭林, 김용완金容完 씨 등 기업인 20여 명을 탈세 죄목으로 수감시키는 것으로 서슬이 푸르게 겁을 주었다. 미국 등의 민간 자유 경제 국가들의 압력과 교섭으로 얼마 후 수감 기업인들을 내놓은 정부는 자기들이 수감시켰던 경제인들을 중심으로 전국경제인연합회를 출발시키면서 초대 회장으로 이병철李秉喆 씨를 추천했다. 그 1년 후, 한국양회韓國洋灰의 이정림 회장이 이병철 회장과의 경선에서 2대 전경련 회장으로 선출되었다.

박정희 대통령은 당시 한국 경제의 실태를 정확히 파악하고 나라의 경제 근대화를 목표로 과감하고 획기적인 결단을 내렸다. 박대통령은 경험도 기반도 취약한 우리나라 기업인들을 일단 신뢰하기로 하고 기업인들이 제출한 사업 계획서에 정부가 외국 차관 도입의 지불 보증을 책임져주는 제도를 실행했던 것이다. 외국 자본을 정부의 보증으로 도입해서 산업 근대화 공장을 세워 만든 생산품을 국내외 시장에 팔아 차관 빚을 갚자는 계획이었다. 만일 사업 계획서대로 되지 않아 부도가 나면 부도낸 사업가는 곧장 형무소로 직행해야 하는, 이를테면 사업가는 정부의 지불 보증에 몸을 담보로 내놓은 격이었다. 우리 경제인들은 정부의 신뢰를 힘으로 삼아서 조국 근대화

건설의 무거운 책무를 지고 불철주야 뛰었다. 더러는 국내외 시장의 경기 부침을 견디지 못하고 실제 옥고獄苦를 치른 사업가도 있었지만, 어쨌든 한국 경제의 근대화는 박대통령의 정부 보증 외자 도입 정책의 소산이었다.

2대 전경련 회장 이정림 씨에 이어 3대 김용환 씨, 4대 홍재선 씨, 5대 다시 김용환 씨가 회장을 맡았고, 6대는 고사固辭에 고사를 거듭했지만 1977년 2월, 내가 전경련 회장으로 피선되었다. 만장일치였다. 전경련 회장을 맡자 나는 우선 부지만 잡아놓고 오랫동안 건물을 앉히지 못하고 있던 전경련 숙원 사업이었던 회관 건축을 취임한 해에 착공, 1979년 11월에 완공했다.

고사에 고사를 거듭할 때는 내 사업만으로도 하루가 72시간쯤 되었으면 좋을 만큼 바쁘기도 했었지만, 정말 진심으로 전경련 회장 자리보다는 그냥 '현대'의 회장으로서만 일하고 싶었다. 그러나 어떤 연유로든 일단 '자리'를 받아들였으면 그 자리를 맡은 사람의 소임에 최선을 다해야 하는 것이 원칙이다. 다행스럽게도 내가 전경련 회장을 맡고 있던 동안이 우리나라 경제가 대단히 빠른 속도로 성장, 발전하던 시대였다. 나는 대내적對內的인 경제 발전뿐만 아니라 국제 사회에서의 위상도 높여야 할 단계라는 생각에 동남아 여러 국가와 경제적 유대를 공고히 하는 목적으로 한·아세안협력사무소를 만들고 구주歐洲를 위시한 각국과의 경제협력위원회 설립에도 나름대로 정성을 쏟았다.

전경련 내에 기업에 대한 규제 완화를 연구, 건의하기 위한 기구도 설치해서 지나친 규제의 철폐와 완화를 끊임없이 주장하기도 했고, 국가 경쟁력을 높이기 위해서는 은행 금리를 주변 경쟁국들 수준으로 인하해야 한다는 금리 인하의 필요성도 관계 기관이 성가셔 할 정도로 역설했다.

또 민간주도 경제도 일관되게 주장했다. 그때가 지금으로부터 20년 전이었는데, 아직도 불필요하고 불합리한 규제는 숱하게 많고, 금리 인하도 여전한 과제로 남아 있고, 민간주도의 경제도 제대로 이루어지지 않고 있는 걸 보노라면 가슴이 답답해진다.

지금 문득 생각나는 일이 있다.

정부가 세제를 개선한다고, 1977년 말 법인 기업에 대한 배당 소득공제 제도를 철폐했다. 법인세 납세 후 잔금 배당분에 대해서 일정액의 소득 공제를 인정하던 종전의 법을 없애고 소득 공제를 인정하지 않겠다는 법이었다. 그런 조세 제도는 세계 어느 나라에도 없었다. 최고 소득 세율 70%에 방위세 20%가 추가되어서 어느 단계를 넘어서면 89%를 세금으로 내야 하는 상황이었다. 말이 안 되는 법이었다.

조선왕조 때 소작으로 농사를 지어도 30%는 소작인 몫이었는데, 기업인이 자기 노력과 자본으로 기업 활동을 해서 벌어들인 소득의 89%를 세금으로 내라는 법은 잘못돼도 크게 잘못된 것이었다. 더구나 국민의 자주권과 재산권에 소급해서 예상치 못했던 부담을 주는 것은 자유 민주주의 체제하에서 있을 수 없는 폭거이며, 기본 질서를 유린하는 위헌 행위였다.

그대로 있을 수 없었다. 나는 한 달 동안 거의 하루 걸러 회장단을 소집 동원하고, 경제 4단체장까지 동참시켜서 부총리와 재무 · 상공 · 국세청장들을 차례로 방문해서 가당찮은 법에 대해 토론하고 설득하는 작업을 했다. 국회의장과 재무위원장 등 관련 입법 기구의 장長들도 만났다. 국회가 개원되면서는 재무위, 법사위의 각 위원들을 개별 방문해서 세제 변경의 부당성과 더구나 소급 적용의 위헌성에 강력히 항의했다. 1978년 9월부터 시작됐던 재계의 조직적인 저항 운동이었다. 관이나 정치 권력과의 마찰을 겁내지 않았던 내가 눈엣가시였던 것은 당연했다.

1981년 5공 권력은 나한테 전경련 회장직을 내놓으라고 했다.

"전경련 회장은 전경련 회원들이 뽑는 것이지 권력이 임명하는 것이 아니다."

나는 단호한 한마디로 퇴임 압력을 거부했고 회원들은 절대적인 지지로 나를 다시 전경련 회장으로 추대해서, 서슬 퍼런 5공의 권력 행사를 물리친 일도 있었다. 나는 경제계를 좌지우지해보려는 권력의 힘에서 재계의 자율성과 독립성을 보호하고 관철하려고 나름대로는 최선을 다했다. 시대는 작은 정부와 경쟁에 의한 자유 시장 원칙의 자유 기업주의를 요구하고 있는데도, 당시의 정계와 경제 관료들은 시대에 역행해서 오히려 기업에 대한 각종 규제와 간섭을 계속 강화하려 들었다. 그들은 자신들의 비위에 안 맞으면 대기업을 하루아침에 공중 분해시키기도 하는 사람들이었다.

나는 그 무서운 힘의 행사에도 관계없이 기회 있을 때마다 경제 관료, 경제학자, 정치인 등에게 우리가 나아가야 할 길은 자유 기업주의가 아니면 안 된다는 소신을 피력하곤 했다. 경제 관료들을 상대로 '정부와 기업의 역할'에 대한 강연을 했을 때도 나는, 정부는 기업에 대한 규제와 간섭을 줄이고 기업의 창의와 자유를 존중하라고 요구했다. 어느 업종은 누가 해라, 누구는 안 된다는 식이어서는 비효율만 낳을 뿐이며, 부실 기업은 정치 금융과 관치 금융이 낳은 것이라는 지적도 했고, 정부의 간섭이 경쟁을 제한하기 때문에 국제경쟁력을 약화시켜서 우리 경제의 활력을 감소시킨다는 비판도 했다. 권력을 행사하고 있는 권위적인 경제 관료들에게는 내 발언이 자기들이 만들고 집행하는 모든 정책에 대한 호된 비판과 질타로 받아들여져 기분이 몹시 상했던 모양이었다.

이 강연회의 부작용으로 '현대'에 갖가지 압력이 가해졌다. 그렇다고 비판과 건의의 강도를 늦추지도 않았다. 아무리 무서운 세상이고 내 기업을 곤란에 빠뜨리는 부작용이 있다 하더라도 나는 내 생각이 옳다는 확신이 있었고, 나라의 경제 발전을 위해서 소신 있는 비판과 건의를 하는 사람이 반드시 있어야 한다고 생각했다. 또 그것이 전체 기업인들을 대표하는 전경련 회장으로서의 책무이기도 했다.

기업이 이윤만 추구한다는 드센 비판과도 맞서 싸웠다. '기업의 첫째가는 목표는 이윤을 낳고 고용을 창출하는 것'이라고 정정당당하게 맞받아치고, 기업이 낸 이윤이 세금으로 정부에 들어가고, 이것으로 사회 복지도 확장하고 분배 정책도 펴고 하는 것이 정부의 역할이라고 역설했다.

기업 이윤을 모두 사회에 환원하라는 주장은 기업의 본질을 모르는 소리다. 작은 기업을 일으켜서 중소기업이 되고 중소기업이 커서 대기업이 되는 것이고 대기업이 더 발전해서 세계적인 기업이 되어야만 그것이 국민 경제의 발전이다. 기업이 국민 경제의 발전으로까지 커야만 정부는 이 발전을 토대로 사회 복지와 분배를 제대로 할 수 있는 것이다. 최선을 다해서 자기 기업을 키워 국민 경제의 발전을 도모해서 사회 복지와 분배의 기반이 마련되도록 하는 것이 기업의 역할이지, 기업으로 발생한 이윤을 모두 사회에 환원하라는 것은 반기업주의反企業主義 풍조에서 나온 어거지다.

전국경제인연합회는 선의의 경쟁자들의 집단이지만 다 똑같을 수는 없는 각양각색의 집합체이기도 하다. 그러나 내가 회장직을 맡았던 10년 동안은 만장일치가 아닌 표결로 처리된 안건은 단 하나도 없었다. 정부의 갖가지 압력도 일체 받아들이지 않았고, 갖가지 알력에는 초연한 자세를 견지했다.

1987년 2월까지 5선 연임의 10년 동안 나는 우리나라 민간 경제를 주도하는 전경련 회장으로서 나름대로 민간 경제인들의 발언권을 보다 강화시켜 한국 경제의 기틀을 다지는 데 얼마만큼은 기여했다고 생각한다.

심란했던 1970년대 후반

우리 '현대'가 미국 경제전문지 『포춘』에서 꼽은 세계 5백대 기업에 들어간 것이 1976년도였다. '현대건설' 10억 달러 건설 수출탑, '현대조선' 9억 달러 수출탑을 받은 것도 1976년도였고, '현대건설' 총 매출액이 1천억 원을 넘어 1천3백50억 원이 된 것도 1976년도였다.

1977년도 1976년 못지않게 바쁜 한 해였다. 1월에는 국내에서 대청댐을 수주했고, 3월에는 제네바 국제 자동차 전시회에 '포니'를 출품했고, 사우디 라스알가르 항만 건설 공사와 바레인 디플로매트 호텔의 기초 및 콘크리트 공사를 했다. 평택화력 1·2호기 기술 용역 수주, 월성원자력발전소 3호기 착공, 성산대교, 고리원자력발전소 2호기 착공, 사우디 아시르의 전화 사업電化事業, 쿠웨이트 슈아이바 항만 확장 공사를 했고, '현대조선'은 나이지리아에서 대형 화물선 11척을 수주하고, 미국 맥더모트 사와는 대형 특수 해상 공작선 건조 계약을 체결했다.

1978년 『워싱턴 포스트』가 우리의 1977년도 대외 계약고 19억 달러는 당해 연도 세계 4위의 실적이라고 발표했고, 우리를 세계 5백대 기업 안에 꼽아주었던 『포춘』은 세계 1백대 기업에 98번째로 '현대'를 꼽았다. 미국의 『타임』이나 『뉴스위크』와 맞먹는다는 프랑스의 『렉스프레스』가 공업 한국을 소개하는 기사에서 울산시를 '현대시'로 표기하는 실수를 저질렀던 해이기도 하다. 그리고 이 해에 우리는 국영國營 적자 기업赤字企業이었던 '인천제철'과 '대한알루미늄'을 공개 입찰 경쟁으로 인수했다.

기업이라면 덮어놓고 도매금으로 '정경 유착', '문어발'로 매도하는 풍토 속에서도 내가 항상 당당할 수 있었던 것은 그때까지 우리 '현대'는 남의 기업을 인수받은 적이 단 한 번도 없었다는 사실 때문이었다. 그때까지의 내 산하 모든 기업은 우리 아버님께서 돌밭을 일궈 한뼘 한뼘 옥토를 만드셨듯이 말뚝 박기에서부터 굴뚝 올리기까지 전부 다 그렇게 만든 것이었다. 우선, 누군가가 죽을 힘을 다해서 만들어 키우다가 여의치 못해 넘어가게 생긴 기업을 인수받는 것은 내 성격상 별로 하고 싶은 일이 아니다. 자신의 회사를 설립하고 운영하는 과정에서 겪었을 그 기업주의 노심초사와 남모르게 흘렸을 그 사람의 눈물과 고생을 나는 안다. 그런 업체를 헐값으로 인수받아 내 업체로 만드는 것이 나는 어쩐지 남의 불행을 발판 삼아 내 이득을 취하는 것 같아서 싫었고, 지금도 싫다. 잘라 말하자면, 어떤 업종을 해보고 싶으면 내가 창업創業을 하면 된다. 또, 우리 '현대'의 비약적인 성장을 정치 권력과의 결탁에 의한 '공짜 성장'으로 생각하는 일부의 사시안斜視眼도 남의 기업 인수를 망설이게 하는 이유 중 하나였다.

내키지 않는 '인천제철'과 '대한알루미늄' 인수를 꺼림칙한 채로 결정한 데에는 세 가지 이유가 있었다. 첫째, 정부의 공기업公企業 민영화 방침에 따른 인수 요구를 끝까지 못 들은 척할 수가 없었고, 둘째, 조선을 비롯한 각종의 국내외 공사에 상당량의 철강재와 알루미늄이 반드시 필요하기는 했고, 셋째, '인천제철'과 '대한알루미늄'

은 개인 기업이 아닌 국영 기업이었기 때문이다.

1978년은 그렇게 지나갔고, 1979년에 『포춘』이 1978년도 매출액 36억 달러의 우리를 세계 78위 기업으로 꼽았다. 그러나 1978년 여름부터 가열되기 시작했던 이란의 회교혁명이 점차 수습하기 어려운 국면으로 접어들고 있었기 때문에 1979년도는 긴장 속에서 출발한 해였다.

1979년도의 출발은 조짐부터 예사롭지가 않았다. 그때 우리는 이란에 1978년도에 착공했던 공사 현장이 세 군데가 있었다.

1월 7일 아침, 텔렉스가 날아들었다.

현장을 포기하고 철수하라는 발주처 및 기술처의 공식 지시를 따라 현장 인력이 이란 공사 현장에서 철수하던 중 안개 때문에 차가 전복되어 5명이 사망하고 20명이 중상을 입었다는 불행한 소식이었다. 나는 사망자들의 유해와 부상자들을 안전하게 대피시킨 후에 남아 있는 인원을 신속하게 무사히 철수시키라는 지시를 내리고, 아수라장의 이란으로 해외 공사 관리 본부장 박규직 상무를 급거 파견했다. 현장에서 사람이 사망하고 다치는 사고는 그리 드물지 않은 일이다. 잘살아보겠다는 일념으로 타관 객지, 만리 타국에서 고생하다가 불의의 사고로 유명을 달리하는 사람들이 생길 때마다 나는 그 가족들의 비통함에 대해서 책임감을 느낀다. 그래서 내 힘으로는 어떻게도 돌이킬 수 없는 죽은 사람의 불행에 대한 책임 대신, 나는 될 수 있는 한 그 유가족들의 삶을 도와주는 일을 하려고 했다. 우리 일을 하다가 불행을 당한 사람의 남은 가족들에게는 '현대그룹' 산하 각 기업에의 취업을 우선적으로 배정하는 것도 그런 노력의 일환이다.

박규직 상무를 이란으로 파견한 지 20일이 지난 후 1월 29일, 4백여 명의 근로자 및 직원들이 대한항공 특별기를 타고 이란을 떠나기까지의 이야기는 그야말로 영화에서나 보아왔던 대탈출 작전이었다. 이때의 값비싼 이란 철수 경험을 큰 교훈으로 삼아서 우리는 그후 사우디아라비아와 맞먹는 규모의 이라크 건설 시장을 이란·이라크 전쟁 동안에도 끄떡없이 최후까지 지켰다. 만약의 사태를 대비한 완벽한 철수 계획을 철통같이 세워놓고 말이다.

이 해 2월에는 세계 선진국 건설업계들의 예상을 보기 좋게 뒤집고, 주베일 산업항 공사의 계약 공기 42개월을 10개월이나 앞당긴 32개월 만에 해상 유조선 정박 시설을 준공했다. 그리고 그 무렵, 율산그룹과 원진레이온이 도산했다. 미국민간 대외원조협회가 우리나라에서 철수하고, OPEC은 기준 원유가를 59%나 인상했다. 국내 석유류값은 폭등하고, 인플레는 날로 심각해져 우리나라 경제는 누구도 낙관할 수 없는 위기 상황으로 치닫기 시작했다. 그런 가운데 정치는 정치대로 YH사건이 종당에는 '부마釜馬사태'를 부르고 20년 가까운 공화당 장기 집권의 한계와 최후를 시사하는 갖가지 정권 말기의 징조가 연이어 일어났다.

그러던 그 해 10월 26일, 박정희 대통령이 김재규 중앙정보부장에게 피격되는 참변이 일어났다.

충격이었다.

박대통령도 나처럼 농사꾼의 아들이었다. 박정희 대통령과 나는 우리 후손들에게는 절대로 가난을 물려주지 말자는 염원이 서로 같았고, 무슨 일이든 신념을 갖고 '하면 된다'는 긍정적인 사고와 목적의식이 뚜렷했던 것이 서로 같았고, 그리고 소신을 갖고 결행하는 강력한 실천력이 또한 서로 같았다. 공통점이 많은 만큼 서로 인정하고 신뢰하면서 나라 발전에 대해서 같은 공감대로 함께 공유한 시간도 꽤 많았던, 사심이라고는 없었던 뛰어난 지도자였다. 개인적으로 특별한 혜택을 받은 것은 없었지만, '현대'의 성장 자체가 무엇보다 경제 발전에 역점을 두고 경제 정책을 강력하게 추진했던 박대통령의 덕이라고 나는 생각한다.

지금은 너무나 망가뜨려져 침몰할 지경의 위기에 빠진 경제 상황이지만, 그래도 자동차 1천만 대, 국민 소득 1만 달러의 오늘을 만들어놓은 업적은 누가 뭐라든 박대통령이 이룬 것이며, 이 사실에 대해서는 절대 과소평가해서는 안 된다.

'현대'가 이란에서 철수하고, 사우디아라비아는 수주 제한 조치를 내리고, 청와대의 큰 '빽'이던 박대통령도 타계했기 때문에 이제 곧 '현대'는 망할 것이라는 생각을 한 사람들이 그 당시 꽤 많았다. 그렇지만 우리나라 경제 성장률이 -5.7%로 위축됐던 1980년도에 '현대'는 망하기는커녕 오히려 거꾸로 전년도 총 매출액 6천66억 원의 갑절 가까운 조兆대를 넘어 1조5백6억 원의 매출액을 기록했다.

박정희 대통령이 서거하자 군부의 권력 다툼이 치열한 가운데 보안사령관 전두환 씨를 축으로 한 세력이 12·12사태를 일으켜 계엄

사령관 정승화 씨를 축출하고, 전두환 씨와 그 일행이 정권을 움켜잡았다.

국보위에 강탈당한 '현대양행'

1980년 5월 31일 국가보위비상대책위원회가 발족되면서부터 시작됐던 소위 '국보위 시대國保委時代'는 새로운 권력에 편승해서 손쉽게 커보려는 기업이 천방지축 날뛰었던 경제계의 혼란 시대였고, 건실하고 진실한 기업에게는 암흑 시대였다.

국내 중화학 공업계는 1970년대 말부터 심각한 경영난을 겪고 있었다. 첫 번째 원인은 1973년 중화학 공업 선언 이후 기업들이 너도나도 경쟁적으로 중화학 공업에 뛰어들었기 때문이었다. 1973년부터 1979년까지 전체 투자액 21조 5천6백50억 원의 19.3%에 달하는 4조 1천3백57억 원이 중화학에 투자됐고, 심지어는 공장 건설의 90%를 정책 금융에 의존한 사례까지 있었을 정도였다. 중화학 부문의 투자 과잉은 당연히 물가 상승을 초래했다. 1979년 4월, 정부는 '경제안정화종합시책'을 내놓아, 경제 개발 착수 이후 처음으로 경제 정책 기조基調를 성장에서 안정으로 전환했다. 안정화의 최우선 수단으로 중화학 투자 조정이 채택되어 4, 5월 두 차례에 걸쳐서 투자 조정이 단행되었다.

그 핵심은 '현대중공업', '현대양행', 대우중공업, 삼성중공업으로 사원화되어 있던 발전 설비 분야를 전후 각 2개 업체로 묶어 이원화하는 것이었다. '현대중공업'이 재무 구조가 취약했던 '현대양행'을 통합하고 대우중공업과 삼성중공업은 발전 설비만 떼어내 통합한다는 내용이었다. 이 조정안에 따라서 '현대중공업'은 '현대양행'의 경영권을 넘겨받아 기존 사업과 시설 투자를 계속해 나갔는데, 대우와 삼성은 통합 작업이 지지부진하던 중에 10 · 26을 맞았다.

이 '중화학 투자 조정'이 국보위가 발족되면서 다시 구체화되었다. 국보위는 언론 통폐합과 함께 경제 산업의 구조 개편이라는 구실로 기업 통폐합에도 손을 댄 것이다. 조정 내용의 핵심은 승용차와 발전 설비 분야의 일원화였다. 이것은 해당 기업의 기술력과 기업 구조, 경영 능력 등의 차이를 완전히 무시한 바보 같은 조정안이었다.

승용차와 발전 설비를 '현대'의 핵심 주력 사업으로 키우고 있던 나로서는 절대로 받아들일 수 없는 조정이었다. 업계의 반발을 예상한 국보위는 해당 기업의 경영자들을 불러들여서 조정안에 승복할 것을 종용 혹은 강요했다. 나도 수차례 불려다니면서 받아들일 수 없는 조정안에 동의할 것을 강요받는 수모를 당했다.

나는 지금도 그때 기업 통폐합 안이 기업도 경제도 도통 모르는 국보위가 누군가의 야심에서 나온 건의를 받아들여 물색없이 채택했던 시책이었다고 생각한다. 내가 끝까지 반대의 뜻을 굽히지 않자 조정안 처리가 국보위에서 상공부로 넘어갔다.

어느 날 다시 불려 들어갔다. 대우大宇의 김회장이 먼저 와 있었는데, 경제 산업 구조 개편을 위해서 자동차 산업과 발전 사업을 통폐합하겠다는 설명 끝에 국보위 사람이 먼저 김회장에게 찬성 여부를 물었다.

그는 간단하게

"예, 저희는 찬성합니다."

했다. 그 다음은 나였다.

"정주영 회장도 찬성하시죠?"

찬성이라니! 이런 말이 안 되는 통폐합에 찬성이라니!

"나는 찬성 안 합니다."

내가 잘라 말했다. 국보위 사람이 안색을 바꿔서 나를 몰아세웠다. 나라가 비상에 걸려 개혁을 하려는 이 중차대한 시기에 어째서 순응하지 않고 국책國策에 대항하느냐는 질책이었다. 그러고는 국책에 협조적인 김회장을 보라는 투였다. 그 말에 나는 내 얘기가 좀 길어도 들어라고 한 후, 내가 내 사업을 발전시켜온 기본 정신과 과정을 얘기했다.

"나는 어떤 사업이든 땅을 준비하는 데서부터, 말뚝 박고 길 닦아서 그 위에 내 공장을 내가 지어서 시작하지 않은 것이 없다. 또 그렇게 만든 사업체를 어렵다거나 이득이 많이 난다고 해서 누구한테 넘겨본 적도 없는 사람이다. 그렇게 만든 것들은 하나하나 전부가 다 자식이나 마찬가지의 애착과 정성으로 키워서 성공시켰고, 실패한 것은 하나도 없다. 누구처럼 수단을 부려 경쟁 입찰 아닌 수의 계약으로 남의 기업을 차지한 적도 없다. 그런 식의 기업 경영을 나는 중오한다."

김회장은 이와 같은 요지의 내 말에 대해 아무런 반론도 않고 그저 가만히 있었는데, 국보위를 어떻게 보고 감히 국보위 시책에 반항하느냐고 난리가 났다. 자동차와 발전 공장 둘 중에 하나를 김회장보다 먼저 선택할 기회를 주는 것만도 대단한 특별 대우인데 불복은 있을 수가 없다는 으름장이었다.

그러나 나는 기업도 경영도 아무것도 모르는 젊은 사람들한테 그런 수모를 받으면서도 절대로 못한다고 버텼다. 그랬더니 그들은 나와 함께 들어갔던 정세영, 이명박, 이현태를 다른 방으로 각각 떼어 놓고 협박하면서 회유하고, 회유하면서 협박했다.

나는 2주일의 말미를 요청해서 1주일을 얻어냈다. 못할 일이 없을 것 같은 그들을 상대로 끝까지 저항하다가 '현대'의 문을 닫을 수는 없는 일이고, 부득이 양자택일을 해야 한다면 나의 내심은 자동차 쪽이었다. 당시 통합 대상인 새한자동차는 미국의 GM과 대우의 50:50의 합작 회사였기 때문에 통합하는 GM의 지분 포기가 선결돼야 했다. 나는 그것이 불가능하다고 생각했다. 그래서 나는 중공업은 모르겠으나 자동차 통합은 절대로 당신들 뜻대로 안 될 것이라는 말을 하고 그곳에서 나왔다.

며칠 후 아현동 모처에서 전두환 국보위원장을 만나 GM이 50%의 합작 지분 포기를 절대 안 할 것이기 때문에 자동차 통폐합은 안 될 것이라는 말을 했다. 그런데 전두환 씨는 상공장관이 이미 GM의 양해를 얻어 결재까지 했다고 말했다. 틀림없이 GM이 내놓는다 했다, 책임지겠다는 다짐을 받고 나는 자동차를 선택했다.

당시의 자동차 사업은 몹시 어려운 상황이었다. 1980년은 경제 개발 시작 이래 처음으로 마이너스 성장을 했던 해로서 고가高價의 내구 소비재에 대한 수요가 위축되어 자동차 사업이 어려울 수밖에 없었다. 수출 역시 '현대'가 국산차 개발 이후 꾸준히 시장 확대를 추진하고 있었지만 전망이 그다지 밝은 것은 아니었다. 반면에 발전 설비는 전원 개발 계획에 따라 수요가 확실히 보장되어 있는 사업이었다. 그럼에도 내가 자동차를 선택한 것은 자동차에 대한 나의 특별한 애착 때문이었다.

'현대'의 뿌리는 자동차 수리업이었다. 일찍부터 나는 자동차를 필생의 사업으로 생각했고, 또 한국 경제를 선진화하기 위해서는 자동차 산업의 성공이 필수였다. 게다가 발전 설비는 나중에라도 다시 시작할 수 있는 사업이지만, 자동차는 한 번 때를 놓치면 다시 시작하기 어려운 사업이라는 판단이 들었다. 당연히 부진을 면치 못하는 자동차 사업을 내놓을 것으로 예상하고 기대했었던 모양인지, 그들은 내가 자동차를 선택하자 허를 찔린 얼굴을 했다. 어쨌든 국보위는 8월 20일 산업 구조를 대대적으로 뜯어고치는 이른바 '8·20조치'를 내놓으면서 신군부新軍部의 첫 번째 중화학 투자 조정을 단행했다. 그토록 위협적이고 모욕적인 강요를 했으면서도 '업계의 자율적 조정에 따른 조치'라는 아름다운 포장지로 싸서 내놓았다. 이 조정에 따라서 '현대자동차'는 새한자동차의 승용차 사업을 흡수, 승용차를 단독 생산하고, 대우중공업은 '현대양행'과 '현대중공업'

의 발전 설비 부문을 흡수 통합해서, 발전 설비와 중장비를 독점 생산하게 되었다. 때문에 '현대양행'의 군포 중장비 공장과 '현대중공업'으로 소유권이 넘어가 있던 '창원중공업'은 대우가 인수하도록 되었다.

당시 대우에는 중공업이 없었다.

우리가 막대한 자본을 들여 건설했던 '창원중공업'은 당시 부분적으로만 가동이 되고 있었고, 그로부터도 많은 투자가 필요했던 상황이었다. 투자 조정 방안이 최종 마무리되자 정부는 인수인계를 재촉했다. 상공부가 '현대양행'을 '5·25투자조정' 이전의 상태로 환원해서 8월 23일까지 인수인계를 끝내라고 했다. 그리고 가격에 대한 정산精算은 자산 평가에 필요한 제반 서류를 한국감정원에 평가를 의뢰해서 나중에 하면 된다는 식이었다. 그런데 우리에게 통합되기로 한 새한자동차의 지분을 포기하기로 양해가 되었던 미국의 GM이 1980년 9월부터 시작된 협상에서 50%의 지분을 고수한 합작을 요구했다.

나는 받아들일 수 없었다. 만일 GM의 요구에 응한다면 자동차 독자 개발은 수포로 돌아가고 까딱하다가는 GM의 조립 하청업자로 전락할 위험이 있었다. 정부는 우리한테 GM과의 합작을 종용하다가 안 되니까 기아와의 합작을 추진하기도 했는데, 그것이 실패하자 결국 승용차 일원화 조치를 백지화해서 새한(대우)과 GM의 합작은 존속시키면서 새한에도 승용차 생산을 허용했다. 자유 경쟁이라는 자본주의 경제의 기본 원리를 무시한 투자 조정은 불과 몇 해 후의 환경 변화에도 적응하지 못하고 완전한 실패로 끝났다.

어쨌든 결과적으로는 자동차는 그대로 대우에 남아 있으면서 발전 설비 부문은 대우로 넘겨줘야 하는 셈이었다. 나는 대우의 자동차도 못 받는 판에 투자한 돈도 못 받고 발전 설비 부문의 인계는 못하겠다고 버텼지만, 당장에 인계하라는 엄포가 대단했다. 대우가 본사 빌딩을 팔아서 청산해준다니까, 선先인수 후後청산으로 하자면서 공인 회계사를 내보내 자산 평가資産評價를 한다고 했다. 그렇게는 못하겠다고 했더니 돌아온 무지막지한 협박은 '공수부대 보내서 내치겠다'였다. 별수 없이 그럼 문서나 한 장 써달래서 받아 들고 '창원중공업'을 내주고 말았다. 1원 한 장 안 내고 '선인수 후청산'이라는 유례가 없는 특혜로 나로부터 '창원중공업'을 가져간 대우는 그러나 결국 힘에 부쳐 도로 정부에 내놓게 되고 정부는 허둥지둥 한전韓電과 산업은행, 외환은행을 주주로 한국중공업으로 상호를 바꿔 공사화公社化했다.

'현대'가 창원 공장에 투입한 돈은 순수 건설비 1백28억 원과 공장 기자재 도입비 21억 원 등 총 1백49억 원이었다. '현대'와 한국중공업은 발전 설비 공사의 인수인계 원칙을 3가지로 정했다. 첫째, 기자재 중 이미 제작 납품했거나 제작 완료 단계에 있는 품목은 '현대'에서 완료한다. 둘째, 현재 제작 중인 품목은 적당한 공정까지 완료하고 중간 정산하여 이관한다. 셋째, 제작에 착수하지 않았거나 원자재 상태에 있는 것은 현 상태에서 이관한다.

이 원칙에 따라서 삼천포화력 1·2호기, 서해화력 1·2호기 및 원자력 5·6호기 등의 공사가 한국중공업으로 넘어갔다. 그러나 정산 문제는 끝내 청산되지 않았고, 1988년 9월, 우리는 '현대양행 창원 공장 운영 기간 중에 투입한 공장 건설비, 기자재 도입비와 서해, 삼천 포화력발전소 건설 기성고, 그에 관련된 이자 포함 1천38억 6천만 원을 내라'는 소송을 제기했다. 1심을 맡았던 서울 민사지법 동부지원이 1991년 10월 30일 '한중은 현대중공업에 1백57억 6천6백만 원을 지급하라'는 판결을 내렸다. '현대'는 이에 불복해서 같은 해 11월, 고등법원에 항소했고 오늘 현재까지도 이 문제는 해결이 나지 않은 채, '현대'는 정부에 수천억 원의 돈을 빌려주고 있는 셈이다. 이것은 8·20조치로 우리가 입은 직접적인 피해였고, 조직의 혼란, 국내 영업 기반의 상실과 그에 따른 해외 영업력의 약화, 기술 인력 유출 등 등 돈으로 환산할 수 없는 간접적인 피해는 이루 말할 수가 없었다. 8·20조치가 내려지면서 나는 '현대양행'의 인력을 '현대' 소속으로 전환시켰다. 정부는 이 인력의 전원 복귀를 요구했다. 이미 '현대' 소속으로 '현대' 조직에 배치되어 있던 인력을 하루아침에 빼낸다는 것은 조직의 대혼란을 초래하는 일이었음에도 도리가 없었다. 그렇게 해서 '현대양행' 인력의 대부분이 대우로 넘어갔다.

그런데 정부의 횡포는 그것으로 끝이 아니었다. 그들은 우리가 원자력 사업 본부를 울산에서 창원으로 이전하면서 배치했던 순수 '현대' 출신 기술진까지 빼앗으려 들었다. 그때 우리는 원자력 사업 본부 1백63명, 공장 인력 1백68명을 창원에 배치해 놓고 있었는데 국보위는 이 인력의 '현대' 복귀까지 막았다. 우리가 ASME(미국기

계기술자협회)로부터 따놓았던 원전 주요 설비의 품질 보장 인정서 N-STAMP(핵승인)와 NPT-STAMP(핵확산방지조약승인) 자격을 유지하는 데 필요한 창원의 기술 인력까지를 흡수해서, 인수자가 추가 투자 없이 원전 설비 분야에서 높은 경쟁력으로 일하게 해주자는 정권의 특별 배려였다.

나도 그때만은 물러설 수가 없었다. 어이없는 횡포와 무경우 때문에 막심한 피해를 보고 있는 중이기는 했지만, 어렵게 양성한 인재들까지 그런 식으로 강탈당할 수는 없었다. 국보위의 '철수 절대 불가'라는 엄명과 기술진으로 와 있던 웨스팅 하우스 사 기술자들의 철수 방해를 묵살하고, 나는 기어이 창원의 우리 기술진들을 울산으로 철수시켰다.

경제 논리가 통하지 않은 시대

'현대'는 울산조선소라는 중공업 제작 기지를 활용해 주베일 산업항 공사를 비롯한 중동 지역의 대형 공사들을 효과적으로 완수해내면서, 해외 건설과 중공업 제작 역량이 서로 연계해 발전했다. 그 덕에 우리는 이미 1970년대에 자동차, 조선, 선박, 엔진, 산업 플랜트, 발전 설비, 해양 설비, 중전기기重電器機, 중장비 등 중공업의 핵심 분야를 망라한 중공업 체제를 구축했다. 건설, 자동차, 조선업을 모태로 하는 전형적인 관련 다각화의 과정을 거쳐 구축된 '현대'의 중공업 체제는 내수보다는 해외 수요를 겨냥해서 국제적 규모를 갖추려 했고, 또 자생·자주적이고자 하였기에 합작보다는 자주 개발에 역점을 두었다. 그 결과로 '현대중공업'은 국내외의 불경기에는 1977년을 기점으로 매출액이 1978년 28.1%, 1979년 8.8%, 1980년 55.75%, 1981년 57%의 지속적인 성장을 했다.

1970년대 중반부터 일기 시작한 정책에 편승한 국내의 중화학 투자 붐은 우리의 관련 다각화와는 전혀 성격이 다른 것이었다. 내수든 해외 수요든 확실한 시장 수요와 그것을 소화해낼 수 있는 기술력과 영업력의 바탕도 없는 무작정 정책 편승의 투자 러시는 필연적으로 투자의 비효율성과 중복 과잉 투자의 문제점을 내포하고 있었다. 충분한 경험과 기술력을 기초로 관련 다각화와 해외 수요를 기준으로 중화학 체제를 발전시켜온 내가 도매금으로 신군부의 중화학 투자 조정을 받는다는 것은 도저히 수용할 수 없는 일이었다. 그럼에도 불구하고 경제 논리가 통하지 않는 암흑 시대에서 시행된 강제적 조정으로 인해 발전 설비 사업을 포기해야 했던 나는, '현대'로 일원화되기로 했던 자동차가 얼마 안 되어 다시 다원화되는 바람에 일관성 없는 정책의 가장 큰 피해자가 되었다.

나는 어떤 분야건 자유 경쟁을 일관되게 주장하고 신봉하는 사람이다. 자유 경쟁하에서 경쟁력을 상실한 기업은 자연히 도태되는 것이므로, 과잉이다 중복이다 할 것도 없고 또 그것에 대한 인위적인 조정도 전혀 불필요하다.

나는 당시 국내 시장 규모만 갖고 중복 과잉을 판단하지 말 것을 주장했다. 나의 주장이 옳았다는 것은 그 후 자동차, 전자, 석유, 화학 산업의 자유 경쟁 체제가 수출 산업화를 가능케 한 중요한 요인이 됐다는 사실이 명백하게 입증한다.

중화학 공업이 한 나라의 중추 산업으로 발전하기까지는 어느 나라에서나 설비 과잉의 문제가 있었다. 일본의 경우만 해도 1960년대에 같은 문제가 대두되었는데, 신규 업체의 제철업 참여로 철강 산업의 설비 과잉이 논란거리가 되고 혼다의 자동차 산업 진출과 기존 자동차업체들의 설비 증설로 '자동차 망국론'까지 나왔다. 그러나 일본은 세계 시장을 겨냥한 적극적인 발상으로 제철 설비 증설을 강행해서 '철이 철을 부르는' 투자를 계속했다. 이러한 철강 부문의 증설은 철강 제품의 가격인하와 품질 향상을 가져왔고, 이는 다시 기계 공업과 가전제품의 품질 향상과 제조업의 설비투자를 촉진했다. 전후戰後 일본의 취약했던 기계 공업을 세계적으로 끌어올린 원동력이 바로 적극적인 산업 정책이었다는 것은 당시 일본의 경제백서가 지적한 바 있다.

어쨌거나 그 후 발전 설비 제작이 불가능해진 우리는 사우디 마카타이프 화력발전소, 리비아 미수라타 화력발전소, 이라크 알무사이브 화력발전소 등 대규모의 해외 발전소 공사를 잇달아 수주, 시공은 물론 엔지니어링까지 수행하면서도 설비 공급은 외국업체에 넘겨주어야 했다. 해외에서 발전 설비를 수주하려면 실적이 있어야 하는데 국내에서 그것이 원천적으로 봉쇄당하고 있었기 때문이다.

이제 와서는 아무짝에도 쓸데없는 짓이기는 하지만 만약에 정부가 그때 무리하고 불합리한 투자 조정을 안 했더라면 하는 가정을 해본다. 그랬더라면 발전 설비 부문도 자유 경쟁 체제에서 튼튼하게 자라서 1980년대 중반에 찾아왔던 3저 호기好機에 방대한 세계 시장에 적극적으로 참여할 수 있었을 것이고, 발전 설비 산업도 자동차, 반도체에 못지않은 수출 품목이 되어 있을 것이다. 사정이 그러했으니, 한때 국민들 사이에 '박대통령이 죽어라 고생해서 차려놓은 밥상을 5공, 6공이 지저분하게 먹어 치웠다'는 말이 돌아다녔을 정도의 시기였다.

5공화국 동안 기업이 어렵지 않았을 때가 별로 없었지만, 창업자였던 아우 인영이가 옥고까지 치르면서 1전 한푼 못 건지고 창원중공업 공장을 강탈당했던 기막힌 사건은 잊히지가 않는다.

나는 사람에게는 전쟁 이상의 어려운 고난은 없다고 생각하면서 산다. 전쟁만큼의 고난은 아니지만 전혀 자격이 없는 이들의 손에 쥐어진 권력이라는 칼날 아래 기업을 하면서 정변 때마다, 정권 교체 때마다 그때그때 겪은 고난과 고통도 쉽지는 않았다.

6

서울올림픽 유치와
제5공화국

올림픽 유치는 박대통령의 의지였다

동북아와 한반도의 평화 정착에 기여, 우리나라의 경제 발전과 국력의 과시, 공산권 및 비동맹 국가와의 외교 관계 수립으로 분단 상황 극복 여건 조성, 국제적 행사를 통한 국민 결집력 유도 등이 올림픽 유치의 필요성이었다.

올림픽 유치 필요성에 대한 인식과 논의는 박대통령 시대 말기쯤부터 있었고, 제24회 올림픽을 서울로 유치하겠다는 정부 방침 발표도 1979년 박정희 대통령이 했다. 잘만 하면 개발도상국에서 선진국으로 발돋움할 수 있는 디딤판이 되는 것이 올림픽이다.

그러나 같은 해 10월 박대통령이 불행한 죽음을 당하고, 군부의 권력 다툼과 세력 확장의 공포스러운 분위기 속에서 국민들은 위축될 대로 위축되어 긴장과 불안 속에 1980년도를 맞았고, 1980년도를 살았다. 그런 가운데 정부가 올림픽 유치 의사를 정식으로 IOC(국제올림픽위원회) 본부에 신청, 통보한 것이 1980년 12월이었다. 다음해인 1981년 3월에는 NOC(각국올림픽위원회), IOC, GAISF(국제경기연맹) 조사단이 와서 개최 여건 조사도 하고 갔다.

그런데 상황이 고약해졌다. 올림픽 관련 주무 부서인 문교부 체육국이 당시 총리에게 유치 활동에 소요되는 예산 및 제반 사항을 상신했다가 올림픽 망국론자였던 총리에게 일축당해버렸던 것이다. 우리가 아무리 거국적인 유치 활동을 벌여도 일본을 제치는 것이 절대 불가능하고 만에 하나 뭐가 잘못돼 유치에 성공한다 해도 올림픽 때문에 경제 파탄에 빠져 나라가 망한다는 것이 남덕우 당시 총리의 지론이었다. 총리의 인식이 그러니까 국무위원들도 비슷한 자세들이었다.

'우리가 나가서 세계 IOC 위원 82표에서 몇 표나 얻을 수 있겠는가? 대만 표 하나에 미국 표도 둘 중에 하나는 캐나다 동계 올림픽 유치에 쓰일 것이니 기껏해야 우리 표까지 합쳐 서너 표일 것이다.'

이것이 당시 한국의 김택수 IOC 위원의 비관적인 전망이기도 했다. 아무튼 일본의 나고야名古屋를 이기고 올림픽을 유치해온다는 것은 전혀 불가능하다는 분위기였다.

정부는 진퇴양난에 빠졌다. 올림픽 유치 신청서를 접수해서 조사단이 개최 여건 조사까지 마쳤고, 더구나 올림픽 개최 추진의지 재확인까지 받은 상황에서 돌연 올림픽 유치 신청 철회라는 것은 생각할 수 없는 일이었다. 그렇다고 그대로 밀고 나갈 수도 없었다. 나고야와의 표 대결에서 정말 서너 표를 얻고 마는 망신으로 끝난다면 그 창피는 어쩔 것이며, 소나기같이 퍼부어질 비난을 어쩔 것인가. 상황과 분위기상, 올림픽 유치 업무 수임에 따른 책임이 두려워 모두 의도적으로 올림픽 유치와 관련되는 것을 기피했다. 심지어는 올림픽 개최 신청 당사자인 서울시장까지도 수수방관하는 지경이었고, 주무 부처로 지정됐던 문교부만 벙어리 냉가슴 앓듯 끙끙 앓고 있었던 모양이었다.

나한테는 사전에 한마디 말도 없이, 5월 어느 날, 문교부 체육국장이 프린트한 올림픽 유치 민간추진위원장 사령장을 들고 나타났다. 내용인즉슨, 나고야와의 표 대결에서 정부가 당할 망신을 민간인이 대신 당하게 하자는 발상으로, 유치 관할 시장이 아닌 민간 경제인이 유치추진위원장을 맡도록 했다는 얘기였다. 내가 그때 전경련 회장직을 맡고 있었기 때문에, 민간 경제인들 단체장으로서 망신 대용품으로 뽑혔던 것이다. 올림픽 유치 관계 장관 회의에서 이규호 문교부장관의 제안으로 결정된 일이라고 했다.

"무에서 유를 창조하고, 강인한 추진력과 번뜩이는 기지로 '현대'를 세계적인 기업으로 키운 저력과 갖가지 신화를 남기면서 해외에 한국 기업의 위상을 제고시킨 능력을 높이 평가해서"라는 과히 듣기 싫지 않은 말을 포장지로 싸서 내놓은 사령장이었다. 여러 말 할 것 없이, '망신을 당해도 정주영이 네가 당해라'는 정부의 의도였다는 것이 지금도 변함없는 내 생각이다.

올림픽 유치에 대한 대체적인 분위기를 알고 있던 나는 어찌 됐든 한번 모여 얘기나 해보자고, 정부와 체육 단체 등의 관련 인사들을 롯데 호텔로 모아 첫 회의를 가졌다. 88올림픽 유치 민간추진위원장 밑에 각부 장관들이 전부 위원으로 들어 있었는데, 롯데 호텔에 나왔던 장관은 이규호 문교부장관 한 사람뿐이었고, IOC 위원조차도 불참한데다 서울시에서는 국장 한 사람을 내보냈을 뿐이었다. 그렇게 한심스러운 첫 회의였다.

정부의 유치 의사가 어느 정도 강한 것인가, 추진위원이면서도 회의에 불참했던 국무위원들이 과연 어느 만큼 협조할 것인가를 이규호 문교부장관한테 확인했더니, 올림픽 유치는 대통령의 지시라고 했다. 안기부장의 적극 지원 약속도 따로 받았는데, 조상호 체육회장, 최만립 총무 등 체육회 사람들은 올림픽 유치가 체육회로서는 밑져야 본전이라는 입장이었다. 당시 우리나라 형편에 8천억 원이라는 경비가 소요되는 올림픽 개최는 사실 부담스러운 액수였던 게 사실이다. 게다가 캐나다 몬트리올이 그전 올림픽을 10억 달러라는 막대한 적자로 끝냈던 전례도 있었다. 그러나 내 생각은 달랐다.

나는, 모든 일은 인간이 계획하는 데 달려 있다고 생각하는 사람이다. 적자가 나게 계획하면 적자가 나고, 망하게 계획하면 망하는 법이다. 유치 못 하는 것이 바보지, 유치만 한다면 우리 형편에 맞춰 적자 안 나게 계획해서 얼마든지 치러낼 수 있다는 생각이었다. 지하철이나 도로 공사 등은 올림픽이 아니더라도 어차피 해야 할 일이니 올림픽 경비로 계산할 필요가 없었고, 경기장도 숙소도 올림픽을 위해서만 다시 지을 필요가 없었다. 이미 만들어져 있는 모든 민간 시설을 동원해서 써도 충분했다. 경기장은 각 도시나 대학의 것들을 규격에 맞게 개보수改補修해서 활용하면 될 일이고, 선수촌은 좋은 부지에 민간 자본을 끌어들여 아파트를 지어 미리 팔아놓고 먼저 올림픽에 쓰면 정부의 돈을 한푼도 안 들이고도 숙소 문제를 해결할 수 있지 않은가. 기자촌이나 프레스센터는 예를 들어, 어떤 기업이 새 빌딩을 지을 예정이면 빌딩을 지어 기자들이 먼저 쓰게 하면 된다는 식의 굵은 구상들을 나는 우선 먼저 해놓았다.

그리고 우리 기업인들이 거래하는 각국 기업인들의 도움을 얻어 그 나라들의 IOC 위원과의 접촉을 모색하는 방법을 염두에 두고, 안기부장한테 우리나라 기업인 동원을 약속시켰다. 우리 기업인들이 한마음 한뜻으로 현지에 와 협조하고 활동하면서 정성을 기울이기만 하면 82표 중에서 유치에 필요한 과반수 득표는 반드시 확보할 수 있을 것으로 확신했다. 그렇지만 확신은 그냥 가슴에만 묻어두었다. 그리고 모두에게는 정말 서너 표만 나오는 결과가 되면 나라와 우리 경제인들이 합동으로 웃음거리가 되니까, 어떻게 해서든지 체면 유지는 될 만큼의 표는 얻도록 노력하자고 했다.

홍보관을 만들어 홍보 영화를 만들 예산도 없다고 해서, 내년 예산에서 갚는다는 조건으로 내가 1억 8천만 원을 내놓았는데, 결과적으로 이 돈은 올림픽이 끝난 다음에도 돌아오지 않았다.

바덴바덴의 전력투구

바덴바덴으로 떠날 무렵에 나는 정부에서 지명한 추진위원 가운데 그냥 여행이나 즐기고 올 것 같은 몇몇 사람을 제외하고 대신 유창순 씨와 이원경 씨 등 유능한 인사 몇몇을 새로 영입했다. 나는 유럽을 돌아 바덴바덴으로 들어갈 예정이었고, 전상진 대사는 남미 지역을 경유해서 합류할 스케줄이었으며, 올림픽 유치에 미온적이었던 일부 기업인들 동원에는 약속대로 안기부가 나서주었다. 출발에 앞서 일찌감치 8월 중순에 벌써 프랑크푸르트 '현대' 지점에 올림픽 유치 활동팀에 대한 만반의 준비 명령을 내려두었다.

9월 15일, IOC 총회 참석차 런던에 가서 올림픽위원장을 만나고, 16~17일은 벨기에의 한韓·EC 심포지엄에 참석했다가 룩셈부르크로 가서 장 드 황태자와 만찬은 하는 등, 올림픽 유치를 위한 순방 로비 활동을 마치고 20일 육로로 바덴바덴에 도착했다. 그곳에서는 프랑크푸르트 '현대' 지점의 전 직원과 그 부인들에, 밥하는 아주머니들까지 바덴바덴으로 아예 지점을 옮겨놓고는 현지 사무소 준비와 임대 저택 확보까지 완벽하게 끝내놓고 있었다. 임대 저택을 근거지로 지점 전 직원을 상주시키면서 유치 활동을 적극 지원하도록 하고, 별도로 얻어놓은 시내 사무실은 대표단이 본격적인 활동을 하는 거점으로 삼았다.

9월 24~25일까지는 조중훈 회장, 김우중 회장, 최원석 회장 등의 기업인들이 대부분 다 왔고, 미국인 실업가 더글러스 리, 경기도지사 김태경 씨는 그보다 며칠 먼저 와 있었다. 유창순 씨, 이원경 씨, 이원홍 씨도 9월 24일에는 도착했고, 세계태권도연맹 회장 김운용 씨가 왔고 통역을 맡았던 KBS 아나운서 차명희 씨는 20일쯤에 도착해 있었다. 그런데 그동안에도 꾸준히 유치 활동을 해왔던 일본의 나고야 시는 개막 이틀 전인 18일에 벌써 나고야 시장까지 도착해서 왕성한 활동을 하고 있는데, 우리의 IOC 위원과 서울시장은 개막일이 지나도 나타나지를 않았다.

세계 각국의 IOC 위원들이 투숙한 브래노스 파크 호텔 출입은 IOC 위원에게만 출입이 허용되었기 때문에 우리의 IOC 위원이 빨리 와 투숙해주어야만 그를 만난다는 구실로 드나들며 다른 나라 IOC 위원과 접촉할 수 있는데, 참으로 답답하고 한심한 노릇이었다. 바덴바덴 시내 사무실에서는 조상호 씨 혼자서 거의 모든 일을 하면서 고생하고 있었다. 바쁜 사람 '망신 대용품'으로 내세워놓고 그래도 망신 대용품은 어떻게 해서든지 유치에 성공해보자고 기를 쓰고 움직이는데, 가장 중요한 사람들이 그 지경인 데는 화가 나지 않을 수가 없었다. 사무실에서 혼자 고생하는 조상호 씨에게

"도대체 일을 하자는 거요, 안 하자는 거요? 서울에 유치하겠다는 서울올림픽인데 서울시장이 나타나나, IOC 위원이 나타나나, 모두 왜들 이러는 겁니까?"

푸푸거렸더니, 그도 나와 같은 심정이었는지 혀를 쯧쯧 찼다. 더 기다릴 수가 없어서 서울로 연락해서 파리에 있는 IOC 위원을 수배해 도착시킨 것이 23일이었고, 서울시장은 24일에야 도착했다.

어쨌든 나는 내 할 일은 하는 사람이다. 나는 매일 아침 산책을 마치고 들어와 7시부터 새벽 전략 회의를 소집했다. 각자의 하루 일과를 정하고 득표 상황도 점검하고, 새로운 전략도 짜서는 쫙 흩어져 하루 종일 뛰고, 저녁에 다시 모여 점검하고, 재전략을 짜고 하는 식이었는데, '현대'식의 이러한 강행군에 대사관 직원이나 관리들은

처음에는 모두 시쁘둥한 얼굴들이었다. 그러거나 말거나 나는 매일 새벽 5시면 일어나서 서울, 중동, 동남아 할 것 없이 챙겨야 할 회사 일을 전화로 한 바퀴 전부 챙기고는, 그 다음은 어김없이 올림픽 유치 전략 회의를 했다. 투덜대기도 했고 건성건성인 사람도 있었지만 꾹꾹 참아 넘기면서 아무것도 모르는 척, 신신당부를 하고 재삼재사 주지시키는 일을 포기하지 않았다.

기업을 하는 사람들과 관리들은 정말 달랐다. 그래도 그렇게 며칠 지나니까 차츰 내 지시를 따라주었다. 아침 회의를 끝내고 나서면 하루 종일 IOC 위원들이 있는 곳이라면 숙소든 별장이든 식당이든 가리지 않고 찾아다니면서 뛰어다니다가, 밤 11시나 돼야 숙소로 돌아오고는 했다. IOC 위원들을 만나기 위해서 고무줄로 묶은 명함 뭉치를 들고 거지들처럼 회의장 밖을 종일 지키고 섰던 일도 한두 번이 아니었다. 그렇게 뛰고 숙소로 들어가면 그 피곤은 이루 말할 수가 없어서 '아이고 죽겠다'는 소리가 저절로 나왔고, 목욕물에 들어가 앉아 그대로 잠들어버리기도 했다.

대표단이 서울을 떠날 때 정부로부터 들은 훈령이 아무리 '창피만 당하지 마라'였다고 해도, 내 결심은 '반드시 유치'였다. 대한민국에서 일깨나 한다는 사람들이 대표단으로 나와서 겨우 창피만 안 당하고 만다면, 그거야말로 창피하고 부끄러운 일이었다. 그런데 뒤늦게 나타난 김택수 IOC 위원은

"서울시는 세 표밖에 안 나온다. 한 표는 내 거고 한 표는 미국 거고 한 표는 대만 거다."

라는 말을 공공연하게 하고 다녀서 죽을둥 살둥 뛰는 우리의 유치 활동에 김을 빼고는 했다. IOC 총회가 열리는 호텔 로비에 홍보관이 있었고 그 옆에 일본의 나고야 관이 있었다. 유치에 자신이 있었던 나고야 관은 사진 몇 장 걸어놓은 것밖에 보잘 것이 없었다. 우리는 안 될 때 안 되더라도 후회 없이 해보자고 준비를 철저하게 했다. 미스코리아들과 대한항공의 스튜어디스들에게 한복을 입혀 친절한 안내를 하게 했고, 한국 고유 문양을 넣은 부채와 인형, 지게, 버선, 짚세기들을 선물로 안겨주면서 최선을 다한 결과, 며칠 지나자 파리 날리고 있는 나고야 관 옆에서 한국관만 북적대기 시작했다.

그러나 현지 언론은 아주 비정하고 혹독했다. 우리가 마치 절대로 들여놓으면 안 되는 땅에 발을 들여놓은 것처럼 IOC 관계자, 언론 할 것 없이 '웃긴다'는 반응이었다. 현장에서 보도하는 신문이나 방송 기자들은 전부가 일본의 나고야가 결정적인 것으로 얘기했고, 그 말대로라면 우리는 가망이 전혀 없는 비참한 지경이었다.

처음에는 누구도 우리 편이 아니었다. 심지어는 '한국이 기생을 동원했다'는 외국 신문 기사가 나와 홍보관에서 안내를 맡고 있는 미스코리아, 스튜어디스들을 갑자기 기생으로 둔갑시키기도 했다. 나는 즉각 몽준이한테 홍보관을 맡겨 손기정 씨, 조상호 씨, 제수씨인 현대고등학교 장정자張貞子 이사장 등이 전시실에서 손님을 맞도록 해서 '기생설'을 잠재웠다.

파리 날리고 있는 나고야 관 옆에서 문전성시를 이룬 우리 홍보관의 활약으로 우리가 나고야를 완전히 이긴 게임이었다. 언론 대책을 맡은 이원홍 씨는 나를 만나기를 원하는 외신 기자들과의 인터뷰를 부지런히 물어 들여 인터뷰를 시키면서, 잘 씌어진 기사로 IOC 위원들의 시선을 끌기 위해 많은 노력을 했다.

그러나 우리들의 유치 활동이 분위기를 조금씩 바꿔가기 시작하자 방심하고 있던 일본도 가만있지 않았다. 일본은

"북한과 남한이 극단적으로 대립하고 있는 상황에서 어떻게 서울에서 올림픽을 치를 것인가. 서울에서 올림픽을 치른다는 것은 88올림픽 자체를 없애는 것과 같다."

는 등의 말을 하며 바람을 잡기 시작했고, 게다가 북한은 올림픽 유치 신청국이 아니면서도 우리의 올림픽 유치 방해를 목적으로 20여 명이나 파견해서 우리를 긴장시켰다. 나는 북한 IOC 위원에게 같은 백의민족인데 일본을 지원할 수는 없는 거 아니냐는 민족적인 공감에 호소해보기도 하고, 우리를 지원해달라는 내용의 편지도 보내고, 회의 때는 몇 차례나 유치단 모두에게 신신당부를 했다. '북한 사람을 만나면 반갑게 먼저 악수를 청하고 듣기 좋은 말을 할 것, 그러는데도 북한 사람이 욕을 하면 마주 대항하지 말며, 한국말을 모르는 다른 나라 IOC 위원들이 볼 때는 큰 소리로 농담하고 있는 것처럼 보이게끔 그저 웃는 얼굴로 들어줄 것.' 그리고 북한 사람들이 이러이러하게 나오면 이러이러하게 대응하라는 것까지 예를 들어가면서 일러주었다. 나 자신도 북한 사람을 만나면 먼저 반갑게 고향 사람 만나서 반갑다는 서두로 아는 체를 했다. 그리고

"서울에서 왔습니다. 내가 정주영입니다."

하면 그들은 처음에는

"다 알아요."

하며 퉁명스럽게 쏘아붙였다. 그해에는 남북한이 다 흉년이었는데도

"북한은 금년 농사가 대풍이라면서요?"

하는 식으로 그들의 경계심을 풀고는, 이북의 명산대천에 대한 좋은 소리들을 골라 하면서 남한을 내세우는 얘기는 한 마디도 하지 않았다. 그랬더니 나중에는 이 사람들이 나만 보면 먼저 반갑게 인사하고

"선생님 같은 분만 남한에 살면 우리가 남북 통일을 버얼써 했습네다."

는 말도 건넸다.

나는 이미 나고야 쪽으로 굳어진 선진국 IOC 위원들보다는 소외되고 있는 중동 및 아프리카 IOC 위원들을 집중 공략하는 작전을 썼는데, 프랑크푸르트 '현대' 지사의 채수삼 지점장과 직원들의 사전 답사로 미리 익힌 지리 공부 덕택에 우리가 움직이는 데 아무런 불편이 없었다. 중동 위원들은 자기네 나라에서 건설을 많이 했던 '현대'를 이미 알고 있었고, 그래서 나쁘지 않은 '현대'의 이미지가 도움이 되었다. 나는 이를 백분 활용했다.

"우리나라의 일개 사업가도 일을 맡으면 신용과 책임을 지키는데, 국가가 책임지는 올림픽이다. 전혀 걱정할 필요가 없다."

"당신들도 언젠가는 올림픽을 해야 할 것 아니냐. 개발도상국도 올림픽을 훌륭하게 치를 수 있다는 걸 보여주는 것이 아주 중요하다."

내가 그들을 설득한 주요 골자였고 이 내용은 그들에게 상당한 설득력이 있었다. 또 IOC 위원들에게 뭔가 정성이 담긴 선물로, 제수씨에게 IOC 위원 전원한테 보내는 꽃바구니를 만들도록 했다. 제수씨가 샘플로 꽃바구니 두 개를 만들어와서 하는 말이 꽃집에서 그만한 꽃을 댈 수가 없다는 말을 하더라고 했다. 나는 바덴바덴에 꽃이 없으면 프랑크푸르트에서 공수라도 하라고 했다. 그랬더니 제수씨가 꽃집을 설득해서 아예 꽃밭을 사게 만들었다고 했다. 그러고 나서 김택수 IOC 위원에게, 모두가 객지니까 우리나라 IOC 위원 이름으로 각국 IOC 위원 방에 꽃바구니를 하나씩 보내자고 했더니, 뜻밖에도 펄쩍 뛰며 싫다고 했다.

사람마다 얼굴이 다른 것처럼 생각이 다를 수도 있지만 참 놀라웠다. 싫다는 이유는 대등한 IOC 위원인데 왜 자기가 체면 없이 꽃 같은 것을 보내느냐는 것이었다. 올림픽을 유치하겠다는 나라의 IOC 위원으로서 호의를 얻고 싶은 의미 이상도 이하도 아닌 선물이 체면하고 무슨 상관이 있는지 기가 막혔다. 설득해도 말이 안 통했다. 별수없이 내 이름으로 꽃바구니가 IOC 위원들 방으로 들어갔다.

그런데 꽃바구니 반응이 그렇게 좋을 줄은 나도 미처 생각 못했던 일이었다. 이튿날 회의를 마치고 로비에 모여 있던 IOC 위원들이 우리를 보자 앞 다투어 꽃에 대한 감사의 인사를 했다. 나고야 시는 IOC 위원 부부에게 최고급 일제 손목시계를 선물했던 모양인데, 그것보다는 정성스런 마음이 담긴 꽃바구니가 부담도 안 주고 따스함을 느끼게 했던 것 같다. 더구나 여자치고 아름다운 꽃을 싫어하는 여자는 없지 않은가. 꽃값이 제일 비싼 장미로 만들어진 꽃바구니가 각국 IOC 위원의 부인들을 아주 기쁘게 만들었던 모양이었다. 기뻐하는 아내를 보면 남편 기분도 좋아지는 법이다. 아내를 기쁘게 만들어준 우리에게 감사 인사가 가는 곳마다 가득 찼다. 이 꽃바구니는 마지막 날까지 미처 시들기 전에 싱싱한 것으로 교체시켰다.

수없이 반복해서 연습한 IOC 총회 청문회도 성공적이었다. 6명의 대표단을 단상에 앉혀놓고 했던 청문회는 국립영화제작소와 KBS가 공동 제작한 15분짜리 한국 소개 영화를 상영한 후 질문을 받는 식이었다. 빌딩숲을 이룬 서울 거리가 우선 우리나라를 아프리카의 오지奧地 정도로 알고 있는 대부분의 IOC 위원들을 놀라게 했다.

"저기가 서울이냐? 도쿄나 LA와 다를 게 없잖냐?"

그런 웅성거림이 단상까지 들릴 정도였다. 가시 돋힌 질문이 없지는 않았지만, 되풀이했던 예행 연습 덕분에 훌륭하게 청문회를 마쳤다. 만사를 제치고 달려온 우리 경제인들도 자기 돈을 쓰면서 각자 참으로 열심히 뛰어주었고, 대한체육회 조상호 회장, 최만립 총무도 정말 열심이었다. 프랑크푸르트에서 달려와 우리의 식사를 만들어 댔던 아주머니들도 직원 부인들도 모두 혼연 일체로 열심이었다. 최선의 결과가 조금씩 나타나면서 나고야 열풍이 식어가기 시작했다.

88올림픽 개최지 결정 투표 전날인 9월 29일.

서독의 한 지방 신문이 "하계夏季 올림픽은 나고야로 결정된 것이나 다름없다. 그런데 한국 대표들은 그것도 모르고 아직 로비를 하고 다닌다"는 기사를 실었다. 그 기사를 보고 나고야 관계자들은 샴

페인을 터뜨렸다는 소문이었다. 그러나 나는 그동안의 로비 활동으로 확보한 서울 지지표가 적어도 46표는 된다는 계산이었다. 46표면 서울 유치였다.

투표 당일, 오후의 투표를 앞두고 한식으로 점심을 먹는데, 모두들 결과에 대한 불안과 긴장으로 분위기가 무거웠다. 나는 언론이 뭐라고 얘기하든 최소한 46표는 나올 것으로 믿는데, 내기를 걸자고 했더니 모두가 침묵으로 대답했다. 그 침묵은 곧 자신 없음의 표현이었다. 교섭 반장으로 매일 표를 점검하는 책임을 맡고 있었던 전상진 씨도 며칠 전부터 '된다'는 소리를 했었는데 확신이 없는 다른 사람들은 그저 뭘 잘 모르는 외교관의 낙관주의로 치부했었다. 그 전상진 씨가 나를 거들기 위해서였는지 아니면 자기 나름대로 확신이 있었는지 자기는 46표보다 많은 50표 이상으로 생각한다면서 내기에 응했다. 우리는 실무 지원 책임을 맡고 있던 이연택 총리실 조정관을 증인으로 세워 20마르크를 걸었다.

시간이 되어 회의장으로 가는데 북한 사람들이 마치 우리를 기다리고 있었던 듯이 대뜸

"정선생님, 쓸데없는 짓 하지 말고 돌아가시오. 벌써 더 끝났시요. 한국은 안 됩니다. 정선생님이 아직도 계시다니 참 답답합네다."

했다. 나는 이제 오늘 결정이 나는데 결정되는 거나 보고 가야 하지 않겠냐고 대꾸했더니

"벌써 결정났습네다. 신문도 못 봤습니까?"

하고 빈정거렸다. 나는 독일어를 몰라서 못 봤는데 기사가 어떻게

났더냐고 되물었다.

"조오은(좋은) 소식 났습디다. 그러니 돌아가시오. 다 끝났다니까요."

"투표도 안 했는데 끝났다니요?"

"하나마나, 그래 정선생은 투표하면 몇 표나 나올 것 같소?"

"체면 유지할 정도는 나오겠지요."

"체면 유지요? 3표 나올 거요, 3표."

더 상대할 필요가 없었다.

"아이고, 우리는 3표만 나와도 체면 유지합니다."

하고 말았다. 마침내 발표 시간이 다가왔다. 대표단은 총회장에 알파벳 순서대로 앉았는데, 일본이 우리 앞에 앉았다.

드디어 오후 3시 45분.

사마란치 IOC 위원장이 투표 결과를 발표했다.

"쎄울."

더 들을 것도 없었다. 우리 대표단은 일제히 만세를 부르며 벌떡 일어서서 서로 얼싸안았다. 내가 예상했던 46표보다 6표가 더 나와 52:27로 나고야를 물리친 것이었다. 나도 놀랐고, 우리 대표단 모두가 놀란 득표수였다. 축하 인사를 하면서 손을 내미는 나고야 시장을 보니, 두 눈에서 눈물이 강줄기처럼 흐르고 있었다. 다 이겼다고 생각한 싸움에서 진 그가 흘리는 눈물에 조금 당황했고, 그리고 역지사지易地思之로 바꿔 생각할 때 꽤 미안한 생각이 들었다.

저녁 7시부터 서울시 주최 축하 리셉션이 열렸고, 이튿날은 바덴바덴에서 가장 좋은 식당을 빌려 내가 축하 파티를 열었다. 올림픽 유치에 성공한 날, 나는 유창순 씨한테 북한의 IOC 위원 김유순을 한 번 만나보라고 했다. 유치에는 성공했지만 그러나 북한이 방해 공작을 안 한다는 보장이 없었기 때문에, 만나서 그들의 반응을 살피고 대화를 나눌 필요가 있었다. 그리고 이튿날 회의장에서 유창순 씨와 함께 김유순을 만났는데, 몇 마디 나누기도 전에 보안 요원으로 보이는 검은 안경을 쓴 젊은 사람이 끼어들어 대화를 계속할 수가 없었다.

프랑크푸르트에서 한국인 밴드까지 불렀던 축하 파티에는 IOC 위원들도 거의 다 참석했다. 모두가 손에 손을 잡고 아리랑 합창을 했고, 나는 손기정 씨와 같이 춤도 추었다. 그런데 죽을힘을 다해 뛰었던 사람들은 가만있는데, 재만 뿌리거나 수수방관했던 사람들이 요란하게 떠들면서 으스대는 것은 참으로 보기가 힘들었다. 아무 말도 하고 싶지 않았다.

아무 말도 하기 싫었다. 오직 청운동 내 집으로 돌아가 쉬고 싶다는 생각밖에는 없었다. 조중훈 씨가 전세 비행기를 내서 모두 파리로 가게 되었는데, 나는 비행기 대신 자동차로 움직였다. 열흘 동안 내 발 노릇을 해주었던 독일인 운전 기사의 벤츠에 제수씨와 이병규 씨, 몽준이와 함께 타고 파리까지 6시간이 넘는 동안 나는 단 한 마디도 입을 열지 않았다.

88올림픽이 성공적으로 개최된 후에 3천5백억 원의 흑자黑字를 냈다는 발표와 함께 올림픽에 관계했던 사람들에게 줄줄이 훈장이 주어졌다. 그러나 정부가 발표한 3천5백억 원의 흑자는 복권 발행으로 국민에게서 거두었던 돈을 흑자로 돌린 것이지, 순수한 의미의 흑자는 아니었다. 올림픽은 원래 적자만 안 나면 다행으로 생각해야 하는 것이 원칙이고, 또 흑자가 나서도, 흑자가 날 수도 없는 행사이다. 나는 대한체육회장 시절 올림픽 복권 발행을 요행심만 조장한다는 이유로 반대했다.

줄줄이 주어졌던 훈장도 공정치가 못했다. 별로 한 일도 없는 장관들에게는 모조리 국민훈장 무궁화장을 주면서 자기 돈과 시간을 쓰면서 몇 날 며칠을 바덴바덴에서 그토록 열심히 협력했던 기업인들 중에 훈장을 탄 것은 나 한 사람뿐이었다. 국민이 내는 세금으로 월급을 받는 각 부처 장관들은 당연히 해야 할 일을 했을 뿐이고, 그것도 더러는 제대로 하지도 않았는데, 어떤 기준과 무슨 명분으로 그들에게 국민훈장 무궁화장이 주어졌는지를 나는 지금도 알 수가 없다.

정말 훈장받을 사람들은 현지에서 죽도록 발로 뛰고 머리로 뛴 이들이다. 그때 함께 고생했던 사람들로 만들어진 바덴바덴 동우회는 아직도 매년 9월 30일이면 모여 식사를 하면서 동지애를 다진다.

대한체육회장 2년 2개월

국민이 내는 세금으로 운영되는 국가 기관에서 일을 했던 것이 평생에 단 한 번 있다. 1982년 7월 14일에 취임해서 1984년 9월 30일에 해임됐던 2년 2개월 동안 대한체육회의 회장 직책을 맡았을 때다.

1982년 7월 어느 날, 무임소장관 노태우 씨, 체육부장관 이원경 씨, 체육부차관 이영호 씨와 함께 롯데 호텔 일식집에서 만났는데, 그쪽의 저녁 초대였다. 느닷없이

"정회장 축하합니다."

라는 영문 모를 축하 인사로 시작된 그날의 식사 초대는 내가 대한체육회 회장으로 임명됐다는 소식을 전하는 자리였다. 그런 자리에 욕심도 없었을 뿐 아니라 사전에 일언반구의 의사 타진도 없는 임명도 마뜩지가 않아서, 나는 할 의사도 없고 적임자도 아니라는 이유로 사양했다. 대통령이 임명한 자리를 사양하는 건 있을 수 없다는 사고방식을 가진 그들과 밤 11시까지 실랑이를 하면서도 나는 끝까지 굽히지 않았다.

이튿날 예고 없이 내 사무실로 나타난 이원경 장관을 따라서 청와대로 들어갔다. 대통령이 부른다는데 안 들어갈 장사는 대한민국 기업인 중에 누구도 없다. 진위야 어찌 됐든, 누구는 도로 사정 때문에 청와대 만찬에 좀 늦었대서 괘씸죄에 걸려 기업을 공중 분해당했다는 풍문도 돌아다니는 한심한 정치 수준의 나라이니, 괘씸죄가 무서워서라도 부른다면 만사 제쳐놓고서라도 들어가야 한다. 전대통령은 내가 들어가 인사를 하고 의자에 앉자마자 대뜸

"정회장, 왜, 자리가 낮아서 안 한다는 겁니까?"

라고 말했다. 나는 평생을 자리의 높낮이도 일의 귀천貴賤에 대해서도 따지고 생각하면서 산 적이 없는 사람이다. 막노동을 하면서 내

처지를 비관해본 적도, 쌀가게 점원을 하면서 주인보다 내가 못하다는 생각을 해본 적도, 다른 직원보다 내가 잘나서 사장, 회장이 되었다는 생각도 맹세코 해본 적이 없다. 또, 직위의 높낮이로 사람을 존경하거나 무시하는 것도 나는 혐오한다. 직위라는 것은 어떤 일을 하는 데 있어서 그 일을 보다 잘할 수 있게 하려는 필요에 의해 가장 적합하다고 생각되는 사람에게 주어지는 '책임' 그 이상도 이하도 아니다. 직위란 능력에 맞춰 주어지는 '책임'일 뿐 책임을 어떻게 잘 수행할 것인가에는 관심 없이 '자리' 행세나 하는 사람은 한심한 인물이다.

나는 어떤 자리든 내가 해도 여러 가지로 크게 잘못될 건 없다는 생각이 들지 않으면 절대로 받아들이지 않았다. 건설협회장도 끝끝내 고사하고 회장 대신 기획위원회 기획실장을 얼마 동안 맡았는데, 그 이유는 건설업을 하는 내가 회장직을 맡으면, 공직을 이용해서 잘 큰다는 둥 어쩌고저쩌고 하는 불쾌한 뒷소리를 틀림없이 듣게 될 것이 싫어서였다. 이런 내용의 얘기를 한 뒤에

"나는 올림픽 유치에 관여했을 뿐 체육에 대해서 아는 것도 전혀 없는 사람입니다. 나보다는 체육에 대한 관심과 애정이 많은, 우리나라 체육 발전에 대해서 열심히 생각하고 연구하고 기여한 사람이 적임자이니 그런 인재 중에서 적임자를 찾으십시오."
하고 예의를 갖춰 사양했다.

세상을 살면서 많은 사람을 만나다 보면 분명히 둘 다 우리말로 얘기하는데도 말이 안 통하는 이를 심심치 않게 만나게 된다. 그날

전두환 대통령이 그런 사람이었다.

"대한체육회 산하 경기연맹도 전부 국회의원들한테 맡길 건데, 국회의원들은 서로 하려고 해요. 정회장 그 자리가 낮은 자리가 아니라니까요."

그토록 길게 얘기했는데, 여전히 나는 자리가 낮아서 안 하겠다는 사람이 되어 있었다.

"나는 국회의원들을 다룰 능력도 없고, 또 다룰 생각도 없고, 그러니 안 하겠습니다."

별수없이 그런 말로 피했더니 이번에는

"아, 이제 앞으로 국회의원들 다 내보내고 각 기업체 장들한테 하라고 할 거니까, 거 뭐 전경련 회장 하는 거나 마찬가지 아뇨? 거 자리가 그렇게 낮은 게 아닙니다."

라고 하는 것이었다. 내 얘기는 다 헛수고였고, 대통령은 끝끝내 '자리가 낮아서'였다. 사양하고 사양하는데, 옆에서 나 못지않게 답답했을 이원경 체육부장관이 우선 얼마 동안이라도 맡아달라고 요청했다. 별수가 없었다. 오래 버틴다고 내 진의가 통할 희망도 없었고, 나중에는 오히려 그 자리를 받아들여야 자리가 낮아 안 하겠다고 한 것이 아니라는 해명이 되는 게 아닌가 싶은 생각도 들었다. 그렇다면 딱 1년만 해보겠다는 단서를 달아 체육회장직을 받아들이고 청와대를 나왔다.

1년만 하겠다고 했던 그 자리는 LA올림픽 때문에 좀 더 앉아 있어야 했다. 재임 기간 2년 2개월 동안 나는 정부나 체육계 일부 인사들에게 두루두루 불만족스러운 체육회장이었을 것이다. 우선, 돈 많은 사람이 들어와 앉았으니 체육회에 돈 좀 쓸 것이라고 생각했던 사람들의 기대를 나는 채워주지 않았다. 바쁜 시간과 그렇잖아도 쓸 곳이 많은 머리를 나누어 최선을 다해 체육회 일을 하면 됐지, 거기에 내 개인 돈까지 쓸 이유는 눈곱만큼도 없었다. 일하는 능력으로 내가 필요했던 것이 아니라, 체육회에 돈이나 펑펑 써줄 멍청한 '봉'으로 나를 선택한 것이라면, 그것은 모욕이며 불쾌하기 짝이 없는 뱃속이 아닌가.

청와대와의 관계도 부드럽지 못했다. 체육인으로서 생애 최고의 영광이라는 올림픽선수단장을 선정하는데, 청와대 의중대로 해달라는 의사 표시가 있었다. 올림픽선수단장을 선정하는 것은 체육회장의 고유 권한이다. 고유 권한을 내 뜻이 아닌 다른 사람 뜻대로 좌지우지당하는 '핫바지저고리'를 나더러 하라는 말이었다.

나는 그럴 수 없다고 대답했다. 그랬더니 그럼 복수 추천을 해 올리라고 했다.

그것도 거절했다. 그러고는 내가 적임자로 결정한 사람을 신문에 먼저 발표해버렸다. 청와대가 몹시 불만이었겠지만 일단 신문에 보도된 이상 더 어쩔 수 없었을 것이다. 나는 청와대에 들어가서도 분명하게 말했다.

"내 이름을 걸고 일하는 이상, 내 권한을 양보도 안 할 것이고 책임을 피하지도 않겠다."

IOC 위원 추천도 문제가 되었다. 청와대는 지금은 고인故人인 박종규 씨를 생각하고 있었다.

"앞으로 88올림픽을 치러야 하기 때문에 이번 IOC 위원은 과거에 체육계와 관련이 있었던 인사로 국제 외교 감각에도 손색이 없는 사람을 적임자로 생각하는데, 박종규 씨는 염두에 없습니다."

이렇게 말하고 청와대를 나왔더니, 그 후 자기들끼리 그냥 박종규 씨를 임명해버렸다. 그때, 청와대와 더 불편해질 필요가 없다는 생각에 그대로 넘겨버리고 말았던 점이 체육회장 재임 중 유일하게 지금까지도 꺼림칙하고 불만스러운 일이다.

그러다가 LA올림픽이 열렸던 해인 1984년 9월 30일 우리나라에서 국제경기단체회의가 열렸다. 서울올림픽을 앞두고, 우리나라 유도협회장을 국제유도협회 부회장으로 피선되게 할 작정으로 회의에 참석했던 국제 유도인들을 접대했다. 모두 대단한 체력들인 그들과 독주毒酒를 과하게 마시고 위경련이 나서 이튿날 제시간에 못 일어나고 누워 있는데, 체육부차관이 전화를 했다.

"오늘, 대한체육회장 해임입니다."

해임 통고였다. 이것저것 내가 껄끄럽기도 했겠지만, 몽준이가 울산에서 무소속 국회의원 출마를 한 것이 나의 체육회장 해임의 이유였을 것이다.

몽준이는 출마 후 경호실장에게 불려가 출마 포기 압력을 받았었다. 당선도 안 되겠지만, 여당 표를 깎아먹지 말고 그만두라는 것이었다. 미국 교육을 받은 아이에게 통할 얘기도 아니었고, 민주주의 국가에서, 더구나 자기네 정당도 아닌 입후보자에게 출마 포기 압력

은 말이 안 되는 짓이다. 늘 상 하는 식대로

"만약 출마를 포기하지 않으면 '현대' 문 닫을 줄 아시오."

라는 협박까지 받았다고 했다. 그렇다고 포기하라고 할 아버지도 아니었고, 포기할 아들도 아니었다.

체육회장직에서 해임되면서 체육회장 당연직이었던 대한올림픽위원장직에서도 자동적으로 내려왔지만, 1981년 11월 맡겨졌던 올림픽조직위 부위원장직은 그냥 계속했다.

이처럼 마지막 모양새는 좀 우습게 됐지만, 그러나 체육회장 재직 시, 또 올림픽조직위 부위원장으로서 23회 LA올림픽 대회 참가와 86아시안게임 준비, 성공적인 88올림픽 개최를 위해서 나는 최선을 다했다.

나는 우리 '현대'에서 해외 경력이 있는 간부급 직원들을 올림픽 조직위원회에 정예 사무 요원으로 파견했고, 한강 치수 정비 사업과 한강변의 기적을 보여줄 여건을 조성케 했다. 올림픽 관련 정보 처리 시설 및 전시물도 기증했고, 88 공식 자동차 공급업체로서 경기 진행용 전 차량을 무상 공급해주었다. 대회 관계자와 해외 유력 인사들을 초청해 산업체 시찰 등으로 정성껏 접대도 했으며, 해외 현지 지점장들을 동원해서 전 세계 올림픽의 유력 인사와의 접촉과 참여도 유도했다.

당시의 정부를 위해서가 아니었다.

내가 태어나 살고 일하고, 우리 후손들이 살아갈 내 나라를 위해서였다. 정부가, 사람이, 권력이, 마음에 들건 안 들건 조국은 언제나 우리들의 것이며 우리 후손들의 것이다. 조국은 날마다 발전, 번영하면서 영원해야 한다.

　반드시 짚어둘 얘기가 있다.

　88올림픽 준비 과정에서 나는 단 1원의 올림픽 관련 수익 사업도 하지 않았고, 단 1원의 올림픽 시설 공사도 하지 않았다.

수출 주도 산업으로 '현대전자'를

　내가 전자 산업電子産業의 타당성 검토를 지시한 것은 1978년 '현대중전기(주)'를 설립하면서부터였다. 이때는 우선 TV를 비롯한 가전家電제품을 위주로 한 전자 산업을 염두에 둔 타당성의 검토였다. 그런데 당시 미국에 대량으로 수출되던 국산 TV에 대한 미국 시장의 수입 규제가 강화되는 등 좋지 않은 여건 때문에, 가전 산업 진출은 일단 유보시켰다.

　단지 유보였을 뿐 포기가 아니었다. 그러다가 중화학 투자 조정을 거치면서 '현대'의 산업 구조를 종래의 중후장대重厚長大에서 다른 방향으로 전환시켜야 할 필요성을 더욱 절감했다. 중화학 부문에서는 일관 제철과 유화 분야油化分野를 제외하면 이미 다 갖췄을 뿐만 아니라, 조정이다 뭐다 하는 상황에 신규 투자를 할 요인도 의욕도 없었다. 하고 싶은 것은 일관 제철소 건설이었지만 추진할 계제가 아니었고, 그저 '인천제철'이나 키우면서 좋은 시절이 오기나 기다리는 수밖에 없었다. 우리의 숙원 사업 일관 제철소 건설은 그로부터 20년이 흐른 지금까지도 정부의 완고한 불허 방침으로 아직 실현을 보지 못하고 있다.

그러나 반드시 이 숙원을 풀고 말 작정이다. 1970년대 '현대'는 우리 경제가 중공업 수출 주도형으로 탈바꿈하는 데 견인차 역할을 했다고 자부한다. 그러나 1980년대에는 중공업을 대체할 새로운 수출 주도 산업이 필요했다. 자동차, 중공업, 건설을 하면서 이 분야의 전기, 전자 기술이 하루가 다르게 발전하는 것을 피부로 느꼈기 때문에 중화학 부문의 지속적인 성장을 위해서도 전자 산업을 하지 않으면 안 된다는 결론이었다. 특히 자동차의 전자화電子化는 장차 자동차 사업의 성패를 가늠할 궁극적 핵심 요소가 될 것이 분명했다. 1980년대에 들어서 전륜구동차前輪驅動車가 일반화되었고, 그러면서 엔진 제어 장치를 중심으로 한 자동차의 전자화 추세는 급가속되었다. 그 위에 자동차의 고급화 추세가 엔진 제어뿐 아니라 다른 여러 가지 전자적인 편의 장치까지 요구했다. 때문에 자동차 산업은 그때 막 보급되기 시작했던 퍼스널 컴퓨터와 함께 최대의 반도체 수요 제품이 되었다. 1980년대 들어서 수출용 양산차 생산 공장을 짓고 있던 우리에게는 전자 기술의 확보가 더더욱 시급한 과제였다.

1981년 12월 초, 그룹종합기획실에 신규 사업팀을 만들어 전자 사업 진출에 대한 기초 조사를 착수시켰다. 이듬해 1982년부터는 매주 전자 사업 관련 회의를 주재하면서 전자 사업에 대한 구상을 구체화하기 시작했다. 그 과정에서 나는 국내 시장에서 경쟁이 치열하고 수출 여건도 좋지 않은 가전보다는 국내 수준이 초보 단계이기는 하지만 투자와 기술 개발 여하에 따라 대규모의 수출 산업화가 충분히 가능한 반도체와 산업 전자를 하자는 생각을 굳혔다.

항상 그랬듯이 나는 자체 수요나 국내 시장만으로 끝나는, 수출 경쟁력이 없는 사업에는 흥미를 못 느낀다. 그래서 전자 산업도 남들이 이미 하고 있는 가전 분야에 뒤늦게 끼어들어 경쟁만 심화시키기보다는 수출 잠재력이 크면서도 기술이나 자금 문제 등으로 타기업이 선뜻 나서기를 꺼리는 분야를 선택한 것이다. 그렇다고 가전 분야에의 진출을 전혀 고려하지 않았던 것은 아니었다. 왜냐하면 초기 투자가 엄청난 반도체, 산업 전자 사업을 보조하는 수단으로 가전도 고려하지 않을 수 없었다. 일본의 경우에도, 정부의 지원을 받으면서도 반도체 산업이 흑자를 내는 데까지 18년이 걸렸다는 사실을 무시할 수 없었기 때문이다.

1982년 4월에는 그룹의 사장단들과 함께 해외 세일즈 활동에 나섰는데, 이때 미국의 실리콘밸리도 둘러보았다. 6월에 다시 미국에 간 길에 IBM도 방문하고, 재미在美 과학자들도 만나보았다. 그러는 중에 나는 종래의 기술 도입 - 기술 소화 - 기술 개발의 수순으로 반도체, 첨단 사업을 해서는 선진국과의 현격한 기술 격차를 단시일에 극복하는 것이 불가능하다는 판단을 얻었다. 불가능을 가능으로 바꾸는 방법은, 어떤 모험을 치르든지 간에 미국이나 일본이 달리고 있는 바로 그 시점의 기술 발전에 동승하는 것이었다. 날아가고 있는 비행기에 뛰어올라 같이 타고 가는 길 외에는 없었다.

1982년 8월, 이현태 그룹종합기획실장을 미국으로 보내서 재미교포 회사 KDK Electronics와 전자 사업의 기술과 제품 전략에 관한 조사 용역 계약을 체결했다. 그리고 그 조사 결과와 그룹종합기획실의 기초 조사를 토대로 기본 전략을 만들었다. 첫째, 한국의 생산 능력과 미국의 엔지니어링의 설계 능력을 결합하는 전략을 채택, 최단기간 내에 일본을 제압한다. 이를 위해서 미국에 현지 법인을 설립, 미국에서 설계를 담당하고, 국내에서는 미국에서 개발한 제품을 양산하는 이원화 체제를 갖춘다. 둘째, 설비투자가 크고 제품의 라이프 사이클이 짧은 반도체 사업에서 리스크를 최소화하기 위해서 시장성이 큰 소수 제품을 대량 생산하는 방식을 취한다. 셋째, 초기 반도체 부문에서 대규모 적자는 불가피하므로 자동차 전장품, PC 등 시스템 부문을 중시하여 회사 설립 초기의 경영 적자를 최소화한다. 넷째, 목표 기술 수준은 선폭 2미크론(당시 국내 수준 5미크론), 웨이퍼 크기 5인치, 집적도 64K 내지 2백56K급의 VLSI(고집적반도체회로)로 한다. 1982년 12월 사업 계획서를 상공부에 제출했고, 1983년 2월 23일 '현대전자산업주식회사'의 설립 등기를 마쳤다. 그리고 20여 일 후인 3월 16일에는 캘리포니아 주 산타바바라에 Modern Electrosystems Inc.(MEI)라는 상호로 미국 현지 법인을 설립했다.

'현대전자'의 이천 공장은 1983년 11월에 착공해서 1986년 10월에 1단계 종합 준공을 보았다. 이때까지의 설비투자액이 2천7백80억 원이었다. 한편 미국 현지 법인은 1983년 7월에 착공해서 이듬해 10월, 연건평 2천8백 평 규모의 공장을 완공했다. 현지 공장의 완공과 함께 미국 현지 법인이 개발한 반도체 양산 준비에 들어가면서 동시에 정보 및 통신 기기와 카 오디오 등의 전장품과 반도체 조립 사업에 전념했다. 1984년 4월에는 캐나다 노바텔 사의 차량 전화기 생산을 개시, 같은 해 12월에는 국내 최초로 미주 지역에 차량 전화기를 수출하기도 했다.

1985년 3월에는 미국 TI(Texas Instrument)사 및 GI(General Instrument)사와 약 4억 달러 규모의 생산 계약을 체결, 반도체 조립의 생산이 본격화되었고, 6월에는 일본 리코사 제품을 수주했고, 디지타이저, 모뎀 등 컴퓨터 주변 기기의 생산과 수출도 개시되었다. 또 카 오디오 자체 개발과 생산, 위성 방송 수신기, 저잡음 증폭기, 키폰, 무선 전화기 등의 개발과 생산, 수출이 이어지면서 '현대전자'의 초창기 경영 수지 개선에 많은 보탬이 되었고, 전자 부문에서 '현대'의 기술력을 과시하는 계기도 되었다.

우리의 전자 사업 참여에 대해서 '전자가 무엇인지도 모르는 사람들이 계획만 거창하게 세워놓고 무모한 짓을 한다'고 하던 사람들이 예상 밖의 우리의 성과에 꽤나 놀라워했다. 그렇지만 새로운 사업을 실현하자면 초창기의 시행착오와 시련은 통과의례처럼 거쳐야 하는 과정이다. 예외가 없다.

'현대전자'는 초창기에 '유엔군 부대'라는 소리를 들었다. 짧은 시간에 여러 부류의 의견을 끌어내기가 쉽지 않았다. '현대' 인력은 관리 쪽을 맡았고, 생산, 개발, 영업은 다양한 경력을 가진 사람들을 모아 구성했는데 의욕만 앞서고 전자 산업에 대한 이해가 부족했던 '현대' 출신들과 다른 분야 사람들의 조화가 여의치 않았다.

심지어는 서로 경험이나 경력이 다른 기술진들간에도 문제가 없지 않았다. 이 '유엔군 부대'를 '현대 부대'로 만드는 것이 큰 숙제였고, 그 숙제를 푸는 데 꽤 많은 시간이 걸렸다. 무엇보다도 전자 산업의 특성을 몰랐던 것이 함정이었다. 그 외에도 이러저러한 시행착오와 사업 부진을 겪어가면서 나는

"너무 조급할 것 없다. 언젠가는 제대로 된다는 희망을 갖자."

면서 격려를 아끼지 않았다.

1980년대 들어 미국의 기술 보호주의가 심화되면서 첨단 기술은 쉽게 들여올 수도 없었고, 유사한 기술도 제휴선을 잘못 잡으면 특허권 침해 시비에 걸려들기 십상이었다. 국내 시장을 일본에 빼앗겼던 경험이 있는 미국은 저임금과 숙련 노동력으로 침투해오는 신흥 공업국 제품에 대항하기 위해서 지적 소유권 보호를 한층 강화했다. 이에 편승해서 로열티 수입 증대를 목적으로 한 미국 업체들의 신흥 공업국 업체 상대 특허권 침해 소송에 국내 전자업체 대부분이 말려들었고, '현대전자'도 1980년대 후반, 인텔과 모토롤라로부터 제소당했다.

우리는 2백56K급 메모리 개발 경험을 바탕으로 1M급 메모리 개발에서는 처음으로 순수 자체 기술로 추진했다. 이보다 앞서 1986년 4월에는 국책 과제 4M D램 개발에 참여해서 차세대 메모리 개발을 위한 준비에 들어가기도 했다. 1M D램은 1988년에 개발이 완료되

었고, 이에 자신을 얻은 '현대'의 반도체 기술 개발은 가속도가 붙었다. 1988년까지 나는 모든 제품의 자체 개발 체제를 굳히기 위해서 '현대전자'의 시설·연구 개발비로만 5천억 원을 투자했다. 1988년은 '현대전자'에 축배를 들게 한 해였다. 이 해에 '현대전자'는 4천6백억 원의 매출을 올려서 당기 순이익 3백5억 원을 내고, 창업 5년 만에 국내 기업사상 최단기 흑자를 기록했다.

가전제품으로 내수 기반을 가진 국내 다른 전자업체들과는 달리, 수출에만 의존해야 하는 반도체, 산업 전자만으로 이루어낸 이 흑자 기록은 의미가 특별하다. 이 흑자는 그때부터의 '현대전자' 초고속 성장의 희망찬 출발 신호이기도 했다. 일본의 어느 전자 회사 사장이

"만약 지금 정주영 회장이 반도체 시장에 뛰어든다면, 그 사람 생전에 흑자는 보지 못할 것입니다."

라는 말을 했다고 한다. 사실, 초창기 기술 제휴로 반도체 생산을 해내면서도 나 빼놓고는 하나같이 모두 자신감들이 없었다. 반도체 사업에 대한 회의가 팽배했고 1M D램을 우리 손으로 만들어보자고 시작하고서도 쉽지가 않았던 탓에 사기는 극도로 저하되어 있었다. 세계적인 추세는 이미 2백56K D램에서 1M D램으로 넘어가는 시점이었는데, 공장을 돌릴 마땅한 제품이 없었다. 큰 공장을 놀릴 수는 없으니까 차라리 개발을 포기하고 외국 기술을 갖다가 공장이라도 돌리자는 주장도 만만치가 않았다. 그런 사람들을 붙잡고 '그래도 우리 기술을 한번 믿어 보자'는 설득도 수차례 했다.

'현대전자'는 고속 성장을 거듭해서 1996년도에는 매출이 3조 1천

6백72억 원이나 되었고, 반도체, 통신 기기, 멀티미디어 등 첨단 산업에서 높은 성과를 거두었다.

'현대전자'의 21세기 비전은 세계 최우량 기업으로의 성장이다. 그것을 위해서 21세기 사업 구조를 현재의 메모리 반도체 위주에서 미래 첨단 산업 위주로 개편할 예정이며, 해외 사업 강화로 2000년까지 해외 매출을 1백34억 달러로 늘릴 계획이다.

'현대전자'의 2000년의 매출 목표는 21조 5천억 원이다. 기업이란 자신감이 가장 중요하다. 어려운 일을 해 나가다 보면 회의가 들고 사기가 떨어지면서 점점 포기하고 싶어질 수도 있다. 그럴 때 경영자가 할 일은 자기 능력에 대한 흔들림 없는 자신감으로 사기를 올려가면서 목표를 향해 매진하는 것이다.

'현대전자'가 난관 속에서도 기술 자립을 이루고 경영이 호전된 것은 물론 현장에서 주야로 땀 흘리며 애쓴 전 임직원과 기능공들의 노력의 결과이다. 그러나 전자 산업에 대한 나의 집념과 자신감, 그리고 반드시 성공시킬 수 있고 성공시키고야 말겠다는 의지로 총력을 다한 뒷받침을 했던 나도 한몫 단단히 했다고 자부한다.

국토는 넓을수록 좋다

원래 작은 국토이나 그나마 반으로 잘려 더 작아진 우리 입장으로 볼 때 국토 확장은 필수적인 과제이다. 게다가 인구는 많고 식량 자급량도 절대 부족이다. 천혜의 조건을 적극적으로 이용해서 좁은 국토를 한 뼘이라도 더 늘려 후손에게 물려주는 일도, 기업 경영으로 고용을 창출하고 산업 발전에 기여하고 나라를 살찌게 하는 일 못지 않게 보람 있고 중요한 일이다.

굴곡이 많은 서해안의 천수만淺水灣은 간척 사업으로 국토 확장을 할 수 있는 최적의 조건을 갖춘 곳이다. 언제부터인지 나는 나 개인으로서의 독자적인 천수만 간척 사업에 대한 꿈을 키우고 있었다. 그런데 1978년 하반기로 접어들면서 해외 건설 경기가 퇴조해가는 조짐이 보였다. 해외 건설 수주가 줄어들면 해외 시장에 나가 있는 우리 근로자들의 일자리도 당장 문제가 되었고, 그곳에 투입해놓은 수많은 장비들의 처리 문제도 심각한 것이었다.

나는 박대통령에게 해외 우리 장비들을 갖다가 국토 확장 사업에 투입해서 유휴 노동력도 흡수하는 것이 좋겠다고 건의를 했다. 1978년 여름에는 부동산투기종합대책이 발표되고 토지개발공사가 설립되면서 국토개발연구원이 문을 여는 등 토지에 관한 연구와 대책으로 분주했다. 그때 정부가 직접 하고 있던 간척 사업은 거의 다 지지부진한 상태였고, 정부는 사업의 경제성과 유휴 인력 집중 활용의 효율성을 이유로 가능한 한 간척 사업을 민간 기업에 떠맡기고 싶어했다. 그래서 만들어진 것이 대단위 간척 사업에 민간인의 참여를 허가한다는 대통령령 특별 법령이었다.

서산瑞山 간척지는 노동자 숙소까지 지어놓고도 몇 해를 끌다가 정부의 능력으로 도저히 안 되니 나한테 떠맡아달라는 요청이 그전부터도 집요했었다. 정부의 간척 사업 권유를 받은 기업 중에서 동아와 우리 두 군데만 신청을 했는데, 우리는 서산 해안 공유 수면 매립허가를 그해 8월 24일에 따내었다. 그렇게 시작해서 오늘의 서산 농장이 만들어지기까지 나는 아버님 생각을 참 많이도 했다.

내 어린 시절, 농사일, 농지 개발, 간척일 등을 통해서 아버님께서 나에게 보여주셨던 그 강인한 정신과 토지에 대한 애정은 참으로 숙연할 정도로 존경스러운 것이었다. 그런 아버님께 바치는 나의 존경의 헌납품이 바로 서산농장이다. 또 나는 모든 사람이 우리나라는 안 된다고 하지만, 우리의 농업도 미국처럼 기계화해서 미국과 경쟁할 수 있다는 것을 한번 보여주고 싶은 욕심도 있었다. 허가를 얻어놓고 예상한 대로 내리막길을 걷기 시작한 중동 건설 시장에서 중장비들을 철수시켜 3백50대를 단계적으로 들여왔지만, 정치적인 불안과 자금 사정으로 착공을 늦출 수밖에 없었다. 그러다가 박대통령 시해 사건과 신군부의 등장 등으로 혼란을 겪고 1982년 4월에야 B지구 방조제 연결 공사에 착수할 수가 있었다. 그리고 A지구는 이듬해인 1983년 7월에 착공했다.

민간 기업으로는 최초의 이 간척 공사는 타산적으로 따지면 할 수 없는 공사였다. 돈을 버는 사업으로였다면 같은 돈으로 다른 땅을 사거나 새로운 사업을 시작하는 것이 돈의 회전도 빠르고 벌이도 훨씬 좋았을 것이다. 서산 간척 공사는 수천억 원의 공사비 투입 말고도 간척이 어려운 갖가지 악조건과 싸워야 했다. 그곳은 원래 조석朝夕으로 간만干滿의 차가 심할 뿐 아니라 썰물 때는 물오리 다리가 부러져

버릴 정도로 물살이 거세어 방조제 공사 같은 것은 아예 불가능하다고 되어 있었다. 옛날부터 장연長淵의 장산곶, 강화江華의 손돌풍孫乭風, 태안반도의 안흥만安興灣은 간만의 차가 심하고 물살이 거세어 배들의 침몰과 좌초가 잦았던 곳이다. 조선 시대에는 서산과 태안 사이의 좁은 목에 수로水路를 내어 천수만과 가로림만加露林灣을 맞닿게 만들어 수로를 단축하려다가 너무 거센 물살 때문에 실패하고 말았던 곳이기도 하다.

사업 승인 신청서를 접수했던 농수산부도 회사 중역들도 회의적이었다. 개략적인 공비 산출만으로도 막대한 금액이 소요될 공사인데 채산성이 전혀 없는 짓이었기 때문이다. 그러나 처음부터 채산성은 집어치운 일이었다.

방조제 공사의 관건은 밀물 썰물 때의 유실流失을 최소화하는 것이었다. 부석면 창리와 남면 당암리를 잇는 1천2백m의 B지구 방조제의 최종 물막이에는 조수속潮水速을 늦추기 위해 개당 4.5t짜리 바위에 구멍을 내서 철사로 2~3개씩 묶어 바지선으로 운반해서 투하했다. 부족한 돌은 현장에서 30km나 떨어진 곳의 석산을 개발해서 실어 날랐는데, 15t짜리 덤프 트럭 1백40대가 동원되었다.

'정주영 공법'으로도 불리고 있는 유조선 공법은 1984년 2월 25일에 했던 A지구 최종 물막이 공사에서 쓰였던 것이다. 총연장 6천4백m의 방조제 공사에 최후로 남았던 2백70m 길이의 물막이가 난제 중의 난제였다. 위험 수위 때의 한강 유속이 초속 6m라는데 이곳의 급류는 초속 8m로 쳐다만 보고 있어도 빨려 들어가버릴 것 같은 무서운 속도의 급류였다. 자동차만 한 바위 덩어리도 들어가는 순간 쓸려 내려갔고, 철사로 엮은 돌망태기들은 아무리 쏟아부어도 속수무책이었다.

그러다가 어느 순간 번쩍 떠오르는 생각이 있었다. 해체해서 고철로 쓰려고 30억에 사다가 울산에 정박시켜놓고 있던 스웨덴 고철선 워터 베이 호號를 끌어다 가라앉혀 물줄기를 막아놓고 바위 덩어리들을 투하시키면 될 것 같았다. 나는 즉시 '현대정공', '현대상선', '현대중공업' 기술진들에게 폭 45m, 높이 27m, 길이 3백22m의 23만t급 고철 유조선을 안전하게 최종 물막이 공사 구간에 가라앉힐 수 있는 방법을 연구하도록 했다.

이 물막이 공사는 완벽한 성공작이었다. 유조선을 이용한 최후의 물막이 공사로 얻은 3천3백만 평의 갯벌에 1천4백만 평의 담수호를 합쳐서, 나는 총 4천7백만 평을 새로이 우리 국토 면적으로 추가시켰다. 4천7백만 평이라는 이 면적은 우리나라 최대 곡창인 김제평야보다 넓은, 여의도의 33배 넓이다. 유조선 공법으로 절약된 공사비는 2백90억 원이었다. 『뉴스위크』지와 『타임』지에까지 '유조선 공법'이 소개되었고, 런던 템즈 강 하류 방조제 공사를 맡았던 세계적인 철 구조물 회사에서는 유조선 공법에 대한 자문을 구하기도 했다.

방조제 공사가 끝나면서 곧장 제염除鹽 작업에 들어가서 7년 만에 완전히 끝을 냈다. 1987년에 B지구 3만 5천 평 시험답試驗畓에 통일계 5종, 일반계 8종 총 13종의 벼를 처음으로 심었다. 염분이 가장 많았던 1만 3천 평에서는 수확이 신통치 않았지만, 나머지 2만여 평에서는 다른 평야 지대보다 오히려 수확이 많았고, 염도 때문에 병충해도 적었다.

천수만 간척 사업은 국토 확장이라는 직접 효과 외에도 1996년 현재 35만 섬의 식량을 얻고 있다. 나의 목표는 1년에 50만 섬의 식량 증산이고, 50만 섬의 쌀은 우리 국민 50만 명의 1년치 양식이다. 또 해외 유휴 장비로 연인원 6백50만 명의 고용을 창출했고, 홍성洪城과 안면도安眠島 사이의 길을 31km나 단축해서 교통도 편리하게 만들고 약 2만 명의 인구를 분산시키고, 지역 사회 개발을 촉진시킨 간접 효과도 거두었다.

총 공사비 6천4백70억 원을 투입해서 만든 서산농장은 영농 사원 1인당 관리 면적이 35만 평에 이른다. 이 면적은 우리나라 일반 농가 80호가 짓는 농사 면적과 같다. 항공기 4대, 트랙터 94대, 콤바인 60대, 직파기 33대, 방제기 19대, 작업기 2백7대, 도정 설비 2기 등, 이곳의 영농 방법은 볍씨 직파에서부터 재배, 수확까지를 완전히 기계로 하고 있다. 그동안 우리나라 농촌은 땀값도 안 나오는 중노동에 소득은 그야말로 보잘 것이 없는, 가난할 수밖에 없는 농사를 지어왔다. 더구나 날로 발전하는 산업 사회에서 농사는 시대에 뒤떨어진 생업으로 치부되어 젊은이들은 도시로 다 떠나고 노인들만 남아, 그나마 손바닥만 한 농사도 일손이 없어 그냥 버려진 땅이 꽤 있는 것이 지금 우리 농촌 현실이다.

그러나 식량만큼은 어떤 경우에도 자급자족이 돼야 한다는 것이 확고한 나의 생각이다. 21세기를 앞두고 모든 분야의 경쟁력이 필수겠지만, 농업의 경쟁력도 간과해서는 안 된다. 농업 국가였던 우리가 쌀 시장 개방과 맞서 이겨내려면 최소의 인원으로 최대의 생산량을 만들어내는 방법을 연구해내야 한다. 그러려면 우선 경제성 있는 간척 사업을 할 수 있는 한 계속해서 농토를 넓혀 농경지를 확장시키고 기계로 농사를 지을 수 있게끔 만들어야 한다. 농지는 작은데 기계화한다고 농기계만 자꾸 보급해봤자 공연히 농가의 빚만 늘리는 셈이다. 나는 정부가 나서서라도 대대적인 간척 사업으로 계속 농지를 넓혀서 우리 농민들이 넓은 농지를 갖게 해주어야 한다고 생각한다. 서산농장은 영농의 과학화, 기계화로 농업도 고부가 가치 산업으로 만들 수 있다는 시범으로 내가 주력하고 있는 일거리 중의 하나이다.

나는 1993년도에 서산농장에 '아산농업연구소'를 설립했다. 이곳에서는 석사급 연구원을 포함한 7명의 연구원들이 새로운 영농법을 연구하고 있다. 농촌진흥청 산하 연구 기관, 출연 연구소, 각 농과대학들에 농업 연구소들이 있기는 하지만, 간척 농업을 체계적으로 연구하는 곳은 '아산농업연구소' 외에는 없는 것으로 안다. 이 연구소에서는 직파 적응성, 내염성 품종 개발을 목표로 밤낮없이 연구에 몰두하면서 농업 기상 환경 연구, 영농 공정의 시스템화, 재배 기술 및 적응성 품종 연구, 잡초 및 병충해의 기초 연구, 토양 환경 조사, 수질 환경 조사, 포장 조사, 곡물 저장 시설 조사, 농약 잔류 검사 등에도 진력하고 있다. 나는 이 연구소를 과학 영농을 배우겠다는 영농

후계자들한테 개방해서 완전 무료로 우리의 지식을 나누어주게 하고 있다. 나는 또 이곳에 첨단 과학 영농 기술 연구소를 비롯한 영농의 산학 협동 시범 지역을 조성할 계획이다. 나는 이곳을 장차 미국에서도 수확량이 제일 높다는 캘리포니아보다 더 많은 생산량을 내는 농지로 만들려는 꿈을 꾸고 있다.

간척 사업이라는 것이 해안선을 따라서 하는 것이므로 고기잡이로 생계를 유지하는 어민들의 반발이 자동적으로 따르는 법인데, 물론 서산농장도 어민들의 반발이 심했었다. 해안선 간척으로 어장이 없어져 생계 위협을 받는다고 소란스럽게 데모도 하고 보상 문제로 마찰도 있었다. 마땅히 보상을 해주어야 하는 곳도 있었지만 간척지 대부분은 하루 두 번 바닷물이 빠질 때마다 갯벌로 드러나는 곳이었다. 고기도 번식할 수 없는 그런 곳에 대단위 어장이라는 것은 애초에 있을 수가 없는데도, 어민들은 어장을 망쳤다고 난리였다. 자연 생태계가 파괴된다고 관련 단체들은 아우성이고, 아무튼 서산농장을 만들면서 겪은 정신적인 시달림은 대단했다. 뿐만 아니라 내가 지목地目 용도 변경을 노린다는 등의 특혜 구설수도 정신적인 시달림에 한몫을 했다.

자연 생태계 파괴에, 어장 파괴에, 마치 천하에 다시없는 고약한 사람으로 매도하듯 나를 매도하고 질타하더니, 지금 서산에는 과거에는 없었던 값진 조개가 수없이 번식하고 있다. 몰려드는 불법 채취선과 밀렵꾼들로부터 조개를 지키려고 해안 경비대가 지키는 걸 보면서 나는 생태계란 파괴만 되는 것이 아니라 보다 유리한 조건으로 변화될 수도 있는 것 아닌가 생각한다.

아웅산 비극과 일해재단의 탄생

해외 순방 여행만 많이 하면 무슨 시대의 주도적 역할을 하게 되는 것인지는 몰라도, 어쨌든 대통령만 되면 얼핏 그럴듯하기는 하지만 실효성은 별로 없는 구실을 붙여 해외 나들이를 부지런히 한다.

전두환 대통령의 서남아, 대양주 6개국 순방은 태평양 시대의 주도적 역할을 표방한 여행이었다. 대통령 해외 순방에 기업이 주루룩 들러리 노릇도 여러 차례 했는데, 그때도 우리 기업인들 대부분이 들러리로 따라 나갔다.

첫 방문지 버마(지금의 미얀마)의 수도 랑군에 도착한 것이 1983년 10월 8일이었다. 이튿날인 10월 9일에는 대통령과 정식 수행원들은 오전에는 아웅산 묘소 참배, 오후에는 관광이 스케줄이었는데, 우리 기업인들은 스케줄이 아무것도 없었다. 잠시도 가만히 있을 틈 없이 눈코 뜰 새도 없는 바쁜 사람들이 기업인들인데, 아무 스케줄도 없이 멍하니 있어야 한다는 것은 고문이나 다름없다. 그렇다고 대통령 일행이 오후에 한다는 관광을 우리가 앞질러서 다닌다는 것도 한국인 정서로서는 결례라는 생각이 들어서 우리끼리 골프나 치러 가자고 의논을 모아, 밤에 미리 서석준 부총리에게

"우두커니 방구석에 앉아 있을 수 없잖습니까? 여기도 골프장이

있다니, 사회주의 국가 골프장 구경도 할 겸 우리는 골프나 치러 가 겠소.”

했더니 서부총리도 좋은 생각이라고 했다.

이튿날 10월 9일.

골프를 치는 도중에 대통령이 아웅산 묘소 참배가 끝난 후 우리와 점심을 먹겠다는 반갑지도 않은 연락이 와서 별수없이 모두들 골프를 중단하고 부랴부랴 호텔로 돌아갔는데 피 묻은 와이셔츠의 경호원들이 황망스레 왔다 갔다 하는 게 심상치 않았다. 우리에게 빨리 방으로 올라가 짐을 싸서 한군데 모여 대기하라고 했다. 절대 밖에 나가면 안 된다는 말도 있었다.

아웅산 참사사건이었다. 서석준 부총리, 이범석 외무장관, 서상철 동자장관, 김동휘 상공장관, 함병춘 대통령비서실장, 이계철 주駐 버마 대사, 김재익 경제수석, 하동선 기획단장, 이기욱 재무차관, 강인희 농수산차관, 김용한 과기처차관, 심상우 의원, 민병석 주치의, 이재관 비서관, 이중현 기자, 한경희, 정태진 경호원 등 17명이 사망하고 15명이 중경상을 입었던 아웅산 폭발사건은 전대통령 일행을 표적으로 한 북한이 작심한 만행이었다.

747 대통령 전용기에서 사후 수습과 처리를 하고 온다는 대통령을 기다리고 있을 때의 그 비통함과 참담함은 필설로 형언할 수가 없었다. 아웅산 묘소 참배에 빠졌던 것이 개인으로는 천만다행이었으나, 인간적으로는 너무나 많은 사람이 죽었는데 살아 있는 것이 민망하고 죄스러운 심정이었다. 전두환 대통령이 오후 4~5시쯤 비

행기에 오르고, 침통하기 이를 데 없는 귀국 길에 올랐다. 한순간에 수많은 인재들을 폭탄에 산화시키고 돌아오는 귀국길의 비행기 안에서 우리는 모두 넋도 잃고 할말도 잃은 껍데기들 같았다. 어디쯤이었는데 대통령이 경제 단체장들을 기내 대통령실로 불렀다.

희생당한 유가족들을 위해 경제계가 협조해달라는 요청이었다. 경제 4단체장들은 두말없이 동의했다. 유족 지원 자금 규모가 청와대에 의해서 20억 원으로 책정되었고, 전경련 산하 대기업들이 23억 원을 갹출, 모금했다. 그 23억 원을 기금으로 해서 유가족 생계와 자녀 교육을 보장하기로 했다. 그런데 유가족들이 즉시 분배를 요청했다. 그러나 그 상태에서의 분배는 세제상 증여로 간주되어, 세금 공제를 하면 실질적으로 유가족에게 돌아가는 혜택이 미미했기 때문에 청와대 안가安家에 모여 가칭 '일해재단'을 설립한 것이 1983년 11월 25일이었다. 그렇게 해서 경제인들이 갹출했던 23억 원은 일해재단의 유가족 지원 사업 명목으로 유가족에게 배분, 지급되었다. 일해재단의 이사장은 최순달 전前 체신장관이 선임되고 나를 비롯한 경제인들이 이사로 선임되었다.

재단의 사업 계획은 경제계가 모금한 기본 재산의 이자 수입으로 순국 외교 사절 및 국가 유공 유자녀 장학금 지급, 우수 체육인, 과학 기술자 양성, 영재 교육, 학·예술 및 체육 연구 활동, 연구 지원을 하자는 것이었다. 사업 계획 규모는 1차년도 1984년에 4억 8천만 원, 2차년도 1985년에 9억 6천만 원이었다. 보람 있는 일에 쓰일 성금의 취지에 맞게 형편이 어려운 기업은 제외하고 30대 기업을 중심으로 1백억 원을 만들기로 의견을 모았다. 1백억 원이면 재단 운영 기금으로 충분하다는 것이 모금 배정시 참석했던 이들의 공통된 견해였다. 그래서 당시 매출과 이익이 가장 많았던 삼성과 '현대'가 각각 15억 원씩을 맡기로 하고, 미수금 발생까지 염두에 두어 1백10억 원을 나누어 배정했다.

그런데 경호실에서 거둔 기금은 1백85억 원이나 되었다. 게다가 최순달 이사장과 경호실이 기금 모금이 1차만으로 끝나는 것이 아니라 1백억 원씩 2차, 3차까지 하기로 했다는 생뚱맞은 소리를 했다.

"어떤 기업이든 내 맘 먹기에 달려 있다."

이런 무지하고 유치한 말을 공공연하게 들어야 하는 심란한 상황에서 우리 기업은 항변은커녕 반대 의사도 나타낼 처지가 아니었다. 그렇게 재단 이사장과 경호실의 억지 2차 모금이 시작됐지만 일부 기업들이 기금 납부에 소극적으로 되면서 납부가 지연되었고, 어음이라도 내라는 독촉이 성화였다. 그래도 여의치 않자, 정수창 이사장은 나에게 삼성, 삼환 등 몇 개 기업의 기부금 납부를 도와달라는 부탁까지 했다.

1984년 6월, 청와대 경호실장이 일해재단 연구소 부지 물색에 동행하자고 했다. 경호실장은 우리가 '현대전자' 연구소를 지으려고 청와대에 신청했다 퇴짜 맞은 바로 그 부지 주변을 빙빙 돌면서, 자기가 보아둔 부지는 너무 작아 부적당하니 좋은 자리가 있으면 추천하라는 말을 했다. 나는 단번에 우리 소유의 토지가 목표라는 판단을 했고, 몇천 평이면 족하겠지 싶어서 '현대전자' 연구소 부지로 잡아두었던 땅 얘기를 했다. 그랬더니 기다렸다는 듯이 좋아하면서 그것만으로도 모자라니 주변을 더 흡수 확보해야겠다는 말을 했다. 그 말은 곧 우리 부지 전부를 가져간다는 뜻이었다. 기가 막힌 횡포였지만 무소불위無所不爲였던 그 시대의 공포스러운 권력이 무서워 눈 딱 감고 포기할 수밖에 없었다. 매매 형식으로 해야 했기 때문에 1원 한푼 못 받은 채 6억 5천만 원짜리 영수증까지 써주고는 끝을 내버렸다.

나중에 청문회에 불려 나온 경호실장은 눈썹 하나 까딱 않고, 자기는 토지 대금을 주었는데 내가 안 받았다고 거짓 증언을 했다. 토지 대금의 '토'자도 꺼낸 적이 없었고, 그가 준 적도, 주는 것을 내가 안 받은 적도 없다. 그러면서 아웅산참사 유가족 돕기의 뜻으로 출발했던 일해재단은 목적 사업 확대라는 구실로 당초의 설립 목적을 부대사업의 일부로 전락시키고, 대신에 국가 안전 보장과 평화 통일을 위한 외교 전략 연구 및 국가 발전을 위한 제반 사항 연구라는 듣기에도 화려하고 거창한 사업을 주목적 사업으로 내세웠다. 그렇게 기본 취지는 날이 갈수록 뒤로 밀리고 희미해지더니, 법인 주무 관청이 문교부에서 외무부로 이관되고, 결국은 유족 돕기, 순직 관료에 관한 추모 사업 등 아웅산 관련 사업은 정관에서 완전히 제외되어버렸다.

한마디로 일해재단은 퇴임 후에도 국정자문위원회 위원장으로 대통령 위에서 영향력 행사를 꿈꿨던 전두환 대통령의 야심에 의해 변형, 변질되었던 '기형아'였다.

나라 없으면 일터도 없다

나 자신이 노동자로 사회생활을 시작했고 지금도 나 자신을 그저 꽤 부유한 노동자라고 생각하는 나의 일생은 기능공, 근로자들과 함께한 세월이다. 작업을 몰아칠 때는 혼이 나가도록 무섭게 몰아쳤지만 기회 있을 때마다 수많은 기능공들과 한데 어울려 허물없이 술잔도 나누고 팔씨름도 나누면서 육체적으로 고달픈 그들의 휴식에 동참하고는 했다.

초창기, 도시락도 못 갖고 출근해 점심을 굶는 기능공들이 안쓰러워 점심 제공을 회사에서 하기 시작한 것도 '현대'가 처음이었다. 새벽 남대문 시장 근처 거리에서 보는 낯모르는 이들한테서 느끼는 연대감과 애정을 나는 내 일에 참가하고 있는 이들에게 똑같이 느낀다. 그들의 어려움을 나 자신이 알고 이해하기 때문에 나는 그들의 얘기에 공감하고 그들의 희망에 귀 기울이는 격의 없는 경영주이기를 바랐다. 나는 그들의 단순함과 우직함을 좋아하고 또 그 순수함을 신뢰하며 그들의 발전을 원한다.

언젠가 오래전에 중역용 엘리베이터를 따로 놓자는 말을 한 사람이 있었다. 즉석에서 면박을 주고 말았지만 나는 중역이라고 해서 사장이라고 해서, 중역도 사장도 아닌 다른 사람하고는 뭔가 다른 대우를 누려야 한다는 그 우월 의식이나 권위 의식 같은 것이 참으로 싫다. 도대체 중역용 엘리베이터가 왜 필요한가? 3층에 사무실이 있는 사람은 3층에서 내리면 되고 15층에 사무실이 있는 사람은

15층에서 내리면 된다. 다 같이 타는 엘리베이터를 젊은 사람이 양보해서 중역이 먼저 탈 수 있으면 그것이 훨씬 보기도 좋은 일이다.

'현대'는 나와 수많은 알려지지 않은 기능공들, 그리고 모든 임직원들이 함께 이룬 회사이며, 함께 만들었으니 근본적으로 우리는 다 같은 동지라야 한다. 일의 분야가 다르고 직급의 차이는 있을지언정 인간으로서의 차별을 느끼게 하는 행위는 돼먹지 않은 오만이다. 우리 회사는 큰 공사를 수행할 때 부장 이상에게는 독방을 주고 소장에게는 큰 차를 내준다. 그건 독방을 쓰고 큰 차를 타면서 거들먹거리라는 뜻이 아니라 중요한 자리에서 열심히 생각하고 사고 없이 모든 일 처리와 사람 지휘를 제대로 잘하라는 의미인 것이다.

언젠가 이라크 철도 부설 현장에 갔더니 윗사람에 대한 대접이라고 가설 건물에 새 카펫을 부랴부랴 깔아놓고 있었다. 대접은 고맙지만 생각 없는 치례 대접은 안 하니만 못하다. 사훈社訓은 '검소'라고 써 붙여놓고 사람 죽이는 더위 속에 철도 공사를 하고 있는 수많은 근로자들 생각을 아주 잠깐이라도 했다면 쓸데없이 카펫 같은 거나 깔 생각이 났을까?

"카펫이 검소요? 기능공들이 어떻게 생각하겠소?"

'검소'가 사훈인 '현대'의 건설 현장에 카펫은 내가 싫어하는 사치였고, 사치를 좋아하게 되면 반드시 뒤따르는 것은 부패다. 사치하는 지도자를 둔 나라 안 망하는 꼴을 못 보았고, 사치한 경영주의 회사가 잘되는 것을 본 적이 없다.

윗사람은 모든 것에 모범이 돼야 한다.

되도록이면 어려운 이들이 상대적 박탈감과 위화감, 그리고 차별 의식을 안 느끼도록 최선을 다하는 것이 어려운 이들에 대한 인간의 예의라고 나는 생각한다. 나의 기본 생각이 이럼에도 불구하고 국민들에게 '현대' 하면 '노사 분규' 할 정도로 우리 '현대'는 1980년대 후반부터 해마다 노사 분규의 홍역을 극심하게 치렀다.

특히 1987년 6월, 노태우 대통령의 '민주화 선언'을 계기로 우리 나라 산업사産業史에 전례가 없는 대규모 노사 분규가 산업 전반에 걸쳐 전국을 휩쓸었다. 1987년 노사 분규는 주로 대기업과 산업 공단, 특히 중화학 대기업을 중심으로 발생, 확산되어갔는데, 1987년 한 해 동안에 전국에서 발생한 노사 분규는 총 3천7백45건으로 1백24건을 제외한 3천6백21건이 6·29선언 이후에 발생한 것들이었다.

합법적인 노사 관계의 경험이 거의 전무하다시피한 상태에서 한꺼번에 폭발한 1987년 노사 분규의 양태는 대화와 타협이 아닌 농성 시위, 파업 등으로 과격 일변도였다. 그중에도 '현대중공업'의 노조는 '노사 분규의 메카'로까지 불리면서 매년 타 회사의 노사 분규 강도와 흐름에까지 영향을 끼칠 정도로 강력한 실력 행사를 하고는 했다.

'현대중공업'의 노조가 전국 노조 활동에 선두 역할을 할 만큼 대우가 박했던 것도, 작업 환경이 나빴던 것도, 복지가 뒤떨어졌던 것도 아닌데 해마다 곤욕을 치러야 하는 것이 참으로 고통스러웠다. 그들도 참으로 열심히 일했지만 나도 최선을 다하고 있다고 생각했기 때문에 솔직히 말해서 극심한 노사 분규로 마치 내가 임금 착취로 '현대'를 이룬 악덕 기업가가 된 것 같은 황당함에 그들에게 말할 수 없는 배신감도 느꼈다. 그들의 요구는 회사의 어려운 사정과 아무런 상관도 없었고 끝도 없었다.

나라 전체가 가난에서 탈출하고자 한마음 한뜻으로 뭉쳐, 마치 독립 운동하는 투사들처럼 밤도 낮도 없이 일했던 그 시절 사람들이 몹시도 그리웠다. 훨씬 열악한 작업 환경에서 훨씬 부족한 대우를 받으며 제대로 된 장비도 없이 거의 몸으로 때우는 노동을 하면서도, 그때는 다 같이 국가 경제 발전에 한 역할을 하는 산업 역군이라는 사명감과 긍지가 있었다. 그때는 블루 칼라도 화이트 칼라도 없이 서로 같이 배우면서 일한다는 분위기였고, 그래서 어려운 작업 하나가 끝나면 같이 환성을 지르며 기뻐하고, 단양시멘트가 가동됐을 때, 진수식을 할 때, 기능공과 관리직이 서로 얼싸안고 울기도 하고 그랬었다. 그러나 세월이 가고 시대가 변하고 생활이 달라지면 사람들도 달라지게 마련이다.

먹고 사는 문제가 어느 정도 해결되면 그 다음 단계에 대한 욕구가 일어나는 것은 당연한 일이고, 시대의 요구에 따라서 오랫동안 억눌렸던 욕구의 분출이 정도를 넘어 과격한 것도, 감내하지 않으면 안 되었던 한 과정이라고 생각해야 했다. 물론 1980년대 후반의 그 격렬했던 노사 분규 이전에도 노사 분규는 있었다.

1974년 9월 '현대조선소'가 추진하려 했던 위임 관리제에 대한 기능공들의 폭력적인 시위로 진압 경찰 병력까지 투입되고, 언론은 과장해서 대서 특필했고, 야당이었던 신민당은 조사반까지 내려보냈다. 1973년, '현대조선소'는 크게 늘어난 기능공들의 인력 관리 효율

화와 작업 관리 능률화를 목적으로 직영 체제를 폐지하고 위임 관리
제를 도입했다. 당시 선진국들도 직영 관리 제도보다 계열별 도급제
를 실시하고 있었다. 그러나 우리는 기술적·객관적 여건의 미숙으
로 완전한 도급 방식은 채택할 수가 없었다. 그래서 과도기적 형태
로 직영 관리제와 계열별 도급제의 중간 형태인 위임 관리제를 채택
했다. 1974년 9월, 용접·조립 등 16개 분야의 기능공들이 하청 기능
공으로 전환되었고, 사건 발생 직전에는 마지막 2호선의 정리공整理
工만 하청 기능공으로 전환할 단계였다. 위임 관리제는 회사 측의 관
리 측면에서는 바람직한 제도였지만, 사원으로 누리던 승급의 기회
도 없어지고 보너스와 퇴직금 혜택도 못 받게 되는 제도 채택에 대
한 기능공들의 불안과 반발은 그들의 입장에서는 또 그럴 법했다.
그런데 1만 2천3백 명의 기능공 가운데 폭력 사태를 일으킨 것은 기
술 습득도 못 끝내 자격증도 없던 견습 기능공 4천6백 명에 의해 야
기된 것이었다.

또 사태가 일어난 9월 17일 이전에 견습공들의 요구가 개별적이
든 집단적이든 단 한 번도 제시되었던 적이 없었다. 노사 분규와는
근본적으로 달랐다. 통상의 경우, 노사 분규에 당연히 따르는 임금,
시간 외 근로 수당, 퇴직금 미지급, 가혹한 노동 행위에 대한 개선 요
구가 전혀 없었다. 단지, 위임 관리제 반대, 재교육 반대, 견습 기간 단
축만의 요구 사항이었다. 그 요구 사항을 놓고 기능공들은 노사 협
의가 결렬되자 폭력적으로 돌변해서 정문 경비실에 불을 지르고, 구
내식당과 본관 유리창 2백여 장을 깨고 외국인 숙소로 몰려가 유리

316

를 깨고 집기를 부숴 47명의 외국인 기술자들을 옷도 못 입고 피신하게 했던 것이다. 이 바람에 경남 도경 국장이 돌에 맞아 이마를 다치고 기능공 50여 명과 경찰 30여 명이 부상당하고, 이 틈에 끼어든 잡범들은 외국인 숙소와 구내매점에서 녹음기, 라디오, 텔레비전 같은 것을 훔쳐냈다.

어쨌든 노동 3권을 제약한 '국가보위에 관한 특별조치법'이 엄연히 존재하고 있던 상황에서 벌어졌던 이 사태는 정계와 사회에 큰 충격이었던 것은 사실이다. 결론만 말하자면 기능공들은 노동청 조사반의 중재로 하청 기능공을 직영 기능공과 똑같이 처우한다는 조건으로 위임 관리제를 받아들이고 우리는 시간 급여제를 기량 위주로 인상하는 것으로 합의를 보고서 노사 분규랄 수 없는 이 노사 분규는 3일 만에 수습이 되었다. 그리고 9월 24일, 노동청이 산하 28개 사무소로 하여금 노사 협의 기구, 사업장별 노사협의회를 설치, 노사 분규를 사전에 예방할 것을 시달했다. '현대조선' 사건이 노사간에 대화 기구가 없어서 생긴 일이라는 분석이었다.

사건은 마침내 국회로까지 옮겨져서 9월 27일 국회재무위원회가 소집됐고, 야당 의원들이 대정부 질의를 통해서 노조 결성의 허용, '현대조선' 기업주의 의법依法 조치 등을 요구했다. 관련 기능공들이 구속되고 '현대'의 이미지는 손상을 입고 어느 쪽에도 불행한 사건이었으나, 반면에 정부의 노동 정책에 큰 변화를 가져온 계기가 되기도 했다. 정부는 이 사건 이후 노조 결성을 허용했고, 그 대신 노사 대화 체제를 보다 강화했다.

1977년 3월 13일에는 소위 3 · 13사건으로 불리는 사건이 주베일 산업항 건설 공사장에서 일어났다. 나라의 경제는 바닥이었고 기업은 공사 따내기에만 바빴고, 기능공들은 돈벌이 좋은 해외 공사의 비행기 타기에 바빴고, 정부는 한 사람이라도 더 내보내 단 1달러라도 더 벌어들여 외화 고갈을 면해보자는 형편이었기 때문에, 노무 관리 같은 것에 신경 쓸 계제가 아니었다. 우리도 예외가 아니었다. 노사 분규는 경제 현실상, 경제 성장 과정에서 반드시 한 번은 치러야 할 홍역이었고, 후진국에서 개발도상국으로 가는 과정에서의 성인식 같은 것이다.

성격상 노사 분규이기는 했지만 3 · 13사건도 앞의 '현대조선' 견습 기능공들 사건처럼, 처음부터 뚜렷한 요구 조건을 내걸고 그것의 관철을 위해 계획된 파업은 아니었다. 불씨는 우리 현장 덤프 트럭 운전 기사들과 근처 동아건설 덤프 트럭 기사들과의 임금 차이였다. 동아건설은 덤프 트럭 개개인에게 물량 하청식으로 일을 주어 식사도 흙 싣는 짬짬이 하면서 하루 16시간을 일해서, 임금을 우리 '현대' 기사들의 배 이상을 탄다는 소문이 돌았다.

우리 현장 기사들의 사기는 형편없이 떨어졌다. 불만이 쌓인 기사들이 20km 떨어진 석산石山까지의 왕복 운행을 시속 20km로 늘쩡거렸다. 공기 단축이 절체절명인 현장 직원 하나가 옥신각신 끝에 헬멧으로 기사 머리를 쳐버렸다고 했다.

이것이 폭동의 시작이었다. 40~50명의 덤프 트럭 운전기사들이 몰려들어 사무실에 돌을 던져 유리를 깨고 기물을 부수면서 다른 기능공들도 점점 가세하기 시작했다. 분위기가 험악해지자 헬멧을 휘둘렀던 경솔한 직원은 사과하고 대화를 하는 대신 겁이 나서 알코바로 줄행랑을 쳐버리고, 중기 공장의 공장장 역시 식사한다는 구실로 면담 요청을 거절했다.

인간은 감정의 동물인데 기능공들의 감정이 악화된 것은 당연지사다. 영문도 모르는 본부 사무실의 소장이 무마하려고 나섰다가 돌과 각목에 얻어맞고, 사태는 걷잡을 수 없게 폭력화되면서 완전히 직원들과 기능공들의 대치 상태가 되어버렸다. 이틀이 지나도 수습이 안 되자 사우디 당국에서 군부대를 출동시켜 난동자에게는 발포한다는 엄포를 놓았다. 사태가 이쯤에 이르자 정부에서 유양수 사우디 대사를 현장으로 파견했고 나는 나대로 김주신 상무를 데리고 주베일로 달려갔다. 주베일 현장 노사협의회에서 과격한 근로자들에게 내가 말했다.

"'현대'는 지금 중동 여러 나라에서 다른 어느 나라 건설 회사보다도 많은 신뢰를 받고 있습니다. 사우디 관리들은 우리들의 성실성에 깊은 감명을 받았다고 말합니다. 우리가 만약 그들의 신뢰를 잃는 행동을 한다면 이는 '현대'뿐만이 아니라 국익에까지 손실을 끼치는 일입니다. '현대'와 치열한 경쟁 관계에 있는 외국 회사들이 우리의 불미스러운 일들을 활용해서 우리나라의 이미지를 손상시킬 것이고, 그것은 곧 우리나라의 손해로 연결된다는 점을 명심해주기 바랍니다. 물론 낯설고 고역스러운 기후의 타국 땅에 와서 힘들게 일하는 고충을 모르는 것은 아닙니다만, 개인의 이해득실보다는 나라의 이익을 앞에 생각하고 불만족스러운 점은 노사협의회를 통해서 원만하게 해소, 처리해가는 슬기를 보이도록 합시다."

협상은 2시간도 걸리지 않고 깨끗하게 끝나고 기능공들은 그 즉시 농성을 풀고 현장 복귀를 했는데, 그 험악했던 사태에서 인명 피해가 단 한 사람도 없었던 것이 참으로 다행이었다. 그런데 사우디 내무성이 강경하게 나왔다.

사우디 국내에서 발생한 사건이니 주동자는 사우디 국법에 의해 처벌하고 관련 직원도 문책, 귀국 조치하겠다고 했다. 정부와 현지 대사관 그리고 '현대'가 함께 사우디 내무성을 열심히 설득한 결과, 아무런 제재 조치를 취하지 않는다는 내무성 특별조사위원회의 최종 결정을 받아냈는데, 이번에는 우리 정부가 강경했다. 사건의 재발 요인을 제거하기 위해서라도 응분의 조치는 해야 한다는 취지에서 결국, 과격했던 20여 명의 기능공들과 기능공들의 불만의 대상이었던 우리 직원 5명이 귀국 조치되었다.

이 사건 후 나는 해외 주재 직원들에게 내가 직접 초안을 잡아 정리한 인력 관리 지침을 시달했다.

1. 모든 관리 직원간에 평등 관념을 고취시키고, 근로자에게 인격적으로 대하고 고운 말을 쓸 것.
2. 근로자이기 전에 나와 똑같은 감정과 평등 관념을 가진 같은 인간이라는 점에 유의, 인간적인 이질성을 갖지 말 것.
3. 인간은 누구나 자기 발전과 자기 실현의 욕구가 있다는 것을

인식하고, 명령 일변도의 작업 진행보다는 인간적 동기 부여로
작업 의욕을 고취, 자율적으로 작업이 진행되도록 할 것.

4. 성실한 대화로 항상 그들의 생활에 관심을 기울이고, 그들로
하여금 마음으로부터의 감명과 복종을 유발하도록 할 것.

5. 작업 과정에서는 관리자 스스로가 집행당하는 심정으로 지도
하고, 근로자 자신도 가치 있는 일을 수행하고 있다는 점을 강
조해서 인식할 것.

6. 관리자 자신의 인격적 결함이 작업장의 분위기를 크게 좌우한
다는 점을 깊이 명심하고 자기 계발에 노력할 것.

7. 관리자는 권위 의식을 버리고 항상 평등한 자세로 대화와 설득
을 통해서 인내심을 갖고 책임을 다하는 모범을 보일 것.

근로자는 어느 수준까지는 임금을 보장받아야 자신의 능력을 제
대로 발휘하는 법이다. 임금을 높이는 것이 채산성을 떨어뜨리는 것
과 직결된다고 생각할 수도 있지만, 어느 선까지는 임금 수준을 높
이는 것이 오히려 생산성을 향상시키고 채산성도 높일 수 있는 길이
기도 하다. 누구나 자신의 현재 능력으로 받아야 할 임금은 이 정도
라는 자기 기준을 갖고 취직을 한다. 취직할 때, 임금 얘기로 취직 자
체를 못하게 될까 두려워 말없이 저임금으로 응했다 하더라도 자신
이 생각하는 임금 수준이 되기 전까지는 절대로 자기 능력을 100%
발휘하려 하지 않는 법이다. 교육을 받았건 못 받았건 누구나 자신
이 속한 사회에서의 자신의 위치, 필요성, 실력을 남과 비교하고 스

스로 평가하며 살기 때문이다.

경쟁력을 유지하는 한도 안에서의 임금 인상은 경영주로서도 불만이 있을 턱이 없다. 기술자와 중간 관리자와 기능공들이 한마음 한뜻으로 생산성을 향상시키는 데 진력하고 경영자는 할 수 있는 한 많은 임금을 주고 싶은 자세로 재원을 조달, 임금 인상이 결과적으로 회사의 이윤 확대로도 연결될 수 있도록 해야 한다.

그러나 1980년대 후반부터 격렬해졌던 노사 분규는 점점 그 한계를 벗어났다. 조선 공업에 '3저低'의 효과가 나타나기 시작했던 것은 1986년도 후반부터였다. 조선 경기의 호황은 초대형 유조선에서부터 시작됐는데, 이 해에 세계가 발주했던 15척의 유조선 중에서 9척을 '현대조선'이 수주했으니, 실로 불황 12년 만의 활황이었다. 그리고 건조 실적으로 조선소 설립 이후 2년 연속 최고를 기록하면서 세계 1위의 조선소 자리를 차지했다. 그러나 수익성 면에서는 불황기의 낮은 가격 수주로 겨우 적자나 면하는 정도였다. 1984년부터 급격히 감소하기 시작한 중공업의 당기 순이익은 1985년 27억 6천만 원에서 1986년에는 1억 6천만 원으로 급감했다. 석유 파동 이후의 자재비와 경비 상승으로 제조 원가는 크게 올랐는데 선가船價는 오히려 떨어졌던 것이 수익성 악화의 큰 요인이었다. 불황기에 작업 물량을 확보하기 위해서 저가 수주를 감수할 수밖에 없었던 때문이었다.

아무튼 1987년 민주화 선언을 계기로 터지기 시작한 우리나라 산업사상 초유의 대규모 노사 분규 때문에 조선업의 '3저' 호황은 1년 정도밖에 누리지 못했다. 1987년 후반부터 국내 조선업은 노사 분규로 인한 납기 지연과 임금 상승, 이에 따른 제조 원가의 상승으로 엄청난 어려움을 겪었다. 노사 분규 이후 조선 산업 임금 상승률은 1989년까지 매년 20% 이상에 달해서 조선업의 가격 경쟁력을 떨어뜨렸고, 게다가 일본 엔화는 평가 절하로 떨어지기 시작하면서 우리 원화는 달러화에 대해 평가 절상되기 시작했고, 엎친 데 덮친 격으로 철강재 값은 폭등했다. 이런 상황에서 1987년 7월부터 8월에 걸친 두 달 동안의 격심한 노사 분규를 치른 '현대'의 경우, 전년도에 18%였던 시장 점유율이 12.3%로 떨어졌고, 1986년 74%를 넘었던 국내 조선업계에서의 '현대' 비중이 1987년도에는 40%로 줄었다. 1989년에는 '현대'의 시장 점유율이 10%밖에 안 되었다. 노사 분규의 장기화로 인해 납기를 지키지 못할 것이라는 우려로 선주들이 발주를 기피했고, 임금, 기자재 가격 상승에 따른 가격 경쟁력 약화가 원인이었다.

홍역을 너무 심하게 치렀다. 우리나라는 어른이 되는 성인식을 그다지 현명하고 지혜롭게 치르지 못했다고 나는 생각한다. 결국 잘못된 정치가 모든 책임을 져야겠지만, 우리들도 너무 성급하게 날쳤던 것은 아닌가 반성해야 한다고 나는 생각한다. 아시아의 용이 오늘날 지렁이로 추락해 있는 부끄러운 결과의 책임을 우리 다 같이 통감해야 한다.

주베일 산업항에서 크레인 기사로 일했던 브라운 앤드 루트 사의 영국인이 지었다는 시詩에 우리 '현대' 사람들이 얼마나 지독하게 일을 했는지가 잘 나타나 있다. 여기 그 시를 잠깐 인용해보자.

그들은 우리가 성낼 때 싱글벙글 웃으며,
우리가 지쳤을 때 벌떡 일어서며,
우리가 잠잘 때 소란 법석을 떠네.
어느 '브라운 앤드 루트' 사람의 묘비명에는
이런 글이 새겨져 있네.
여기 잠들어 있는 사람은 천하의 바보.
'현다이' 사람들과 어울려
'현다이' 사람들처럼 일하다가
스스로 죽음을 불렀다.

목숨을 건 사람들처럼 죽을둥 살둥 일하는 우리 '현다이' 맨들의 부지런함과 저돌성이 외국인의 눈에 어리석은 광기로 보였을 수도 있다. 오전 6시면 작업이 시작되기 때문에 늦어도 5시30분까지는 작업장에 들어가야 했다. 그러려면 적어도 그보다 1시간 전에는 깨어야 세수하고 옷 입고 밥을 먹을 수가 있다. 6시부터 시작된 작업은 11시부터 2시까지 주어진 점심 시간을 빼고는 오후 6시까지 계속되었고, 6시부터 1시간 저녁 식사가 끝나면 그때부터 다시 대부분이 야간 작업에 들어가야 했고 형편에 따라 철야 근무도 비일비재했다.
수많은 우리의 일꾼들이 그렇게 무섭게 일해서 얻은 눈부신 경제·

성장이었다. 그때의 사람들은 노사 분규를 일으켜도 우직하고 순수했으며 성심誠心이 통했고 국가를 먼저 생각했고 보다 인간적이었다. 그들의 노고를 거름으로 이만큼 살 만해진 이 나라를 집단 이기주의의 제물로 삼아서는 안 된다.

다시 또 그 옛날의 가난으로 돌아가고 싶은가?

나라가 없으면 국민도 없고 기업이 없으면 일터도 없다.

청문회도 나가보고

1987년 6·29선언 이후는 노사 분규로 해가 뜨고 노사 분규로 해가 지는 날의 연속이었다. 그 와중에 야당과 재야 세력, 언론들이 일해재단에 대해서 비판의 포문을 열기 시작했다.

그해 8월에 김기환 소장이 찾아와 하는 말이 기업인 대표로 나와 정수창 대한상공회의소 회장만 남기고 다른 기업인들은 모두 퇴진시킨 다음, 전대통령이 내정한 사람들로 새 이사진을 구성한다는 말을 했다. 재단 설립에 거금을 출연한 기업인들을 일시에 제거하고 전대통령 측근들로 새 이사진을 구성해서 재단을 장악하려는 시도였다. 나는 상식적으로 이해할 수 없는 일이며, 만약 그대로 시행할 의도라면 나도 재단에서 손을 떼겠다고 말하고 김기환 소장을 돌려보냈다.

8월 14일 대한상공회의소에서 일해재단의 기업인 이사진들을 퇴진시키고 새로운 이사진들로 개편하기 위한 최종 해체 이사회가 열렸다. 그 자리에서 나는 건의 형식을 빌려, 전·현직 장관들 일색인 새 이사진들에게 새로 선출될 이사장은 기금 출연을 한 기업인들을 대표해서 전경련 회장을 당연직으로 해야 한다는 주장을 했다. 당시 전경련 회장은 구자경 씨였다.

얼마 후 김기환 소장이 와서, 전대통령이 정수창 대한상공회의소 회장을 새 이사장으로 결정한 사실을 알렸다. 나는 재단에 단 한 푼의 기금도 안 낸 사람을 이사장으로 앉힌다는 것에는 찬성할 수 없다고 반대 의사를 명백하게 내놓고, 그런 비합리적인 일을 강행한다면 후유증도 감수해야 할 것이라고 경고했다. 다시 얼마 후 김소장이 와서 구자경 회장이 미흡하니 나더러 이사장직을 맡아달라는 것이 전대통령의 뜻이라고 했다. 나는 퇴임을 앞둔 대통령이 이사장을 결정하는 것도 사리에 안 맞을 뿐 아니라 따를 의사도 없고, 변함없이 구자경 전경련 회장을 추천한다는 말을 해서 돌려보냈다. 9월 28일, 대통령이 지명한 임원으로 구성된 임시 이사회가 열렸다. 소신대로 나는 구자경 전경련 회장을 이사장으로 추천했는데, 사회자 김기환 소장이 내 추천은 토의에 부치지도 않고, 정수창 이사가 추천한 나를 이사장으로, 만장일치 박수 형식을 빌려서 날치기 통과시켜버렸다.

일해재단의 구도는 결국 전두환 대통령 의도대로 8할 이상의 자기 사람의 포진에, 실질적인 운영은 연구소장이 하도록 만들어놓고, 모든 일을 원격 조정으로 움직이도록 짜여졌다.

나는 일단 이사장직을 맡았다. 기업인들의 출연으로 만들어진 재단을 거기에 있는 '패거리'가 못마땅하다고 그냥 내버리고 나마저 나온다는 것은, 죽자고 고생해서 지은 농사, 남의 입에 털어넣어주는 짓이었다. 틀린 것은 바로잡아야 한다. 노력도 해보지 않고 손떼는 것은 자기 자신에 대한 무책임이요, 불성실이다. 더구나 기금 출연에 앞장설 수밖에 없었던 처지였던 나로서는 그대로 물러날 수가 없었다.

무엇보다도 애초의 '뜻'이 훼손, 변질된 것이 애석했다. 우선 전두환 대통령 체제의 일해재단을 어떻게 해서든지 순수 민간 단체로 전환시켜 구자경 회장에게 이사장직을 맡길 수 있게 만들자는 생각을 했다. 그러려면 일해재단의 정관을 순수 민간 출연 재단 형태로 바꿔야 했다. 그때까지 4차례에 걸친 정관 수정으로 재단 본래의 설립 취지와 정신은 어디론가 증발해버리고, 오직 전대통령의 권한 강화와 소장의 운영권만 강화된 정관만 남아 있었다. 이 정관을 고치기 위해서 나는 수차례 이사회를 소집했지만 전 8할에 이르는 대통령 측근들의 전원 반대 작전으로 번번이 불가능했다. 되는 일이 하나도 없었다. 일례를 들어 재단 이름을 바꾸자는 합의를 보아놓고도 새로운 이름을 무엇으로 하느냐에 대해서는 결론이 나오지 않았다. 학문 연구라면 역사적으로 세종대왕이 표상이니까 '세종연구소'로 개칭하자고 했더니, 그것도 전원 반대였다. 그럼 다른 좋은 이름을 내놓으라고 하면, 엉뚱하게 어떤 동네 이름을 내놓기도 했다.

누군가가 표결에 부치자는 말을 했다. 좋게 말하면 선의의 경쟁자이지만 엄연한 상적商敵들의 단체인 전경련 회장을 10년 동안 하면서도 나는 내가 내놓은 의견을 표결에 부친 일이 없었다. 왜냐하면 내가 내놓는 의견은 틀림없이 공정했기 때문에 표결이 필요 없는 만장 일치였다. 사회의 지탄을 받는 현재의 이사진을 신망 있고 참신한 이사진으로 바꾸자는 의견도 내놓았지만 역시 '8할' 전원 반대였다.

1988년 4월 18일에야 간신히 '일해'라는 합당치 못한 이름을 버리고 '세종'으로 재단 명칭이 바뀌고 총재직도 없어졌지만 6백20억 원이 넘는 자산 규모만으로도 세계 굴지의 연구소가 될 수 있는 이 재단이 명실상부한 역할을 하려면 대의명분에 입각한 대대적인 환골탈태를 해야 한다.

1988년 9월, 올림픽이 성공적으로 치러지고 같은 해 11월, 나는 4일부터 5일 동안 열렸던 '국회 5공 비리 일해재단 청문회'에 증인으로 불려 나갔다. 나는 기업가로서의 내가 국민들의 존경까지 받는다는 자신은 없지만, 적어도 미움이나 증오의 대상은 아닐 거라고 믿는다. 내가 어느 자리에서나 떳떳하고 솔직할 수 있는 것은 아마도 내가 한 기업인으로서, 한 인간으로서 일생을 그다지 크게 잘못 살지는 않았다는 스스로에 대한 긍지 때문일 것이다. 일해청문회에서 나를 신문한 의원들은 자꾸만 일해 문제보다도 정경 유착에 초점을 맞춰 나를 상처 입히려 했다. 어찌 됐거나 간에 나는 모든 질문에 사실대로 떳떳하게 대답했다.

떳떳하지 않을 것이 없었다. 일해재단에 돈을 낸 것이 떳떳한 일이었냐는 질타도 있었다. 나는, 그 당시 그 상황에서 그럼 돈 안 내고 보복당해서 기업을 파산시켰어야 하느냐고 되물었다. 다른 정치 자금으로 얼마나 냈느냐는 질문도 받았다. 나는 둘째가라면 서럽게 정치 자금을 많이 낸 사람이다. 내고 싶어서 낸 것도 있지만 내야 할 것 같아서 낸 것도 많고, 안 내면 혼날 것 같은 눈치라 내기도 했고, 노골적으로 내라고 해서 내기도 했다. 정치인이나 통치자의 활동 지원 차원의 순수한 의미의 정치 자금도 있었고, '현대'의 생존을 위해 사발로 겨자 먹는 것처럼 괴로워하면서 낸 뭉칫돈도 있었다.

있는 그대로, 감출 것 없이 털어놓으면서 나는 정치 자금을 누구에게 얼마를 주었는가를 질문할 것이 아니라, 정치 자금을 내고 어떤 이권을 받았느냐를 물어야 한다고 했더니, 방금, 그럼 그렇게 둘째가라면 서럽게 정치 자금을 내고 어떤 이권을 차지했냐고 물었다. 단 한 가지도 없어서 정정당당하다고 대답하면서, 만약 있다고 생각하면 한 번 내놓아보라고 했다. 그랬더니 내놓은 것이 서산 간척지였다. 그것이 일해재단에 돈 내고 받은 특혜라고 했다.

서산 간척지는 5공이 아닌 박대통령 시대에 허가를 받은 것이었다. 그것도 정부가 몇 해를 끌면서 막으려다 못 막고 나한테 떠넘기면서 손을 뗀 간척 사업이다.

"그것도 거저 넘겨받은 것도 아니고, 그때까지 정부가 해놓았던 모든 시설에 대한 돈까지 다 계산해서 내고 갖고 온 것이 무슨 정경 유착입니까? 서산 간척지는 내가 아니면 누구도 못 막았을 것이고, 세계 어느 나라 어느 회사도 해내지 못했을 일이에요."

다음으로 '현대'의 정경 유착 증거로 내놓은 것이 원자력 발전소의 건설이었다. 참 몰라도 너무 모르는 선량들이었다.

"원자력 발전소는 정부가 미국 웨스팅 하우스에다 설계부터 건설까지 몽땅 맡긴 일거립니다. 한국의 어느 회사에 맡기면 자기네들 기술 지도로 사고 없이 일을 잘해낼 건가, 웨스팅 하우스가 직접 엄격한 심사를 해서 '현대'를 선택했는데, 웨스팅 하우스가 우리한테서 돈 받고 일거리를 주었다는 말입니까?"

일해재단과는 아무런 상관도 없는 질문을 하는 국회의원에게 얼결에

"이거 봐."

했다가 그 한 마디 때문에 어린 국회의원한테 혼이 나기도 했다. 나잇살이나 먹어 갖고는 평생 공장 짓고, 다리 놓고, 자동차 만들어 팔고, 달러 벌어들이고, 그런 일밖에는 한 게 없는 사람이 불려 나가 아들 같은 사람들한테 곤욕을 치르면서, 참으로 많은 생각을 했다.

경제인의 협력 없는 나라 발전은 있을 수 없다. 5공도 6공도 경제인들에게는 너무도 고통스러운 시대였다. 그리고 재단 만든다고 돈을 내라 하지는 않았으나 지금 현재의 경제 상태를 만들어놓은 김영삼 문민정부 역시, 기업하는 사람들에게는 '죽을 맛의 시대'이다.

나의 1992년 대선 출마에 대한 앙갚음으로 우리 '현대'가 당한 불이익은 생각조차 하기 싫은 악몽이다.

7

금강산과 시베리아 개발

금강산 공동 개발은 추진되었어야 했다

지금은 이미 고인故人이 된 북한 노동당 서열 제4위의 허담許淡 씨의 초청으로 북한에 갔던 것이 1989년 1월 23일이다. 그에 앞서 1월 6일부터 12일까지는 소련 정부의 장관급인 소련상공회의소 회장 초청으로 시베리아 개발 문제를 비롯한 한국과 소련의 경제 교류에 대한 제반 문제 협의를 목적으로 소련에 가서 바쁜 일정을 보내고 돌아왔다.

5천 년 역사를 공유한 한 핏줄이면서 동족상잔의 전쟁을 하고, 그 이후 40년을 적대 관계로 지내온 북한 방문에 나서면서 솔직히 일말의 불안과 긴장을 떨칠 수 없었다. 직전의 소련 방문에서 만들어진 한·소 경제협력위원회의 한국 측 위원장을 맡은 것이 북한에서 나를 쉽게 어쩌지는 못할 하나의 신분 보장 장치 구실을 하지 않겠나, 또 세계 언론이 내 신분 보장 배경이 돼주겠지 하면서도 만에 하나 북한에서 나를 보내주지 않고 '내가 고향에서 늙어 죽겠다고 한다'고 해버리면 어떻게 하나 걱정이 되었다.

일행은 '현대건설'의 박재면 부사장, 김윤규 전무, 비서실 이병규

부장, 그리고 나 네 사람이었다. 동경을 거쳐 도착한 북경에서 북한 사람들이 나와 대기하다가 영접해주었다. 제기祭器같이 생긴 그릇에 과자를 잔뜩 담아 내놓고 자꾸 권하는데도 나도 일행도 과자에 쉽게 손이 가지 않았다. 그곳에서 평양으로 가는 비행기를 타기까지 2~3시간은 족히 기다렸다. 조국평화통일위원회 부위원장 등등의 영접과 안내로 비행기에 올라보니, 승무원과 기관원으로 보이는 몇몇 외에는 우리 일행이 승객의 전부였다.

오후 5시 30분에 출발한 비행기는 7시경 휘황한 조명을 받고 서 있는 김일성 동상이 내려다보이더니 이내 평양에 도착했다. 평화통일위원회 전금철 부위원장의 영접을 받으며 나섰다. 취재진들이 잔뜩 나와 있었고, 각 기관의 대표들도 나와서 차례로 인사를 했는데, 놀라운 것은 40여 명의 내 친척들이라는 사람들을 공항에 대기시켜 놓은 일이었다. 친척들은 대뜸 울음을 터뜨리면서 반갑다는 표현을 했는데, 누가 누군지 금방 알 수도 없었으므로 얼떨떨하고 불편했다. 그들은 그 길로 나를 친척들과 만나게 하려고 했지만

"나는 일하러 여기 왔습니다. 내일 스케줄이 어떻게 되는지 미리 말해주십시오. 친척들은 일과 후 밤 9시 30분 이후에 만나죠."

하고 거절했다. 나의 북한 방문 주목적은 금강산 개발이었다.

고향 방문이나 친척들을 만나는 것은 사업 협의차 간 김에 고향에 들러보는 순수한 개인 볼일에 속하는 것이었다. 우리 일행은 따로따로 검정 벤츠에 태워져서 흥부초대소로 안내되어 여장을 풀고 한식으로 저녁을 먹은 다음, 나는 다시 고려 호텔로 가 기다리고 있는 친

척들과 만났다.

나는 떠나기 전부터 일행들에게, 북한 사람들을 대할 때나 회의할 때 쓸데없이 아무데서나 웃지 말고 단정하고 정중한 태도로 진지하게 임할 것과 쓸데없는 질문을 해서 그 사람들을 난처하게 만들지 말 것 등등 단단히 주의를 주었다. 북한이 우리만큼 살거나 우리보다 잘살면 아무 문제 없지만, 형편이 나쁜 사람들 앞에서는 우리의 편안한 웃음조차도 있는 자의 여유로 그들에게 거부감을 줄 수도 있고, 혹시 자신들의 궁색한 살림을 비웃는 거나 아닐까 하는 피해 의식을 자극할 수도 있다는 생각에서였다.

이튿날, 새벽부터 우리는 영하 10℃의 대동강변을 조깅했는데 날씨가 어찌나 추운지 체감 온도는 그보다 훨씬 낮았고, 바깥으로 나와 있는 얼굴은 다 얼어붙어 입이 놀려지지 않을 정도였다. 아침을 친척들과 함께 먹고 안내를 받아서 김일성 생가生家도 보고 폭이 1백m 가까이 된다는 광복거리도 보고, 8만 명이 동원되어 아무 장비도 없이 순전히 사람 힘에 의존해서 지어지고 있는 아파트 공사장 구경도 했다. 체육관에서는 농구 선수들이 열심히 연습을 하고 있었다. 오후 2시부터 허담 위원장과 단독 회담을 했고, 그 다음에 대회의실에서 정식 회담이 시작되었다.

허담이 먼저 민족의 분단은 비극이며 44년 만에 용단을 내려 내가 북한을 방문한 것은 애국애족의 표현이라고 생각하고, 고향 방문뿐만 아니라 앞으로 북남 관계에서 힘을 합치자는 요지의 인사를 했다. 허담은 세련된 신사에 노련한 외교관의 풍모가 엿보이는 사람이었다.

"허담 선생의 호의를 고맙게 생각하며 어려운 가운데서도 초청해 주신 것에 감사를 드립니다. 통일은 우리가 다 같이 원하는 소원이 지만 뜻과 같이 안 되는 안타까움이 있습니다. 그러나 인간의 정이 서로 통하는 길이 통일이 아니겠습니까? 나는 그동안 금강산 개발 에 대해서 참으로 많은 생각을 해왔던 사람입니다. 금강산은 온 세 계의 어느 명산보다도 월등합니다. 이 사업은 민족의 사업이며, 금 강산 개발로 평화를 사랑하고 풍요로운 사회를 사랑하는 전 세계인 들에게 크게 이바지할 수 있다고 생각합니다. 목표가 깨끗하고 모인 사람들이 진실되고 충실하면, 부정적인 의견을 가진 사람들을 물리 칠 수 있습니다. 허담 선생의 말을 진심으로 받아들이겠습니다. 금 강산 공동 개발로 국제 회의도 금강산에서 할 수 있게 하면서 온 세 계에 평화와 사랑을 널리 알리도록 하십시다."

나는 담담하게 금강산 개발을 꿈꾸면서 가졌던 생각으로 답례를 했다. 북한의 재무장관급인 대성은행 최수길 이사장과 조선기계 총 회장 최종영 사장, 국회예비접촉단장이며 서기국장인 평화통일위 원회 부위원장 전금철 씨, 적십자중앙회 부위원장 오문판 씨, 김수 만 부장 등이 우리에게 소개되었다. 나는 우리 측을 그저 엔지니어 누구, 건축쟁이 누구로 부드럽게 소개했다.

그들은 소련과 중국은 합영법合營法의 어려움을 극복했기 때문에 국제 사회에서 외화 거래를 제대로 하고 있는데 북한도 수출을 목표 로 한 합영 사업을 검토하고 있다고 했다. 내가 금강산 공동 개발에 대한 결실을 보고 갔으면 좋겠다고 했더니, 허담이 자기네도 일정을 짜고 다음 날부터 적극적으로 회의에 나서겠다고 화답했다. 그날 오후 6시부터 허담 주최의 환영 만찬이 목란장에서 있었는데 허담과는 이야기가 잘되었다. 이튿날 25일 오전 9시 인민문화궁전 회의실에서 금강산 공동 개발 실무회의가 시작되었다. 우선 그쪽에서 금강산에 대한 개괄적인 설명을 하기 시작했는데, 중간에 내가

"그게 거기가 아니고 그 옆에 일제시대에 절이 하나 있었는데 불타고 주춧돌만 남아 있었는데 그때 그 자리가 지금도 그대롭니까?"

하고 물었더니, 설명하던 사람이 놀라서

"금강산에 대한 것은 회장 선생님께 더 말씀드릴 것이 없겠습니다."

하고는 설명을 생략해버렸다. 금강산은 어렸을 적에 일하기 싫을 때 툭하면 가곤 했기 때문에 오솔길까지 대충은 다 알고 있는 곳이다.

며칠 동안 논의가 계속되었는데 우리는 밤을 새워 금강산 공동 개발에 대한 구체적인 사업 내역과 투자 계획까지 만들어서 회의에 임했다. 그들은 금강산 개발에 자금 걱정은 할 필요가 없다면서 외국 자본을 끌어들이겠다는 내 계획에 대해서 '제 돈은 안 들이고 남의 돈으로 하려고 드는구나' 하고 의심하는 눈치였다. 나는 자본주의 경제의 개념이 없어서 그러는 그들의 자존심을 건드리지 않도록 조심하면서 납득을 시켰다.

"당신들도 할 일이 많을 텐데 금강산 개발에 모두 다 투자해놓고 만약에 외국 관광객들이 안 오면 어떻게 할 참이오? 외국 관광객들을 끌어 모으려면 세계의 돈을 모아서 써야 해요. 내 경험을 얘기하

면, 만약 내가 미국에 물건을 팔 목적으로 공장을 지어야 할 경우, 내 돈으로 충분해도 일부러 미국 돈을 끌어들여요. 그래야만 그들이 관심도 갖고 광고도 하고 그런단 말이오. 외국 돈을 끌어들여 호텔도 짓고 그래야 그 사람들이 와요."

그러니까 그들도 이해하고 수긍했다.

"카지노도 만들어야죠."

했더니

"카지노가 뭐예요? 아아, 놀음방."

하기도 했다. 열흘 동안 매일 오전 9시부터는 회의를 하고 오후 시간에는 관광을 했다.

그들은 오늘 회의에서 논의되었던 것을 상부에 보고해서 다음 날 문제점을 가지고 나오고, 그러면 다시 설명하고 협의하는 식이었다. 회의는 순조롭게 잘 풀려 나갔는데, 전금철 씨가 회의 도중에 중간중간 팀스피리트 훈련 중지니, 미군 철수니 하는 정치적인 문제를 들고 나오기도 했다. 그럴 때면 나는

"정치는 정치하는 사람들한테 맡기고 우리는 경제 얘기만 합시다. 우리가 잘만 하면 정치적인 문제를 풀어 나가는 실마리가 될 수도 있어요."

하며 말머리를 돌리기도 했고

"나한테는 그런 권한이 없어요. 쓸데없는 일로 시간 낭비하지 말고 금강산 개발이나 합시다."

라며 피하기도 했다.

골프장과 스키장은 어디어디에, 비행장은 어디로 옮겨야겠고, 일류 백화점이나 호텔은 어디어디에 어떤 규모로 짓고, 설계는 선진 외국에 맡길 것이며, 남한의 능력 있는 여러 회사들을 참여시키고, 관광 특구로 만드는 것도 연구하고, 광복거리를 건설한 능력을 보면 북한의 건설 능력도 훌륭하니까 인력 자재는 북한에서 대면 문제없겠고 하는 식의 우리의 실질적이고도 구체적인 개발 계획에 그들은 자못 감탄하는 눈치였다. 그리고 우리 '현대'는 총괄적으로 참여할 것이며 손님의 1/3은 우리 남한 사람들일 텐데 하루 4만 명은 데려올 수 있다고 했더니 북한사람들이 많이 놀란 얼굴들이 되었다.

만수대예술극장에 1만 명은 되어 보이는 부부 동반한 북한 사람들의 기립 박수를 받으며 입장해서 VIP석에서 「춘향전」도 보았고, 우리 차가 나타나면 달리던 차들이 모두 서고 지나던 시민들은 아예 등을 돌리고 서서 우리가 지나갈 때까지 기다리다 움직이는 모습도 보았다.

28일에 다 같이 금강산을 보고 일행은 금강산에서 하루 숙박하게 하고 나는 고향으로 움직였다. 고향 마을은 집들을 전부 다 개조해서 옛날에 있던 감나무 다섯 그루가 아니었으면 쉽게 찾지도 못할 뻔했다. 내가 태어나서 자랐던 내 고향의 우리 집은 알아볼 수 없었지만, 그때 심어져 있던 다섯 그루의 감나무는 나이만 몇십 년 더 먹은 채 그대로 그 자리에서 집을 지키고 있었다. 친척들이 방구석에 한데 모여 나를 보고 합창하는 것처럼

"우리는 위대하신 수령님 덕분에 쌀밥을 배불리 먹으며 행복하게

삽니다."

하는데, 40년 분단 민족의 비극과 체제의 이질성이 그토록 실감이
날 수가 없었다. 우리 집에서 사시고 계시다는 작은어머니가 나무를
얼마나 땠는지 방이 뜨거워 견딜 수가 없었다. 구공탄을 때지 왜 나
무를 때느냐고 물으려다 구공탄 공급이 안 되는구나 싶어 입을 다물
었다.

　이튿날 선산에 가 조상님네 성묘도 했고 조카가 입원해 있는 병원
에도 다녀왔다. 그리고 그날 금강산에서 하룻밤 잔 일행들이 고향으
로 와서 합류했다. 북한에서도 노래부르며 노는 시간이 종종 있었
는데, 나는 우리 일행들에게 노래 선곡에도 신경을 쓰도록 했다. "종
이 울리네 꽃이 피네…… 아름다운 서울, 서울에서 삽시다" 같은 북
한 사람들 기분에 안 맞을 노래는 피하고, 남북이 같이 한마음으로
부르고 들을 수 있는 노래를 고르라는 뜻이었다. 그러다 보니 노래
만 시키면 한 사람은 열흘 동안 '나의 살던 고향'이었고 다른 사람은
열흘 동안 '아리랑'이었다. '나의 살던 고향'과 '아리랑'은 으레 남북
합창이 되고는 했다.

　고향에서도 공산당원들이 차려낸 음식과 소주를 먹고 놀았는데,
술 한잔 들어가면 노래해야 하는 것이 남북이 같고, 그렇게 술 먹고
부르는 노래가 또 '아리랑'이니 '노들강변', '나의 살던 고향'인 것을
보면 아무리 이념이 다르고 체제가 다르고 삼팔선이 가로막혀 있어
도 우리는 어쩔 수 없는 동족이라는 착잡함으로 가슴이 답답해지고
는 했다.

우리 일행 4명을 그들이 늘 따라다녔기 때문에 친척들은 해서는 안 될 말은 단 한 마디도 안 했고, 나 역시 불필요한 말은 한 마디도 안 했다. 내 고향 친척들에게 내가 무엇을 하는 사람인지조차도 제대로 얘기하지 않았다. 고향에 갈 때 친척들에게 나누어줄 선물을 몇 가지 가지고 갔었는데, 추운 겨울날 나일론 제품의 옷을 입고 있는 것이 보기만도 추워서 우리 일행들은 모두 가방을 비우다시피 털어서 가지고 간 옷들을 몽땅 내놓았다. 고향을 떠나는 날 나는 작은어머니한테 내 와이셔츠 한 벌을 내주면서 말했다.

"깨끗하게 빨아서 저기 걸어둬요. 다음에 와서 입게."

다음 날 고향집에서 원산으로 가면서 고저라는 마을의 병원에 잠깐 들르려고 움직이는데 사람들이 삽과 곡괭이로 언 땅을 파고 삽질하고 있었다. 양력 정월이면 한겨울이다. 지금 우리 농촌에서는 수로를 파는 데도 장비를 불러 쓰는데 언 땅을 삽과 곡괭이로 파서 금강산까지 고속도로를 내고 있는 것이었다. 내가 아주 조심스럽게 하루도 안 쉬고 일을 하는 건 오히려 능률을 떨어뜨리니까 일주일에 하루는 쉬는 게 어떠냐고 했더니

"정회장 선생님은 모르시는 말씀이요. 위대하신 수령님의 은혜에 감복해서 충성을 다하기 위해 우리 인민들이 자진해서 일요일을 반납하고 노는 날 없이 일하는 겁네다."

하는 대답이 돌아왔다. 그들은 평양으로 돌아가는 길에 원산의 산업 시설들을 보여주었는데 어떤 공장엘 가도 내 눈에 뜨이는 것은 낙후한 시설들이며 비과학적인 관리 상태들뿐이었다. 답답한 것을 보면

참지를 못하는 성미대로, 문을 왜 여기다 내놓고 사용하냐, 문을 저기로 바꾸면 이런 이점이 있지 않느냐, 바닥에 먼지가 이렇게 많으면 작업 능률이 안 오르니까 포장을 해라, 도크도 잘못 팠다, 이쪽에 팠어야 한다, 이건 저기로 옮기고 저것을 이쪽으로 옮겨라 등등, 서울에서 내 공장에 가 잔소리하듯 이것저것 눈에 띄는 대로 지적을 했는데, 그들은 필기도구를 들고 적으면서 쫓아다녔다.

그러는 과정에서 그들도 마음이 열렸는지, 금강산 공동 개발 외에도 나한테 희망하는 것을 털어놓기 시작했다. 원산에 있는 철도 차량 공장에 '현대'가 기술 제공을 해서 생산을 확대시켜 수출을 하고 싶다, 원산에 있는 수리 조선소의 도크를 파자, 시베리아에 함께 가서 코크스 공장을 건설하여 자기네도 쓰고 중국에 팔 수도 있게 하자, 소련의 암염巖鹽도 개발해서 중국에도 팔고 자기네도 쓰고 싶다 등등이었다. 나는 그 모든 제의를 다 긍정적으로 받아들여

"좋소, 타당성 조사 후 경제성만 있다면 해봅시다."

하고 약속을 했다.

북한과의 금강산 공동 개발 의정서를 만드는 과정에서 내가 가장 중요하게 생각했던 부분은 금강산 개발에 관한 모든 인력이나 장비나 자재의 수송 경로와 교통 문제였다. 해상과 육로로 하되, 육로로 할 경우 판문점이나 동부 군사 분계선을 통과해야 한다는 주장을 나는 끝까지 굽히지 않았고, 결국은 관철시켰다.

군사 분계선의 통과가 없는 금강산 공동 개발 작업은 아무런 의미

가 없다. 군사 분계선의 통과를 나는 우리 민족이 합일로 나아가는 출발의 상징으로 생각했기 때문이었다. 그들은 나한테 두 달 후인 4월에 다시 방문해주기를 원했다. 물론 나도 그러고 싶었고 그러마고 했다. 그런데 그 후가 여의치 않았다. 정치권의 기상은 일기보다도 변화무쌍한 것이라서 정부가 지원하고 통일원이 허가해서 북한에 갈 때의 그 화창했던 봄 분위기는 한꺼번에 냉각되어버렸다. 때문에 내가 북한에 가서 그 사람들과 열흘에 걸쳐 진지하게 협의해서 도출해가지고 온 협정서는 아직도 언젠가 이루어질 것으로 믿고 기다리고 있다.

금강산 개발은 아직도 나에게 '반드시 해야 할 과제'로 남아 있다. 북한에서는 그 후로도 여러 경로를 통해서 비공식적으로 나를 불렀고, 어떤 기업인보다도 나를 기다린다는 말도 듣는다. 고향의 작은 어머니 방에는 내가 벗어놓고 온 와이셔츠가 나를 기다리고 있을 것이다.

고르바초프와 만나서

1989년 금강산 개발로 남북 교류의 물꼬를 트고 그것이 결국은 통일을 앞당기는 데 기여할 것이라는 설레는 포부를 안고 시작했다가 씁쓸한 좌절을 맛보아야 했던 해였다. 국내 정치 상황도 영일寧日이 없는 지경이었고, 극을 달리는 노사 분규로 경제 상황도 낙관할 수 없는 수위를 이미 넘어버렸다.

그 이듬해 1990년 10월, 나는 고르바초프와 만났다. 그 4개월 전, 소련 방문 때 대통령의 경제특별보좌관 페트라코프의 요청으로 크렘린 궁에서 그와 3시간 반 동안 얘기를 나눈 적이 있었는데, 그는 한국 기업인이 소련 경제를 어떻게 내다보는지를 궁금해했었다. 나는 소련의 경제 전문가들이 소련의 시장 경제 체제 도입에 대해 낙관하고 있지만, 그 낙관론은 이론적으로는 가능하나 뿌리를 내리기까지는 많은 난관이 있을 것이라는 얘기를 했다. 70년 동안 공산주의 체제하에서 살아온 국민이 시장 경제를 이해하는 데는 시간이 걸릴 수밖에 없다. 페트라코프는 소련이 시장 경제 체제를 정착시키는 데까지 얼마나 걸리겠느냐는 질문을 했다. 나는 15년쯤은 잡아야 하지 않을까 생각했지만, 너무 길어서 실망할까 봐 10년으로 줄여서 말했다.

공산주의 이념을 강제로 정착시키는 데도 20~30년이 걸렸으니 자율을 바탕으로 한 시장 경제의 정착에는 시간이 더 필요할 수도 있지만 소련은 2억 8천만 인구를 먹여 살릴 수 있는 공장과 발달된 기초 과학이 있으니 어쩌면 10년이면 가능할 수도 있을 것 같기도 했다. 그때 페트라코프가 다음 소련 방문 때는 대통령과의 면담을 만들겠다고 했었고, 그래서 그 4개월 후인 10월에 고르바초프 대통령과 만나게 된 것이다.

우리 쪽에서는 나와 이명박, 통역자, KBS 기자와 카메라맨이 참석했고 고르바초프 대통령은 소련 경제 정책 일인자이며 당 서열 3위인 메드베데프 특보를 배석시켰다. 약 15평 정도의 고르바초프 집무실의 10여 명 정도가 앉을 수 있는 회의 테이블에서 회담이 시작되었다. 고르바초프는 한 15분에 걸쳐서 자신의 정치 역정에 대한 이야기를 했다.

나는 소련에 대한 현실적이고 실질적인 조언을 주려고 노력했다. 특히 세계 경제학자들이 소련의 경제 전망을 어둡게 보고 있는데 나는 그렇게 생각하지 않는다는 것을 강조했다. 인간의 신념과 투지, 불가능을 가능으로 바꿀 수 있는 정신력은 절대로 이론적인 수치 계산으로 파악할 수 없는 것이다. 흔히 가난한 나라가 급속도로 경제 성장을 이루면 '기적'이라는 말을 쓰는데, 기적이란 종교에나 있는 것이지 경제에 기적은 없다. 나는 소련은 수많은 어려움을 안고 있는 것이 분명하지만, 그 대신 잘될 수 있는 여건도 그만큼 많이 가지고 있다는 것을 간과해서는 안 된다고 말했다. 지도자가 이 여건을 얼마나 슬기롭게 활성화시키느냐에 정치, 경제의 진퇴 여부와 발전 속도가 가름 날 것이라는 말도 했다.

고르바초프는 나의 말에 대해 대부분 수긍했고, 나도 그의 말을 경청했다. 나는 소련의 시베리아 개발은 한국 기업이 주축이 되어 할 수 있다는 것을 강조했고, 어려운 형편의 북한이 자유롭고 평화롭게 번영할 수 있도록 소련의 영향력을 발휘해달라는 부탁도 빼놓지 않았다. 고르바초프는 소련과 남한이 함께 밥을 지어서 북한과 나누어 먹는 날이 올 것이라고 대답했다. 그리고 고르바초프는, 노대통령에게 보내는 초청장을 동석했던 메드베데프 특보에게 지참시켜서 한·소 경제협력위원회 주최의 서울 세미나에 보내겠다고 했다.

내가 고르바초프를 만나고 돌아온 한 달쯤 후에 노태우 대통령이 소련을 방문해서 정식으로 한·소 수교가 이루어지고 국교 정상화가 되었다. 한·소 수교를 놓고도 신중론자와 회의론자들이 분분하게 말들이 많았다. 경제 협력 부담만 가중시킬 뿐 실익이 있겠냐, 너무 서둘렀다는 것 등등이었다. 그러나 나는 지금도 국가와 국가 간의 관계에서 지나치게 실익만을 따진다는 것은 옳지 않다고 생각한다. 북한과의 통일이 대명제인 우리의 특수상황에서, 또 장차 세계 속에서의 우리의 위상 문제와 결부시켜서, 대소對蘇 관계의 정리는 결코 서두른 것도 빠른 것도 아니었다.

세계는 급변하고 있는데 수염 쓰다듬으면서 시시콜콜 따지기만 하다가 때를 놓치면 안 된다. 또, 우리와 소련의 적극적인 교류가 북한 개방에 긍정적인 영향을 줄 것이고, 그것이 통일에도 크게 기여할 것으로 나는 여전히 믿는다.

세련되고 박식하고 말이 통하는, 내가 좋아하는 고르바초프가 그 후 얼마 안 되어 실각당해서 유감이지만, 누가 뭐라 해도 그는 세계사의 한 중요한 대목을 빛낸 주역이었다.

시베리아를 잡아야 한다

오늘날 시대의 변화는 너무나 빨라서 과거 한 세대, 또는 한 세기에서나 볼 수 있었던 큰 변화와 변혁을 2~3년 동안에, 또는 몇 달 사이에 경험하면서 우리는 살고 있다. 소련의 일대 정치변혁을 시작으로 전 세계 공산주의 국가들이 격세지감으로 대변혁을 일으키는 데도 그리 긴 시간이 필요하지 않았다.

공산주의 방식의 산업 생산 경제는 하루아침에 자본주의 경제 형태인 자유 민간 시장 경쟁 경제로 바뀌어 동구권의 정치·경제·사회가 대변혁을 일으키고 있고, 12억 인구의 중국도 집단 농장을 해체하여 주곡을 비롯한 식량의 자급 자족을 이루는 등 발빠른 산업 체제의 변혁을 이루었다. 개방 사회로의 변화를 성급하게 원하는 학생들과 위정자들이 충돌했던 천안문天安門 사태는 불행한 일이었지만 그래도 중국은 여전히 정치·경제·사회 질서를 유지하면서 지속적으로 자유 경제 체제 방향으로 전진하고 있다.

민간 자유 경제만이 지속적으로 경제를 발전시키고 문화를 향상시키면서 자유롭게 행복을 추구할 수 있는, 보다 인간적인 삶의 방법이라는 것이 공산주의 체제와 대비되어 이미 전 세계에 증명되었다.

내가 소련에 대해서 깊은 관심을 갖는 데에는 크게 나누어 두 가지 이유가 있다.

우선, 소련의 시베리아는 목재와 천연가스, 기름, 석탄에서부터 바다의 생선까지 무한한 자원의 보고이다. 우리는 지금 모든 자원을 멀리 태평양을 건너 미국, 캐나다 그리고 남태평양 한가운데의 호주나 아프리카 등지에서 실어오고 있다. 그나마 그 자원도 일본을 위시한 선진국들이 차지하고 있어 우리는 웃돈에 웃돈을 얹어 사서, 막대한 운반비를 들여 실어오는 실정이다.

자원 공급원이 제대로 확보되어 있지 않은 국가는 결국 경제력 약화, 국력의 쇠퇴에 부딪힐 수밖에 없다. 때문에 우리 경제가 지속적인 발전의 기틀을 견고히 하려면 우선 우리에게 없는 자원을 항구적으로 확보해야 한다. 선진국들은 자국의 자원을 갖고 있거나 또는 막강한 경제력으로 막대한 자원을 확보해서 이미 자원 공급원을 보유하고 있다.

우리의 합판 산업이 한때 세계 시장을 지배했던 시대가 있었다. 그러나 원자재인 목재의 항구적인 확보가 안 되었기 때문에 합판 산업의 대명사였던 동명목재가 도산했고, 그와 함께 합판 최대 수출국이었던 한국이 합판 수입국으로 전락하고 말았던 것이다. 자원의 미확보는 기업이 불안한 나날로 경영을 해 나가다 급기야는 몰락하게 되는 지름길이다. 자원의 다변적인 확보야말로 산업 국가의 필수 요건이다.

한·소 경제 협력은 양국간의 무한한 가능성에 비추어볼 때 현재는 물론 장래에도 상호 커다란 이익을 위해서 놓은 의미 깊은 첫 디딤돌이다. 내가 그동안 1년에도 수차례씩 소련을 드나들면서 노력했던 것은 우선 소련에게 한국 국민과 기업인이 가장 정직하고 성실하고 진취적이며, 모든 것을 우정과 신의로 도와줄 수 있는 상대라는 믿음을 주기 위해서였다. 그래서 그렇게 얻은 높은 신용을 바탕으로 한·소 국교 정상화를 앞당기는 데 힘을 보탰었다고 나는 생각한다.

이제 다음으로 해야 할 일은 소련의 영향력과 도움으로 남북통일의 지름길을 만드는 것이다. 상업성을 생각하면 물론 중국이 더 낫다. 그러나 중국은 나말고도 다른 많은 기업인들이 다니고 있으니까 나는 소련에 전력을 다해서 남북 통일을 이루는 데 물꼬를 트는 역할도 하고, 자원 확보로 자손 만대의 성장의 원동력이 되는 기반을 마련해주는 것이 내가 할 일이라는 생각이었다.

우리는 원대한 꿈과 긍정적인 청사진을 가지고 미래를 내다보아야 한다. 한·소 경제 협력 발전은 첫째 한·소 양국의 경제 결합을 가져올 것이며 이는 남북한 평화 통일로 연결될 수 있을 것이고 통일된 한국은 아시아 경제의 중추 역할을 할 수 있는 요인으로 작용할 것이다. 통일이 되면 우리는 6~7천만 명의 다부지고 지혜로운 인구를 갖는다. 통일이 되고 우리가 우리의 역할을 새롭게 할 때, 역사적으로나 민족적으로나 문화적으로나 중국이라는 나라도 우리와 가까운 나라이지 일본과 가까운 나라는 아니다는 생각이 필요하다.

지금 한·소 경제 협력의 우호 친선 성과로 소련은 2차 세계 대전 후의 맹방인 북한보다 대한민국과의 관계를 보다 우호 친선적으로 급속히 발전시키고 있다. 이것은 민간 경제계가 그동안 빈번한 왕래와 교류로 돈독히 다진 우의와 신뢰의 공으로 인정해야 한다. 양국 간에 경제 협력의 필요성이 없었다면 소련은 아마 국교 정상화에 냉담했을 것이다.

통일은 가까운 장래에 반드시 이루어질 것이고, 통일이 되면 우리가 아시아의 중심 국가가 되어야 한다. 나는 우리 한국인에 대해 큰 자부심을 가지고 있는 사람이다. 우리의 과거와 현재로 보나 역사와

문화로 보나 아시아에서 우리 민족 이상으로 훌륭한 민족은 없다. 세계 어느 민족보다도 우리는 성실하고 어질고 착하고 그러면서 우수하다. 10년, 20년 노력하면 우리가 아시아의 중심 국가가 될 수 있고 세계의 모범 국가가 될 수 있다. 우리 민족이 꼭 그렇게 되어야 한다. 비록 현재는 기술도 자본력도 경험도 일본에 비해 뒤떨어지지만, 그러나 세계 어디서든, 무슨 일이든, 일본 사람들이 할 수 있는 일은 우리도 할 수 있는 저력을 우리는 가지고 있다. 지난날 내가 조선소를 만들 때, 중동에 진출할 때, 대부분의 일본인들이 나를 비웃었다. 기술이 있나, 자본이 있나, 경험이 있나? 망하고 싶어서 멋모르고 설친다고 깔보았다. 정말로 경험도 자본도 전혀 없었을 때의 이야기이다.

그로부터 30년, 시베리아를 개발하는 데 한국이 무슨 수로 영하 50℃, 70℃의 기후에 버틸 거냐고 일본이 또 웃고 있을지도 모른다. 그러나 나는 우리가 못할 것은 없다고 생각한다. 일본인들이 홋카이도北海島 위쪽의 섬 4개를 소련에서 되찾기 위해 애쓰고 있는 동안, 우리가 시베리아를 잡아놓아야지, 일본과 소련이 한 덩어리가 되면 그 많은 자원 가운데 우리 몫은 하나도 없을 것이다. 일본 사람들이 추수하고 난 자리에 떨어진 이삭이나 주우러 다니는 형편이 될 수는 없다. 이것이 내가 시베리아 개발에 적극적으로 나서는 중요한 이유이다.

일부 매스컴과 정부 관계자는 내 생각이 위험하다는 시각을 가지고 있기도 하지만 위험할 것은 없다. 소련 사람들은 풍부한 자원을 가지고 있으면서도 오랜 공산주의 체제 아래 굳어진 사고로 세계 시장에서 자본을 동원할 능력이 없고 방법도 잘 모른다. 예를 들어, 소련이 우리에게 외상으로 선박을 20척 만들어 달라는 주문을 했다. 소련엔 화물이 얼마든지 있다. 20척 배의 값은 11억 5천만 달러이다. 나는 "너희에게 화물이 얼마든지 있다면 현금으로 선박을 건조할 수 있다"고 말하고, 유럽 은행이나 어떤 회사를 에이전트로 삼아서 수수료를 조금 지불하고 11억 5천만 달러를 현금으로 만들어 받고 건조 계약을 했다. 시베리아에서 개발되는 자원이 세계 시장에서 가격 경쟁력만 갖추면 빌려 쓸 자본은 세계 시장에 얼마든지 있다. 소련 사람들은 단지 길과 방법을 모를 뿐이다.

우리는 과거보다 더 많이 노력하고 개선하고 능률화하고 품질을 고급화해서, 일본이 차지하고 있는 세계 시장을 우리 시장으로 만들어야 하고, 미국 일변도 시장으로 장벽에 부딪힌 우리의 무역 시장도 하루빨리 다변화시키도록 다 같이 진력해야 한다.

한·소 수교가 이루어졌던 것은 참으로 다행스러운 일이다.

연해주는 과거 우리 조상들 18만 명이 타슈켄트로 강제 이주를 당하기 전에 살던 곳이다. 연해주와 북간도는 서울보다 가을이 1~2주일 일찍 오고 봄은 한 3주일 늦게 오는 기후로, 두만강 남쪽의 함경북도의 기후와 별 차이 없는 자연 조건인 셈이다. 그곳에는 과거 우리 동포들이 정착해서 농사짓던 땅이 풀이 무성한 채 그대로 있다. 우리나라는 연해주와 아주 가깝다. 또 연해주 근처에 있는 블라디보스토크, 나홋카 등은 부동항이다. 연해주를 개발해서 시베리아로 진출하는 한·소 관계의 근거지로 삼는 것이 지리상으로나 기후로나 적합하다고 생각하여 우리는 연해주에 호텔 겸 비즈니스 센터를 지어서 1997년 7월 개관했다.

이것은 작은 일이지만 태평양 건너 미국, 캐나다, 남미, 브라질, 호주, 인도양 건너 인도, 또는 아프리카 같은 데서 원자재를 실어오려면 빨라야 왕복 40일, 늦으면 50~60일을 소모해야 된다. 그것과 비교하면 시간과 금리, 운임으로 따져 근거리에 확보해둔 원자재의 이점은 결코 적지 않다. 또 소련은 야쿠츠크에 세계 최대의 가스 매장량을 가지고 있다. 나는 우리로서 그다지 급한 일은 아니라고 판단하지만 이 가스의 파이프 라인을 북한을 경유해 우리나라로 들어오게 하는 것이 남북 대화에 도움이 되지 않을까 해서 일찍부터 추진했다. 이를 위해서 소련의 국영 가스 공사에 모스크바의 북한 대사와 접촉할 것을 요청했더니 그동안 들은 척도 않고 있다가 '조건만 좋으면 거부할 이유가 없다'는 데까지 대화가 오고갔으나 이런저런 장애로 아직 미제未濟 상태이다. 소련 측의 말로는 야쿠츠크에 매장된 가스량은 북한, 우리, 일본이 50년, 1백 년을 써도 남을 양이라고 한다. 파이프 라인은 소련의 소유이다. 우리는 파이프 라인 건설에 필요한 자금을 세계 시장에서 조달해주고, 우리나라는 그 파이프 라인을 통해 소련에서 싼값에 가스를 사 쓰면 된다.

시베리아 개발은 우리에게 중요한 의미가 있으며 결코 멈칫거릴 필요가 없다. 통일이 되면 두만강 이북의 시베리아에 개발해놓은 자원들이 우리 경제에 엄청난 활력을 불어넣어줄 것이다. 이로 인해서 한·소 관계는 세계 어느 나라 관계보다도 좋아지고 그때가 되면 한국은 아시아·태평양 지역에서 중추적인 역할을 담당하는 나라가 될 것이기 때문이다.

8

애국애족의 길

인적 자원이 가장 큰 재산

나는 경제 활동을 하는 사람인지라 외국의 기업가나 경제 정책 전문가들을 접할 기회가 많다. 그럴 때마다 그들은 한결같이 내게 하는 질문이, 자원도 자본도 없는 한국이 도대체 무엇으로, 어떻게 그토록 비약적인 경제 발전을 이루었는가 하는 것이다.

나는 간단하고 분명하게 대답한다.

그것은 바로 세계에서 가장 우수하고 근면한 민족인 우리 국민이 이룬 업적이라고.

나는 외국에 나갈 때마다 우리 한국인만큼 우수하고 근면한 민족은 없다는 확인을 거듭한다. 이제 우리 한국인은 아프리카에까지 진출해서 아프리카 어느 지역엘 가도 한국인이 없는 곳이 없고, 또 한결같이 모두들 잘산다. 한국의 원양 어업 기지가 있는 라스팔마스에는 10여 년 전부터 이미 6~7천 명의 한국 교민이 살고 있는데 전부 유족한 생활을 하면서 그곳에 오는 한국인들에게 여러 가지 편의를 다투어 제공하고 있고 나도 그곳 교민의 차를 얻어 탄 적이 있다. 그곳의 우리 교민들은 구라파 어선단들이 다 같이 적자를 면치 못하는 가운데서도 모두 흑자를 내면서 일하고 있었는데, 우리 한국인의 근면성과 우수성은 그곳에서도 인정받아 구라파 어선단 중에 머리가 빠른 이는 한국 선원을 고용하고 있다. 재미있는 현상은 한국인을 고용하면 그 어선단은 신통하게 바로 흑자를 낸다고 했다.

언젠가는 캐나다에 갔을 때 그곳 상공회의소 회장이 말했다.

"캐나다에서는 실업자에게 실업 수당을 지급하는데 한국 교민 중에서 실업 수당을 타먹는 사람은 하나도 없습니다."

당시 실업 수당이 4백 달러였는데 한국인은 자신의 벌이가 4백 달러가 못 되어도 일해서 벌어먹지 실업 수당은 안 타먹는다는 이야기였다. 그 사람은 한국인에게 크게 감명받았다면서 이민을 받아들일 수 있는 국민은 한국인밖에 없다는 말도 했다. 이처럼 우리 근로자들 몇십만 명이 나가 일하는 세계 도처에서 우수하고 근면하다는 칭찬을 안 듣는 나라가 없다.

현재 1만여 명 정도의 한국 선원이 외국 상선을 타고 있는데, 한국 선원의 우수성은 세계 해운업계에도 자자해서 한국 선원을 확보하려는 해운업자들이 줄을 서는 형편이다. 한국 선원을 쓰면 배가 고장나도 당장에 고쳐낼 뿐 아니라 한시도 쉬지 않고 배 안의 정리 정돈까지 해치우기 때문에 배가 정박하면 다른 일손들을 써서 해야 하는 청소며 뒷손질도 필요 없다고 한다.

우리는 5천 년 대대손손 문화를 숭상하는 조상의 자손으로, 뛰어난 두뇌를 가지고 선천적으로 지혜롭게 태어난 민족이다. 그렇지 않다면 대부분 소학교, 기껏해야 중학교 정도를 나온 창업주들에 의해 한국의 많은 기업들이 오늘날 세계무대에까지 진출해서 거두고 있는 성과에 대한 설명이 안 된다. 우리는 우수한 인적 자원만으로 여기, 이만큼까지 왔다. 오늘의 한국 기업의 규모와 경제는 우수하고 창의적인 창업주의 불굴의 의지, 진취적인 실천력을 구심점으로 하고 그 위에 우수하고 부지런한 근로층의 혼신의 힘이 집결되어 맺어진 과실이다. 오직 사람의 힘만으로 말이다. 이 인적 자원의 위력은 여타 물적 자원과 비교될 수가 없다. 때문에 나는 경제란 돈이 아니라 한 민족의 생명력에 진취적인 정기를 불어넣어서 만드는 것이라고 확신한다.

국가의 부존 자원賦存資源은 유한한 것이지만 인간의 창의와 노력은 무한하다. 자원에 의존한 경제 발전은 자원이 고갈되면 발전도 멈추고 말지만, 일을 통해서, 인간의 노력을 통해서 성취하는 발전은 인간이 나태해지지 않는 한 지속될 수 있다. 땅속에서 치솟는 기름을 팔아 태산 같은 돈을 은행에 넣어 그 이자로 잘먹고 잘사는 것은 진정한 의미로 잘사는 것도 아니며 진정한 의미의 발전도 아니다. 그런 의미에서 국민의 노력만으로, 인적 자원만으로 이룬 우리의 경제 발전은 대단히 뜻 있고 가치 있는 것이라고 나는 생각한다.

내가 부자가 아니라 '현대'가 부자다

나라는 사람은, 회사에서는 종이 한 장도 앞뒷면으로 쓰게 하고, 공사 현장에서 자갈 몇 개가 허투루 버려져 있어도 눈물이 빠지게 나무라면서, 어떻게 성금은 뭉턱뭉턱 내는지 모르겠다는 말을 하는 이들이 꽤 있는 것으로 안다. 나는, 내가 돈이 좀 있는 사람이라는 이유로 이런저런 오해를 받고, 이런저런 말을 듣고 하는 게 부담스럽다.

체육회 일만 해도 그렇다. 체육에는 문외한이면서 어찌어찌하여 체육회장직을 맡게 되었을 때 주위에서는 내가 무턱대고 돈을 펑펑 쓸 것으로 생각하고 기대했었다. 그것은 나라는 사람을 잘 모르는 데서 생긴 잘못된 기대였다. 그 자리가 욕심나 돈으로 자리를 사서 들어가 앉았던 사람이 아닌 바에야, 능력과 진실로 최선을 다해서 국가 체육 발전에 기여하는 것으로 직분을 다해야지 돈을 왜 쓰나? 돈이 많은 사람이니까 돈을 써줄 것이라는 기대로 떠맡긴 자리였다면, 그것은 그 자리와 나를 함께 모욕하는 짓이었다.

체육회장 자리는 명예직이며 시간을 바쳐 봉사하는 자리이다. 인격과 능력 때문이 아니라 돈으로 선택됐다는 것을 알았더라면 무슨 일이 있었어도 그 자리는 맡지 않았다. 짧은 재임 기간 동안 그다지 유쾌하지 않은 구설, 시시비비 속에서도 타고난 성격대로 열과 성을 다해 일했으나, 줄곧 몸에 맞지 않는 옷을 입고 있는 것 같은 기분이었다. 몸에 실리지 않는 일은 하는 게 아니라는 생각도 절실하게 했었다.

어떤 이는 공공 기관에 나가서 나 보라는 듯 큰돈을 쓰고, 어떤 이는 고양이만큼 쓰고 호랑이만큼 쓴 것처럼 과장해서 으스대기도 하나, 나는 돈으로 생색내고 돈으로 자랑 삼는 사람의 인격은 보잘 것이 없다고 치부하는 사람이다. 돈이란 큰돈도 작은 돈도 드러나지 않게 쓰는 것이 원칙이다. 예를 들어, 음식점에서 봉사료를 줄 때도 다른 사람 모르게 주는 것이 예의이지, 여자 이마에 침 발라 돈을 붙여 주는 따위의 행동은 한 인간이 한 인간을 근본적으로 멸시하는 한심한 작태이다.

신문 지상에 개인 소득 랭킹 1위다 어쩌다 하는 발표가 있을 때마다 나는 가난한 사람들에게 죄책감을 느낀다. 저 사람은 그 많은 돈을 어디에 쓸 것인가 하겠지만 그러나 실상 나의 생활은 중산층과 비슷한 범위를 벗어나지 않는다. 내가 생각하는 중산층 개념은 우리 직원들과 엇비슷하다는 뜻이다. 집은 대지 3백 평에 건평이 1백 평가량이라 다소 크지만, 자동차도 스텔라, 그라나다, 쏘나타, 그랜저를 타다가 지금은 다이너스티를 타고 있는데, 평생 일도 꽤 많이 했고 나이도 있으니 탈 만하다 생각하면서도, 어떤 때는 너무 좋은 차를 타는 것이 그러지 못하는 사람들에게 다소 면구스럽다. 하루 세 끼 식사도 접대가 없는 이상 평범한 사람들과 큰 차이 없이 먹는다. 보약이라는 것도 별로 믿지를 않아 먹기 싫어하고, 가끔 인삼차를 마시기는 하나 보약으로가 아니라 차로 마시는 것이다. 돈이 남보다 많다고 해서 특별하게 하는 것은 하나도 없다.

사람은 의식주를 얼마나 잘 갖추고, 얼마나 잘 누리고 사느냐가 문제가 아니라, 얼마나 많은 사람한테 얼마나 좋은 영향을 끼치면서 사느냐가 중요하다고 나는 생각한다. 나와 같이 일하고 있는 직원들이 지금 21만 명쯤 된다. 우리 식의 사고방식으로, 내가 그 많은 사람들을 벌어먹여 살리고 있다는 말을 하는 이도 있지만, 나는 그 말에 동의하지 않을뿐더러 오히려 반대로 그들이 나를 호강시키고 있는 것인지도 모른다는 생각을 한다. 사람은 피차 도와가면서 사는 것이지 어떤 사람이 어떤 사람을 먹여 살린다는 생각은 옳지 못하다. 흔히들 '내가 데리고 있는 사람'이라는 표현을 쓰기도 하고 같은 직장에서 '누가 누구를 키웠다'는 말들도 쉽게 하는데, 그것은 어리석은 객기이며 보기 싫은 오만이다.

우리는 다 같이 평등하다는 것을 잊어서는 안 된다. 위대한 사회는 평등 의식 위에 세워지는 법이다. 일을 하기 위해서 상하 질서가 있는 것이지, 직장의 상하가 인격의 상하는 결코 아니다. 직책이 높다고 거드름을 피울 것도, 낮다고 위축될 것도 없다. 세상 사람들 중 혹자는 나를 선망하기도 하고 혹자는 싫어하기도 할 것이다. 다행히 나를 선망하는 사람이 있다면, 아마 가난한 농부의 아들로 태어나 이렇다 할 학력도 없이 성공한 사람이 된 나로 인해 자신도 성공할 수 있다는 희망을 가질 수 있어서가 아닌가 생각한다. 큰 재산과 좋은 학벌이 있어야만 성공하는 것은 아니다. 가난하고 학벌 없이도 큰 사업을 하고 있는 나를 현재의 어려운 여건 속에서 큰 미래를 꿈꾸는 사람들이 '견본'으로 삼아 부지런하고 성실하게 매진해서 크게 발전하기를 바란다.

남들은 내가 부자라고 부러워도 하고 질투도 하지만, 실상 나 자신은 부자라는 감각을 느끼지 못하며 산다. '내 재산'이라는 생각이 들었던 것은 쌀가게를 할 때까지였다. 차츰 일을 키우면서, 기업이 성장하면서는 일이 좋아 끊임없이 일을 만들어 나갔을 뿐, 내 재산을 늘리기 위해서나, 대한민국에서 첫째가는 부자가 되기 위해서라는 의식은 진실로 티끌만큼도 없었다.

나는 회사에 돈이 얼마나 있는지 상관하지 않는다. 내 호주머니에 들어 있는 돈만이 내 돈이고 집으로 타가는 생활비만이 내 돈이라고 생각하며, 돈이란 자신의 의식주를 해결하는 그 이상의 것은 자기의 소유가 아니라고 생각한다. 어떤 사람들은 '현대'의 성장을 더 큰 부자가 되려는 나의 욕심으로 볼지도 모르지만, 내 의식 속에 '부자'라는 단어는 없다.

인간은 다 비슷한 조건에서 출발한다고 생각해야 한다. 그런데도 어떤 이는 잘되고 어떤 이는 잘 안 되기도 하는데, 대개의 사람들은 비슷한 출발에서, 과정의 능력과 노력에 차이가 있었다는 것은 생각하지 않고, 결과의 불균형에 대해서만 불평을 품는다. 자유 기업 사회에서 그 불균형은 정부도, 제삼자 누구도 해결할 수가 없다. 그 불균형에 대한 불평 불만에서 공산주의식 체제에 경도되는 젊은이들도 생기는데, 그들은 공산주의 사회는 다 같이 못사는 사회라고 생각하지는 않고, 다 같이 잘사는 사회라고만 생각하기 쉽다. 공산주의 체제가 다 같이 못사는 사회라는 것은 70년 또는 50년씩 공산주의를 해온 소련과 중국이 현재 증명하고 있다.

더구나 개개인의 자유가 구속되고 타의에 의해 직업이 주어지고, 사는 곳이 고정되는 그 사회에서 사는 것만큼 큰 불행은 없다. 때문에 다소의 불균형이 문제가 되더라도 기본적인 자유가 보장된 민주주의 체제가 나는 이 지구상에서 가장 좋은 제도라고 생각한다.

대기업에 대해서는 진위와 상관없이 덮어놓고 정경 유착으로 몰아붙이고, 특히 우리 '현대'를 공화당 정권의 비호 아래 크게 성장한 것으로 안다. 그러나 '현대'는 창립 이후 지금까지 어느 정권, 어떤 불경기, 어떤 악조건 아래서도 매년 30%씩, 그리고 5공, 6공에서도 최소한 20% 이상은 성장해왔다. 1977년, 정부가 법인세와 방위세, 지방세, 종합 소득세 등 기업의 세금을 통합한 세법 통과로 이익의 70%를 세금으로 거두어가 기업이 급격히 냉각되었을 때도 '현대'는 끄떡없었다.

불굴의 노력을 경주한 결과였다.

기업을 소유하고 있는 사람은 기업인이지만, 기업의 이익을 거두어가는 곳은 정부라는 것을 국민들이 잊지 말아주기 바란다. 우리는 세액을 뺀 나머지 30%를 다시 고용 증대와 재투자에 쓴다. 간단히 말하자면 기업이란, 국가 살림에 쓰이는 세금의 창출에 큰 몫으로 기여하면서, 보다 발전된 국가의 미래와 보다 풍요로운 국민 생활을 보람으로 알고 일하는 집합체이지, 어느 개인의 부를 증식시키기 위해, 혹은 폼내기 위해 있는 것이 아니다.

나는 사람들이 나를 평가하는 척도를 돈으로 삼지 말기를 바란다.

기업가는 기업 활동으로 애국애족한다

국가의 이익보다 기업 이익을 우선시한다거나 정신적 가치보다 물질적인 만족이 우선인 사고 방식으로 기업을 운영하는 사람은 절대로 대성할 수 없다고 나는 생각한다. 때문에, 일단 현재 국민 경제에 영향을 끼칠 정도의 기업인이라면 누구든 기업 이익보다 국가 이익을 우선시하는 기업 활동으로 풍요로운 국가와 사회 건설에 기여코자 하는 뚜렷한 목적의식을 가진 기업인으로 믿어야 한다. 기업을 하는 사람도 국민 중의 한 사람이며, 기업인들도 다른 모든 국민이 마땅히 갖고 있는 내 나라에 대한 뜨거운 애착과 내 나라의 발전과 번영을 원하는 소망, 그것에 어느 한 부분으로라도 힘껏 기여하고자 하는 애국심과 정열을 똑같이 갖고 있다고 믿어주어야 한다. 그런데 우리나라의 기업인에 대한 인식은 선진국과는 너무나 다르다.

결국은, 그때그때 떳떳할 수 없었던 정권의 필요에 의한 속죄양으로 너무 여러 번 기업을 단죄 받게 했던 것이 우리나라 국민들의 기업에 대한 편견의 주범이라고 나는 생각한다. 큰 기업은 덮어놓고 부정 축재와 정경 유착의 본산지라는 부정적인 편견도 잘못된 정치가 만들어놓은 것이고, 기업이 크는 것을 기업경영자 한 사람이 엄청난 부자가 되는 것으로 받아들이게 만든 것도 어리석은 정치의 산물이다. 그 결과로 우리 국민은 세계 선진 공업 사회에서 경쟁력 있는 국가이기를 원하면서 기업이 커지는 것은 싫어하는 자가당착에 빠져 있다.

여기저기 밝힌 바 있지만, 정치 변혁이 있을 때마다 '인민재판 제 1호'로 가장 먼저 수난을 당해야 했던 것이 기업이었고 큰 기업일수록 충격도 후유증도 컸다. 정변의 와중에서 '현대'도 몇 차례 동네북으로 진탕 얻어맞기도 하고 오해와 모함으로 고통스러운 홍역을 치르기도 했다. 가장 어이없었던 모함과 오해의 홍역은 5·16 직후에 겪었던 세칭 '알래스카 토벌 작전'이다. 5·16 세력 내부에서 일어났던 이른바 반혁명 사건을 그때 세간에서는 '알래스카 토벌 사건'이라고 했는데, 당시 원주 1군 사령관에서 건설부장관으로 전임한 박임항 씨가 주동 인물로 구속되었다. 그런데 엉뚱하게 반혁명 자금 지원 혐의자로 '현대'가 지목되었다.

회사의 장부 일체가 압수되어 이 잡듯이 조사를 당하고 회사 사람들이 끌려가 매를 맞아가면서 한 달 이상의 고초를 겪어야 했다. 그들은 30~40명의 특별 인원으로 홍릉에 '현대 반혁명 자금 제공 조사단'까지 만들었다. 그것은 엄청난 모함과 오해였다.

한국도시개발의 '현대아파트 특혜 분양 사건'을 아직도 특혜 분양으로 기억하고 있는 국민이 많을 것이다. 괄목할 만한 경제성장으로 인구 도시 집중화가 심화되었던 1970년대였다. 1960년 당시 전 인구의 39%였던 9백80만 명이 도시 인구였는데 1970년에는 50%에 달하는 1천5백70만 명, 1975년에는 전 인구의 57%에 달하는 2천만 명이 도시에 몰려 살았다. 그렇게 되면서 당연히 주택 문제가 당면 과제로 대두되었는데, 당시 도시 주택 부족률은 40~50%에 달했다. 공업화에 따른 토지 수요는 급속하게 증대되는 반면, 인구의 도시 집중은 토지 공급의 한계로 평면적 해결 방법이 아닌 새로운 주택 형태의 주택난 해결을 요구했다.

아파트의 등장이 바로 새로운 주택 형태의 주택난 해결 방안이었다. '현대건설'은 일찍이 1961년 1월에 벌써 우리나라 최초의 대단위 아파트 단지였던 마포아파트를 착공해서 준공했고 이것은 새로운 주거 형태로 시민들의 관심을 끌면서 1970년대의 아파트 붐을 예고하기도 했다. 예측대로 1970년 초반부터 아파트 건설 바람이 불기 시작했다. '현대건설'도 1973년 초부터 서빙고동 현대아파트를 시작으로 주택 건설 사업에 참여했다.

그리고 1975년 3월부터 한강변 강남의 압구정동에 대단위의 아파트 타운 건설에 착수했다. 그때는 아직 아파트 붐이 일어나기 전이어서, 1973년의 서빙고동 아파트 분양은 순조로웠지만 1975년부터 지었던 압구정동 아파트는 준공 후까지도 미분양이 남아 있는 형편이었다. 1975년에 한강변에 도로를 만들고 한강의 모래 사용권을 얻어 그 일대를 매립해서 토지를 만들고, 배밭이었던 압구정 땅을 매입해 아파트를 지을 때만 해도 서울 사람들은 여전히 허허벌판 강남보다 강북을 선호했다. 1, 2, 3차는 물론 4차도 착공 직후까지 분양이 제대로 되지 않아서

"정주영 사장도 압구정동 아파트에 와서 살게 될 것이다."

라는 말이 돌아다니는데도 직원들 호응조차 별로 높지 않았다. 그래서 5년 분할 상환 신문 광고도 내고, 직원들까지 동원해서 아파트 분할 상환 세일까지 시켰을 정도였다.

3차분이 거의 다 지어져갈 무렵인 1976년 3월 25일, '현대건설'의 주택사업부를 모체로 따로 설립됐던 '한국도시개발주식회사'가 4차, 5차, 6차를 지었는데 특혜 분양 시비에 걸렸던 것이 1977년 9월에 착공했던 5차분이었다. 그런데 4차까지 별무신통이었던 사원들의 아파트 반응이 5차에서는 달라져서 희망자가 꽤 있었다. 그때는 지금과 달리 주택 건설 법규가 일종의 신고제 형식이었다. 총 7백28가구의 절반은 사원용으로, 절반은 일반 분양으로 승인을 받았다. 사원들 중에서 희망하는 사람이 많아지자 나는 사원용과 분양용으로 승인받은 것을 전부 다 사원용으로 신고해서 100% 사원용으로 재승인을 받도록 했다. 그런데 사원들과 함께 사원이 아닌 사람들도 이런저런 연고로 분양을 희망해왔다.

법을 어긴다는 생각 같은 것은 조금도 없었다. 분양이 잘 안 되어 애먹다가 희망자가 있다는 게 반가웠고, 아파트를 지은 건설 회사는 원하는 사람한테 분양가를 받고 파는 게 사업이라는 단순한 생각뿐이었다. 또, 우리 한국 사람들의 인정이 다 그렇듯이, 집이든 물건이든 어차피 팔 바에는 아는 사람한테 팔고 싶은 마음이기도 했던 것이다. 그렇게 팔았는데 갑자기 부동산 값이 폭등하기 시작하면서 평당 분양가가 30만 원이었던 현대아파트가 준공도 되기 전에 3배 이상이 뛰어올랐다. 그러자 '현대'가 사원용으로 승인받은 아파트를 사원이 아닌 일반인들에게, 그것도 특수층에만 특혜 분양하고 있다는 소문이 돌면서 1978년 여름, 청와대의 사정보좌관실에서 전직 장관을 포함해서 장성과 고급 공무원, 언론인 등 2백20여 명이 특혜 분양을 받았다고 언론에 공개해버렸다.

그들의 사회적인 위치와 직위가 평범하지 않다는 것이 더구나 여론을 악화시켰다. 그리고 사정 당국이 칼을 빼들고 조사에 나섰다. 당시 '한국도시개발'의 사장이었던 둘째아이 몽구가 구속되고 회사 문서는 또 몽땅 압수당하고 신문과 방송은 연일 대서특필로 '현대'의 특혜 분양을 두들겨 팼고, 아파트를 분양받았던 저명인사들은 사회적 지명도를 이용해서 특혜 분양을 받은 사람들로 매도당하는 수모를 당했다. 어느 누구에게도 단돈 10만 원도 할인해 준 사실이 없었을 뿐 아니라 5년 분할 상환 조건으로 팔았던 아파트가 갑작스러운 가격 폭등으로 인해 굉장한 특혜 분양이 되어버린 것이다.

국민의 오해는 참으로 무서운 것이다. 그때 나는 처음으로, 그냥 고향에서 농사나 지을 걸 괜히 서울에 와서 사업을 시작했다고 진심으로 후회했다. 큰 바람이 지난 뒤 법정에서 수습할 결심으로 나는 그 엄청났던 비난과 매도에 입을 꽉 다물고 침묵으로 대처했다. 간부들 중에는 가만히 있을 일이 아니라 해명을 해야 한다는 의견을 낸 사람도 있었으나 나는 침묵이 가장 좋은 답이라고 말했다.

그때 내가 침묵으로 일관했던 까닭은 내 고향 통천의 눈이 준 교훈에 있었다. 이미 말했지만 내 고향 통천은 눈이 많이 내리는 것으로 으뜸인 고장이다. 한 번 내리기 시작하면 1m 이상이 보통이다. 그런데 내 고향 사람들은 눈이 내리고 있는 동안에는 눈을 쓸지 않는다. 눈이 쏟아질 때 눈을 쓰는 것은 바보짓이기 때문이다.

나는 그때 고향 통천의 눈을 생각했다.

통천에 퍼붓는 눈처럼, 우리에 대한 비난과 욕설이 한창 쏟아지고 있는 중간에 비집고 나가본들 어떤 해명이 통하겠는가. 해명은 변명이 될 것이고 변명에 대한 보상은 더 큰 욕과 중상일 것이 뻔한 이치이다. 어떤 진실이라도 최악의 경우에는 이해조차 구할 수 없을 때가 있는 법이다. 폭풍우와 홍수 속에 무작정 뛰어나가 설치다가 공연히 함께 휩쓸려 떠내려가고 마는 미련한 짓은 하는 것이 아니라는 생각이었다.

침묵으로 일관한 끝에 사건은 법정에서 우리의 진실대로 판결이 났다. 어느 한 사람 유죄 없이 전부 무죄 판결을 받았고 특혜 분양과 관련되었다는 혐의를 받았던 공직자들도 다 같이 혐의를 벗었다. 그러나 그때 우리가 입은 상처는 대단히 컸다. 사람한테는 자신이 믿고 싶어하는 대로 믿는 경향이 있다. 우리 국민들이 가지고 있는 '기업은 비리와 친구이다'라는 선입견을 그 무죄 판결이 과연 얼마나 바꿔놓았는가 하는 것은 의문이다.

기업은 기업인의 창의에 의해 성장하는 것이지 권력에 의해 성장하는 것이 아니다. 우리는 어떤 외부 세력이나 변화가 개인을 향상시킨다거나 어떤 가족, 또는 어떤 기업을 발전시켜준다는 생각을 해서는 안 된다. 국가에 어떤 변화가 있더라도 내가 성장하는 것은 오로지 나 자신의 노력에 의지하지 않고는 안 된다. 이것은 나의 경험이다.

정치는 정치가들이 해야 할 몫이다.

기업은 기업가가 확실하고 착실하게 다지고 이끌어서, 어떤 정치적 변동에도 휘말려들지 않도록 만들어야 한다. 기업은 규모가 작을 때는 개인의 것이지만 규모가 커지면 종업원 공동의 것이요, 나아가 사회와 국가의 것이라고 생각해야 한다. 나의 경우, 옛날 쌀가게를 했을 무렵까지는 그것이 나 개인의 재산이었다. 그러나 현재의 기업에 관해서 말하자면, 그 경영자는 국가와 사회로부터 기업을 수탁해서 관리하는 청지기일 뿐인 것이다.

국민도 나라도 이제 이 나라의 크고 작은 많은 기업들이 국제 경쟁 시장에서 고군 분투해가며 적응하고 성장, 발전해가는 것을 대견하게 여겨주는 인식의 전환을 해야 할 때이다.

큰 기업을 운영하면서 애국애족하지 않는 기업가는 없다.

기업은 커질수록 좋다

당신은 어떻게 해서 대한민국 제일의 부자가 됐느냐는 질문을 받는 일이 종종 있다. 단순하고 순진한 질문이지만 진지하게 대답하기는 좀 바보스러운 질문이다. 그저 아무 다른 생각 없이 죽자고 올라가다 보니까 남보다 먼저 산꼭대기에 도달해 있더라는 식의 대답은 아마 질문한 사람을 만족시키지 못할 것이다.

그렇지만 사실이 그렇다. 옆도 뒤도 안 보고 그저 죽자고 일을 했더니 쌀가게 주인이 되었고, 또 열심히 일했더니 자동차 정비소를 차리게 되었고, 또 정신없이 일만 했더니 건설 회사도 만들게 되고,

그렇게 평생을 살다 보니까 오늘에 이른 것이다.

그 옛날 청년 시절, 조선총독부 건물 앞에서 어머님께 장차 그런 집에서 살겠다고 했다니까, 부자가 돼보겠다는 욕심은 갖고 있었겠지만 그렇다고 어떤 일을 하면서 그때마다 대한민국 제일의 부자가 되는 것을 목표로 하지는 않았다. 만약 내가 대한민국 제일의 부자가 되는 것을 목표로 일생을 살았다면, 지금 그저 웬만한 중소기업 정도는 꾸려가고 있을지 모르겠지만 오늘의 '현대'는 존재할 수 없었을 것이다.

어떤 도공陶工이 지금까지 없었던 최고의 작품을 내야지 하고 최고에 대한 욕심을 가득 품고 빚었다고 해서 그 도자기가 최고의 작품이 되는 것은 아니다. 오히려 무념무상으로 최고의 작품을 낸다는 생각 같은 것은 하지 않은 채 그저 오로지 도자기를 빚는 일 자체에만 혼신을 기울였을 때 최고의 작품이 나올 수 있는 것과 같은 이치이다. 나는 그저 일이 좋고 재미있어서, 사업이 굴러가면서 커지는 것이 즐겁고 수없이 많은 도전과 모험, 시련과의 승부, 그런 것들이 좋아서 평생을 일하는 재미로 산 사람이다. 그러다 보니까 내가 싫어하는, 재벌이라는 소리도 듣게 되었다.

유교儒敎 사상이 근본 바탕을 이루고 있는 우리나라는 예로부터 청빈낙도淸貧樂道를 가치 있는 삶으로 생각하여서 군자君子를 존경하고 사농공상士農工商의 맨 마지막에 붙어 있는 '상商'을 천시하는 경향이 아주 강했다. 한 나라의 대통령도 앞장서서 세일즈맨 역할을 할 만큼 기업이 한 나라의 경제를 좌우하는 지금은 인식이 다소 변했다고는 하나, 그래도 역시 기업을 보는 시각은 마뜩찮은 옆눈질이다.

나는 이 현상의 많은 책임을 국가에 묻고 싶다. 기업이라면 무조건 도매금으로 영리 추구만을 목적으로 한 경제 집단 혹은 경제 동물로만 인식시킨 것은 역대 정부였다. 정권이 바뀔 때마다 약방의 감초처럼 빼놓지 않고 했던 것이 부정 축재와 탈세의 죄목으로 기업인들을 모조리 잡아들이는 것이었다. 정치 변란이 일어날 때마다 새 정권은 서민 위안용으로 혹은 정권 스스로의 약점을 은폐하기 위해서 애꿎은 기업인들에게 부정 축재와 탈세의 죄목을 씌웠다. 주먹만한 활자로 신문을 채우게 하고 텔레비전을 동원해서 줄줄이 끌려 들어가는 모습을 보여주면서 국민 시각을 오도誤導한 탓으로 우리 기업은 계산할 수 없는 막대한 손실을 입었다고 생각한다.

정권으로 국민을 먹여 살릴 수는 없다. 정권이 산업을 운영하는 나라는 공산주의 국가밖에는 없다. 때문에 기업이 너무 많이 먹어서 국민이 못산다는 생각을 하게끔 만들기 위한 이용품으로 매도하고 상처를 준 기업인들을 얼마 지나지 않아서 각서 한 장 받고 교도소에서 내놓고는 했다. 입맛 쓴 이런 되풀이가 몇 차례 있고 난 후 기업인들은 다 같이 '악惡'이 되어버렸다.

물론 더러는 남의 산업을 훔치거나 모방해서 치부를 도모하려던 기업인도 있을 것이고 매점매석으로 큰 이득을 본 이도 있을 것이다. 신용과 정직, 성실로 기업 발전을 이루지 않고 건전한 기업 활동 대신 고도의 성장 과정에서 나타나는 인플레이션을 악용하여 투기와 특권 행사, 합병과 편법, 사채 놀이 같은 것에만 급급했던 졸부도 간혹은 있을 것이다.

그러나 정부와 관이 기업인에게 유착을 유혹하고 강요했던 예도 없지 않았다. 그런 정권과 결탁해서 헐값으로 국영 기업을 불하받고 각종 특혜로 치부한 기업도 물론 없지 않았을 것이다. 그러나 사회 전반이 다 같이 혼탁하고 무질서하며 비윤리적이었으면서 그 사회의 산물이었던 기업과 기업인에게만 독야청청獨也青青하지 못했던 죄를 묻는 것은 역시 공정치 못하다. 모든 사람의 인생이 그러하듯이 우리가 살아 나가는 과정에는 공과功過가 함께 있기 마련이다. 공功만 있는 인생도, 과過만 있는 인생도 없다. 기업의 과정도 마찬가지이다.

그동안 우리 기업인들은 너나 할 것 없이 눈에 불을 켜고 발바닥이 부르트도록 악착같이 뛰어다니면서 해외 시장을 개척했고 물불 안 가리고 일해서 막대한 외화도 벌어들였으며 인재 양성도 많이 해냈다. 그렇게 일해서 우리가 이만큼이라도 자립하고 성장, 발전할 수 있게 한 기업의 공에 대해서 다 같이 인색해서는 안 된다. 이제는 인위적이거나 정치적으로 만들어진, 기업에 대한 나쁜 고정 관념에서 벗어나서 거시적인 안목으로 이 나라, 이 사회의 발전 과정과 함께 기업 발달사를 더듬어보기 바란다.

나는 우리 기업들이 국가 발전에 지대한 공헌을 하고도 항상 논란과 비난의 대상이 되고 있는 까닭 중의 하나로 정치 권력의 오도 외에도 또 하나, 우리 경제의 급성장을 꼽는다. 우리나라의 모든 근대적인 제도는 거의가 60년에서 2백 년 가량의 역사를 가지고 있다. 가

톨릭의 역사가 2백 년이 되었고 신문의 역사는 1백 년이 넘었다. 군대와 교육, 예술 모든 분야가 60년 이상의 역사를 가지고 있는 데 비해서 기업의 역사는 불과 20~30년이다. 이 짧은 동안의 급성장으로 말미암아 사람과 자본, 기술, 경영 능력 등에서 여러 가지 무리와 부족함이 마구 노출된 것이 사실이다. 그렇다고 해서 가야 할 길을 빨리 달리는 과정에서 빚어진 무리와 부족함에 대해서 오로지 비난만을 할 일은 아니지 않은가.

역사적·국가적 요구에 부응해서 1960년대 이후의 경제 성장을 주도하고, 국제화의 전위 부대 역할까지 수행하느라 애쓴 우리 기업의 공로功勞를, 다소간의 잘못이 있었다 하더라도, 어린 나이에 가계를 짊어진 소년소녀가장처럼 대견하고 기특하게 생각해주기를 바란다.

요즘 들어 기업가를 흠모하는 젊은이들이 많이 늘고 있다고 하는데, 유감스럽게도 우리나라 기업가가 아니라 미국의 기업가가 그 대상이라고 한다. 미국의 경제 발달사를 제대로 알고 그러는지를 묻고 싶다. 미국은 서부 개척과 철도 개설 등을 하면서 무수한 인디언들을 죽였고 자기들끼리도 총질로 날을 새웠고 금융가 지하에서 위조증권을 마구 찍어내기도 했던 나라이다.

그에 비하면 우리의 기업은 선비들이 일으키고 이루어낸 것이다. 우리는 부아가 나면 부아나게 한 사람 집에 돌이나 몇 개 던지는 것이 기껏의 분풀이였지 총질같은 것을 한 사람은 아무도 없다.

옛날 얘기인데, 극동의 김회장과 대동의 박회장, 동아의 최회장,

대림의 이회장이 한 건의 공사를 놓고 누가 할 것이냐는 회의를 하는 자리에서 있었던 일이라고 한다. 누구도 양보하기 싫은 일이었지만 동아의 최회장이 무슨 일이 있어도 꼭 자기네가 해야겠다고 우겨서 차례차례 다 양보를 받았는데 대림의 이회장만 양보를 안 하고 버렸다. 두 사람이 서로 왜 자기가 해야 하는지를 놓고 설전을 벌이던 끝에 동아의 최회장이 갑자기 얼굴이 벌개지면서

"나는 고혈압인데……."

하고는 옆으로 누워버렸다. 그러자 대림의 이회장이 깜짝 놀라

"그래, 그거 네가 해라."

라고 말하자 최회장은 이내 부스스 일어나면서

"으음, 조금 낫군."

했다는 얘기가 있다.

그 최회장이 무슨 일인가로 이회장과의 약속을 깼다고 한다. 화가 난 이회장이 날이 어둑어둑해질 때를 기다렸다가 지프에 자갈 한 가마니를 싣고 최회장의 집 앞으로 가 기분이 삭을 때까지 자갈을 던지고 나서 "집에 가자" 하고 돌아왔다는 얘기도 들은 적이 있다.

호랑이 담배 먹던 시절이라고 하겠지만, 우리 기업인들의 경쟁은 미국 기업의 그것과는 비교도 할 수 없게 선비적이었다. 젊은이들이 우리나라의 기업인들을 제치고 미국 기업인들을 존경의 대상으로 꼽는다는 것에 대해 내가 하고 싶은 말은, 나를 꼽아달라는 말이 아니고, 그 생각이 다분히 사대적이고 무지의 소치라는 것이다.

대기업을 문어발이라고들 부르면서 경제 발전의 불균형과 위화

감 조성을 우려하는 소리가 많다. 일견 일리가 없는 것은 아니나, 나는 편중된 부가 문제인 것이지, 기업은 커지면 커질수록 좋다고 생각한다. 세계 시장에 나가 세계 기업인들과의 경쟁에서 이겨 나라 밖의 돈을 나라 안으로 긁어 들이려면 그만한 힘이 있지 않으면 안 된다. 우리나라 기업이 너무 컸다, 너무 비대하다, 문어발이다 하면서 기업의 경제력 집중을 문제 삼는 것은 우물 안 개구리의 논설이다.

현재 20~30개의 계열사를 가지고 있는 우리나라 그룹 하나의 매출이 다른 나라의 큰 회사 하나의 매출에도 못 미친다는 것을 알고나 하는 소리인지 모르겠다. 세계 시장에서 보면 우리나라의 대기업은 어린애다. 세계 모든 나라 중에서 기업이 너무 크는 것을 걱정하고 제동을 걸려고 드는 나라는 우리나라밖에 없다. 일본 대기업의 1/30과 미국 대기업의 1/100도 안 되는 우리 기업의 규모는 세계 시장에서는 조그만 중소기업밖에 안 되는데도 불구하고 너무 크다고, 너무 커진다고 걱정하는 것은 참으로 답답한 일이다.

우리가 문제로 삼아야 하는 것은 국내 시장을 독점하고 국제 경쟁 가격보다 비싼 제품을 국내에 내놓고 있는 기업의 행태이다. 기업의 사명은 첫째, 고용을 증대시키고 이익을 내어서 국가에 납부하는 세금으로 국가의 살림을 원활하게 하는 것이다. 그러나 그에 못지않게 중요한 것이 값싸고 질 좋은 제품을 국민에게 공급하는 것으로 기업들이 기울이는 노력의 열매를 국민과 함께 나누는 일이다.

'현대'의 목표는 시종일관 해외 시장에서 벌어들여 우리나라의 부를 창조하는 것이었다. 그렇게 하고 있기 때문에 나는 '현대'가 계속 커 나가는 것에 대해서 자부심을 느끼지 부끄러움을 느끼지는 않는다. 또한 앞으로도 계속 커 나가 세계적인 규모의 기업과 어깨를 겨루는 '현대'가 되는 것이 나의 소망이다.

제발 이제부터는 국민 단합과 국가 경제 발전에 재 뿌리는 짓일 뿐 백해무익한, 기업 제물 삼기는 다시 없기를 바란다.

민간주도형 경제는 언제쯤

내가 '민간주도형 경제'를 주장한 것이 20년도 넘었고 20년 동안 끈질기게 주장해왔는데도 아직도 '민간주도형 경제'는 제대로 이루어지지 않고 있다. 내가 주장하는 '민간주도형 경제'는 정부의 일을 민간이 빼앗겠다는 것이 아니다. 정부가 할 일은 정책을 세우는 것이다. 정책의 선택과 균형 사회의 건설이 정부가 본원적으로 해야할 일이다. 국가 전체의 경제를 관리하는 입장에서 경제에 대한 큰 줄거리의 방향 설정을 내놓아 비전을 제시하는 것이 정부의 역할인 것이다. 그리고 업종의 선택과 투자 여부의 결정, 가격 산정 등 기업이 독자적으로 판단할 일은 기업이 알아서 하면 되는 것이다.

정부는 정부가 할 일을 하고 기업은 기업이 할 일을 하면서 서로 조화롭게 발전하면 그것이 바로 민간주도의 경제가 아닌가. 공업 진흥 정책을 쓰겠다든지 부실 기업의 정리가 필요하다든지 할 때 정부는 큰 기준과 윤곽만을 제시하고, 그 다음은 기업들이 세계 시장의 변화에 맞추어 자율적인 판단으로 움직이게 해야지, '이 기업은 된다, 저 기업은 안 된다', 'A는 이것을 하고, B는 저것을 하라'는 결정까지 정부가 하는 '정부주도형 경제'는 정말 이제 그만두어야 한다.

기업의 재무 구조는 기업의 부실 여부를 판단하는 가장 보편적인 기업 자료이다. 그런데도 그런 기본적인 보편성마저 무시한 어떤 이유를 달아 산업을 유도하고 지배하려는 권위적이고 구시대적인 행정은 세계 시장을 상대로 뛰는 우리 기업의 발목에 매달린 무거운 모래 자루나 마찬가지라는 것을 알아야 한다. 또한 일정 수준의 자금 동원 능력과 재무 구조를 갖고 있어야만 국가 정책의 운영에 통과될 수 있다는 분명한 기준이 있어야 기업가들도 그 기준에 맞도록 노력할 것이고, 그래야만 심심찮게 나오는 부실기업을 애꿎은 산업은행에 인수시키는 것으로 정부가 면피免避를 하는 일도 없어질 것이다.

보다 차원 높은 국민 경제를 제시하고 보다 향상된 미래의 청사진을 보여주면서 국가의 자본과 공공 재산, 도로와 항만, 기타 정부의 재산을 증식시켜야 하는 등, 정부가 해야 할 일은 민간 기업 활동을 필요 이상으로 좌지우지하는 일 말고도 태산같이 많다. 국민이 낸 세금으로 국가의 살림을 하는 정부가 민간의 재산이라고 할 수 있는 산업 생산 활동이나 생산품에까지 시시콜콜 관여하고 민간이 알아서 할 일까지 정부의 힘으로 이래라저래라 하는 것은 옳은 것도 아니려니와 우선 그럴 권리도 없고 그래보았자 아무 효율도 없다. 마땅히 해야 할 의무가 있는 일들은 제쳐두고 실물 경제 일선에까지 개입해서 '유도'를 지나쳐 '주도'하는 '관주도 경제'는 반드시 지양되어야 할 우리의 과제라고 나는 생각한다.

우리 기업인들이 민간주도의 경제를 원하는 것은 힘없고 작은 정부를 만들어 우리 멋대로, 혹은 마음대로 기업의 이윤이나 추구하기 위해서가 아니다. 정부는 강력해야 한다. 정부는 강력하면서도 공명정대해야 하고 세련되어야 한다. 점점 자기 보호적으로 되어가는 세계 경제에 대처하기 위해서, 민간 기업과의 협동으로 국민의 단합을 유도하는 쪽으로 정부의 역할과 기능이 한층 더 강화되어야 한다.

이제 우리 경제는 양적인 면에서나 질적인 면에서나 그 규모와 능력이 놀라울 정도로 향상되었다. 정부가 관여하지 않고는 자본 조달이나 기술 확보, 시장 개척이 비능률적일 수밖에 없었던 시대는 끝난 지 이미 오래이다. 이 말은 정부의 역할도 그에 맞도록 민간의 개척 정신을 국가 경제 발전으로 결집시킬 수 있는 방향으로 새롭게 정립해야 한다는 뜻이다.

다시 한 번 강조해서 말하자면, 경제 개발을 점화시켰던 시기에 행했던 '지시 경제'는 이미 오래전에 끝났어야 하는, 이제는 걸림돌밖에 되지 않는, 버려야 할 유물이다.

민간주도 경제가 정책으로 제시되어 시행된 지는 10년이 훌쩍 넘었으나 정부는 정부대로 기업은 기업대로 아직은 시장 경제 체제로의 전환을 위한 각자의 역할과 책임을 제대로 못하고 있다고 나는 생각한다.

정부는 민간의 일을 완전히 내어주지 않은 채 마땅히 정부가 해야 할 일도 '민간주도'를 내세움으로써 수수방관, 일을 크게 그르치는 가 하면, 결과에 대한 깊은 통찰도 없이 시장 경제를 뒤흔드는 외과적인 수술로 문제를 해결하려 드는 구태의연한 태도도 아직 여전하다. 아직도 경쟁 제한적인 공정하지 못한 정책이 나오고, 해외 건설 기업의 외국과의 사적인 계약 위반까지 정부가 끼어들어 국가적 불이익을 자초하기도 하고, 민간주도 경제의 핵심인 금융자율화도 말뿐인 정책으로 여전히 관치官治 금융의 요소도 상존하고 있다.

그런가 하면 자율적인 활동 요건의 조성을 강력히 요구하면서도 한편으로는 정부의 지원을 호소하고 자사의 이익을 위한 경쟁 배제적인 정책을 요구하는 등, 기업 역시 문제는 많다. 자사가 생산하는 제품에는 수입 제한을 요구하면서도 자사 제품과 관련된 기계 설비와 부품에 대해서는 관세 특혜를 달라는 모순된 주장을 하는 기업도 있고, 관련 중소기업에 대한 대금 결제는 인색하면서 말로만 계열 기업의 육성을 부르짖는 이중인격의 기업도 있다. 이런 사례는 이루 다 열거할 수가 없을 지경이다. 권리에 상응하는 책임이 무엇인지도 모르는, 진실하고 성실한 기업인으로서의 자질과 자격도 갖추지 못한 경영자도 꽤 여럿 보았다.

'민간주도 경제'는 정부와 기업, 모든 국민들이 자기 역할과 책무를 자각하는 것으로부터 출발해서 경제 사회의 근대화를 이루겠다는 확고한 의지로 단합이 될 때 비로소 완성될 수 있다. 과거에는 모든 생산품의 가격도 관에서 주도했다. 그래서 동업자들은 어떻게 해서든 가격을 올리기 위해 동업자들끼리 단결해서 노력을 하곤 했다.

그러나 민간주도 경제하에서 그런 사고로는 절대 기업 활동을 할 수가 없다.

공공의 이익과 사유재산 제도를 기반으로 한 자유 기업주의의 조화가 오늘날 우리나라의 자유 기업주의 경제 체제의 가장 큰 과제이다. 공공의 이익 추구만을 강요하면 기업의 창의와 능률은 저하될 우려가 있고, 공공성이 소홀해지면 개인의 이익만 지나치게 강조되어 사회 통합에 균열이 생기고, 종국에는 최대 다수의 불이익으로 귀결되고 만다.

정부는 아무리 작은 정책 하나를 만드는 데에도 어떤 박사 한 사람이 만든 리포트만으로 덜컥, 성급히 결정하여 성급한 추진을 결행하는 어리석음을 범하지 말고 각계각층의 중지를 모으고, 정책 담당자가 이론과 실물 경제를 다루는 사람의 구체적 의견까지 취합해서 신중하고 침착하게, 가장 합리적이고 발전적인 결론을 도출하도록 노력해야 한다.

또 하나 중요한 것은, 정부는 창의와 능률을 최대로 발휘해서 성장하고 발전하는 기업이나 개인은 성공할 수 있다는 긍정적인 사회 분위기를 조성해서 기업이나 근로자, 소비자가 다 함께 정부를 신뢰하고 편안한 마음으로 경제 활동을 할 수 있게 만들어주는 것이다.

정책 효과는 국민적 신뢰를 얻어야만 극대화되는 법이다. 새로운 변화에 적응하는 정책 대안을 어느 국가, 어느 기업이 더 빨리, 더 적합하게 강구하느냐에 따라서 국제 경쟁력이 판가름난다. 미국의 한 사회학자가 극동에서 민주주의를 할 수 있는 자질을 가진 나라는 우리 한국뿐이라고 했다. 우리 민족은 중국인이나 일본인들에 비해서 솔직하고 개방적이며 보다 창의적이고 진취적이라는 것이 이유이다. 나는 그 학자의 관점에 전적으로 동감하며 갈채를 보낸다. 이제는 정말로 통제된 경직성 위에서의 안정이 아닌, 진정한 의미의 자율과 유연성과 시장 원리에 의한 안정을 지향해야 할 시기이다.

아직까지 별로 성공적이라 할 수 없으나 그래도 나는 우리가 민간 주도 체제의 전개를 통해서 유럽형 민주 자본주의 사회의 길로 발전할 것을 확신한다. 우리 기업들은 이미 국제적으로 다양한 대외 거래의 경험을 축적해왔다. 국내에서의 고금리와 고세율의 시련 속에서도 자유 경제를 수호하며 성장·발전해왔다. 이렇게 길러진 경쟁 체질에 제대로 된 민간주도 경제가 뒷받침만 해준다면, 우리 경제는 그동안의 지루한 침체에서 단숨에 빠져 나와 빠른 시일 안에 제2, 제3의 괄목할 만한 도약을 할 수 있다고 나는 의심 없이 믿는다.

호들갑 떨지 말고 내실을

우리나라는 제1공화국 시대부터 줄곧 자유 경제 체제를 지향해 왔지만 6·25동란 후 우리나라의 1인당 국민 소득은 겨우 60달러에 불과했다. 이승만 대통령의 제1공화국 시대의 경제는 경제라고 할 수도 없었으나, 그 어려운 여건 속에서도 치안만은 완벽하게 유지해서 건국의 틀을 잡았던 공을 부인할 수 없다. 박정희 대통령 시대에 이르러 자본도 기술도 없는 상태에서 이만큼 우리 산업을 근대화한 점에 대해서는 세계가 놀라워한 일이다.

"한국에서 민주주의가 소생하거나 경제가 발전되기를 기다리는 것은 쓰레기통에서 장미꽃이 피기를 기다리는 것과 같다."

프랑스의 어떤 경솔한 기자는 우리를 놓고 이런 비관적인 기사를 쓴 일도 있다. 물론 기자라고 누구나 미래에 대한 예리하고 정확한 통찰력을 지니고 기사를 쓰는 것은 아니므로 얘깃거리가 안 되지만, 어쨌든 그런 심한 소리까지 들었던 우리의 경제 발전은 확실히 세계를 놀라게 한 쾌거였다.

박정희 대통령은 당시 자본도 경험도 개인의 신용도 없는 사업가가 만든 사업 계획서만을 믿고 정부가 지불 보증을 해주는 용단을 내렸다. 차관 계획서를 낸 회사는 차관을 받아서 공장을 짓고 거기서 만든 물건을 세계 시장에 팔아서 빚을 갚았다. 그와 같은 정부의 독려와 불철주야 심혈을 기울인 사업가들의 노력이 기틀이 되어 오늘의 한국 산업 경제의 근대화가 이루어졌다고 할 수 있다.

6·25 당시 한국의 1인당 GNP는 60달러였고 필리핀은 8백 달러였는데 지금 한국의 1인당 GNP는 1만 달러로 성장한 반면에 필리핀은 오히려 후퇴했다. 물론 대만이나 싱가포르에 비교하면 자랑할 것이 못 된다. 1987년과 1988년에 잠깐 동안 수출과 GNP에서 대만을 앞섰던 때가 있었지만 불행히도 계속된 사회·정치적인 불안으로 우리 경제는 후퇴하고 있는 중이다.

한국의 경제는 벌써 10여 년째 어려움에 빠져 있다. 한 나라의 경제력은 생산업의 국제 경쟁력이 결정하는데 우리나라의 산업은 정부가 생산업보다는 서비스 산업을 과보호하는 가운데 성장해왔다. 그 결과 현재 은행들이 제 역할을 제대로 못하고 저하되고 있는 현상을 보이고 있다. 우리나라의 5대 시중 은행이 자본금을 다 들어먹고 간판만 걸고 있는 상태가 된 것은 과보호 통제 아래 정부가 기업의 여신까지 관리하기 때문이다.

모든 정책자들이 언필칭 신용 사회의 건설을 말한다. 옳은 말이다. 신용 사회의 기틀이 잡히면 그 나라의 경제는 토대가 잡히고 무한한 발전을 할 수 있다. 그러나 정부가 은행 여신을 관리해서는 신용 사회의 건설은 이루어지지 않는다. 은행 여신은 은행에 대한 모든 민간 기업들의 신용인데, 민간의 신용을 정부가 관리한다는 것 자체가 발전을 저해하는 중요한 원인이다. 경제가 제대로 발전하려면 우선 생명 보험 등 서비스 산업을 통제에서 풀어놓아야 한다.

기업의 경기는 세계 경제에 의해 좋아지기도 하고 나빠지기도 한다. 어려울 때는 은행의 뒷받침으로 고비를 넘기고 좋을 때는 은행의 부채를 갚아 토대를 마련할 수 있어야 한다.

정부는 정부가 할 일을 하고 기업은 기업이 할 일을 하면 되는데, 정부는 아직도 부실한 기업에 특혜 금융이나 주어서 국가의 경제를 어렵게 하는 등 할 일은 제대로 하지 못하면서 기업에 대한 간섭만 지나치게 함으로써 기업의 사기를 떨어뜨리고 활기를 잃게 해 더더욱 경제를 망가뜨리고 있다.

예를 들어 금리 문제만 해도 그렇다. 일본은 한때 산업 금리를 5%

까지 조정한 적이 있다. 우리나라의 높은 금리로는 세계 시장에서 도저히 경쟁할 수가 없다. 금리가 싼 나라의 제품이 경쟁력이 강한 것은 당연하다. 싼 금리의 도움으로 일본 기업은 오늘도 세계에서 강한 경쟁력을 계속 유지하고 있는 것이다. 여신 규제가 아니라 하루빨리 경쟁국과 같은 수준으로 금리를 조정하는 구상으로 저금리 정책을 펴 우리 기업이 세계 시장에서 경쟁력을 갖도록 돕는 것이 정부가 할 일이다.

1989년 일본은 정치와 경제적·사회적 상황이 두루 좋았고 우리나라는 정치·경제 상황이 형편없이 나빴는데도 환율은 일본의 통화 가치보다도 20%나 더 비쌌다. 물론 위정자들은 세계 환율 시스템을 운운했지만 나는 불가능한 일이란 그리 많지 않다고 생각한다. 금리가 일본의 배가 되고 모든 것이 불안정한 이 상황이 계속된다면, 한국의 기업들은 계속 어려움을 겪어야 한다는 것에 경제학자들도 견해를 같이하고 있다.

최근 우리 근로자들의 임금 상승폭이 너무 크다든가 우리의 근로자들이 과거처럼 일을 열심히 하지 않는다든가 하는 지적이 있다. 급격한 임금 상승이 기업에 부담이 되는 것은 사실이나 그동안 그들이 우리의 경제 발전에 기여한 공로나 노고로 봐서도 어느 수준까지 인상 요구는 당연하며, 때문에 우리 기업들도 수용할 수 있는 수준까지는 수용해야 한다고 나는 생각한다. 그러나 과거처럼 일을 열심히 안 한다는 지적에 대해서는 일부분 동의한다. 우리 근로자들은 과거처럼 일을 열심히 하지 않는 것이 아니라 과거보다 확실히 좀 덜 열심히 한다. 이것은 문제이며 옳지 않다.

　정치인들은 자신의 인기나 표를 염두에 두고 법을 만들어서는 안 된다. 국민을 탄압하기 위해 만든 법만 악법이 아니다. 국가에 해를 끼치는 법도 악법인 것이다.

　세계 경제 대국인 일본보다도 적은 노동 시간으로 법을 고쳤던 정부는 선진국의 국민 소득 2만 달러와 우리의 국민 소득 5천 달러나 1만 달러는 대단한 차이임에도 불구하고 그때마다 마치 문지방 하나만 넘으면 선진국 대열에 들어가는 것처럼 과대 선전, 과대 포장하며 호들갑을 떨어서 결과적으로 사치 풍조만 조장했다. 그 결과 수입 확대로 무역 수지를 적자로 돌아서게 만들었는가 하면, 계층간의 갈등은 심화되고 물가는 폭등하고 세금은 선진국 수준으로 내야 하고 국가 경제 발전의 에너지원인 국민들을 의욕 상실에 빠뜨렸다. 이는 정책의 빈곤, 정책의 부재, 갈팡질팡하는 우리의 정책이 책임질 문제이다.

　20여 년 전 '현대'가 울산에 터를 잡았을 때, 울산의 인구는 4~5만 명에 불과했던 것이 지금은 1백만 명이 넘어 직할시로 승격되었다. 한국의 인구 밀도는 세계 제일이다.

　현재 정부가 추진하고 있는 서해안 개발 정책도 정부주도 일변도로 나갈 것이 아니라 정부든 민간이든 정당하게 경쟁을 시켜 빠른 시일 안에 효과적으로 국토를 이용하는 방법을 모색해야 한다. 내가 이렇게 주장하는 근거는 정부의 공직자는 일이 잘못되면 자신의 자리를 위협받는다는 불안 때문에 그들에게 과감한 추진력을 기대할 수 없기 때문이다. 그러나 민간인은 실패하면 손해를 보고 성공하면 이익을 본다는 단순성 때문에 과단성 있는 모험을 할 수 있는 것이다. 또 정부는 집단이면서도 그 수가 한정적인 것에 비해 민간의 수는 그보다 월등히 많으므로 그 속에서 장점이 많은 계획을 수립하여 수행하는 것이 충분히 가능하다.

나는 정부 엘리트의 기획과 민간의 신선하고 창의적인 개성을 잘 조화시키면 정부 발전과 함께 행정의 능률도 올리면서 균등한 지역 발전과 풍요로운 사회의 건설이라는 우리의 최종 목표를 보다 쉽게 달성할 수 있다고 생각한다.

선진국이 걸어갈 때 우리는 달리지 않으면 안 된다.

정부는 정부가 할 일을 하고 기업이 할 일은 기업에 맡겨야 한다.

9

나의 철학, '현대'의 정신

'현대'의 정신

우리 '현대'는 과거 30년 동안 성장하면서 우리 자신의 발전을 위해 노력했으며 또한 이 나라의 모든 경제 발전 과정에서 선도적 역할을 했다고 나는 자부한다. 우리가 한국 경제는 중화학 공업으로 나아가야 한다고 했을 때, 많은 이들이 한국이 과연 중화학 공업으로 일어설 수 있을까 의문시했다.

그러나 우리는 해냈다.

'현대자동차'와 '현대조선'이 해냈고 '현대건설'이 우리나라의 모든 산업 발전에 중추적인 역할을 했다. 한국의 건설업이 자체의 능력으로 근대화하고 앞장서 경제 건설을 했기 때문에 한국 경제가 발전했다는 것은 「세계은행 보고서」에도 명시되어 있다. 그 중추적 역할에서 다른 어떤 기업보다도 우리 '현대'가 선도적 역할을 했다고 나는 자부한다.

한국 정치는 제1공화국에서부터 제6공화국까지 내려오는 동안 많은 변화가 있었다. 정치 변화 때마다 그 서투른 정치가들에 의해서 기업이 너무 커졌기 때문에, 또 기업이 어떻기 때문에, 또는 모든 국민이 가난하기 때문에 기업을 혼내야 한다는 식의 발상으로 우리 기업은 많은 파란을 겪었다. 그 거듭되는 파란 속에서도 우리 '현대'는 탈세 같은 것으로 국민의 지탄을 받은 적은 없다. 오히려 우리가 너무 커 좀 축소해야겠다고 해서 전두환 씨의 '국보위' 시대에 강탈당한 '현대양행'은 아직까지 한푼도 못 받고 법원에서 재판을 하고 있는 중이다.

나는 정치의 변환기에 무지한 권력자들에게 기업을 강탈당하기는 했어도 권력을 끼고 성장한 적은 전혀 없다. 국회 일해재단 청문회에 나가서도 밝힌 바 있지만 우리 '현대'는 국가에 대해서, 이 나라 경제 발전에 대해서 떳떳하지 않은 일은 한 번도 하지 않고 성장했다. 이 나라 경제가 지극히 어려워서 내일 부도가 날까, 모레 부도가 날까 할 때, 우리는 중동의 미개척 지역에 나가 하나로 뭉쳐 사력을 다해 달러를 벌어들여 나라가 어려운 외채 문제를 해결하는 데 일조를 했다. 오히려 달러가 너무 많이 들어와서 우리나라의 경제가 인플레를 겪게 될 것이라는 서투른 경제 정책자들의 아우성까지 들을 정도로 우리는 달러를 벌어들였다.

한국이 세계에 빛나도록 88올림픽을 서울에서 유치할 수 있게 한 것도 '현대'이다. 프랑크푸르트에 있는 '현대' 지점이나 '현대' 산하의 모든 사람들이 동원되어 바덴바덴에서 88올림픽을 서울로 유치하는 데 주도적이고 결정적인 역할을 했다. 그런가 하면 내가 원하지는 않았던 자리지만 대한체육회장을 맡아 올림픽이 적자 없이 치러지도록 구상·기획했으며 올림픽이 끝난 후엔 모든 시설들이 국민에게 유익하게 쓰이도록 계획했다.

죽어가던 한강을 맑은 물로 만드는 고수부지도 나의 구상이었다. 남한강 제방을 쌓아서 강남 땅을 만들었지만 나는 그것을 '현대'의 돈벌이로 만드는 대신, 공사비 명목으로 1평에 1만 8천 원씩 서울시에 주었다. 그것이 오늘의 강남이다.

나는 '현대'를 통해서 기업이 할 수 있는 모든 일을 다 해냈다. 경부고속도로가 그러했고 부산항을 비롯한 항만들이 그러했고 발전소들이 그러했으며 오늘날 우리나라 전력의 50%를 공급하면서도 사고 없이 높은 가동률을 내는 원자력 발전소도 '현대건설'의 업적이다. 만약 우리 '현대'가 그 역할을 하지 않았다면 우리 경제는 최소한 10년에서 20년은 뒤떨어져 있을 것이라고 나는 생각한다. 우리 '현대'는 장사꾼의 모임이 아니라, 이 나라 발전의 진취적인 선도 역할과 경제 건설의 중추 역할을 사명으로 하는 유능한 인재들의 집단이다.

거듭된 정치적 불운으로 거의 파탄 지경에 이른 이 나라 경제는 이제 다시 새로운 각오로 제2의 도약을 향해 달려야 할 때이다. 현재의 제반 여건들이 그리 좋다고는 할 수 없으나 모든 것은 마음의 자세에 달려 있다는 것을 우리는 경험으로 체득한 기업이다.

과거와 현재뿐만 아니라 미래에도 이 나라 경제 발전의 제2, 제3의 경제 도약에서도 중추적인 역할을 할 기업은 절대적으로 '현대'라고 나는 생각한다. 그것이 내가 심어놓은 '현대'의 정신이고 사명이며, 국가에 대한 막중한 '현대'의 의무이다.

부패는 이제 그만

무엇이 한 나라를 발전하게 하고 후퇴하게 하고 아예 망하여 없어지게 하는가?

가장 중요한 것은 그 나라의 정부와 기업, 국민들의 정신 자세라고 생각한다. 정부가 부패해서 부정을 일삼으면 기업도 국민도 다 함께 부정 심리에 물들어 부정을 당연시하는 풍조가 되고, 그런 사회에서는 기업의 효율도 국민의 능력 발휘도 기대할 수 없다. 우리나라도 정권이 바뀔 때마다 첫 구호를 부정부패의 척결로 외치고, 사회 정화, 서정 쇄신庶政刷新, 깨끗한 정부, 정직한 사회 구현을 부르짖지 않은 적이 없다. 그러나 유감스럽게도 그것은 번번이 공허한 외침에 그쳤을 뿐, 오늘 이 시간도 다 같이 너무나 큰 실망과 배신감으로 상처 입어 망연자실하고 있는 것이 답답한 현실이다.

희망은 아무 데도 없고 오로지 좌절감과 부정 심리만 팽배해 있는 사회와 국민에게 국가 발전은 있을 수 없다.

세계에서 가장 위대한 사회라는 미국을 보자. 온갖 인종들이 사방에서 모여 하나의 나라를 형성하고 있으면서도 미국은 정부로부터 국민에 이르기까지 철저하게 정직하고 성실하고 깨끗한 그 힘을 바탕으로 세계에서 가장 강력하고 위대한 시민 사회를 건설하여 유지하며 번영해 나가고 있는 것이다.

아시아에서, 아니 이제 세계에서 경제 대국으로 불리는 일본도 부패가 적은 나라 가운데 하나이다.

지금 아시아에서 신생 국가로 눈부시게 발전하는 나라가 싱가 포르이다. 인구는 2백50만 남짓인데도 이미 지난 1980년도에 인구 3천7백만의 우리보다 35억 달러가 더 많은 2백50억 달러어치를 수출해서 우리를 훨씬 앞섰다.

그 저력은 무엇인가?

싱가포르는 아주 작은 나라로, 자원은 물론 식수조차 없어서 스스로 자기들이 가지고 있는 것은 공기뿐이라고 말하는 나라이다. 그런데 무엇이 다른 나라도 다 가지고 있는 공기밖에 가진 것이 없다는 싱가포르를 잘살게 만들고 있는가?

그것은 바로 정부나 기업, 국민이 다 같이 정직하고 깨끗하기 때문이다. 그들은 말레이시아에서 파이프로 원수原水를 끌어들여 정수해서 1/3은 자신들이 쓰고, 나머지는 말레이시아에 되팔아 물 값을 갚고 있다. 그런가 하면 주변 동남아시아의 기름을 사들여 정유를 해서 동남아시아 제일의 기름 수출을 하고 있으며, 또 해협의 길목에 위치한 지리적 이점을 이용해 수리 조선소를 만들어 돈을 벌고 있다.

우리 '현대'는 싱가포르에도 준설 공사와 건설 공사 등으로 진출했는데 그곳에 파견되어 일하는 현장 소장들이 한결같이 하는 말이 있다.

"세계에서 이렇게 깨끗한 나라는 없다. 이 나라에서 현장 소장을 하는 것은 더할 수 없는 행운이다."

그 나라는 공사를 감독하러 나온 고급 관리로부터 하급 관리에 이르기까지 어느 누구도 돈을 먹기 위한 트집잡기나 기웃거림이 없다고 한다. 어느 누구도 금전적·물질적인 생각으로 손을 내밀지도 괴롭히지도 않으니까 공사를 하는 사람도 다른 것에는 신경 쓸 필요 없이 그저 어떻게 하면 시방서에 맞게 깨끗이 능률적으로 일해낼 것인가만 생각하면 그만이다. 잡념 없이 일만 질 좋게 해내면 우대해 주는 분위기가 더할 수 없이 기분 좋고, 때문에 일의 능률은 저절로 오른다는 이야기이다. 그래서 싱가포르에서 진행되는 모든 공사는 토목이든 건축이든 세계에서 가장 싼값에 해낼 수가 있다. 그렇게 하는데 나라가 번영하지 않을 수가 없다.

싱가포르 국민은 중국 화교가 대부분을 차지하고 있다. 그들은 중국으로부터 남쪽으로 흘러 내려와 오랫동안 더운 지방에 살면서 적응해 두뇌가 한족漢族보다 나을 수가 없고 문화의 뿌리 역시 더 깊을 수가 없다. 우리와 비교해도 기후 여건이나 문화적·교육적 여건들이 훨씬 뒤떨어진다. 그럼에도 불구하고 그들이 오늘날 우리보다 훨씬 질 좋은 생활을 할 수 있는 것은 바로 정치와 사회가 깨끗하여 일의 효율을 높였기 때문이다. 깨끗한 정부와 부패를 모르는 국민, 이것이 싱가포르 발전의 저력이며 근본이다.

깨끗하다는 것은 곧 외부적인 환경이나 정신적인 내적 환경 등 모든 분야의 여건을 일하는 모든 사람들의 능력을 최대한 발휘하게끔 조성하는 것이다. 그러므로 우선 쓸데없는 손실이 없어 제품은 경쟁력을 갖게 되고 국고 낭비도 없고 국민은 자긍심을 느끼며 최대의 효율을 올릴 수가 있는 것이다. 만약 정부 관리가 부패해서 사사건

건 뇌물이나 챙기려 들면 자금 조달에서부터 제품을 만들어 파는 과정에 이르기까지 막대한 비용의 손실을 가져오고 그 손실된 비용은 자연히 제품의 가격에 부과되기 때문에 그 나라의 제품은 다른 나라의 상품보다 경쟁력이 떨어진다. 부패한 이들이 한 기업에서 제품이 만들어지는 전 과정과 모든 단계 사이사이에 끼어들면 그 기업은 아주 간단히 부실해져버린다.

건설업을 간단한 예로 들어보자. 각 공사 현장 직원들이 깨끗한 마음으로 하청업자들을 도와 능률을 제대로 낼 수 있도록 하면, 하청업자들은 작은 일이라 할지라도 이익이 보장되기 때문에 좀 싼값에도 열심히 일해줄 것이다. 반대로 현장 직원들의 기본 자세가 깨끗하지 못하면 하청업자 역시 적당한 눈가림으로 적당히 때워 넘기려 들 것이고, 깨끗하지 못하기 때문에 제대로 당당하게 단속도 할 수 없고, 그러다 보면 결과는 부실 공사로 치닫게 된다.

기회 있을 때마다 내가 우리 직원들에게 강조하는 것은 무슨 일을 하면서 살든 인간은 깨끗한 마음으로 살아야 한다는 것이다. 나는 '가장 큰 기업'인 것도 물론 중요하지만 '가장 깨끗한 기업'이라는 평가가 그 앞에 붙여지기를 진정으로 바란다. 개인도 사회도 국가도 깨끗해야 번영한다. 다 같이 깨끗하면 누구라도 이 나라에 보탬이 되고자 하는 순수한 의욕이 불타오르게 되고, 그 의욕은 맹렬한 실천으로 옮겨질 수 있고 그 뒤엔 눈부신 발전의 대가가 따를 것이다.

깨끗하려면 사소한 일에서부터 정직해야 한다. 우리는 대개 아무것도 아닌 일에 습관적으로 거짓말을 한다. 내가 누군가를 찾는데 그 사람이 자리에 없으면 대개 회사 일이나 무슨 교섭 관계로 자리를 비운 것으로 대답한다. 결근한 사람도 업무상 외출한 것이고, 개인적인 볼일로 자리를 비운 사람도 회사의 일을 해결하러 나간 것이다. 사장이 자리에 없을 때 내가 찾으면 비서가 어느 관청에 갔다고 한다. 사안이 급하고 중대해서 그 관청에 전화하면 사장은 그곳에 오지 않았다고 하는 것이다. 다시 비서를 채근하면 그제서야 사실은 사장이 회사에 출근하지 않았다고 한다. 사소한 거짓말이라고 생각할 수도 있는 이런 거짓말에도 내가 질색을 하는 이유는, 이 사소한 거짓말이 습관화되면 그보다 더 크고 엄청난 부정직으로 발전한다고 믿기 때문이다.

부정직하면서 깨끗하다는 말은 성립될 수 없다.

깨끗하지 않고도 발전하거나 번영한 기업이나 사회, 국가가 있다는 말은 내 평생 들어본 적이 없다.

돈만이 부富가 아니다

다 함께 균등하게 잘먹고 잘살 수 있는 길이라고 많은 나라가 공산주의를 선택했으나, 오늘에 이르러 공산주의란 다 같이 잘사는 체제가 아니라 다 같이 못사는 체제라는 결론이 나왔다. 모든 것을 국가 소유로 해놓고 다 같이 일해서 다 같이 나누며 사는 것이 보다 공평하고 능률적이라는 공산주의 이념은 이론상으로는 그럴듯하나 현실적으로는 불가능하다.

인간은 어디까지나 인간이지 로봇일 수 없다. 기본적으로 남보다 나 자신을 더 사랑하고, 남보다 내가 더 갖고 싶고, 남의 자식보다 당연히 내 자식이 더 소중하고, 내가 남보다 더 낫고 싶고, 더 성공하고 싶은 것이 인간의 본성이다. 이런 인간의 본성을 무시한 공산주의 이념은 그저 아름다운 이상일 따름이며 공산주의 체제는 시행착오의 산물일 뿐이다.

오늘날 공산주의 국가들이 앞 다투어 생산 체제를 자유 기업주의로 전환하고 있는 것으로 이미 어느 쪽이 우월한가 판가름이 났다. 물론 자본주의라 해서 완벽한 것은 아니다. 똑같은 제도, 똑같은 법률 아래에서도 개인의 능력과 성실성, 사고의 차이 등으로 어떤 사람은 크게 성장하고 어떤 사람은 실패한다.

누구에게나 평등하게 주어진 여건과 기회 안에서 성공과 실패의 책임은 엄격하게 말해서 개개인의 책임이겠으나, 능력의 유무를 따지기 전에 불균형의 위화감을 느끼고 불평을 토하게 되는 것 또한 인간의 속성이다. 때문에 그 해결책의 하나로 자유 민주 국가에서는 주어진 여건의 평등함은 불문하고 불균형 조정과 빈부 격차 조정을 사회 정의로 삼아 많이 번 사람으로부터 많은 세금을 거두어 그렇지 못한 사람의 생활 수준을 끌어올리는 일을 하는 것이다.

그런데 우리 사회의 분위기는 아직도 경제 발전은 더더욱 끊임없이 더 큰 보폭으로 해야 한다고 주장하면서도 기업의 성장은 부의 편재니 불균형 경제니 하면서 싫어한다. 이 모순된 사고방식에 나는 염증을 느낀다.

자유 경제, 균형 경제란 인간의 창의와 노력을 무한히 발휘하게 만들어 한없이 발전, 성장하도록 하고, 그 이익을 세금으로 거두어 사회의 부족한 부분을 끌어올려 균형을 맞추어가는 것이다. 어떤 기업의 키가 좀 크다고 다른 기업과 맞도록 잘라 키 맞추기를 하는 것은 균형 경제와 자유 경제의 정도正道가 아니다.

자유주의와 자본주의의 목적과 정신은 돈을 벌어 나 개인, 또는 내 가족만 풍족하게 살고 보자는 것이 아니다. 열심히 일해서 그 이윤으로 내 가정을 안정시키고 나아가서 사회에 기여하고 봉사하면서 인간답게 살고자 하는 것이 그 진정한 정신이다. 돈만을 목적으로 하는 고리 대금이라든지, 은행 이자만을 받아서 재산을 불린다든지 하는 것은 진정한 자본주의가 아니다. 그것은 악성 자본주의이다.

나는 부의 편재라는 말에 대해서도 이견異見을 갖고 있다. 부富가 곧 재물로만 생각되고 말해지는 것은 잘못이다. 모든 사람의 목표가 다 같이 재물인 것은 절대 아니다. 나처럼 빈곤을 탈피하기 위해 사업을 하게 된 사람이 있는가 하면 대학을 졸업해서, 또 더 많은 공부를 해서 높은 지식을 갖고 기술자라든가 학자, 성직자, 예술인, 언론인이 되어 사는 사람도 있다. 모든 사람들이 다 각각 자신이 하고 싶은 대로 자신이 세운 목표를 향해 노력하면서 하고 싶은 일을 하며 산다.

나는 자기가 하고 싶은 일을 성취한 사람은 부를 가진 사람이라고 생각한다. 자신이 뜻한 바의 성취가 바로 부의 성취이지 꼭 재물만이 부의 척도가 되는 것은 아니다. 남이 부러워할 만한 깊은 지식을 가지고 사회적인 지위도 높은 사람이지만 재물이 많이 없으니 가난하다든지 하는 식으로 생각하는 사고방식이 팽배해진다면 이 사회는 대단히 위험하다. 지식은 쟁탈해서 분배할 수 없지만 재물은 쟁탈할 수 있다. 돈만을 최고의 가치로 삼는 황금만능주의 사회는 위험하다. 건전한 발전을 기대할 수 없다. 돈만이 부가 아니다.

근검 절약, 신용이면 작은 부자는 될 수 있다

현저동 산꼭대기 셋방에서 신당동으로 옮겨 쌀가게를 할 때도, 하나씩 둘씩 서울로 올라온 동생들을 데리고 살 때도, 아내는 쌀도 팔고 두부도 팔면서 나름대로 가용 돈을 벌었다. 해방 전, 부모님까지 함께 살게 되자 그때 살고 있던 신설동 한옥이 20여 명의 대가족으로는 돌아눕기도 힘들게 좁아, 돈암동의 좀 더 큰 집으로 이사를 했다. 큰 집이래야 고작 건평 20여 평의 집이었기 때문에 누이동생 희영이 내외는 제대로 된 방 하나도 차지하지 못하고 다락방에서 생활을 했다.

당시 '아도서비스' 자동차 수리 공장은 종업원이 60여 명이나 되는 꽤 큰 회사였지만 나는 아침 밥상에 김치 한 가지와 국 한 대접 이상의 반찬을 용납하지 않았고 어머니와 아내는 그 많은 종업원들의 식사를 매일 공장으로 머리에 이어 날랐다.

고향에 사실 때 아버님은 농한기 겨울에도 새벽에 삼태기를 들고 나가서 쇠똥과 개똥을 주워다 거름으로 쓰셨고 어머님은 어머님대로 할아버님 서당 앞에 오줌통을 놓아 서당 아이들 오줌을 모으셨다. 빗나가기 좋아하는 그 나이에 서당 아이들이 일부러 다른 데에다 소변을 보면 어머님은 볶은 콩을 나누어주며 달래기도 하셨다. 아버님은 멀리 마을에 가 계시다가도 소변이 마려우시면 반드시 집에 오셔서 거름에 보태셨고 어머님이 치시는 누에는 먼 골짜기에서 산뽕잎을 따다 먹이셨는데도 항상 다른 사람보다 훨씬 그 수가 많았다.

고향에서 소학교에 다닐 때 어머님은 학교가 파해 돌아온 나를 잡아 밭이랑을 정해주시며 깨밭을 매라고 하시곤 했다. 조밭가에 깨를 심은 것은 깻잎 냄새 때문에 소가 조밭으로 접근하지 못하게 하기 위해서였다. 애써 번 돈을 지키지 못하는 것은 애써 지은 조밭 농사를 소를 불러들여 망치는 것과 마찬가지이다.

언젠가 텔레비전에서 어느 산골 청년의 생활을 소개하는 장면을 본 적이 있는데 그 산골 청년의 말이 감동적이고 아름다웠다.

"친구 중엔 도시에 취직해 월급이 몇십만 원이나 되는 사람도 있어요. 그런데 그 월급을 이리저리 쓰고 단 10%도 저축을 못한답니다. 나는 그 친구들에 비하면 수입은 절반도 채 안 되지만 그래도 매달 반 이상을 저축하고 있습니다. 그래서 나는 지금처럼 열심히 일하면 멀지 않은 장래엔 내가 그 친구들보다 훨씬 잘살 거라고 믿어요."

어린아이를 안은 젊은 아내 옆에서 확신에 차 말하던 그 청년의 말이 옳다.

나는 열아홉 살 때부터 객지로 나와 부둣가의 막노동과 건설현장의 돌 나르기 등 안 해본 일이 없던 노동자 시절부터 무섭게 절약하는 생활을 했다. 아무리 추운 겨울에도 장작값 10전을 아끼기 위해 저녁 한때만 불을 지펴 이튿날 아침과 점심 도시락까지 한꺼번에 밥을 지으면서 덤으로 구들장도 불기를 쏘여 냉기를 가시게 했다. 배가 부른 것도 아닌데 연기로 날려버리는 돈이 아까워서 담배도 피우지 않았다. 몸으로 품을 팔아 번 돈을 그런 데에다 낭비하고 싶지 않았던 것이다.

최초의 안정된 직장이었던 복흥상회의 쌀 배달꾼이었던 때도 전차삯 5전을 아끼려고 새벽 일찍 일어나 걸어서 출퇴근을 했다. 구두가 닳는 것을 늦추려고 징을 박아 신고 다녔고 춘추복 한 벌로 겨울에는 양복 안에 내의를 입고 지냈고, 봄가을에는 그냥 입으면서 지냈다. 신문은 늘상 일터에 나가 그곳에 배달된 것을 보았다. 쌀 한 가마 값의 월급을 받으면 무조건 반을 떼어 저축했고 명절 때 받는 떡값은 무조건 전액 저축으로 넣었다.

형편없이 적은 수입이라도 쥐어짜고 졸라매어 저축을 하다보니 사글세방이 전세방이 되고, 전세방이 비록 초가집이지만 내 집으로, 초가집이 더 그럴듯한 집으로 옮겨졌다. 뿐만 아니라 저 청년은 착실하다, 든든하다는 신용으로 연결되는 주위의 평판이 나도 모르는 사이에 덤으로 얹어졌다.

나 자신이 무서운 절약 생활로 집을 장만하고 일을 시작했기 때문에 나는 현장 근로자들을 만날 때마다 근검과 절약, 저축을 열심히 권고하곤 했다.

"집도 없으면서 텔레비전은 왜 사서 셋방으로 끌고 다니는가, 라디오 하나만 있으면 세상 돌아가는 것은 다 아니까 집 장만 할 때까지는 참아라, 회사에서 작업복에서부터 수건, 심지어 속옷까지 다 주니까 옷 사는 데 돈 쓰지 말고 저축해라, 양복은 한 벌만 사서 처가에 갈 때만 입어라."

요즘 풍조는 더 이상해져서 집보다도 자가용을 먼저 사고, 기저귀 가방에 아이를 들쳐 업은 젊은 아낙네도 핸드폰을 들고 다닌다. 버는 대로 쓰고 버는 이상 써서 언제나 빚을 이고 사는 사람을 나는 신용하지 않는다. 어려워도 어려운 가운데 다소 여유가 있어도 전혀 여유가 없다고 생각하고 근검절약하기를 권고한다. 내일은 오늘을 어떻게 사느냐에 달려 있고 10년 후는 지난 10년을 어떻게 살았는가의 결과이다. 가난 구제는 나라도 못한다. 열심히 일하면서 근검절약만 해도 큰 부자는 못 되어도 작은 부자는 될 수 있다.

나는 반드시 성공할 수 있는 사업이 있는데 돈 빌릴 데가 없으니 돈을 좀 빌려달라는 부탁을 심심치 않게 들으며 살았다. 나는 그때마다 이렇게 말한다.

"당신은 자본이 없는 게 아니라 신용이 없는 것입니다. 사람 됨됨이가 나쁘다는 말이 아니라 당신한테 돈을 빌려주어도 된다는 확신이 들 만한 신용을 쌓아놓지 못했기 때문에 자금 융통이 어렵다는 말입니다. 당신이 일을 성공시킬 수 있다는 신용만 얻어놓았다면 돈은 어디든지 있습니다."

그 사람은 착실하다, 성실하다, 정직하다는 신뢰만 얻으면 그것을 자본으로 자신의 생애를 얼마든지 확대, 발전시켜 나갈 수 있다. 나는 장사도 기업도 돈이 있으면 더욱 좋고, 돈이 없어도 신용만 있으면 할 수 있다는 것을 체험으로 안 사람이다. 과거에 한 번 사기를 친 사람은 올바른 말을 해도 사기꾼 대접밖에 받지 못한다. 이것은 개인이나 기업이나 다 마찬가지이다. 개인으로서 쌓은 신용이 작은 사업을 시작하게 하고, 작은 사업으로 다진 신용이 보다 큰 사업으로 발전해 나가게 하고, 중소기업을 대기업으로, 대기업을 세계적인 기업으로 성장, 발전시켜주는 것이다.

무일푼으로 고향을 뛰쳐나온 내가 당대에 어떻게 이처럼 큰 사업을 이룰 수가 있었나 미심쩍게 생각할 수도 있다. 그러나 분명히 짚어둘 것은 나는 우리나라 제일의 부자가 아니라 한국 경제 사회에서, 세계 경제 사회에서 가장 높은 공신력을 가진 사람이라는 점이다. 돈을 모아서 돈만으로 이만큼 기업을 이루려 했다면 그것은 절대로 불가능했다.

나는 정직과 성실로 주인의 신뢰를 얻어 쌀가게를 물려받았고, 믿을 만한 청년이라는 신용 하나로 자금을 얻어 사업을 시작했으며, 상품에서의 신뢰와 모든 금융 거래에서의 신뢰, 공급 계약에서의 신뢰, 공기 약속 이행에서의 신뢰, 공사의 질에서의 신뢰, 그 밖의 모든 부분에 걸친 신뢰의 총합으로 오늘날의 '현대'를 이룬 것이다. '현대건설' 하나만 해도 국제 금융가에서 세계적으로 손꼽히는 20여 개

은행과 거래를 하고 있고, 정부은행의 지불 보증 없이 '현대건설' 어음 한 장만으로 아무 저당 없이 20억, 30억 달러를 융자받을 수 있는 확실한 신용도를 가지고 있다.

새도 부지런해야 좋은 먹이를 먹는다. 비슷한 수명을 가지고 비슷한 일생을 사는 동안 어떤 이는 남보다 열 배 스무 배 일하고 어떤 이는 그 몇십분의 일, 몇백분의 일도 못하고 생을 마친다. 열 배 일하는 사람이 열 배 피곤해야 정한 이치인데, 피곤해하고 권태로워하는 것은 오히려 게으름으로 허송세월하는 이들인 것을 보면, 인간은 일을 해야 하고 일이야말로 신이 주신 축복이라고 나는 생각한다.

하루 부지런하면 하룻밤을 편히 잠들 수 있고 한 달 부지런하면 생활의 향상을 볼 수가 있고, 1년, 2년, 10년…… 평생을 부지런하게 생활하면 누구나 자타가 공인하는 크나큰 발전을 볼 수 있다. 부지런만 하면 게으른 이보다 몇십 배의 일을 해낼 수 있고, 따라서 몇백 배 충실한 삶을 살 수 있다. 몇십 배 많은 일을 한다는 것은 게으른 몇십 명, 몇백 명 몫의 인생을 산다는 이야기가 된다.

허송세월이 인생의 목표가 아니거든 첫째 부지런하기를 권한다. 부지런해야 많이 움직이고 많이 생각하고 많이 노력해서 큰 발전을 이룰 수 있다. 부지런함은 자기 인생에 대한 성실성이므로 나는 부지런하지 않은 사람은 일단 신용하지 않는다. 일상생활에서부터, 아주 작은 일에서부터 바른 생각으로 성실하게 자신의 일생을 운영해 나가다 보면 신용은 저절로 싹이 터 자라기 시작해서 부쩍부쩍 크고 있을 것이고, 그러다 보면 어느 날엔가는 말하는 대로 의심 없이 믿어주는 커다란 신용을 갖게 될 것이다. 이것은 개인과 기업, 국가 모두에 해당된다.

신용은 나무처럼 자라는 것이다.

또한 신용이란 명예로운 것이다.

긍정적인 사고가 행복을 부른다

한창 잘 먹고 자랄 나이에 밥보다는 죽을 더 많이 먹으면서, 그것도 점심은 다반사로 굶어가면서 미래가 보이지 않는 농사일을 할 때도, 신통하게도 나는 내 처지가 불행하다는 생각은 해본 적이 없다. 가난한 농촌 생활이 불행해서, 상급 학교에 진학해 선생님이 되고 싶은데 농부로 살아야 하는 것이 비참해서 침울했던 기억도 없다. 우리는 왜 이렇게 가난하며 나는 왜 이렇게 척박한 농촌의 가난한 부모 밑에서 태어나 이 고생을 하고 살아야 할까 하고 비관한 적도 없다.

참으로 다행스럽게도 나는 매사를 나쁜 쪽으로 생각하기보다는 좋은 쪽으로 생각하며 느끼고, 그 좋은 면을 행복으로 누릴 수 있는 소질을 타고난 사람인 것 같다.

열 살 무렵부터 아버님을 따라 뜨거운 논밭을 다니며 뙤약볕 아래서 하루 종일 허리 펼 틈도 없이 일을 하면서도, 나는 내 처지에 대해서 불평을 품지도 게으름을 피우지도 않았다. 그러다 아버님이 잠간 쉬자고 하셔서 나무 그늘로 들어가 쉴 때면, 그 시원한 바람 속에서의 짧은 휴식이 극락처럼 행복했다. 피곤한 일 뒤에 단잠을 자고 일어날 때의 거뜬한 기분이 좋았고, 밥맛이 언제나 꿀맛이었던 것도 행복이었다.

나뭇짐 지고 나무 팔러 시장에 나가면 목판에 즐비한 떡이며 국수며 그런 것들이 먹고 싶어 언제나 주려 있는 배가 요란하게 꾸르륵거렸는데, 그걸 눈 딱 감고 모른 척하는 것이 참 괴롭기는 했다. 그래도 나무 판 돈 중에서 아버님이 허락한 딱 1전으로 눈깔사탕 2개를 사서 천천히 녹여 먹으며 집으로 돌아올 때의 그 단맛과 시간은 참으로 행복했다. 여름 내내 맨발로 지내다가 추석 명절에나 얻어 신을 수 있는 대륙고무신 한 켤레가 그렇게 감사하고 행복할 수가 없었다.

한낮의 뜨거운 폭염이 스러지고 난 시원한 저녁에 들마루 아래 쑥대로 모깃불을 놓고 식구들이 둘러앉아 강냉이를 먹을 때면, 언제나 무뚝뚝하신 아버님도 쾌활하신 어머님의 우스갯소리에 더러 웃으시기도 했다. 우리 형제들한테는 엄하기만 하신 아버님이 웃으시면 그것이 바로 더할 수 없는 행복이었다. 아버님이 웃으시면 행복했다.

한겨울을 아버님은 대부분 새끼 꼬기, 짚신 삼기로 보내셨는데 손이 아파서 새끼 꼬기가 싫다는 나를 웬일인지 그대로 두셨다. 그래서 아침저녁으로 쇠여물을 끓여주는 것만 책임지고는 겨울이면 실컷, 아주 행복하게 실컷 놀았다. 강산처럼 눈이 내린 겨울 중간에 마을 사람들이 단체 사냥에서 운 좋게 노루나 산돼지를 잡으면 동네잔치가 또 그토록 푸짐하고 즐거울 수가 없었다.

아버님 어머님이 계시고 형제, 친구들이 있는 고향에서 나는 노력에 비해 소득이 시원찮은 농사가 불만스러웠을 뿐 행복했다. 어쨌든 도회지로 나가면 농사가 아닌 다른 삶, 보다 나은 벌이로 부모님과 형제들을 책임질 수 있을 것 같은 막연하지만 강렬한 믿음과 욕구 때문에 고향을 뛰쳐나온 것이지 불행했기 때문은 아니었다.

공부도 제대로 못했고 의지할 곳도 없고 친구도 별로 없고 몸은 고된 막노동을 하면서도 나는 고향을 떠난 것을 후회하거나 내가 처한 상황에 대해 불평을 품어본 일이 없다. 빈대에 뜯겨가며 노동자 합숙소에서 자며 부두 노동을 할 때도, 고려대학 건축 공사장에서 돌을 져 나르면서도, 나는 꾀를 부리지 않고 열심히 그 일을 했다.

그러는 한편 언제나 보다 나은 일자리를 찾느라 바빴지 한 번도 좌절감이나 실망을 느껴본 적은 없었다. 부모님으로부터 물려받은 타고난 건강에 부모님으로부터 배운 근면함만 있으면, 내일은 분명 오늘보다는 발전할 것이고, 모레는 분명 내일보다 한 걸음 더 발전할 것이라는 확신이 있었기 때문에, 나는 언제나 행복했고 활기찼다.

막노동에서 풍전엿공장으로 고정된 직장을 잡게 된 것이 한 걸음 나아간 발전이었고, 엿공장에서 쌀가게로 직장을 옮긴 것이 또 한 걸음의 발전이었다. 엿공장에 취직이 됐을 때에도 기뻤지만 쌀가게에 들어갔을 때는 정말 행복했다. 전차삯 5전을 아끼느라 구두에 징을 박아 신고 출퇴근을 하면서도 신이 났고, 생활이 조금 나아져 5전짜리 음식 대신 10전짜리 음식을 먹을 수 있게 됐을 때의 흐뭇함도 나는 아직 기억한다.

주인에게 인정받아 쌀 배달보다 나은 일을 하게 됐을 때도 몹시 기뻤고, 전차를 타도 될 형편이 되고 산꼭대기 하꼬방 셋집에서 조금 나은 셋집으로 셋집을 여러 번 옮겨다니다 현저동 산꼭대기에 초가집 한 채를 내 집으로 장만했을 때는 안 먹어도 배가 부를 것처럼 행복했다.

인생 80여 년 동안 물론 잠깐씩 어렵고 답답한 때도 없지 않아 있었지만, 그리고 열패감과 모욕감을 이를 악물고 견뎌내야 했던 몇 대목도 있었지만, 그 몇몇 부분을 빼면, 나는 내 인생의 90%를 항상 행복한 마음으로 활기차게 잘 살아온 사람이라고 생각한다.

인생을 잘 사는 사람이란 어떤 사람인가?

잘 산다는 것은 무엇인가?

일단 재산 많은 부자면 행복한 사람인가?

나는 그렇게 생각하지 않는다. 어떤 환경에서 태어나 어떤 위치에서 무슨 일을 하고 있든지, 최선을 다해 자기한테 맡겨진 일을 전심 전력으로 이루어내며 현재를 충실히 살 줄 아는 사람은 우선 행복한 사람이다.

현재에 충실하면서 자신의 보다 나은 미래에 대한 꿈으로 언제나 일하는 것이 즐겁고 작은 일에도 행복하게 생각할 줄 아는 사람은 누구든 나름대로 성공을 거둘 것이다. 그런 사람이 인생을 잘 사는 사람이라고 나는 생각한다. 중급 기술자든 고급 기술자든, 중국집 배달원이든, 학생이든, 관리든 마찬가지다.

우리는 성장하면서 사회를 알고 배우고 체득해가면서 자기 형성을 하는데, 사물을 보는 관점이나 사고의 방향, 마음 자세에 따라서 일생이 크게 달라진다.

불구로 태어나서도 맑고 밝은 마음으로 존경을 받아가며 사는 이 사회의 중요한 일꾼도 있는가 하면, 건강한 사지육신으로도 인생을 부정적으로만 보면서 쓸모 없는 인간으로 일생을 사는 이도 있다. 인간은 누구나 자기 문제를 스스로 해결할 능력을 가지고 있다. 긍정적인 사고가 절대적으로 중요하다. 인류의 모든 훌륭한 발전은 긍정적인 사고를 가진 사람들에 의해 주도되어왔다는 것을 잊어서는 안 된다.

울산조선소도 '가능하다'는 긍정적인 사고에서 출발해서 실현된 것이다. 영국에 가서 울산에 50만급 도크를 파서 30만급, 50만급 배를 만들어 팔아서 갚을 테니까 돈을 좀 빌려달라고 했더니, 그들 대답은

"당신들은 그렇게 큰 배를 만들어본 경험도 없고, 기술자도 없어서 안 된다."

였다. 나는 그래도 우리는 만들 수 있다고 버텼다. 내가 막무가내로 버티니까 그들이 대사관을 통해서 우리나라의 대한조선공사에 조회를 했다. 조회에 대한 대한조선공사의 대답은 '불가능'이었다.

똑같은 이유로 이미 프랑스와 스위스 은행에서 차관 거절을 당했던 터였기 때문에 나는 무슨 일이 있어도 영국에서 돈을 빌려야 했다. 나는 말했다.

"모든 일은 가능하다고 생각하는 사람만이 해낼 수가 있다. 만약 우리나라의 조선공사나 다른 선박업자가 이 일이 가능하다고 생각했다면 나보다 그들이 먼저 당신들에게 와서 돈을 빌리자고 했을 것이다. 그들은 불가능하다고 생각하기 때문에 안 온 것이고, 나는 가능하다고 생각하니까 온 것이다. 불가능하다고 생각하는 사람들한테 가능, 불가능을 물었으니, 불가능이라는 대답이 온 것은 당연하다. 그러나 나는 절대로 가능하다. 반드시 해내겠다. 서류 검토를 다시 한 번 해다오."

그들이 내 말에 고개를 끄덕였고, 결국 그들의 차관 주선으로 울산조선소가 현실화된 것이다.

하루하루 발전하지 않는 삶은 의미가 없다. 우리는 발전하기 위해서 사는 것이다. 태어나는 자리나 환경, 조건이 똑같을 수는 없다. 그러나 한 가지 똑같은 것이 있다. 누구의 미래든 당신의 발전을 위해 준비되어 있다는 점이다. 발전을 위해 준비되어 있는 미래를 무의미한 것으로 만드는 건 순전히 자기 자신의 책임이다. 아무리 현재가 힘들고 고생스러워도 생각이 긍정적이면 행복을 느낄 일은 얼마든지 있다.

실패한 사람, 불행한 사람을 한번 눈여겨보기 바란다. 그들은 모든 일과 모든 다른 사람들이 언제나 못마땅하고 자신이 처한 현재의 상황이 다 남의 탓이라고 투덜거리며 화내고, 된다는 일은 없고 다 안 된다는 일뿐이며, 세상에 대해, 인간에 대해 미움과 의심이 가득 찬 얼굴로 사는 사람이다. 부정적인 사고를 하는 사람은 세상에 대한 불평과 증오로 시간과 정력을 낭비하느라고 문제를 해결할 수 있는 능력 발휘를 스스로 포기하고 좌절과 실패만을 되풀이한다.

부정적이고 비관적인 사고는 자신의 발전을 가로막는 거대한 닫힌 철문이며, 그 철문 안에 스스로를 가둔 사람에게 발전이란 있을 수 없다. 그런 사람은 자신은 물론 주위의 사람들까지 힘들게 만드는 낙오자, 실패자로 아까운 세월을 허비하다가 참 잘못 산 일생으로 한 생애를 마감할 수밖에 없다.

행복해질 수 있는 조건

나는 운이 좋은 사람이라는 말을 많이 들으며 살았다. 흔히들 누군가가 좋은 입장에서 순조롭게 발전해 나가는 걸 보면 그 사람이 자기 발전에 쏟아부은 피나는 노력과 열정을 인정하기보다는

"그 사람 참 운이 좋아."

이렇게 간단하게 말해버린다. 그런 사람들은 자기 일이 제대로 안 풀리거나 실패하면 왜 실패했는지, 왜 안 풀리는지 곰곰이 생각하고 반성하는 대신

"나는 참 운이 없어."

라고 한다. 나는 사주팔자라는 것도 안 믿을뿐더러 운이라는 것에 대해서도 좀 다르게 생각하는 사람이다. 태어난 해年와 달月, 날日, 시時가 사람의 일생 어느 시기에 좋은 운 나쁜 운으로 작용한다는 것은

아무래도 수긍할 수가 없다. 밤과 낮이 있고 음지와 양지가 있듯이 모든 일에는 항상 좋은 면과 나쁜 면이 공존한다. 그리고 그것은 밤과 낮이 바뀌듯 항상 변한다.

운이라는 것을 나는 '때'로 생각한다. 그리고 그 '때'를 어떻게 운영하느냐에 따라 스스로 좋은 운, 나쁜 운을 만들어내는 것이라고 믿는다. 다 같이 사람으로 태어난 점에서 우리가 평등한 것처럼, 사람으로 태어나면서 누구나 갖게 되는 발전할 수 있는 '시간'에 관해서도 마찬가지이다. 유난히 단명短命하지 않으면 말이다. 그렇기 때문에 살아가면서 그때그때 발전에 '좋은 때'와 '나쁜 때'도 누구에게나 공평하게 주어지는 것이라고 나는 생각한다. 열심히 노력하고 성실히 일해서 발전에 좋은 '때'를 놓치지 않고 잡아서 자기 발전으로 만들고, 좋지 않은 '때'는 또 열심히 생각하고 노력해서 비켜가면 일생을 살면서 별로 운 타령을 할 필요가 없다. 태어난 '때'가 일생을 좌우할 수는 없다. 살아가면서 항상 모든 '그때그때'에 어떻게 대처하느냐가 일생을 좌우하는 것이라고 나는 믿는다.

열심히 노력하는 사람은 '좋은 때'를 잘 알고 잘 잡아서 성공을 자기 것으로 만들고, '나쁜 때'는 또 그대로 최선을 다한 노력과 성실성으로 피해를 최소화하면서 비켜가거나 잘 수습하기 때문에 다른 사람한테는 언제나 운이 좋은 사람으로 보이는 것이다. 반대로 게으른 사람은 게으름피우다 '좋은 때'를 그냥 놓쳐버리고, '나쁜 때' 역시 게으름피우다 그대로 벼락을 맞기 때문에 평생에 걸쳐 '나쁜 때'밖에 있을 수 없다.

나는 우선 건강하기만 하면, 행복해질 수 있는 첫째 조건은 갖춘 사람이라고 생각한다. 좋은 운 속에 크게 발전하고, 나쁜 운도 탈 없이 잘 넘겨 좋은 운으로 바꾸면서 살려면 우선 건강해야 한다. 건강을 잃고는 긍정적인 사고를 하기가 어렵기 때문이다.

두 번째는 다른 사람에 대한 이해의 폭을 넓게 가지고, 담백하고 순수한 마음으로 살아보라는 권유를 하고 싶다. 우리는 언제나 우리 주변의 사람들보다 더 나은 발전을 할 수도 있고 또 뒤떨어질 수도 있다. 항상 남보다 내가 더 나아야 한다는 오만을 가지면 나보다 나은 사람에 대한 질투나 시기 때문에 마음 편할 날이 없으니 행복한 삶과는 거리가 멀다.

사회 각 분야에서 열심히 훌륭하게 자기 일을 하는 사람들을 진심으로 존경하고 솔직하게 찬사를 보낼 수 있는 '잘난 사람'들이 많아져야 우리도 '잘난 나라'로 발전할 수가 있다. 다른 사람을 인정할 줄 아는 사람이 행복한 사람이고, 자신도 크게 발전할 수 있는 소질을 가진 사람이다.

세 번째로, 나는 보다 나은 삶, 보다 나은 인간, 보다 나은 직장인, 보다 나은 발전에 대해서 항상 향상심을 갖고 '공부하는 사람'으로, '생각하는 사람'으로 살아야 한다고 생각한다. 교육받지 못했어도 날마다 열심히 생각하며 사는 사람은 교육은 받았지만 아무 생각 없이 하루하루를 사는 사람이 도저히 따라갈 수가 없는 법이다. 생각하는 사람과 생각 없는 사람은 일을 해보면 교육과 상관없이 하늘과 땅 차이가 난다.

나는 소학교 졸업밖에는 못한 사람이지만, 평생 '좋은 책 찾아 읽기'를 게을리하지 않았다. 첫째가는 스승이 나의 부모님이셨다면 둘째 스승은 책읽기였다고 할 수 있다. 하루하루가 모여서 일생이 되는 것인데, 사람은 흔히 자기 일생은 중요하게 생각하면서도 하루의 중요성은 망각하고 산다.

네 번째로 말하고 싶은 것은 '유지자사경성有志者事竟成'이라는 말이다. '뜻이 강하고 굳은 사람은 어떤 난관에 봉착해도 기어코 자신이 마음먹었던 일을 성취하고야 만다'는 뜻이다. 편안하고 쉽게 저절로 되는 일이란 별로 없다. 누구에게나 몇 차례의 호된 시련은 있게 마련이다. 그러나 그럴 때에도 좌절해서는 안 된다. '이것은 나한테 더 큰 일을 감당하게 하려고 주어진 시련이다.' 이렇게 긍정적으로 생각할 줄 알아야 한다. 그리고 틀림없는 사실은 바람이 나무의 뿌리를 더 깊고 단단히 내리게 만드는 것처럼 시련은 우리를 보다 굳세고 현명하게 성장시킨다. 고령교 복구 공사의 시련이 그 좋은 예가 된다.

평범한 아내

행복이란 글자로는 한가지이지만 그것을 느끼는 사람의 입장이나 상황에 따라 다 다를 수 있다고 생각한다. 종교에 심취한 사람은 자기가 믿는 신과의 관계가 아름답게 잘 이루어지고 있다고 믿을 때 행복할 것이고, 자식의 대학 입시가 첫째가는 걱정이었던 어머니는 자식이 합격하면 그것이 최고의 행복이 되는 식으로 말이다.

나라는 사람은 해외 시장에서 이해를 걸고 국제 경쟁을 통해서 입찰 경쟁을 벌일 때 행복을 느낀다. 선진 부국도 공사 하나를 맡느냐 못 맡느냐에 눈을 횃불처럼 밝히고 총력을 기울이는 해외 시장에서는 산업 정보든지 기술 정보든지 집합 정보의 선택이나 분별은 목숨만 안 걸었지 그야말로 치열한 두뇌 경쟁이다. 그런 치열한 투쟁 속에서 나는 내심 행복을 느낄 때가 많았다. 어쩌다가 다른 날보다 일찍 잠이 깨어 아침 신문이 오기 전 책을 읽다가 내 뜻과 일치하는 문장을 발견하면, 그때 나는 희열을 느끼고 행복을 느낀다.

어떤 친구가 자기 친구의 말이라면서 나한테 전했다. '높은 벼슬을 하는 사람도 돈 많은 사업가도 안 부러운데, 다만 훌륭한 아내를 가진 사람은 부럽다'고 하더라나. 훌륭한 아내를 못 가진 듯싶은 그로서는 충분히 부러워할 수 있는 일이라고 생각한다. 앞에 말한 사람의 '훌륭한 부인'의 뜻은 아마도 '현명한 내조'를 해주는 부인이라는 말인 것 같은데, 어떤 것이 '현명한 내조'인가 하는 것도 사람과 개성에 따라 각기 다를 것이다. 나도 사치스러운 욕심으로 '현명한 부인'을 가졌더라면 하는 생각을 전혀 안 했던 것은 아니다. 농촌에서 살다가 도시로 나와 사업을 하면서 다른 각도로 사물을 보게 되자 여러 가지로 아내에 대한 불만이 없지는 않았지만, 그러나 자식을 낳고 살아가면서, 그리고 나이가 들면서 그 부족함에 오히려 깊은 연민과 이해를 갖게 되었다.

내 아내는 나처럼 농촌에서 자란 사람이고 열여섯 살에 강원도 시골에서 나에게 시집와 평생을 살면서 변함없이 똑같았던 사람이다. 남들이 큰 부자라고 해도 아내는 부자라는 의식이 전혀 없던 사람이다. 자동차를 주어도 자동차는 집에 두고 택시 타고 도매 시장에 가서 채소나 잡화를 사서 용달차에 싣고 그 차를 타고 집으로 오고는 했고, 집에서는 언제나 통바지 같은 걸 입고 있어서 손님이 오면 으레 주인아주머니를 따로 찾는다고 했다.

나는 평생 아내의 생일도 결혼기념일도 모르고 산 사람이라서 만일 아내가 감격적이거나 감동적으로 살고 싶어하는 사람이었으면 나한테 불만이 많았을 것이나 나는 불평을 한 마디도 들어본 적이 없다. 병원에 들어가기 전까지도 자기 재산이라고 생각하는 것은 평생 동안 6·25 직후에 내가 사준 재봉틀 한 대뿐일 정도로 아내는 욕심이 없는 사람이다.

부부가 결혼해서 일생을 함께 산다는 것은 결혼이라는 형식으로 묶여서 자식을 낳고 서로 존경하고 사랑하며 늙어가는 일이다. 존경하고 인정할 점이 없으면 사랑할 수도 없다. 아내가 재봉틀 한 대를 유일한 재산으로 아는 점, 부자라는 인식을 전혀 하지 않는 점, 평생을 변함없이 사는 모습을 나는 존경한다. 지나치게 현명한 부인은 나 같은 사람한테는 오히려 피곤했을 수도 있다. 일을 하다 보면 입조차 떼기 싫을 만큼 피곤한 경우도 왕왕 있는데 현명한 부인이 현명한 나머지 지나치게 내조를 하려 들면 그것도 괴로운 일 아닌가. 아마 나 같은 성격의 사람에게 가장 '현명한 내조'란 가장 순수한 부인의 '평범한 내조'였을 것이고, 그런 의미로 아내는 별문제가 없었다.

나는 일생을 보통 사람보다 몇 배나 더 바쁘게 살았다. 그런데도 아내가 불평 한 마디 하지 않았던 것은 천만다행이게도 그 사람의 기본 생각이 피곤해서 좀 늦게 일어나는 남자는 봐줄 수 있어도 집에서 빈둥거리는 남자는 봐줄 수가 없다는 식이었기 때문이다. 그러니까 돈벌이가 생겨서든 돈을 날리게 생겨서든, 성공을 하든 실패를 하든, 내가 눈코 뜰 새 없이 바깥으로 나다닐 때면 '우리 남편은 괜찮은 사람이다'라고 생각하는 것 같다. 쉬는 날 어쩌다 아침 한나절 누워 있는 것도 보기가 싫어서 자기라도 나가겠다는 사람이니까 어쩌면 천생연분이었다는 생각도 든다.

우리 집은 청운동 인왕산 아래에 있는데 집 오른쪽으로는 커다란 바위가 버티고 서 있고 산골 물 흐르는 소리와 산기슭을 훑으며 오르내리는 바람소리가 좋은 터이다. 1958년 한 50여 일 동안 블록으로 후딱후딱 2층까지 올려 건축하고 나중에 남은 돌들을 끌어 모아 거죽에 덧붙여 지은 집이다. 그 후에 달아 붙여 지은 식당 부분은 돌 색깔이 다르다.

1층의 응접실에는 별 장식 없이 옛날 박정희 대통령이 써준 '청렴근淸廉勤'이라는 액자와 내가 좋아하는 '부지런하면 천하에 어려움이 없다'는 뜻의 '일근천하무난사一勤天下無難事'라는 글귀를 걸어놓았다.

고향에서 보낸 어린 시절에는 엄동설한에도 내의라고는 구경도 못하고 저고리와 솜바지 하나만으로 지냈다. 책보를 끼고 추워서 달음박질을 하면 옷자락이 들려 배의 맨살에 바람이 닿았고, 집에 가면 발갛게 얼었던 배가 녹으면서 근질근질 가려웠다. 그때에 비하면 지금의 이만한 호사는 얼마나 고마운 일인가. 옛날 쌀가게 시절, 남의 집의 좁은 방에서 엉덩이와 무릎이 구멍 난 옷을 누벼 입고 살던 시절을 생각해도 이 얼마나 큰 호사인가.

우리 부부는 우리가 이만한 집에서 살게 된 것만으로도 괜히 미안하고 겸연쩍게 생각하곤 했다. 아내는 이날까지 패물 하나 가진 것이 없고 시집오는 날 한 번뿐, 평생 화장한 얼굴을 보인 적이 없다. 아내의 재산은 재봉틀 한 대에 알뜰하게 간수하는 장독대의 장항아리들뿐이다.

집사람이 처음 서울에 와 신접살림을 차린 곳은 서울에서 하늘이 제일 가깝다는 지금의 동숭동 뒤 '낙산' 산동네 꼭대기 셋방이었다. 아내는

"여기서는 못살겠어요. 시골서는 아무리 못살아도 작은 초가집이라도 내 집 갖고 사는데, 어떻게 단칸 셋방에서 살아요? 시골로 내려가야겠어요."

했던 사람이다. 집사람이 나를 따라 서울로 온 뒤 처가는 통천에서 함경북도 청진으로 이사를 했다. 그러다가 8·15해방이 되면서 조국이 삼팔선으로 나누어지고, 그것으로 아내는 친정과 영영 소식이 끊겼는데, 시집온 후 단 한 번도 친정 식구를 본 적이 없는 채 저렇게 병석에 누워 있는 것을 보면 무엇보다도 가슴이 아리게 안쓰럽다.

아마 이제는 형제들 얼굴마저 희미할 것이다. 돈 벌어 함께 가자고 늦추다 보니 그만 아내에게 몹쓸짓을 한 것이 되고 말았다.

언젠가 집사람이 나를 신통하게 여기는 일이 한 가지 있다고 했다. 옛날 낙산에 살 때, 하루는 점심을 싸들고 남들처럼 한강에 놀이를 갔다. 그런데 다른 사람들처럼 보트를 타다가 내가 노 젓는 것이 서툴러 뒤집혀서 강물에 빠져 죽을 뻔하다가 살아났다. 그런 사람이 세계 최대의 조선소를 지었다는 것이 신통하다는 이야기이다.

평범한 사람이지만 평생 불평이라고는 모르고 그저 묵묵히 변함없이 살아준 아내의 공에 이제 뒤늦게서야 고마움을 알겠다.

나라를 구하고 싶었다

평생을 기업인으로 경제 활동만 했던 내가 당黨을 만들어 국회의원 선거를 치르고 대통령 선거에 나섰을 때 많은 사람들은, 내가 돈만으로는 부족해서 권력까지 탐을 내는 가당찮은 욕심을 부린다고 했다.

고향을 뛰쳐나올 때는 분명히 돈이 목적이었고, 돈을 벌어서 내 부모님과 형제들에게 장남으로서의 책임을 다하자는 것이 목표였다. 나는 열심히 생각하면서 열심히 노력한 만큼 돈이 벌리고 돈 버는 일에 자신이 붙으면서는 새 일감에 도전해서 성공시키는 기쁨, 사업이 커지는 즐거움과 성취감으로 일을 했지 돈을 첫째가는 목적으로 기업을 경영하지는 않았다. 그렇기 때문에 나는 남들이 나를 생각하는 만큼 돈이라는 것에 그리 큰 의미를 두고 사는 사람은 아니다. 돈 자체만 중요한 것 같았으면 웬만큼 번 돈으로 사채놀이를 하면서 사는 편이 훨씬 안락하지 온갖 풍상風霜과 시련을 겪으면서 굳이 기업을 할 이유가 없었을 것이다. 또한 나는 평생을 살면서 어떤 환경 어떤 처지였건 간에 누구를 부러워한 적도 누가 가진 것을 탐을 내본 적도 없다는 말을 어딘가에서 이미 했다.

사람은 누구나 근본적으로 평등한 값이다. 태어나는 환경과 개인 능력의 다소의 차이, 그리고 본인의 정신 자세와 노력 여하에 따라서 백인백색의 인생을 꾸리기는 하지만, 인간이라는 것으로 우리는 만인이 일단 평등하다고 나는 생각한다. 그렇기 때문에 나는 누구보다 내가 못하다는 열등감도 누구보다 내가 낫다는 우월감도 없다. 때문에 이날까지 살아오면서 누군가의 고매한 인품에 존경을 느껴 마음으로 고개를 숙이며 그 인품을 부러워했던 일은 더러 있었지만, 대단한 권력에 존경을 품거나 그 권력을 부러워하거나 탐을 낸 적이 맹세코 단 한 번도 없다.

기업을 하면서 수많은 정치 지도자, 정치인들을 만났지만 마음으로 존경할 만한 정치인다운 정치인을 만났던 기억이 별로 없다. 그런 수준의 사람들이 모여서 하는 정치였기 때문에 외국 언론으로부터 '포니 수준을 못 따라오는 한국의 정치 수준'이라는 말을 들을 수밖에 없었던 것이다.

5·6공을 거치면서 우리나라는 지도자 복이 참으로 없는 나라라

는 생각을 나는 많이 했다. 대통령 책임제의 나라가 잘되고 못 되는 것은 우선 나라의 선장격인 대통령 직책을 누가 맡느냐에 달려 있다. 경제는 중병에 걸려 있고, 잘못된 정치가 결국은 나라를 망치고 말 것이라는 불안과 위기감이 당시 국민들 대부분의 정서였다. 크게 비약해야 할 21세기를 눈앞에 두고 잘못된 정치 탓으로 비약은커녕 나라를 점점 수렁으로 빠뜨리고 있는 한심한 정치 현실을 모르는 척 하고 있을 수 없었다. 더 이상의 시행착오를 해서는 안 되었다. 정권 도 새로워져야 했고 정치도 달라져야 했다.

내가 지금까지 보아온 우리나라의 지나간 권력들은 무분별, 무경우, 무경험이 대부분이었다. 나라는 산으로 가든 말든, 강으로 가든 말든, 밤이나 낮이나 자기네들끼리의 세력 다툼밖에 여념이 없으면서도 걸핏하면 세무 조사에, 걸핏하면 잡아넣고, 또한 꼬박꼬박 바쳐야 하는 정치 자금에, 기업의 입장에서는 무섭기는 또 엄청나게 무서웠다.

권력을 막강한 힘만으로 알고 막강한 책임에 대한 인식은 전혀 없는 집단의 정치 아래서 기업을 하면서 살아내기란 보통 괴로운 일이 아니었다. 갖가지 비리에 얼룩진 전두환 씨의 5공이 끝나고 6공 노태우 정권이 들어서서는 더더구나 기업 활동이 힘들어졌다. 성금이라는 명목의 정치 자금은 정권이 바뀔수록 단위가 커져갔는데 큰 불편 없이 기업을 꾸려가려면 정부의 미움을 받지 않아야 하기 때문에 때마다 지도자한테 뭉텅이의 돈을 바쳐야 하는 이 나라가, 나라이기는 한 것이냐는 한심스러운 생각을 참 많이도 했다. 그렇게 돈을 거

뒤가면서도 뭔가 조금만 비위에 거슬리면 타기업과의 형평성도 무엇도 아무것도 없이 느닷없는 세무 조사로 쳐들어왔다.

아무튼 6공에는 3백억의 돈을 바치고도 1990년도의 불공평한 세무 조사 이후 나는 정부와 완전히 등을 돌리고 말았다. 내가 정치 헌금을 중단하자 6공은 '현대그룹'에 대한 세무 조사로 감정 풀이를 했고, 노대통령은 3최고위원과 회동할 때마다 나를 강도 높게 비난했다고 했다.

6공 시절에는 특히 우리 경제가 말이 아니었다. 1988년도까지는 10% 이상의 두 자리 숫자 성장을 보았던 것이 1989년도에는 6.4%의 성장으로 떨어졌다. 1990년부터 국제 수지도 적자로 돌아서서 1991년도에는 70억 달러의 적자를 냈다.

나라의 경제는 그 지경으로 침체의 늪으로 발이 빠지고 있는데 정치를 한다는 사람들은 오로지 자기네들 정권 유지에만 급급했다. 여소야대로는 정권 유지가 불가능하다고 판단한 여당에서는 김영삼 씨와 김종필 씨를 끌어들여 하루아침에 3당 통합을 해서, 여소야대를 만들어주었던 민의民意를 외면했다. 게다가 6공은 경제에 과도하게 개입하여 자의적인 재계 개편을 시도했을 뿐만 아니라 기업의 자유스러운 확대 재생산 활동까지 기본적으로 제약했다.

나는 새롭게 도전할 새 일감으로 정치 참여를 결심했다. 기업 경영이나 국가 경영이나 경영이기는 마찬가지다. 나한테 기회만 주어진다면 5년 동안에 나라를 위해서 반드시 해결해야만 할 모든 일을 깨끗이 해결할 자신이 있었다.

1992년 1월 1일.

새해 차례를 지내기 위해 모인 가족들에게 정치 참여를 통고했다. 물론 단 한 사람도 내 뜻을 지지하는 가족은 없었다. 하던 기업이나 계속하지 다 늦게 시궁창 정치판에는 왜 뛰어들려고 하느냐는 만류였다. 정치판이 시궁창인 것을 모르는 내가 아니다. 경제만 잘되고 있다면 누가 정치판에 끌어들이려고 해도 끌려 들어갈 내가 아니었다.

한 나라의 국력은 곧 그 나라의 경제력인데, 정치는 잘못 나아가고 있는데 경제만 잘 나아갈 수는 도저히 없는 일이다. 경제를 살려놓는 일이 무엇보다도 급선무였다. 그러려면 정치가 달라져야 하고 지도자가 경제를 잘 알고 지혜롭게 국가 경영을 할 수 있는 사람이어야 한다. 아우들은 만에 하나 실패했을 경우에 '현대'가 감수해야 할 불이익을 두려워했다. 우리나라 정치 수준으로 볼 때 그것은 당연한 두려움이었다. 그들에게 말했다.

"옛날에 짚신 한 켤레 신고 맨몸으로 고향을 떠난 사람인데, 우리가 망한다고 해도 구두는 신고 살 수 있을 것이다. 나라 꼴이 이 모양인데 그냥 앉아서 정치 욕이나 하며 내 안전만 도모하는 것이 소위 사회 지도층이라는 사람들이 할 일이냐? 시궁창을 시궁창인 채로 내버려두면 언제까지나 시궁창일 수밖에 없다. 누군가 소매를 걷어붙이고 나서서 청소할 사람이 필요하고, 그걸 내가 해보겠다는 것이다. 우거짓국 먹고 살 각오를 해둬라. 죽으면 맨몸으로 가는 게 인생인데 망한다고 해도 아까울 것 없다."

1992년 1월 10일 창당준비위원회를 결성하고 발기 취지문과 발기인 명단을 발표하는 것으로 통일국민당을 출발시켰다. 그리고 그해 3월 24일에 치러진 총선에서 국민당은 창당 3개월 만에 31석을 차지해서 원내 캐스팅 보트 역할을 할 수 있는 성공을 거두었고, 5월 15일 임시전당대회에서 대통령 후보로 선출되었다. 많은 사람들이 나의 정치 참여 결심을 돌출 행위로 치부하거나 과욕, 또는 노망으로까지 매도했다.

우리나라 경제 발전에 누구보다 큰 기여를 했다고 자부하는 사람 중의 한 사람으로서, 나라의 경제 기틀이 흔들리고 민족 번영의 길이 암담해지고 있는 당시 상황을 그대로 모른 척할 수는 없어서 나섰다는 내 의지를 안타깝게도 그대로 믿어주는 사람이 별로 없는 것 같았다.

왜 세계가 경탄스러워할 정도의 경제 도약을 하던 우리나라가 그 지경이 되었는지 나라가 처한 총체적 위기의 원인이 어디에 있는가를 나는 누구보다도 확연하게 알고 있었다. 40년 전 전쟁의 폐허를 딛고 일어나 중동과 동남아 등지에서 온갖 혹독한 시련과 고난을 겪으며 이룬 경제 위업을 무엇이, 누가 허사로 만들고 있는가를 나보다 더 잘 알고 있는 사람도 없었다. 우리의 경제 성장을 가능케 했던 근로자의 의욕과 기업인의 열의, 국민의 희망을 한데 모아 정치를 개혁해서 선진 한국, 통일 한국을 완성해보고 싶었던 것이 나의 꿈이자 목표였다. 기업 경영과 정치는 다르다는 말을 하는 이들도 있었다. 물론 어떻게 생각하면 정치가 기업보다 다소 더 어렵고 복잡

할 수도 있을 것이다. 그러나 하기 나름이고 생각 나름이다. 기업이라고 해서 쉽기만 한 것은 아니다.

1970년대 초 조선 사업에 뛰어들었을 때 그것이 성공할 것으로 생각한 사람은 거의 없었지만 나는 훌륭하게 성공시켰다. 모두 다 같이 성공이 아닌 실패만을 점쳤던 올림픽 유치도 성공시켰고, 내 평생은, 좀 과장되게 말하자면, 불가능에의 도전, 그것을 가능으로 뒤집은 기록의 점철이라고 할 수 있다. 때문에 나는 정치 개혁도 선진 경제도 통일 한국도 자신이 있었다. 내가 한번 국가 경영을 해보겠으니 맡겨달라고 나서고부터 내 머리에는 한 가지 생각밖에는 없었다. 어떤 일이 있어도 이 나라의 좌절과 영락은 막아야 하고, 그래서 국민이 다 같이 행복하고 보람 있는 나날을 보낼 수 있게 다 같이 잘사는 나라로 만들어내겠다는 집념, 그뿐이었다.

그러나 국민은 내가 아닌 다른 사람을 선택했고 그 선택으로부터 어느 때보다도 지루했던 5년이 흘러 이제 앞으로 5년 동안 국가 경영을 맡을 새 지도자 선출을 눈앞에 두고 있다. 대선에 출마했을 당시 나는 민자당이 재집권하면 임기가 끝날 무렵엔 외채가 1천2백억 달러에서 1천6백억 달러에 이를 것이라고 말했는데, 불행하게도 그 말은 현실로 나타나 우리나라 금년도 1997년 말까지의 예상 외채가 1천3백50억 달러에 달할 것이라고 한다. 문민정부 5년 동안 경제는 더 이상 나빠지려야 나빠질 수 없을 만큼 망가져서 해외 신용도는 바닥으로 추락하고 중소기업의 부도는 헤아릴 수도 없으며 10대 기업 안에 들던 대기업도 맥없이 부도가 나는 형편이다. 이러다가는 나라 자체가 부도나는 것이 아니냐는 위기감도 느낄 지경이다.

혹자는 나의 대통령 출마에서의 낙선을 두고 '시련은 있어도 실패는 없다'라고 주장하던 내 인생의 결정적 실패라 하는 모양이지만, 나는 그렇게 생각하지 않는다. 쓰디쓴 고배苦杯를 들었고 보복 차원의 시련과 수모도 받았지만 나는 실패한 것이 없다.

오늘의 현실을 보자.

5년 전 내가 낙선한 것은 나의 실패가 아니라 YS를 선택했던 국민들의 실패이며, 나라를 이 지경으로 끌고 온 YS의 실패이다. 나는 그저 선거에 나가 뽑히지 못했을 뿐이다.

후회는 없다.

이 땅에 태어나서

— 글을 마치며

돌이켜보면 많은 시련이 있었다. 이제는 대부분이 옛 추억이 되었지만 생각나는 것이 몇 가지 있다. 그중에서도 저 1980년, 경제 산업 구조 개편이라는 구실을 내세우고 '국보위'가 저질렀던 '창원중공업' 강탈이나 92년 대선 이후 나와 '현대'에 가해진 정치 보복은 더이상 생각하기도 싫다. 소도 말도 웃을 후진국적 정치 폭력이 백주에 횡행했던 지난 시절이 다만 어이없을 뿐이다.

그러나 강철은 두드릴수록 단단해진다는 옛말처럼 우리 '현대'는 오히려 시련과 탄압을 견뎌냄으로써 그것을 뚫고 헤쳐 나갈 저항력과 자생력을 길렀다고 생각한다. 이러저러한 대기업들이 김영삼 정권의 비호와 특혜를 받는 동안 '현대'는 안팎의 어려움을 자력만으로 감당해야 했고 그래서 더욱 단단히 내실을 다질 수 있었다. 수출 외길만이 유일한 타개책인 지금의 위기 상황을 극복할 수 있는 힘을 '현대'는 체질적으로 얻게 된 것이다.

사실 김영삼 정부에 대한 국민들의 분노는 그 어느 군사 정권 때보다 깊고 거세다. '신한국'이니 '세계화'니 하며 빛 좋은 개살구 같은 허랑한 말로써 피땀 흘려 벌어들인 달러를 마구 낭비하게끔 부추겼고 더욱이 상식으로는 도저히 납득할 수 없을 만큼 엄청난 달러를 빚으로 끌어다 썼다. 한마디로 국민 경제를 망친 것이다.

지난 세월 속에서 물론 회한悔恨도 생겼고 마음의 앙금이 남아 있는 것도 사실이다. 그러나 지금 나는 과거의 불행이 아니라 앞날의 희망을 말하고 싶다. 나는 이제 모든 미움을 거두고 오히려 '나라를 부도낸 정권'으로 역사 속에 영원히 남을 저들에게 인간적으로 측은한 마음을 갖는다.

이제 그들 탓이나 하고 앉아 있을 수는 없다. 우리는 다시 일어서야 하고 뛰어야 하며 다시 변해야만 한다. 나 또한 경제뿐만 아니라 우리 사회의 전반에 걸쳐 올바른 변화가 필요하다고 본다. 그러나 정치적인 목적과 필요에 따른 조령모개식 정책이나 인위적인 처방은 잘못된 것이다. 문제가 심각할수록 심사숙고를 거쳐 변화를 꾀해야 한다.

오늘의 한국은 노동자들과 기업가들이 서로 합심해서 피땀으로 일으킨 나라다. 모든 것이 열악한 상황에서 묵묵히 일해온 노동자들과 세계의 내로라하는 기업들과 경쟁하여 달러를 벌어들이고 국가의 부를 쌓는 데 공헌한 기업의 역할은 제대로 평가되어야 마땅하다. 나는 우리나라의 기간산업을 일으켜 세우면서 나라와 함께 성장했으며 수출 산업을 선도적으로 이끌어온 '현대'가 자랑스럽다.

'한강의 기적' 속에 '기적'은 없다. 다만 성실하고 지혜로운 노동이 있을 뿐이다. 나는 이 땅에 태어나서 한 사람의 기업인이자 성실한 노동자로서 이 나라의 비약적 발전에 한몫을 다한 것에 대해 무한한 긍지를 가지고 있다.

나는 성실과 신용을 좌우명으로 삼고 오로지 일하는 보람 하나로 평생을 살았다. 일하는 것 자체가 그저 재밌어 일에 묻혔고 그러다 보니 일과 한 몸이 되어 살았다. 좋은 옷이나 음식이나 물건에 한눈 팔 겨를도 없이 그저 일이 좋아 일과 함께 살았다. 타고난 일꾼으로서 열심히 일한 결과가 오늘의 나일 뿐이다. 일꾼으로서 지금의 나는 아직 늙었다고 생각지 않는다. 일에는 늙음이 없다. 최상의 노동자에겐 새로운 일감과 순수한 정열이 있을 뿐이다.

이 땅에 태어나서 내가 물려줄 유산은 이러한 노동에 대한 소박하다면 더없이 소박한 내 생각이다. 우리 젊은이들이 앞날을 개척해가는 데 이러한 내 생각과 지나온 삶이 힘이 되어주길 바란다.

"장강후랑추전랑長江後浪推前浪(장강은 뒷 물결이 앞 물결을 밀듯 나아간다)"이라 하지 않는가. 내 후대는 앞으로 나보다 더 나아질 것이고 또 그래야만 한다. 그것이 내 간절한 희망이다.

지난 팔십 평생, 특히 기업을 하면서 수없이 많은 사람들이 음으로 양으로 나를 도와주셨다. 그들의 도움이 아니었다면 나도 '현대'도 없었을 것임을 생각하니 다만 감사할 뿐이다.

또한 나 자신의 일에 철두철미하다 보니 또 내 급한 성미 탓에, 내 주변 사람 그리고 더 멀리에 보이지 않는 많은 분들에게 알게 모르게 마음의 상처를 입힌 경우도 적지 않을 것이라고 생각하니 마음이 무겁다. 널리 미안한 마음을 전한다.

이 땅의 밝고 새로운 희망을 위하여, 젊은이들 그리고 시련에 빠진 오늘의 많은 사람들과 더불어 이러한 나의 살아온 이야기를 함께 나누고 싶다.

정주영 연보

1915년 11월 25일, 강원도江原道 통천군通川郡 송전면松田面 아산리峨山里
210번지에서 아버지 정봉식鄭捧植, 어머니 한성실韓成實 사이의
6남 2녀 중 장남으로 출생.

1919~1922년
조부로부터 『천자문』 『동몽선습』 『명심보감』 『소학』 『대학』 『논
어』 『맹자』 『십팔사략』 등을 배움.

1924년 송전소학교松田小學校 입학.

1930년 3월, 송전소학교를 2등으로 졸업.

1931년 7월, 처음으로 집을 나와 원산의 고원 철도 공사판에서 일함. 두
번째로 가출하여 금화에 가서 일함.

1932년 4월 10일, 세 번째 가출하여 경성실천부기학원 등록.

1933년 열아홉 살이 되어 마지막 가출을 하여 인천부두, 보성전문학교
교사 신축 공사장에서 막노동을 하다가 풍전엿공장에 취업.

1934년 쌀가게 복흥상회 취업.

1938년 1월, 신당동 길가의 쌀가게 경일상회 시작.

1939년 12월, 총독부의 전시체제령에 따른 쌀 배급제로 경일상회 폐쇄.
이즈음 고향 면장의 장녀 변중석邊仲錫(16세)과 결혼.

1940년 3월, 합자회사 '아도서비스' 자동차 수리 공장을 아현동에 설립.
화재 이후 신설동으로 옮김.

1943년 일본에 의해 '아도서비스'가 일진공작소와 강제 합병되고 얼마
후 서비스 공장을 그만둠. 화물차 30대를 구입하여 황해도 수안
군 소재 홀동금광의 광석 운반 하청 계약을 맺음.

1945년	5월, 홀동금광 하청권을 인계하고 낙향.
1946년	4월, 중구 초동에 '현대자동차공업사' 설립.
1947년	5월 25일, '현대토건사' 설립.
1948년	9월, 대한자동차공업협회 이사로 피선됨.
1950년	1월 10일, '현대자동차공업사'와 '현대토건사'를 합병, 서울 중구 필동 1가 41번지에 3천만 원으로 '현대건설주식회사' 설립.
	6월, 6·25사변으로 부산으로 피난.
	7월, '현대상운주식회사' 설립.
1952년	4월, 대한건설협회 대의원 이사 피선. 외자관리청장으로부터 표창장 수여.
1953년	4월, 낙동강 고령교 복구 공사 착공. 공사 기간 중 물가 폭등 등의 어려움으로 막대한 적자를 내면서 1955년 5월에 완공.
	11월, 서울 환도 후 소공동 삼화빌딩 사무실 2개를 임대하여 '현대건설' 본사 사무실을 마련.
1957년	9월, 전후 최대의 단일 공사였던 한강인도교 복구 공사.
1958년	5월, 제1한강교 복구 준공 공로로 내무부장관 표창장 수여.
1959년	6월, 건국 이래 최대 공사였던 인천 제1도크 복구 공사.
1960년	'현대건설'이 국내 건설 업체 중 도급 한도액 1위를 차지.
1961년	1월, 중구 무교동 92번지 소재의 무교동 사옥을 건립함으로써 창사 14년 만에 사옥 소유.
	8월, 대한상공회의소 특별위원 피선.
1962년	7월, 단양시멘트 공장 착공.
1963년	7월, 전국경제인연합회 이사 피선.
	10월, 한국건설공제조합 운영위원 피선.
	12월, 건설에 대한 공로로 대통령 표창장 수여.
1964년	6월, 단양시멘트 공장 준공.

1965년	2월, 수출에 대한 공로로 대통령 표창장 수여.
	4월, 한국무역협회 이사 피선.
	9월 30일, 한국 역사상 최초로 해외로 진출하여 태국의 파타니 나라티왓 고속도로 공사를 수주.
1967년	4월, 소양강 다목적댐 공사 착수(1973년 12월에 완공). 전국경제인연합회 부회장 피선.
	7월, 서울상공회의소 대의원 피선.
	12월, 아시아건설업자대회에서 우수건설상 수상.
	12월 29일, '현대자동차주식회사' 설립.
1968년	2월, 경부고속도로 착공. '현대－포드' 자동차 조립 기술협정 체결.
	11월, '현대자동차' 승용차 '코티나' 생산.
1969년	1월, '현대건설' 회장 취임. 한국지역사회학교후원회장 피선.
1970년	1월 1일, '현대시멘트주식회사' 설립.
	6월 27일, 세계 고속도로 건설사상 가장 빠른 공기로 경부고속도로의 전 공정 2/5를 '현대건설'이 완성, 전장 428km의 경부고속도로 개통.
	10월 9일, 고리원자력 1호기 착공.
	11월, 경부고속도로 건설 공로로 대한민국 동탑산업훈장 수여.
1971년	2월, '현대그룹' 회장 취임.
	6월 15일, '금강개발주식회사' 설립.
1972년	3월 23일, '현대조선소' 기공식(총투자 8천만 달러). 조선소 근로자 모집을 시작하고 제1호 유조선 착공.
1973년	4월, 울산조선소 1호선 기공식.
	12월 28일, '현대조선중공업주식회사' 설립.
1974년	2월 11일, '현대엔지니어링주식회사' 설립.
	2월 26일, '현대자동차서비스주식회사' 설립.

6월 28일, 26만t급 대형 유조선 2척 건조와 함께 울산조선소의 1단계 준공(1, 2도크 착공)을 마침으로써 2년 3개월 만에 조선소 건설에서부터 배를 건조 진수, 선진국 선박 건조 역사상 전무후무한 기록을 남김. 한·영 경제협력위원회 한국측 위원장 피선.

1975년   4월 28일, '현대미포조선주식회사' 설립(3월, 미포 1, 2도크 착공). 5월, 경희대학교 명예 공학박사 학위 수여.

1976년   1월, 한국 최초의 자동차 고유 모델 '포니PONY' 생산. 세종로 178번지에 광화문 사옥 건립. 한·아랍 친선협회장 피선. 3월 16일, '고려산업개발주식회사' 설립. 3월 25일, '아세아상선주식회사'('현대상선주식회사' 전신) 설립. 6월 17일, 당해 연도 국가 예산의 절반 이상에 해당하는 공사비 9억 3천1백14만 달러의 세계 최대 초대형 심해 공사인 사우디아라비아 주베일 산업항 공사 수주. 10월, 충남대학교 명예 경제학박사 학위 수여. 12월 8일, '현대종합상사주식회사' 설립.

1977년   2월, 전국경제인연합회장 피선(1987년 2월까지 5선 연임). 2월 24일, 울산공업대학교 재단이사장 취임. 10월, 영국 여왕으로부터 대영제국훈장 커맨더장 수여. 7월 1일, 아산사회복지사업재단 설립, 이사장 취임. '현대정공주식회사' 설립.

1978년   2월, '현대조선중공업주식회사'를 '현대중공업주식회사'로 개명. 한국열관리협회장 피선. 6월, 한국정신문화연구원 이사 피선. 8월, 서산 간척 사업 착수. 9월, 대통령으로부터 동탑산업훈장 수여.

1979년   2월, 한·아프리카 협회장 피선. 전국경제인연합회장 유임.

3월, 제3대 과학기술진흥재단 이사장 취임.

6월, 세네갈공화국 공로훈장 수여.

10월, 말레이시아 페낭 대교 공사 수주.

1981년   2월, 전국경제인연합회장 유임.

4월, 국민훈장 동백장 수여.

5월, 88서울올림픽 유치위원회 위원장 피선.

9월, IOC총회가 열리는 바덴바덴에서 올림픽의 서울 유치를 위해 활동. 9월 30일, 제24회 올림픽 개최지 서울 확정.

11월, 88서울올림픽 조직위원회 부위원장 피선.

1982년   1월, 20년 만에 '현대그룹'의 시발이 되었던 한강교 공사 다시 시공.

3월, 유전공학연구조합 이사장 피선.

5월, 외국기업인으로는 처음으로 미국 조지 워싱턴 대학교 명예 경영학 박사 학위 수여.

6월, 미 A.A.A.회로부터 골든 플레이트장 수여.

7월, 대한체육회장 피선. 자이레 대통령으로부터 자이레 국가 훈장 수여.

1983년   2월, 전국경제인연합회장 유임.

2월 23일, '현대전자주식회사' 설립.

5월, 한국정보산업협회장 취임.

9월, 중화민국 경성훈장 수여. 한국산업기술대학 이사장 취임.

10월, 계동 사옥 건립, '현대그룹' 본사 이전.

1984년   2월 25일, 서산 천수만 간척 사업의 A지구 최종 물막이 공사에 이른바 정주영 공법으로 불리는 유조선 공법을 시도하여 4천 7백만 평을 간척, 연간 5만M/T의 쌀을 수확.

1985년   2월, 전국경제인연합회장 유임. 대한체육인동우회장 취임.

5월, 연세대학교 명예 경제학박사 학위 수여.

8월, 13.5km의 아시아 최장 말레이시아 페낭 대교 개통.

10월, 룩셈부르크 월계관장 수여.

1986년 5월, 이화여자대학교로부터 명예 문학박사 학위 수여.

11월 29일, '현대산업개발주식회사' 설립.

1987년 1월, '현대그룹' 명예회장 취임.

2월, 전국경제인연합회 명예회장 취임.

5월, 한국정보산업협회 명예회장 취임.

9월, 세종연구소 이사장 취임.

1988년 2월, 대통령으로부터 국민훈장 무궁화장 수여.

1989년 1월 6일, 한·소 경제 협력을 위해서 소련 방문.

1월 23일, 북한 방문. 금강산 공동 개발 의정서 제시.

7월, 한·소경제협회장 취임.

1990년 4월, 서강대학교 명예 정치학박사 학위 수여.

1991년 5월, 한·소경제협회장 재선.

10월 4일, '현대석유화학주식회사' 준공.

10월 9일, 『시련은 있어도 실패는 없다』 출간.

1992년 사우디아라비아 내무성 빌딩, 싱가포르의 창이 국제공항과 마리나센터 준공.

1월, 통일국민당(가칭) 창당준비위원회 위원장 피선. 통일국민당 창당.

2월, 통일국민당 대표최고위원 피선.

3월, 제14대 국회의원(전국구) 당선.

12월, 제14대 대통령 선거 출마.

1993년 2월, 국회의원직 사퇴, 통일국민당 탈당.

1994년 1월, 한국지역사회교육중앙협의회 이사장 취임.

1995년 3월, 고려대학교 명예 철학박사 학위 수여.

5월, 미국 존스홉킨스대학교 명예 인문학박사 학위 수여.

1996년 1월 3일, '현대그룹' 정몽구 회장 취임.

2001년 3월 21일, 영면永眠.

이 땅에 태어나서
나의 살아온 이야기

1판 1쇄 발행   1998년 3월 10일
1판 중쇄 발행   2020년 12월 17일

지은이   정주영
펴낸이   임양묵
펴낸곳   솔출판사

편집장   윤진희
편집   최찬미, 윤정빈
디자인   오주희
마케팅   이원지
제작관리   박정윤

주소   서울시 마포구 와우산로29가길 80(서교동)
전화   02-332-1526
팩시밀리   02-332-1529
홈페이지   www.solbook.co.kr
이메일   solbook@solbook.co.kr
출판등록   1990년 9월 15일 제10-420호

ISBN   978-89-8133-268-6   03810

· 잘못된 책은 구입한 곳에서 바꿔드립니다.
· 책값은 뒤표지에 표시되어 있습니다.